Vengador

Frederick Forsyth

Vengador

Traducción de
Albert Solé

CÍRCULO de LECTORES

Para las Ratas de Túnel.
Vosotros, chicos, hicisteis algo que yo
nunca habría podido obligarme a hacer

PREFACIO

El asesinato

Fue la séptima vez que hundieron al chico americano dentro del excremento líquido del pozo negro cuando éste ya no consiguió seguir ofreciendo ninguna resistencia, y murió allí abajo, con cada orificio de su cuerpo lleno de una abominable suciedad.

Cuando hubieron terminado, los hombres dejaron en el suelo los postes que habían estado empleando, se sentaron encima de la hierba, rieron y fumaron. Luego acabaron con el otro cooperante y con los seis huérfanos, subieron al todoterreno de la agencia de ayuda humanitaria y regresaron por los caminos que atravesaban la montaña.

Era el 15 de mayo de 1995.

Primera parte

I

El obrero de la construcción

El corredor solitario se apoyó en el declive y volvió a hacer frente al enemigo de su propio dolor. Aquello era una tortura y una terapia; ésa era la razón por la cual lo hacía.

Quienes entienden de estas cosas suelen decir que, de todas las disciplinas que existen, la más brutal e implacable es el triatlón. El decatleta tiene que llegar a dominar un número mayor de habilidades, y los ejercicios basados en el lanzamiento hacen que necesite una mayor fuerza bruta; pero, en lo que respecta al tremendo aguante físico y la capacidad para llegar a hacer frente al dolor y conseguir vencerlo, hay muy pocas pruebas equiparables al triatlón.

Tal como hacía siempre durante los días en que se entrenaba, el hombre que en aquellos momentos estaba corriendo bajo el amanecer de New Jersey se había levantado bastante antes del alba. Primero fue en su camioneta hasta el lago más alejado, donde dejó su bicicleta de carreras junto al camino y la sujetó a un árbol con una cadena para que estuviera segura. Cuando pasaban dos minutos de las cinco, se puso el cronómetro en la muñeca, bajó la manga del traje de natación de neopreno para cubrir el cronómetro con ella y entró en las aguas heladas.

Lo que él practicaba era el triatlón olímpico, en el que las distancias se miden en longitudes métricas. Primero había que nadar mil quinientos metros, lo que para un estadounidense casi equivalía a una maldita milla; salir del agua, quedarse rápidamente en camiseta y pantalones cortos, y subir a la bicicleta de carreras. Luego, con el cuerpo inclinado sobre el manillar de la bicicleta de carreras, venían cuarenta kilómetros, cada uno de ellos recorrido al ritmo de un sprint. Desde hacía mucho tiempo el hombre tenía medido de un extremo a otro el recorrido a lo largo del lago, y sabía exactamente qué árbol de la otra orilla indicaba el lugar donde había dejado la bicicleta de carreras. El hombre había ido marcando sus cuarenta kilómetros por los caminos rurales, que siempre recorría durante esa hora vacía de tráfico y de gente, y sabía qué árbol era el punto más apropiado para abandonar la bicicleta e iniciar la carrera. Ésta consistía en diez kilómetros; un portalón de granja le indicaba el punto a partir del cual ya sólo quedaban dos por recorrer. Aquella mañana el hombre acababa de dejar atrás ese portalón. Los últimos dos kilómetros eran cuesta arriba, el terrible y postrer obstáculo, el tramo donde ya no había piedad.

La razón de que el dolor fuera tan intenso es que los músculos que se aplican a cada prueba son distintos. Los robustos hombros, el pecho y los brazos de un nadador normalmente no son necesarios para un ciclista especializado en pruebas de velocidad o para un corredor de maratón. En esos casos solo constituyen un peso adicional con el que se debe cargar.

El movimiento, borroso por la velocidad, de las piernas y las caderas de un ciclista no tiene nada que ver con la acción de los tendones y las fibras que proporcionan al corredor el ritmo y la cadencia necesarios para devorar los kilómetros que desfilan velozmente bajo sus pies. La repetitividad de los ritmos de un ejercicio no se corresponde con la de los del otro. El triatleta los necesita todos, y además debe igualar los rendimientos de tres atletas especializados uno detrás del otro.

A los veinticinco años de edad es una actividad cruel. A los cincuenta y uno debería poder ser denunciada acogiéndose a la Convención de Ginebra. El corredor había cumplido cincuenta y un años el mes de enero anterior. Se atrevió a echarle un vistazo a su cronómetro y torció el gesto. La cosa no estaba yendo muy bien, ya que llevaba varios minutos de más sobre su mejor marca. El corredor redobló sus esfuerzos contra el enemigo.

Los atletas olímpicos intentan acabar en dos horas y veinte minutos, y el corredor de New Jersey había ido recortando su marca hasta dejarla en dos horas y media. Ahora ya casi había llegado a ese límite y aún le quedaban cerca de dos kilómetros por recorrer.

Las primeras casas de su pueblo natal se hicieron visibles detrás de una curva en la carretera 30. La vieja aldea prerrevolucionaria de Pennington se extiende a ambos lados de la 30, justo al lado de la interestatal 95, que baja desde Nueva York y atraviesa el estado para luego seguir hacia Delaware, Pensilvania y Washington. Dentro de la pequeña población, la carretera pasa a llamarse calle Mayor.

No es que hubiera gran cosa que decir acerca de Pennington, uno más entre el millón de los pulcros, ordenados y acogedores pueblecitos que forman el subestimado y siempre pasado por alto corazón de Estados Unidos de América. Pennington cuenta con un solo cruce colocado justo en el centro, allí donde la West Delaware Avenue se encuentra con la calle Mayor; varias iglesias muy frecuentadas de las tres congregaciones, un First National Bank y un puñado de comercios y residencias un poco alejadas de la calle, desperdigadas a lo largo de los caminos jalonados por árboles.

El corredor fue hacia el cruce, medio kilómetro más adelante. Todavía era demasiado temprano para tomarse un café en la Taza de Joe, o para desayunar en Vito's Pizza, pero el corredor no habría hecho un alto en aquellos establecimientos ni aun suponiendo que hubiesen estado abiertos.

Al sur del cruce, pasó ante la casa de blancas tablas de chilla perteneciente a la cosecha de la guerra de Secesión con su letrero de señor Calvin Dexter, abogado, colgado junto a la puerta. Eran su despacho, su letrero y su bufete legal, salvo en aquellas ocasiones en las que se tomaba unos cuantos días libres y se iba de Pennington para ir a atender su otra actividad. Tanto su clientela como sus vecinos aceptaban sin hacerse preguntas el hecho de que el abogado se tomase unas vacaciones de vez en cuando para ir a pescar, sin saber nada del pequeño apartamento alquilado bajo otro nombre que tenía en la ciudad de Nueva York.

El corredor obligó a sus piernas doloridas a que recorrieran aquellos últimos quinientos metros para llegar al recodo que conducía hasta Chesapeake Drive, en el extremo sur del pueblo. Era allí donde vivía, y la esquina marcaba el final del calvario que Dexter se imponía a sí mismo. Aflojó el paso hasta detenerse, bajó la cabeza y se apoyó en un árbol mientras, jadeante, introducía un poco de oxígeno en sus pulmones. Dos horas, treinta y seis minutos. Muy alejado de su mejor tiempo. El hecho de que probablemente no hubiera nadie en ciento cincuenta kilómetros a la redonda que, con cincuenta y un años de edad, pudiera aproximarse a dicha marca no era lo que importaba. Lo que realmente importaba, algo que Dexter nunca podría atreverse a explicar a los vecinos que sonreían y lo vitoreaban al verlo pasar, era utilizar el dolor para combatir otro dolor que siempre se hallaba presente, el dolor que no se iba nunca, el dolor de la hija perdida, el amor perdido, el todo perdido.

Entró en su calle y recorrió los últimos doscientos metros andando. Vio delante de él que el chico de los periódicos lanzaba un pesado fajo al porche de su casa. El muchacho lo saludó con la mano mientras pasaba en su bicicleta; Calvin Dexter le devolvió el saludo.

Al cabo de un rato cogería su ciclomotor e iría a recuperar su camioneta. Con el ciclomotor en la trasera de la camioneta, regresaría a su casa siguiendo el camino para bicicletas que discurría junto a la carretera. Pero primero necesitaba una ducha, unas cuantas tabletas con un alto contenido energético y el zumo de varias naranjas.

Recogió el fajo de periódicos de los escalones del porche, rompió la faja de papel que los envolvía y les echó una mirada.

Calvin Dexter, el nervudo, afable y sonriente abogado de cabellos color arena de Pennington, New Jersey, había nacido sin nada que se pareciera ni remotamente a ventajas materiales.

Fue concebido en un vecindario muy pobre de Newark, en un lugar que se hallaba repleto de cucarachas y ratas, y vino al mundo en enero de 1950, hijo de un obrero de la construcción y una camarera de la fonda del barrio. Sus padres, de acuerdo con lo que marcaba la moral de la época, no tuvieron más remedio que contraer matrimonio después de que un encuentro en una sala de baile del vecindario y unas cuantas copas de alcohol demasiado barato hubieran hecho que las cosas se salieran de madre y ocasionaran la concepción de Calvin Dexter.

Su padre no era lo que Calvin llamaría un mal hombre. Después de Pearl Harbor se ofreció voluntario a las fuerzas armadas, pero el mando consideró que, como obrero especializado de la construcción, su presencia resultaría de mayor utilidad en el país, donde el esfuerzo de guerra suponía la creación de miles de nuevas fábricas, astilleros y organismos del Estado.

El padre de Calvin Dexter era un hombre duro que nunca necesitaba pensárselo dos veces antes de llegar a utilizar los puños, única ley en muchos trabajos manuales. Pero intentaba llevar una vida lo más recta posible, entregaba en casa el sobre de su sueldo sin abrir y trataba de educar a su pequeño para que amara a la bandera, a la Constitución y a Joe di Maggio.

Cuando la guerra de Corea llegó a su fin, las oportunidades de encontrar trabajo desaparecieron de golpe. Lo único que quedó fue la crisis industrial, mientras que los sindicatos habían caído en manos de la mafia.

Calvin tenía cinco años cuando su madre se fue de casa. Todavía era demasiado pequeño para que pudiese entender por qué lo había hecho. Calvin no sabía nada del matrimonio sin amor de sus padres; se limitaba a aceptar con la filosófica paciencia de los muy pequeños que las personas siempre se gritaban y peleaban como lo hacían sus padres. No sabía nada sobre el viajante de comercio que le había prometido a su madre luces brillantes y mejores vestidos. Simplemente se le dijo que ella «se había ido».

El pequeño se limitó a aceptar el hecho de que ahora su padre estaba en casa cada noche, cuidando de él en vez de ir a tomarse unas cuantas cervezas después del trabajo o contemplando con expresión lúgubre una pantalla de televisor que no se veía demasiado bien. Hasta que hubo entrado en la adolescencia Calvin no se enteró de que su madre, abandonada a su vez por el viajante de comercio, había intentado regresar a casa, pero había sido rechazada por su enfurecido y amargado esposo.

Cuando Calvin tenía siete años, a su padre se le ocurrió una idea para resolver el problema que representaba el hecho de combinar la atención de un hogar con la necesidad de desplazarse para buscar trabajo. Dejaron el piso en un edificio sin ascensor de Newark donde habían vivido y adquirieron una caravana de segunda mano. Durante diez años, aquel vehículo pasó a ser la juventud de Calvin.

El padre fue pasando de un trabajo a otro, viviendo en la caravana y con aquel chico un poco zarrapastroso que asistía a cualquier escuela local que estuviera dispuesta a aceptarlo entre sus alumnos. Era la época de Elvis Presley, Del Shannon, Roy Orbison y los Beatles, que habían venido de un país del cual Calvin nunca había oído hablar. Era la época de Kennedy, la guerra fría y Vietnam.

Los trabajos venían y se terminaban. Calvin y su padre fueron por las ciudades del norte: East Orange, Union y Elizabeth; luego pasaron a trabajar en los alrededores de New Brunswick y Trenton. Durante un tiempo estuvieron viviendo en los Pine Barrens, donde Dexter padre era capataz de un pequeño proyecto de construcción. Posteriormente se fueron al sur, hacia Atlantic City. Entre los ocho y los dieciséis años, Cal asistió a nueve escuelas secundarias, una por año. La educación académica que llegó a recibir durante ese período hubiera cabido en un sello de correos.

Pero sí que llegó a recibir una instrucción en otras materias, como la calle y las peleas. Como su madre, la que se había ido de casa, Calvin nunca creció demasiado y terminó midiendo un metro setenta y dos centímetros. Tampoco era corpulento y musculoso como su padre, pero su esbelto cuerpo encerraba una resistencia temible y sus puños tenían un impacto devastador. En una ocasión desafió al luchador de una feria ambulante, lo dejó sin sentido de un solo puñetazo y se llevó los veinte dólares que daban de premio.

Entonces un hombre que olía a brillantina barata fue hacia su padre y le propuso que el chico acudiese a su gimnasio para hacerle boxeador; lo que hicieron los Dexter fue trasladarse a una nueva ciudad y buscar un nuevo trabajo.

Ni pensar en disponer de algo de dinero para las vacaciones, por lo que cuando se terminaba la escuela el chico simplemente iba a la obra con su padre. Allí preparaba café, se encargaba de los recados y hacía algún que otro trabajillo ocasional. Uno de aquellos recados lo puso en contacto con un hombre que llevaba unas gafas de sol de cristales verdosos que le explicó que tenía disponible un trabajo para las vacaciones; consistía en llevar sobres a distintas direcciones desperdigadas por todo Atlantic City sin decirle nada a nadie. Así fue como durante las vacaciones de verano del año 1965 Calvin pasó a convertirse en mensajero de un corredor de apuestas.

Un chico inteligente puede seguir observando incluso desde lo más bajo de la pirámide social. Cal Dexter podía entrar sin pagar en el cine local y maravillarse ante el glamour de Hollywood, las enormes panorámicas del salvaje Oeste, el dorado esplendor de los musicales de la pantalla grande y las delirantes payasadas de las comedias de Dean Martin y Jerry Lewis.

Todavía podía ver en los anuncios de la televisión elegantes apartamentos donde aparecían cocinas de acero inoxidable y familias sonrientes en las que los padres mostraban quererse el uno al otro. También podía contemplar las relucientes limusinas y los coches deportivos que se exhibían en las vallas publicitarias a la vera de las autopistas.

Calvin no tenía nada contra los hombres que trabajaban en las obras. Eran bastante groseros y hoscos, pero se mostraban amables con él, o por lo menos la mayoría de ellos. En la obra, él también llevaba casco de seguridad, y todo el mundo daba por hecho que cuando terminara la escuela seguiría los pasos de su padre en el oficio. Pero Calvin tenía otras ideas. Fuera cual fuese la vida que llegase a tener, se había jurado a sí mismo que estaría muy lejos del estruendo del martillo pilón y del polvo asfixiante de las mezcladoras de cemento.

Entonces fue cuando reparó en que no tenía absolutamente nada que ofrecer a cambio de esa vida mejor, más cómoda, más adinerada. Pensó en dedicarse a las películas, pero Calvin daba por sentado que todas las estrellas masculinas del cine eran hombres altos como torres, sin saber que la mayoría de ellos están bastante por debajo del metro con setenta centímetros. Si se le ocurrió pensar en aquello, fue únicamente porque una camarera le dijo que se parecía un poco a James Dean; pero como los obreros de la construcción se rieron a carcajadas, dejó correr la idea.

El deporte y el atletismo podían sacar a un chico de la calle y allanarle el camino que llevaba a la fama y la fortuna, pero Calvin había pasado tan deprisa por todas sus escuelas que nunca había tenido una oportunidad de formar parte de ningún equipo escolar.

Cualquier cosa que exigiese una educación académica, y eso sin contar con tener determinadas calificaciones, estaba descartada. Aquello dejaba disponibles empleos poco especializados: servir mesas, hacer de botones, llenarse de grasa en un garaje, conducir una camioneta de reparto. La lista era interminable, pero, vistas las perspectivas que ofrecían la mayor parte de aquellos empleos, en realidad daría igual que se quedara en la construcción. La mera brutalidad y el peligro del trabajo hacían que estuviera bastante mejor pagado que la mayoría de ocupaciones disponibles.

También estaba el delito, naturalmente. Nadie que hubiera crecido en los muelles o en los proyectos de construcción de New Jersey podía ignorar que el crimen organizado, el formar parte de una pandilla, podía terminar llevando a una vida salpicada de grandes apartamentos, coches veloces y mujeres fáciles. Se decía que el delito casi nunca terminaba llevándote a la cárcel. Calvin no era italoamericano, lo cual le impedía llegar a ser miembro de pleno derecho de la aristocracia mafiosa, pero lo cierto era que algunos anglosajones también habían conseguido subir bastante arriba dentro de ella.

Dejó la escuela a los diecisiete años y al día siguiente empezó a trabajar en la nueva obra de su padre, un complejo de viviendas públicas que iban a ser construidas en las afueras de Princeton. Un mes después, el conductor de la excavadora se puso enfermo. No había ningún sustituto. Se trataba de un trabajo que requería cierta capacidad. Cal echó un vistazo al interior de la cabina de la excavadora y le pareció entender todo lo que veía.

–Yo podría manejarla –dijo.

El capataz no parecía muy convencido; iría en contra de todas las normas. Bastaría con que a un inspector de trabajo se le ocurriera pasar por allí y su empleo sería historia. Por otra parte, en aquel momento toda la cuadrilla tenía que quedarse cruzada de brazos porque necesitaba que les fueran cambiando de sitio montañas de tierra.

–Ahí dentro hay un montón de palancas.

–Confíe en mí –dijo el chico.

Calvin necesitó unos veinte minutos para averiguar qué palanca se encargaba de cada función. Empezó a mover la tierra. Aquello significaba una bonificación, pero seguía sin ser una auténtica carrera profesional.

En enero de 1968, Calvin cumplió dieciocho años y el Vietcong lanzó la ofensiva del Tet. Calvin estaba viendo la televisión en un bar de Princeton. Después de las noticias vinieron varios anuncios y un breve documental del ejército. En él se mencionaba que, si se estaba en buena forma física, el ejército podía proporcionar una educación. Al día siguiente, Calvin entró en la delegación que el ejército estadounidense tenía abierta en Princeton City y dijo:

–Quiero alistarme.

En aquella época cualquier joven de Estados Unidos, si no alegaba alguna circunstancia bastante insólita o recurría al exilio voluntario, terminaba pasando por el servicio militar obligatorio en cuanto cumplía los dieciocho años. El deseo de prácticamente todos los adolescentes, y del doble de padres, era escapar de ello. El sargento mayor sentado detrás del escritorio extendió la mano para recibir la tarjeta de reclutamiento.

–No tengo tarjeta –dijo Cal Dexter–. Me estoy ofreciendo voluntario.

Eso bastó para que le prestaran toda su atención.

El sargento mayor cogió un impreso, manteniendo el contacto ocular igual que hace una comadreja cuando no quiere que se le escape el conejo.

–Bueno, chico, eso está muy bien. Es una decisión muy inteligente por tu parte. ¿Aceptarías un consejo de un viejo veterano?

–Claro.

–Elige tres años de servicio en vez de los dos obligatorios. Así tienes una buena posibilidad de conseguir destinos mejores y ampliar tus posibilidades profesionales. –Se inclinó hacia delante como quien está compartiendo un secreto de Estado–. Con tres años, incluso podrías evitar tener que ir a Vietnam.

–Pero es que yo quiero ir a Vietnam –dijo el chico de los tejanos sucios.

El sargento mayor se lo pensó un poco antes de responder.

–Está bien –dijo finalmente, hablando muy despacio. Hubiese podido decir que allá cada cual con sus gustos, pero lo que dijo fue–: Levanta la mano derecha...

Treinta y tres años después de aquello, el antiguo obrero de la construcción pasó cuatro naranjas por el exprimidor, volvió a frotarse con la toalla la cabeza mojada, y se llevó el montón de periódicos a la sala junto con el zumo de naranja.

Estaba el periódico local, otro de Washington y uno de Nueva York, y, dentro de un envoltorio, una revista técnica. Ésa fue la primera que abrió.

Lo mejor de la aviación no es una revista de gran tirada, y en Pennington sólo podía obtenerse por correo. *Lo mejor de la aviación* va dirigida a aquellos que sienten una auténtica pasión por los aeroplanos clásicos y de la Segunda Guerra Mundial. El corredor pasó rápidamente a la sección de anuncios clasificados y estudió el apartado de demandas. Entonces se quedó inmóvil, con el zumo a medio camino de la boca; dejó el vaso y volvió a leer el anuncio. Decía así:

«VENGADOR. Buscado. Oferta seria. No hay límite de precio. Se ruega telefonear.»

No había ningún torpedero en picado Grumman Vengador de la guerra del Pacífico que estuviera esperando a que lo compraran. Todos los aviones de ese modelo estaban expuestos en los museos.

Alguien había descubierto el código de contacto. Había un número. Tenía que corresponder a un móvil.

La fecha era el 13 de mayo de 2001.

2

La víctima

Ricky Colenso no había nacido para morir a la edad de veinte años dentro de un pozo negro en Bosnia. Las cosas nunca deberían haber terminado de aquella manera. Colenso había nacido para licenciarse en una universidad y vivir su vida en Estados Unidos, con una esposa e hijos y una probabilidad bastante decente de dedicarse a disfrutar de la vida, la libertad y la felicidad. Todo terminó torciéndose porque tenía demasiado buen corazón.

En 1970 un joven y brillante matemático llamado Adrian Colenso consiguió hacerse con la plaza de profesor de matemáticas en la Universidad de Georgetown, justo al lado de Washington. Adrian Colenso tenía veinticinco años, que lo hacían notablemente joven para el puesto.

Tres años después, Adrian Colenso dio un seminario de verano en Toronto, Canadá. Entre las personas que asistieron a dicho seminario, aun cuando entendiese muy poco de lo que estaba diciendo quien lo impartía, había una estudiante asombrosamente guapa llamada Annie Edmond. Se quedó prendada del profesor y organizó una cita a ciegas a través de unos amigos.

Adrian Colenso nunca había oído hablar del padre de ella, lo cual la asombró tanto como deleitó. Annie ya había sido perseguida por media docena de cazadores de fortunas. En el coche que los llevó de vuelta al hotel Annie descubrió que aparte de tener un impresionante dominio del cálculo infinitesimal, el profesor también besaba francamente bien.

Una semana después, Colenso regresó a Washington en avión. La señorita Edmond no era la clase de joven que se da por vencida a las primeras de cambio. Dejó su trabajo, obtuvo una sinecura en el consulado canadiense, alquiló un apartamento justo al lado de la avenida Wisconsin y llegó allí con diez maletas. Dos meses después se casaron. La boda se redujo a una discreta ceremonia celebrada en Windsor, Ontario, y la pareja pasó la luna de miel en Caneel Bay, en las islas Vírgenes estadounidenses.

Como regalo, el padre de la novia compró a la pareja una gran casa de campo en Foxhall Road, muy cerca de Nebraska Avenue, situada en una de las áreas de aire más rústico y, debido a ello, más buscada de todo Georgetown. La casa se alzaba en media hectárea de terreno boscoso y tenía piscina y pista de tenis. La asignación de la novia cubriría su mantenimiento y el salario del novio se encargaría del resto. El matrimonio se instaló en una existencia doméstica llena de amor.

El pequeño Richard Eric Steven nació en abril de 1975; pronto fue apodado Ricky.

Creció, como millones de otros niños de Estados Unidos, en la seguridad y el cariño de la casa de sus padres, haciendo todas las cosas que hacen los chicos, pasando mucho tiempo en los campamentos de verano, descubriendo y explorando las emociones de las chicas y los coches deportivos, preocupándose por los títulos académicos y la proximidad de los exámenes.

Ricky no era ni brillante como su padre, ni tonto. Había heredado la maliciosa sonrisa de su padre y el atractivo de su madre. Quienes lo conocían lo consideraban un chico encantador. Si alguien le pedía ayuda, Ricky hacía todo lo posible por ayudar. Pero nunca hubiese debido ir a Bosnia.

Se graduó de la secundaria en 1994 y el otoño siguiente fue aceptado en Harvard. Aquel invierno, viendo en la televisión el sadismo de la limpieza étnica y sus consecuencias –el sufrimiento de los refugiados, los programas de ayuda– en un lugar muy lejano llamado Bosnia, Ricky decidió que quería ayudar de algún modo.

Su madre le rogó que se quedara en Estados Unidos, diciéndole que si quería ejercitar su conciencia social había muchos programas de ayuda sin necesidad de ir tan lejos. Pero las imágenes de las aldeas destruidas, los huérfanos que lloraban y los ojos llenos de desesperación de los refugiados habían afectado profundamente a Ricky; tenía que ser Bosnia.

Unas cuantas llamadas telefónicas de su padre le hicieron saber que el responsable de la ayuda era el Alto Comisionado de Naciones Unidas para los Refugiados, que tenía una gran delegación en Nueva York. Ricky suplicó que le permitieran unirse a ellos al menos durante el verano, y fue a Nueva York para informarse acerca del procedimiento de inscripción.

A principios de la primavera de 1995, los tres años de guerra en Yugoslavia habían destruido la federación y sembrado la destrucción en la República de Bosnia-Herzegovina. El ACNUR estaba operando allí a gran escala, con unos efectivos de alrededor de cuatrocientos «internacionales» y varios miles de cooperantes reclutados en la zona. El dispositivo lo dirigía un antiguo soldado británico, el barbudo y siempre enérgico Larry Hollingworth, al que Ricky había visto en televisión. El muchacho quería unirse a ellos y ayudar de alguna manera.

La delegación de Nueva York se mostró tan amable como poco entusiasmada. Las ofertas de aficionados les llegaban a carretadas, y las visitas personales ascendían a varias docenas al día. Aquello era Naciones Unidas; había procedimientos, seis meses de burocracia, se tenían que rellenar suficientes impresos como para romper los amortiguadores a una camioneta, y, dado que Ricky tenía que estar en Harvard cuando llegara el otoño, probablemente al final se encontraría con una negativa.

El abatido joven estaba bajando en el ascensor al inicio de la hora del almuerzo cuando una secretaria de mediana edad le dirigió una amable sonrisa.

–Si realmente quieres ayudar allí, tendrás que ir directamente a la oficina regional de Zagreb –le dijo–. Ellos aceptan a la gente de la zona. Los que se encuentran sobre el terreno no están tan pendientes de los trámites.

Croacia había formado parte de la Yugoslavia en proceso de desintegración, pero había conseguido la independencia. Ahora constituía un Estado, y muchas organizaciones habían aprovechado la seguridad que ofrecía su capital, Zagreb, para establecerse en ella. Una de esas organizaciones era el ACNUR.

Ricky mantuvo una larga conversación telefónica con sus padres, consiguió que éstos terminaran otorgándole su permiso de bastante mala gana e hizo el vuelo Nueva York-Viena-Zagreb. Pero la respuesta siguió siendo la misma: había que rellenar un montón de impresos; en realidad, buscaban compromisos a largo plazo. Los aficionados que iban allí a pasar el verano suponían muchísima responsabilidad y no hacían ninguna aportación seria.

–Lo que deberías hacer es probar suerte con alguna ONG –sugirió el controlador regional, queriendo echarle una mano–. Se reúnen en la cafetería, justo aquí al lado.

El ACNUR podía ser el organismo mundial, pero con él no terminaba la cooperación. Prestar ayuda cuando ha habido algún desastre es toda una actividad económica, y para muchos una profesión. Aparte de las Naciones Unidas y los gobiernos, están las organizaciones no gubernamentales. En aquellos momentos había más de trescientas ONG en Bosnia.

De entre todas ellas, sólo los nombres de alrededor de una docena le habrían sonado al gran público: Save the Children (británica), Feed the Children (Estados Unidos), Age Concern, War on Want, Médicos sin Fronteras... Todas ellas estaban allí. Algunas se basaban en la religión, otras eran de origen laico, y muchas de las más pequeñas simplemente se habían creado durante la guerra civil bosnia, impulsadas por las imágenes televisivas transmitidas incesantemente a Occidente. En la parte inferior de la escala estaban los camiones solitarios conducidos a través de Europa por un par de robustos mocetones que se habían puesto de acuerdo para hacerlo mientras tomaban una ronda en su bar favorito. El punto de despegue para iniciar el último tramo del recorrido que terminaba llevando al corazón de Bosnia era Zagreb o el puerto adriático de Split.

Ricky encontró la cafetería, pidió un café y un *slivovitz* para disipar los efectos del frío viento de marzo que soplaba fuera, y miró alrededor en busca de un posible contacto. Dos horas después, un corpulento barbudo con aspecto de camionero entró en la cafetería. Llevaba una gruesa zamarra de lana y pidió café y un coñac doble con una voz que Ricky situó como procedente de Carolina del Norte o del Sur. Fue hacia el hombretón y se presentó. La suerte le había sonreído.

John Slack era el organizador y distribuidor de ayuda de una pequeña organización benéfica de Estados Unidos llamada Panes y Peces, surgida recientemente de Camino de Salvación, que en un mundo pecaminoso era el sello del reverendo Billy Jones, evangelista televisivo y salvador de almas (a cambio del donativo apropiado) en la muy hermosa ciudad de Charleston. Slack escuchó a Ricky como haría alguien que ya hubiese oído aquello antes.

–¿Puedes conducir un camión, muchacho?

–Sí.

Aquello no era del todo cierto, pero Ricky suponía que un gran camión sería más o menos igual que una camioneta.

–¿Sabes leer un mapa?

–Por supuesto.

–¿Y quieres ganar un buen sueldo?

–No. Cuento con una asignación de mi abuelo.

Un destello burlón brilló en los ojos de John Slack.

–¿No quieres nada? ¿Sólo ayudar?

–Eso es.

–De acuerdo, entonces quedas contratado. Yo no opero a gran escala. Voy de un lado para otro y compro alimentos, ropa, mantas, lo que sea, sobre el terreno y principalmente en Austria. Luego lo llevo en camiones a Zagreb, lleno el depósito de combustible y me dirijo hacia Bosnia. Operamos desde Travnik. Ahí abajo hay miles de refugiados.

–Por mí estupendo –dijo Ricky–. Yo pagaré mis gastos.

Slack apuró lo que quedaba de su coñac.

–Vamos, muchacho –dijo.

El camión era un Hanomag alemán de diez toneladas, y antes de cruzar la frontera Ricky ya le había cogido el truco. Tardaron diez horas en llegar a Travnik, relevándose al volante. Era medianoche cuando llegaron al recinto que Panes y Peces tenía a las afueras de la ciudad. Slack le entregó unas cuantas mantas a Ricky.

–Pasa la noche dentro de la cabina –dijo–. Por la mañana te encontraremos un alojamiento.

El dispositivo de ayuda de Panes y Peces era realmente pequeño. Se componía de un segundo camión, que se disponía a partir hacia el norte a recoger más suministros, conducido por un sueco que hablaba en monosílabos; un pequeño cobertizo rodeado por una verja de alambre metálico para mantener fuera a los saqueadores, y otro cobertizo que llamaban almacén y servía para guardar los alimentos ya descargados pero aún por distribuir. Además, contaba con tres cooperantes bosnios reclutados en la zona. También contaba con dos Toyota Land Cruiser nuevos de color negro, que se utilizaban para la distribución de los pequeños cargamentos de ayuda. Slack presentó a Ricky a todo el mundo; por la tarde, el recién llegado ya había encontrado alojamiento en la casa de una viuda bosnia. Para ir y volver de la base compró una bicicleta medio desvencijada con una parte del dinero en efectivo que guardaba dentro de un monedero de cinturón. John Slack reparó en él.

–¿Te importaría decirme cuánto dinero llevas dentro de ese monedero? –preguntó.

–He traído mil dólares –respondió Ricky confiadamente–. Sólo por si había alguna emergencia.

–Mierda. No los vayas exhibiendo por ahí o la armarás. Estos tipos pueden retirarte de la circulación por eso.

Ricky prometió que sería discreto. Los servicios postales, como no tardó en descubrir, eran inexistentes en la medida en que no existía ningún Estado bosnio; como resultado, no había departamento de correos estatal, y los servicios yugoslavos habían desaparecido. John Slack le dijo que cualquier conductor que fuera a Croacia o a Austria echaba al correo cartas y postales para todo el mundo. Ricky escribió rápidamente una postal que extrajo del paquete que había comprado en el aeropuerto de Viena y la echó al morral. El sueco se lo llevó al norte, y una semana después la señora Colenso recibía la postal.

Hubo un tiempo en el que Travnik había sido una próspera ciudad-mercado habitada por serbios, croatas y musulmanes bosnios. Su presencia se reflejaba en las iglesias. Había una iglesia católica para los croatas desplazados, una iglesia ortodoxa para los también desplazados serbios y una docena de mezquitas para la mayoría musulmana, los únicos a quienes se suele llamar bosnios.

Con el estallido de la guerra civil, la comunidad triétnica que había convivido en armonía durante años quedó rota. A medida que un pogromo tras otro recorría el país, la confianza interétnica se evaporaba.

Los serbios se retiraron al norte de los montes Vlasic, que dominan Travnik, y a través del valle del río Lasva entraron en Banja Luka por el lado opuesto.

Los croatas también fueron expulsados; la mayoría de ellos se trasladaron unos quince kilómetros carretera abajo hasta llegar a Vitez. De este modo se formaron tres plazas fuertes de una sola etnia, nutridas con refugiados de su grupo étnico.

En el mundo de los medios de comunicación, los serbios aparecían como impulsores de todos los pogromos, a pesar de que ellos también habían visto cómo comunidades serbias enteras eran aniquiladas cuando vivían en lugares aislados y se encontraban en minoría. La razón era que en la antigua Yugoslavia los serbios habían ejercido el control del ejército; cuando el país estalló en pedazos, se limitaron a hacerse con el 90% del armamento pesado, lo cual les proporcionó una ventaja insuperable.

Los croatas, que tampoco se quedaban cruzados de brazos cuando se trataba de aniquilar a las minorías no croatas presentes entre ellos, habían obtenido un reconocimiento irresponsablemente prematuro por parte del canciller alemán Köhl; a partir de ese momento pudieron comprar armas en el mercado mundial.

Los bosnios se hallaban básicamente desarmados, y se mantuvieron así siguiendo los consejos de los políticos europeos. Como resultado, fueron los que padecieron más brutalidades. A finales de la primavera de 1995 Estados Unidos, horrorizado y harto de estarse quieto sin hacer nada, utilizó su poderío militar para dar una buena tunda a los serbios y obligar a todas las partes a sentarse a una mesa de negociaciones en Dayton, Ohio. Los acuerdos de Dayton fueron llevados a la práctica ese mes de noviembre. Ricky Colenso no llegaría a verlo.

Cuando Ricky llegó a Travnik, la población ya había encajado un montón de obuses disparados desde posiciones serbias desperdigadas por las montañas. La mayoría de los edificios estaban envueltos en sudarios de tablas que se apoyaban contra las paredes. Si eran alcanzadas por un «inmigrante» las tablas quedaban convertidas en madera para fósforos, pero al menos salvaban la casa que había dentro. La mayor parte de los vidrios de las ventanas estaban rotos y habían sido sustituidos con plásticos. Por el momento, la mezquita principal, pintada de vivos colores, se había librado inexplicablemente de un impacto directo. Los dos edificios de mayores dimensiones de la ciudad, el *gymnasium* (la escuela secundaria) y la en otro tiempo famosa Escuela de Música, estaban llenos de refugiados.

Sin poder acceder a los campos de los alrededores y careciendo por ello de acceso a sus cosechas, los refugiados, que ascendían al triple de la población original, dependían de las agencias de ayuda para sobrevivir. Ahí era donde entraba en juego Panes y Peces, junto con una docena más de pequeñas ONG presentes en Travnik.

Los dos Land Cruiser podían ser cargados hasta los topes con doscientos veinticinco kilos de ayuda humanitaria, y aun así llegar a las distintas aldeas y pueblecitos donde la necesidad era todavía mayor que en el centro de Travnik. Ricky accedió de buena gana a hacerse cargo del transporte de alimentos por los caminos de montaña que conducían hacia el sur.

Cuatro meses después de estar sentado en Georgetown, viendo en la pantalla del televisor las imágenes de miseria humana que lo habían llevado hasta allí, Ricky era feliz. Estaba haciendo lo que había ido a hacer. Se sentía conmovido por la gratitud de los campesinos de rostros nudosos y sus niños morenos de ojos como platos, que acudían al centro de una aldea aislada, en la que hacía una semana que no comían, para verlo descargar sacos de trigo, maíz, leche en polvo y sopa concentrada.

Ricky creía que así estaba devolviendo de alguna manera todos los beneficios y comodidades que un Dios benévolo, en el cual creía firmemente, le había otorgado en el momento de su nacimiento por el simple hecho de haberlo creado estadounidense.

No hablaba ni una palabra de serbocroata, la lengua común de toda Yugoslavia, ni el dialecto bosnio. No tenía ni idea de la geografía local, de adónde llevaban los caminos de montaña, de qué lugares eran seguros y cuáles podían ser peligrosos.

John Slack lo emparejó con uno de los cooperantes bosnios, un joven llamado Fadil Sulejman, que hablaba razonablemente bien el inglés aprendido en la escuela y que a partir de aquel momento pasó a actuar como su guía, intérprete y navegante.

A lo largo de abril y durante la primera quincena de mayo, Ricky envió cada semana una carta o una postal a sus padres, y con mayores o menores retrasos, dependiendo de quién iba a ir al norte para comprar suministros, sus cartas y sus postales llegaron a Georgetown luciendo sellos croatas o austríacos.

Fue en la segunda semana de mayo cuando Ricky se encontró solo y a cargo de la totalidad del depósito. El motor del camión del sueco Lars había sufrido una grave avería en una solitaria carretera de montaña en Croacia, al norte de la frontera pero a escasa distancia de Zagreb. John Slack había cogido uno de los Land Cruiser para echarle una mano y poner de nuevo en servicio el vehículo.

Entonces fue cuando Fadil Sulejman le pidió un favor a Ricky.

Como miles de las personas que había en Travnik, Fadil se había visto obligado a huir de su casa cuando la marea de la guerra empezó a avanzar hacia ella. Le explicó a Ricky que el hogar de su familia había estado en una granja o pequeña propiedad en un valle situado en lo alto de las laderas de los montes Vlasic. Ahora necesitaba desesperadamente saber si quedaba algo de él. ¿Le habrían prendido fuego o se habría salvado? ¿Todavía estaría en pie? Cuando empezó la guerra, su padre había enterrado algunos tesoros familiares debajo de un granero. ¿Seguirían aún allí? En una palabra, ¿podía ir Fadil a visitar el hogar de sus padres por primera vez en tres años?

Ricky le dijo a Fadil que podía tomarse todo el tiempo libre que necesitara para ir allí, pero el verdadero problema no era ése. Sólo un vehículo todoterreno podría avanzar por los caminos de montaña, resbaladizos a causa de las lluvias primaverales. Aquello significaba usar el Land Cruiser.

Ricky se encontró ante un dilema. Quería ayudar, y estaba dispuesto a pagar la gasolina, pero ¿era realmente segura la montaña? En el pasado las patrullas serbias se habían dedicado a recorrerla y emplazar su artillería para bombardear Travnik, situado debajo.

De aquello ya hacía un año, insistió Fadil. Ahora las laderas del sur, donde estaba la granja de sus padres, eran totalmente seguras. Ricky titubeó y finalmente, conmovido por las súplicas de Fadil y preguntándose qué se debía de sentir cuando se pierde el hogar, accedió. Con una condición: él también iría.

De hecho, con el sol de primavera el trayecto resultaba muy agradable. Dejaron la ciudad a sus espaldas y subieron unos quince kilómetros por la carretera principal que llevaba a Donji Vakuk antes de torcer hacia la derecha.

La carretera no dejaba de ascender, además de deteriorarse hasta convertirse en un sendero, también ascendente. Por todas partes los rodeaban fresnos, hayas y robles que lucían su follaje primaveral. Era, pensó Ricky, casi como estar en la parte del Shenandoah donde había acampado en una ocasión con un grupo de la escuela. Empezaron a derrapar en las curvas, y Ricky admitió que nunca hubiesen conseguido avanzar sin la tracción en las cuatro ruedas.

Los robles cedían paso a las coníferas, y a los mil quinientos metros de altitud entraron en un valle que, invisible desde el camino que discurría muy por debajo de él, parecía una especie de refugio secreto. En el corazón del valle encontraron la granja. Su chimenea de piedra había sobrevivido, pero el resto había sido incendiado y saqueado. Varios graneros deteriorados por el tiempo, a los cuales no habían prendido fuego, se alzaban entre las viejas cercas para el ganado. Ricky miró la cara de Fadil y dijo:

–No sabes cómo lo siento.

Bajaron del todoterreno junto a la ennegrecida chimenea; Ricky esperó mientras Fadil caminaba a través de las cenizas húmedas, dando patadas aquí y allá a lo que quedaba del lugar en que se había criado. Ricky lo siguió y pasó junto al aprisco del ganado y el pozo negro, rebosante de su nauseabundo contenido engrosado por las lluvias, para ir a los graneros en los que el padre de Fadil podía haber escondido los tesoros de la familia con el fin de salvarlos de los merodeadores. Entonces oyeron agitación y gimoteos.

Los dos hombres los encontraron debajo de una lona empapada y maloliente. Había seis niños, diminutos, encogidos y aterrorizados, con edades que iban desde los cuatro hasta los diez años. Eran cuatro niños y dos niñas, la mayor de las cuales era aparentemente la madre sustituta y jefa del grupo. En cuanto vieron a los dos hombres que los miraban, se quedaron paralizados de miedo. Fadil empezó a hablarles suavemente. Pasado un rato, la chica le contestó.

–Son de Gorica, un pueblecito que queda a unos siete kilómetros de aquí siguiendo la ladera de la montaña –tradujo Fadil–. Gorica quiere decir «pequeña colina». Yo lo conocía.

–¿Qué ocurrió?

Fadil habló de nuevo en el dialecto local. La chica volvió a responder, y luego se echó a llorar.

–Vinieron hombres. Serbios, paramilitares.

–¿Cuándo?

–Anoche.

–¿Y qué sucedió?

Fadil suspiró.

–Era un pueblecito muy pequeño –dijo–. Cuatro familias, veinte adultos, puede que unos doce niños... Ahora ya no queda nadie, porque todos están muertos. En cuanto empezó el combate, sus padres les gritaron que huyeran. Escaparon en la oscuridad.

–¿Huérfanos? ¿Todos ellos?

–Todos ellos.

–Santo Dios, menudo país... Tenemos que meterlos en el todoterreno y bajarlos al valle –dijo el muchacho.

Sacaron a los niños, cada uno cogido de la mano de otro mayor que él para formar una cadena, del granero a la intensa claridad del sol. Los pájaros cantaban. Era un valle muy hermoso.

Entonces vieron a los hombres donde empezaban los árboles. Había diez en dos jeeps GAZ rusos con camuflaje del ejército. Los hombres también llevaban uniformes de camuflaje. Iban fuertemente armados.

Tres semanas más tarde, después de limpiar y sacar brillo al buzón de correos, enfrentándose a otro día más sin ninguna postal, la señora Annie Colenso marcó un número de teléfono de Windsor, Ontario. Respondieron al segundo timbrazo y Annie reconoció la voz de la secretaria privada de su padre.

–Hola, Jean. Soy Annie. ¿Está ahí mi padre?

–Desde luego, señora Colenso. Ahora mismo le pongo con él.

3
El magnate

Había diez jóvenes pilotos dentro del cobertizo de la escuadrilla A, y otros ocho en la puerta contigua, que correspondía a la escuadrilla B. En el exterior, dos o tres Hurricane se alineaban inmóviles sobre el reluciente verdor de la hierba del aeródromo, con ese inconfundible aspecto de hallarse al acecho que les daba la protuberancia del fuselaje detrás de la carlinga. No eran nuevos: sus remiendos de tela revelaban cicatrices de combate sobre Francia durante la quincena anterior.

El estado de ánimo que imperaba dentro de los cobertizos no podía ofrecer un contraste más marcado con el cálido sol veraniego del 25 de junio de 1940 que lucía sobre el campo de Coltishall, en Norfolk, Inglaterra. El estado de ánimo que imperaba entre los hombres del escuadrón 242 de la Real Fuerza Aérea, conocido como «el escuadrón canadiense», nunca había sido más tenebroso, y lo cierto era que existía una buena razón para ello.

El 242 llevaba combatiendo casi desde que se había disparado el primer tiro en el frente occidental. Aunque perdida de antemano, habían librado la batalla por Francia desde la frontera oriental hasta la costa del Canal. Mientras la gran máquina de la guerra relámpago de Hitler seguía avanzando y dejaba a un lado al ejército francés, los pilotos que trataban de detener el torrente se encontraban con que sus bases habían sido evacuadas y trasladadas un poco más hacia atrás cuando ellos todavía estaban en el aire. Tenían que buscar desesperadamente la comida, los alojamientos, los repuestos y el combustible. Cualquiera que haya formado parte en alguna ocasión de un ejército que está batiéndose en retirada sabrá que la palabra que lo define todo en semejantes situaciones es «caos».

Cruzando de nuevo el canal desde Inglaterra, habían librado la segunda batalla, entonces sobre las arenas de Dunquerque, mientras debajo de ellos el ejército británico intentaba salvar lo que podía de la desbandada abordando cualquier cosa que flotara para regresar remando a Inglaterra, cuyos blancos acantilados eran tentadoramente visibles a través de la llanura del mar en calma.

Para cuando el último *tommy* de la infantería inglesa hubo sido evacuado de aquella horrible playa y los últimos defensores del perímetro pasaron a ser cautivos de los alemanes durante cinco años, los canadienses estaban exhaustos. Habían sufrido un terrible castigo: nueve muertos y tres heridos, más otros tres derribados y hechos prisioneros.

Tres semanas después todavía se encontraban atrapados en Coltishall, sin disponer de repuestos o herramientas para sustituir a los que abandonaron en Francia. Su jefe, el comandante de escuadrón *Papá* Gobiel, estaba enfermo desde hacía semanas, y ya no volvería a mandarlos. Aun así, los británicos les habían prometido un nuevo comandante, que esperaban en cualquier momento.

Un pequeño deportivo con la capota bajada apareció de entre los hangares y se detuvo cerca de los dos cobertizos de madera que alojaban a las tripulaciones. Un hombre se apeó de él, moviéndose con cierta dificultad. Nadie fue a darle la bienvenida. El hombre se dirigió hacia el cobertizo de la escuadrilla A caminando con una especie de torpe cojera. Unos minutos después ya había salido de allí e iba hacia el cobertizo de la escuadrilla B. Los pilotos canadienses lo observaban a través de las ventanas, perplejos ante aquella manera de andar, con los pies tan separados que le obligaban a bambolearse de uno a otro lado. La puerta se abrió y el hombre apareció en el hueco. Sus hombreras mostraban las insignias de jefe de escuadrón. Nadie se levantó.

–¿Quién está al mando aquí? –preguntó el hombre con voz malhumorada.

Un robusto canadiense se puso en pie, a un par de metros del sitio donde Steve Edmond estaba repantigado en una silla y observaba al recién llegado a través de una neblina azulada.

–Supongo que yo –dijo Stan Turner.

Eran los primeros tiempos. Stan Turner ya tenía dos derribos confirmados en su historial, aunque seguiría derribando aparatos enemigos hasta hacerse con un total de catorce presas y un puñado de medallas.

El oficial británico de los furibundos ojos azules giró sobre sus talones y se dirigió con paso tambaleante hacia un Hurricane estacionado. Los canadienses fueron saliendo de sus cobertizos para observar.

–No me puedo creer lo que estoy viendo –le murmuró Johnny

Latta a Steve Edmond–. Los muy bastardos nos han enviado a un comandante que no tiene piernas.

Era cierto. El recién llegado iba de un lado a otro balanceándose sobre un par de prótesis. Se izó a la carlinga del Hurricane, puso en funcionamiento el motor Rolls-Royce Merlin con un par de rápidos ademanes, enfiló el aparato hacia el viento y despegó. Durante media hora estuvo haciendo que el caza ejecutara todas las maniobras de acrobacia aérea que figuraban en el manual y unas cuantas que todavía no habían llegado a ser incluidas en él.

Era muy bueno en el aire, en parte debido a que había sido todo un as de la acrobacia aérea antes de perder las piernas cuando su avión se estrelló, mucho antes de la guerra, y en parte por el mismo hecho de no tener piernas. Cuando un piloto de caza ejecuta un viraje muy cerrado o sale de un picado, maniobras que son realmente vitales en el combate aéreo, imprime intensas fuerzas gravitatorias a su propio cuerpo. El principal efecto es que la sangre abandona súbitamente la parte superior del cuerpo y se produce una pérdida del conocimiento. Como aquel piloto no tenía piernas, la sangre se quedaba en la mitad superior del cuerpo, cerca del cerebro. Los hombres de su escuadrón no tardarían en descubrir que su comandante podía ejecutar virajes bastante más cerrados que ellos. Finalmente el recién llegado hizo que el Hurricane tomara tierra, bajó de la carlinga y fue con sus andares bamboleantes hacia los silenciosos canadienses.

–Me llamo Douglas Bader –les dijo–, y vamos a ser el mejor maldito escuadrón de toda la maldita Fuerza Aérea.

Bader hizo honor a su palabra. Con la batalla de Francia ya perdida y la batalla de las playas de Dunquerque muy cerca de terminar en una horrible catástrofe, la gran prueba estaba a punto de llegar: Goering, el jefe de las fuerzas aéreas de Hitler, le había prometido a éste el dominio del cielo para facilitar el éxito de la invasión de Inglaterra. La batalla de Inglaterra fue la contienda por aquellos cielos. Cuando ésta hubo terminado, los canadienses del 242 –siempre bajo las órdenes en combate de aquel comandante sin piernas– habían llegado a establecer la mejor relación entre derribos enemigos y pérdidas propias de todo su bando.

A finales de otoño, la Lutwaffe alemana ya había tenido más que suficiente y se retiró a Francia. Hitler descargó su ira sobre Goering y volvió a dirigir su atención hacia el este y Rusia.

En las tres batallas, Francia, Dunquerque e Inglaterra, que se sucedieron a lo largo de sólo seis meses del verano de 1940, los canadienses habían acumulado ochenta y ocho derribos enemigos confirmados, sesenta y siete de ellos en la batalla de Inglaterra. Pero habían perdido a diecisiete pilotos, los MEA (muertos en acción); salvo tres, eran todos francocanadienses.

Cincuenta y cinco años después, Steve Edmond se levantó del escritorio de su despacho y volvió a acercarse, como había hecho tantas veces a lo largo de los años, a la fotografía que colgaba de la pared; no mostraba a todos los hombres con los cuales había llegado a volar, ya que algunos habían muerto antes de que les enviaran a otros para cubrir sus bajas. Pero mostraba a los diecisiete canadienses en Duxford, durante un cálido día despejado de finales de agosto durante el momento culminante de la batalla.

Casi todos se habían ido. La mayoría habían muerto en acción durante la guerra. Las caras de unos muchachos de entre diecinueve y veintidós años contemplaban el mundo desde la foto, animadas, expectantes y llenas de vitalidad, en el umbral de la vida y, aun así, en su mayoría destinadas a no verla nunca.

El anciano examinó la foto con más detalle. Benzie, que había sido su compañero de ala, había muerto derribado sobre el estuario del Támesis el 7 de septiembre, dos semanas después de que se hubiera tomado la foto. Solanders, que había venido de Terranova, había muerto al día siguiente.

Johnny Latta y Willie McKnight, que posaban el uno al lado del otro, morirían en enero de 1941 cuando volaban juntos sobre algún lugar del golfo de Vizcaya.

–Fuiste el mejor de todos nosotros, Willie –murmuró el anciano.

McKnight había sido el primer as y doble as[1]. Tenía un don natural para el combate aéreo; llevaba nueve derribos confirmados en sus primeros diecisiete días de combate y un total de veintiuna victorias aéreas cuando murió, diez meses después de su primera misión, con sólo veintiún años de edad.

Steve Edmond había sobrevivido y llegado a ser considerablemente anciano y extremadamente rico, sin duda el mayor magnate minero de Ontario. Pero a lo largo de los años siempre había mantenido en su pared aquella foto, tanto cuando vivía en una

1. Distinción de las fuezas aéreas estadounidenses. *(N. del E.)*

cabaña con un zapapico por única compañía como cuando ganó su primer millón de dólares, y cuando (especialmente entonces) la revista *Forbes* lo declaró multimillonario.

Había conservado la foto para que le recordara la terrible fragilidad de esa cosa a la cual llamamos vida. Cuando volvía la vista hacia el pasado, Steve Edmond se preguntaba cómo había sobrevivido. Fue derribado por primera vez y, hallándose en el hospital, el escuadrón 242 partió hacia Extremo Oriente en diciembre de 1941. Cuando volvió a estar en condiciones de prestar servicio, lo enviaron al Mando de Adiestramiento.

No podía soportar tanta inactividad y bombardeó a las máximas autoridades con peticiones para que le permitieran volar de nuevo en misiones de combate; su deseo le fue concedido a tiempo para participar en el desembarco de Normandía pilotando el nuevo cazabombardero Typhoon de ataque en superficie, muy rápido y con gran potencia de fuego, que era un temible destructor de tanques.

La segunda vez que lo derribaron fue cerca de Remagen, mientras los efectivos estadounidenses se estaban abriendo paso a través del Rin. Edmond formaba parte de la docena de cazabombarderos Typhoon británicos que se encargaban de proporcionar cobertura durante el avance. El impacto directo en el motor sólo le dio unos cuantos segundos para ganar altitud, abrir la carlinga y saltar antes de que el avión explotara.

Edmond saltó desde muy poca altura y el contacto con la tierra fue muy violento; se le rompieron ambas piernas por el impacto. Yació inmóvil sobre la nieve sumido en el estupor que produce el dolor, ligeramente consciente de la proximidad de unos cascos de acero redondos que corrían hacia él y mucho más de que los alemanes sentían un particular aborrecimiento por los Typhoon, así como de que los hombres a los que había estado haciendo saltar por los aires eran de una división panzer de las SS, las cuales no eran famosas precisamente por su tolerancia.

Una figura que llevaba el rostro cubierto por un pasamontañas se detuvo y bajó la mirada hacia él; una voz dijo: «Vaya, mira qué tenemos aquí». Edmond dejó escapar en un suspiro de alivio todo el aliento que había estado conteniendo hasta aquel momento. Pocos miembros de la élite de Adolf Hitler hablaban el inglés con acento del Mississippi.

Los estadounidenses lo llevaron de vuelta a través del Rin, aturdido por la morfina, y fue devuelto a Inglaterra a bordo de un avión. Cuando las piernas se le soldaron correctamente, se juzgó que estaba ocupando una cama de la que se tenía necesidad para los recién ingresados que acababan de llegar del frente, por lo que Edmond fue enviado a un centro de convalecencia en la costa del sur, donde pasaría el tiempo cojeando de un lado a otro hasta su repatriación al Canadá.

A Edmond le gustó Dilbury Manor, una enorme edificación Tudor impregnada de historia, con extensiones de césped que eran como el tapete verde de una mesa de billar y unas cuantas enfermeras bastante guapas. Steve Edmond tenía en aquella primavera veinticinco años y ostentaba el rango de comandante de ala.

Las habitaciones eran para dos oficiales, pero transcurrió una semana antes de que llegara su compañero de habitación. Era estadounidense, tenía aproximadamente la misma edad que Edmond y no llevaba uniforme. Su brazo y su hombro izquierdos quedaron destrozados durante un tiroteo en el norte de Italia. Aquello significaba operaciones encubiertas detrás de las líneas enemigas a cargo de las Fuerzas Especiales.

–Hola –dijo el recién llegado–, soy Peter Lucas. ¿Juegas al ajedrez?

Steve Edmond había salido de los duros campamentos mineros de Ontario y se había alistado en la Real Fuerza Aérea canadiense el año 1938 para escapar al desempleo que azotaba la industria minera cuando el mundo súbitamente no encontró nada en lo que utilizar el níquel. Años después ese metal se encontraba en cada uno de los motores de avión que transportaron por el aire a Edmond. Lucas provenía del cajón más alto de la cómoda social de Nueva Inglaterra, y no le había faltado de nada desde el día de su nacimiento.

Los dos jóvenes estaban sentados en el césped, separados por una mesa de ajedrez, cuando la radio, en el acento tan retorcidamente sofisticado que empleaban los locutores de la BBC para dar las noticias en aquellos tiempos, anunció a través de la ventana del comedor que el mariscal de campo Von Rundstedt acababa de firmar los documentos de rendición incondicional en Luneberg Heath. Era el 8 de mayo de 1945.

La guerra en Europa había terminado. El estadounidense y el canadiense se quedaron donde estaban y se acordaron de todos aquellos amigos que no volverían a casa; posteriormente ambos recordarían que aquélla había sido la última vez que lloraron en público.

Una semana después se despidieron y regresaron a sus respectivos países. Pero en aquel centro de convalecencia junto a la costa inglesa habían llegado a desarrollar una amistad que perduraría de por vida.

El Canadá con el que se encontró Steve Edmond cuando volvió a casa era un país distinto. Él también era un hombre distinto, un héroe de guerra condecorado que regresaba a una economía floreciente. Él procedía de la cuenca de Sudbury, y fue a esa cuenca adonde regresó. Su padre había sido minero, y antes lo había sido su abuelo. Los canadienses extraían cobre y níquel en los alrededores de Sudbury desde 1885, y los Edmond habían ejercido aquella actividad durante la mayor parte de ese tiempo.

Steve Edmond descubrió que la Fuerza Aérea le debía un buen pico de su paga y lo utilizó para ingresar en la universidad, el primero de su familia que lo hacía. Como era natural, escogió disciplinadamente ingeniería de minas y añadió un curso de metalurgia al puchero de sus estudios. Se licenció en ambas materias entre los primeros de su clase en 1948 y enseguida fue contratado por la International Nickel Company (INCO), principal suministradora de empleos en la cuenca de Sudbury.

Fundada en 1902, la INCO había ayudado a hacer de Canadá el principal proveedor de níquel del mundo; el corazón de la empresa lo constituía el enorme yacimiento que poseía muy cerca de Sudbury, Ontario. Edmond ingresó como administrador de minas en prácticas.

Edmond hubiese seguido siendo un administrador de minas que vivía en una casa, cómoda pero de lo más corriente, de un suburbio de Sudbury, de no ser por aquella mente inquieta y en continua actividad que siempre le estaba diciendo «tiene que haber algo mejor».

La universidad le había enseñado que el núcleo básico del níquel, la pentlandita, también contiene otros elementos: platino, paladio, iridio, rutenio, rodio, telurio, selenio, cobalto, plata y oro. Edmond empezó a estudiar los distintos metales de las tierras raras, sus usos y el mercado potencial para ellos.

Nadie más se molestó en hacerlo, debido a que los porcentajes resultaban tan pequeños que su extracción no salía a cuenta, por lo que siempre terminaban en montones de escoria. Muy pocos sabían qué eran los metales raros.

Casi todas las grandes fortunas están basadas en tener una

idea realmente buena y las agallas necesarias para llevarla a la práctica. Trabajar duro y tener un poco de suerte también ayudan. La idea realmente buena que tuvo Steve Edmond fue meterse en el laboratorio cuando los otros jóvenes administradores de minas estaban consumiendo la cosecha de cebada por el método de bebérsela una vez destilada. Lo que terminó sacando de ello fue el proceso conocido como «lixiviación por presión del ácido».

Básicamente, el proceso consistía en sacar los diminutos depósitos de metales raros de la escoria, disolviéndolos y acto seguido reconstituyéndolos para convertirlos de nuevo en metal.

Si Edmond hubiera acudido a la INCO con aquello, le habrían dado una palmadita en la espalda y quizá incluso lo habrían invitado a cenar. En vez de eso lo que hizo fue presentar su dimisión y comprar un billete de tren de tercera clase para Toronto y la Oficina de Patentes.

Pidió prestado, por supuesto, pero no mucho, porque aquello a lo que él le había echado el ojo no costaba demasiado. Cuando un yacimiento de pentlandita se había agotado, o al menos había sido explotado hasta que no resultaba económico continuar trabajando en él, las compañías dejaban tras de sí enormes montones de escoria llamados presas de residuos. Las presas eran la basura y nadie las quería para nada. Steve Edmond sí que las quería, y las compró pagando unos pocos centavos por ellas.

Fundó Edmond Metals, Ems, conocida en la Bolsa de Toronto simplemente como Emmys, y el precio de las acciones fue subiendo. Edmond nunca llegó a vender la empresa, a pesar de todas las ofertas para hacerlo que se le presentaron, y jamás se embarcó en ninguna de las aventuras que le proponían los bancos y los asesores financieros. De esa manera evitó las falsas subidas, las burbujas financieras y las caídas del mercado. A los cuarenta años Steve Edmond ya era multimillonario y a los sesenta y cinco, en 1985, se había cubierto con el siempre escurridizo manto del milmillonario.

Él no alardeaba de ello y nunca olvidaba de donde provenía, daba mucho dinero a instituciones benéficas, evitaba a los políticos al mismo tiempo que se mostraba afable con todos ellos, y era conocido como un buen padre de familia.

A lo largo de los años hubo unos cuantos idiotas que, tomando aquella apacible fachada por la totalidad del hombre, pretendieron engañar, mentir o robar a Steve Edmond. Todas esas personas descubrieron, a menudo demasiado tarde desde su punto de vista, que en el interior de Steve Edmond había tanto acero como en cualquiera de los motores de avión detrás de los que hubiera llegado a sentarse.

Steve Edmond sólo contrajo matrimonio una vez, en 1949, justo antes de su gran descubrimiento. Él y Fay se habían casado por amor y siguieron estando enamorados el uno del otro hasta que una enfermedad de las neuronas motrices se llevó a Fay en 1994. El matrimonio tuvo un bebé, su hija Annie, que nació en 1950.

En su ancianidad, Steve Edmond mimaba a su hija como había hecho siempre; aprobaba entusiásticamente al profesor Adrian Colenso, el académico de la Universidad de Georgetown con el que Annie había contraído matrimonio a los veintidós años, y estaba loco por su único nieto Ricky, en aquel entonces de veinte años de edad, que estaba pasando una temporada en algún lugar de Europa antes de volver a casa para empezar la universidad.

Steve Edmond era casi siempre un hombre satisfecho de la vida, que tenía todos los motivos del mundo para sentirse así, pero había días en los que se encontraba preocupado e irritable. Entonces cruzaba el suelo del despacho de su gran ático muy por encima de la ciudad de Windsor, Ontario, y volvía a contemplar las jóvenes caras de la foto que llegaban hasta él desde hacía mucho tiempo y una gran distancia.

El interfono sonó y Edmond regresó a su escritorio.

–Sí, Jean.

–Tiene en la línea a la señora Colenso desde Virginia.

–Ah, muy bien. Pásamela. –Edmond se recostó en la silla giratoria acolchada mientras se establecía la conexión–. Hola, cariño. ¿Qué tal estás?

La sonrisa desapareció del rostro de Edmond mientras escuchaba. Luego su cuerpo fue desplazándose cada vez más hacia delante en su asiento hasta que se encontró apoyado en el escritorio.

–¿Qué quieres decir con eso de que ha desaparecido...? ¿Has probado a telefonear...? ¿Bosnia? Las líneas no funcionan... Annie, ya sabes que los chicos de hoy en día no escriben... Quizá se ha quedado atascada en el correo de allí... Sí, acepto que él lo prometió firmemente... Está bien, déjalo en mis manos. ¿Para quién estaba trabajando?

Cogió una pluma y escribió lo que ella le dictó.

–Panes y Peces. ¿Ése es su nombre? ¿Y dices que es una agencia de ayuda humanitaria? Comida para los refugiados. Muy bien, entonces figurará en los registros oficiales. Tienen que estar inscritos. Déjamelo a mí, querida. Sí, tan pronto como tenga algo.

Después de colgar, Edmond reflexionó durante unos momentos y luego llamó a su director general.

–Entre todos esos tunantes a los que das trabajo, ¿tienes a alguien que sepa hacer investigaciones a través de Internet? –preguntó.

El director general se quedó atónito.

–Por supuesto –respondió en cuanto se hubo recuperado de la sorpresa–. Tengo a docenas de ellos.

–Quiero el nombre y el número de teléfono particular de la persona que está al frente de una organización caritativa estadounidense llamada Panes y Peces... No, sólo eso. Y los necesito deprisa.

Edmond los tuvo en diez minutos. Una hora más tarde colgaba el auricular después de haber mantenido una larga conversación con alguien que estaba en un reluciente edificio de Charleston, Carolina del Sur, el cuartel general de uno de aquellos evangelistas televisivos a los que tanto despreciaba Edmond, aquellos tipos que obtenían cuantiosos donativos de los crédulos a cambio de garantizarles la salvación.

Panes y Peces era el brazo asistencial oficioso de uno de aquellos salvadores que solicitaba fondos para los pobres refugiados de Bosnia, azotada en aquellos momentos por una feroz guerra civil. Cuántos de los dólares donados eran destinados a esos infortunados y cuántos iban a parar a la flota de limusinas del reverendo era algo que nadie acababa de tener muy claro. Pero si Ricky Colenso trabajaba en calidad de voluntario para Panes y Peces en Bosnia, le informó la voz que hablaba desde Charleston, habría estado en el centro de distribución que tenían en un lugar llamado Travnik.

–Jean, ¿te acuerdas de un hombre al que hará cosa de un par de años le robaron un par de cuadros de antiguos maestros de su casa de campo de Toronto? Salió en los periódicos. Luego los cuadros volvieron a aparecer. Alguien del club dijo que ese hombre utilizó los servicios de una agencia muy discreta para seguirles el rastro y recuperarlos. Necesito el nombre de esa agencia. Llámame en cuanto lo tengas.

Aquel dato decididamente no figuraba en Internet, pero existían otras redes. Jean Searle, que ya llevaba muchos años como secretaria privada de Edmond, utilizó la Red de las secretarias y recurrió a una de sus amigas, secretaria del jefe de policía.

–¿Rubinstein? Perfecto. Ahora ponme con el señor Rubinstein, en Toronto o donde sea.

Aquello requirió media hora. El coleccionista de obras de arte fue localizado mientras estaba visitando el Rijksmuseum en Amsterdam para contemplar, una vez más, la *Ronda nocturna* de Rembrandt. Lo hicieron levantarse de la mesa donde estaba cenando, dadas las seis horas de diferencia horaria. Pero se mostró dispuesto a ayudar.

–Jean –dijo Steve Edmond en cuanto hubo terminado de hablar con aquel hombre–, telefonea al aeropuerto. Que preparen el Grumman. Ya. Quiero ir a Londres. No, al Londres de Inglaterra[1]. Para llegar allí cuando esté saliendo el sol.

1. Existe otra ciudad del mismo nombre en Ontario. *(N. del E.)*

4
El soldado

Cal Dexter apenas había terminado de prestar el juramento de fidelidad cuando se encontró camino del campamento de instrucción para realizar el adiestramiento básico. No tuvo que recorrer gran distancia, ya que Fort Dix se encuentra en el mismo New Jersey.

En la primavera de 1968 decenas de miles de jóvenes estadounidenses afluían al ejército; el 95% de ellos habían sido alistados contra su voluntad. Eso no podía haberles importado menos a los sargentos instructores: su trabajo consistía en convertir aquella masa de joven humanidad masculina pelada al rape en algo que se pareciera a unos soldados antes de remitirlos, sólo tres meses después, a su destino.

El lugar del que venían, los nombres de sus padres o el nivel de educación que habían recibido eran totalmente irrelevantes. El campamento de instrucción era el mayor igualador que pudiera llegar a existir, dejando aparte la muerte. Ese otro igualador vendría después. Para algunos.

Dexter era un rebelde nato, pero también conocía la calle bastante mejor que la mayoría de los reclutas. El rancho no era nada del otro mundo, pero aun así estaba mejor que lo que él había comido en muchas obras, así que lo devoraba.

A diferencia de los chicos ricos, Dexter no tenía ningún problema en usar los dormitorios colectivos y hacer sus abluciones al aire libre, o en mantener todo su equipo muy, muy ordenadamente guardado dentro de una pequeña taquilla. Lo que le resultó más útil de todo fue el hecho de que nunca había tenido detrás a nadie que fuera recogiéndole las cosas que dejaba tiradas, así que no esperaba encontrarse con nada de ese tipo en el campamento. Otros, acostumbrados a que se cuidara de sus personas en todo momento, pasaron mucho tiempo trotando alrededor de la plaza de armas o haciendo flexiones bajo la mirada de un sargento que estaba enormemente disgustado con ellos.

Una vez dicho esto, lo cierto es que Dexter tampoco le veía

ningún sentido a la mayor parte de las reglas y los rituales, pero era lo bastante listo para no decirlo en voz alta. Y no veía que hubiera motivos para que los sargentos tuvieran siempre la razón y él siempre tuviera que estar equivocado.

La gran ventaja que tenía el haberse alistado voluntariamente para servir tres años quedó enseguida clara. Los cabos y los sargentos, que eran lo más aproximado a Dios que existía en el campamento, se enteraron pronto de su situación y no fueron demasiado duros con él. Después de todo, Dexter se aproximaba bastante a ser «uno de ellos». Aquellos niños ricos a los que sus mamás habían ido malcriando con toda su abundancia de atenciones y mimos fueron los que peor lo pasaron.

Cuando llevaba dos semanas en el campamento, Dexter pasó por su primera sesión de evaluación. Eso llevaba aparejado comparecer ante una de aquellas criaturas casi invisibles, un oficial. En este caso, un comandante.

–¿Alguna habilidad especial? –preguntó el comandante, seguramente por milésima vez.

–Puedo conducir excavadoras, señor –dijo Dexter.

El comandante estudió sus formularios y levantó la vista.

–¿Cuándo fue eso?

–El año pasado, señor. Entre terminar la escuela y alistarme.

–Tus papeles dicen que sólo tienes dieciocho años. Eso tuvo que ser cuando tenías diecisiete.

–Sí, señor.

–Eso es ilegal.

–Cielos, señor, pues sí que lo siento. No tenía ni idea de que fuera ilegal.

Dexter pudo notar cómo el cabo que se mantenía tieso como un palo junto a él trataba de mantener la seriedad. Pero el problema del comandante había quedado resuelto.

–Supongo que te ha tocado ingenieros, soldado. ¿Alguna objeción?

–No, señor.

Muy pocos le decían adiós a Fort Dix con lágrimas en los ojos. El campamento de instrucción no tiene nada que ver con unas vacaciones. Pero la mayoría de ellos salían de allí con la espalda recta, los hombros erguidos, un corte de pelo al uno en la cabeza, el uniforme de soldado raso, un petate con el equipo y un pase de viaje para su próximo destino. En el caso de Dexter, este fue Fort Leonard Wood, Missouri, para pasar por el adiestramiento individual avanzado.

El suyo consistió en ingeniería básica; no sólo se trataba de conducir una excavadora, sino también de conducir cualquier cosa que tuviese ruedas u orugas, la reparación y el mantenimiento de vehículos y, suponiendo que hubiera habido tiempo para ello, cincuenta cursos más aparte de ésos. Otros tres meses después, Dexter obtuvo su certificado militar de instrucción operacional y fue destinado a Fort Knox, Kentucky.

La mayoría de la gente conoce Fort Knox únicamente como el depósito de oro de la Reserva Federal de Estados Unidos, una meca de la fantasía para todos aquellos que sueñan despiertos con llegar a ser ladrones de bancos y un lugar que ha dado pie a numerosos libros y películas.

Pero Fort Knox también es una enorme base militar y la sede de la escuela del ejército. En cualquier base de semejantes dimensiones siempre hay algún edificio que se encuentra en fase de construcción, fosos para tanques que cavar, una acequia que rellenar. Cal Dexter pasó seis meses como uno de los ingenieros de guarnición en Fort Knox antes de que fuera llamado al puesto de mando.

Cal acababa de celebrar su decimonoveno cumpleaños y ostentaba el grado de soldado de primera clase. Su superior estaba muy serio, como alguien que se dispone a impartir la desdicha y la aflicción. Cal pensó que le había ocurrido algo a su padre.

–Es Vietnam –dijo el comandante.

–Magnífico –dijo el soldado de primera clase.

El comandante, que de muy buena gana hubiera pasado el resto de su carrera militar dentro de su anónimo hogar marital en la base de Kentucky, pestañeó varias veces.

–Bueno, pues entonces eso es todo –dijo en cuanto hubo acabado de pestañear.

Dos semanas después Cal Dexter recogió su petate, se despidió de los amigos que había hecho en la guarnición y subió al autobús que tenía que recoger a una docena de transferidos. Una semana más tarde bajaba por la rampa de un C5 Galaxy y entraba en el asfixiante y pegajoso calor del aeropuerto de Saigón, zona militar.

Al salir del aeropuerto, se sentó en la parte delantera del autobús, junto al conductor.

–¿Qué sabes hacer? –le preguntó el cabo conductor mientras metía el autobús de la tropa entre los hangares.

–Conduzco excavadoras –respondió Dexter.

–Bueno, entonces supongo que serás un CDPT como el resto de los que estamos por aquí.

–¿CDPT? –preguntó Dexter. Nunca había oído nada semejante.

–Cabroncete de la parte trasera –le informó el cabo.

Dexter se encontró saboreando por primera vez la pirámide jerárquica que había en Vietnam. Nueve décimas partes de los soldados que iban a Vietnam nunca veían a un vietcong, nunca hacían un disparo impulsados por la ira, y rara vez oían un tiro. Con unas pocas excepciones, los nombres de los cincuenta mil muertos que figuran en el Muro Conmemorativo junto al lago de la Reflexión de Washington proceden del otro diez por ciento. Incluso teniendo todo un segundo ejército vietnamita de cocineros, encargados de la tintorería y limpiadores de botellas, seguían haciendo falta nueve soldados en la retaguardia para mantener a uno en la jungla tratando de ganar la guerra.

–¿Dónde estás destinado? –preguntó el cabo.

–Primer Batallón de Ingenieros, la Gran Roja.

El conductor chilló igual que un murciélago de la fruta al que le acabaran de dar un susto.

–Lo siento –dijo–. He hablado demasiado pronto. Eso es Lai Khe, en el límite del Triángulo de Hierro. Mejor tú que yo, amigo.

–¿Es malo?

–La visión del infierno que tenía Dante, compañero.

Dexter nunca había oído hablar de Dante y supuso que estaría en alguna otra unidad. Se encogió de hombros.

Realmente había una ruta que iba desde Saigón hasta Lai Khe: era la carretera 13, que pasaba por Phu Cuong, subía a lo largo del límite este del Triángulo hasta llegar a Ben Cat, y luego seguía adelante durante unos veinticuatro kilómetros más. Pero no era demasiado aconsejable seguirla a menos que se dispusiera de una escolta blindada, e incluso entonces nunca de noche. Toda aquella zona tenía mucha vegetación, y era un teatro predilecto para emboscadas del Vietcong. Cuando Cal Dexter entró en el enorme perímetro defendido que alojaba a la Primera División de Infantería, la Gran Roja, lo hizo en helicóptero. Volvió a echarse el petate al hombro y preguntó cómo se iba al cuartel general del Primer Batallón de Ingenieros.

Durante el trayecto, Cal Dexter pasó por delante del parque de vehículos y vio algo que le cortó la respiración. Fue hacia un soldado que pasaba por allí y le preguntó:

–¿Qué demonios es eso?

–Fauces de Cerdo –dijo el soldado lacónicamente–. Para limpiar el terreno.

Junto con la 25.ª División de Infantería, la Rayo del Trópico llegada de Hawai, la Gran Roja trataba de vérselas con la que pasaba por ser el área más peligrosa de toda la península, el Triángulo de Hierro. La vegetación era tan espesa, tan impenetrable para el invasor y tan laberínticamente protectora para la guerrilla, que la única manera de intentar igualar un poco las condiciones en el campo de juego era talando la selva.

Para hacerlo, se habían desarrollado dos máquinas impresionantes. Una era el tanque-excavadora, que consistía en un tanque mediano M-48 provisto de una pala de excavadora instalada en su parte delantera. Con la pala bajada, el tanque empujaba la vegetación mientras la torreta blindada protegía a la tripulación que iba dentro. Pero mucho más grande era el Arado de Roma, o Fauces de Cerdo.

Aquella máquina era una bestia realmente terrible si daba la casualidad de que eras un arbusto, un árbol o una roca. Un vehículo de orugas de setenta toneladas de peso, el D7E, fue provisto de una pala curva especialmente forjada cuyo borde inferior, un saliente de acero endurecido, podía hacer astillas un árbol con un tronco de un metro de grosor.

El solitario conductor-operador de la máquina iba sentado en su cabina en su parte superior, protegido por una «barra para el dolor de cabeza» colocada encima de él, destinada a impedir que muriera aplastado por los restos cuando éstos le fueran cayendo encima, y con una garita blindada para detener las balas de los francotiradores o un ataque de la guerrilla.

El «Roma» que figuraba en el nombre no tenía nada que ver con la capital de Italia, sino con Roma, Georgia, donde se fabricaba la bestia. El objetivo del Arado de Roma era hacer que cualquier parte del territorio que hubiera recibido su atención nunca más pudiera ser utilizada como santuario por el Vietcong.

Dexter fue a la oficina del batallón, saludó y se presentó.

–Buenos días, señor –dijo–. Soldado de primera clase Calvin Dexter presentándose para el servicio, señor. Soy su nuevo operador de las Fauces de Cerdo, señor.

El teniente sentado detrás del escritorio suspiró cansadamente. Estaba llegando al final de su año de servicio en Vietnam y se había negado tajantemente a prolongarlo. Aborrecía el país, el invisible pero letal Vietcong, el calor, la humedad, los mosquitos y el hecho de que volvía a tener un sarpullido provocado por el calor en las partes íntimas y el trasero. Lo último que necesitaba con la temperatura aproximándose a los treinta y cinco grados era un bromista.

Pero Cal Dexter era un joven muy tenaz. Insistió y no se dio por vencido. Dos semanas después de haber llegado al puesto ya tenía su Arado de Roma. La primera vez que lo sacó, un conductor más experimentado trató de ofrecerle algunos consejos. Cal escuchó, se subió a lo alto de la cabina, y luego pasó el día entero conduciendo la máquina en una operación combinada con apoyo de infantería. Manejaba la gigantesca máquina a su manera, distinta y más eficaz.

Le observaba con frecuencia un teniente, también de ingenieros, pero que parecía no tener ninguna obligación; un hombre joven y bastante callado que decía poco pero observaba mucho.

«Es duro –se dijo el oficial a sí mismo una semana después–. Es un solitario, un tipo arrogante y tiene talento. Veamos si se acobarda con facilidad.»

No había ninguna razón para que un corpulento ametrallador acosara al mucho más pequeño conductor del arado, pero eso fue lo que hizo. La tercera vez que el ametrallador se metió con el soldado de primera clase procedente de New Jersey, llegaron a las manos. Pero no lo hicieron delante, donde todos hubieran podido verlos, porque eso iba contra las reglas. Aun así, había una pequeña explanada detrás del comedor. Acordaron que allí resolverían sus diferencias, con las manos desnudas, cuando hubiera anochecido.

El ametrallador y el soldado de primera clase se encontraron a la luz de las lámparas, con un centenar de soldados formando un círculo y apostando mayoritariamente en contra del menos corpulento de los dos. La presunción general era que asistirían a una repetición del combate a puñetazos entre George Kennedy y Paul Newman en *La leyenda del indomable*. Estaban muy equivocados.

Nadie había mencionado las reglas del marqués de Queensberry, así que el más pequeño de los dos hombres fue directamente hacia el ametrallador, pasó por debajo del primer puñetazo que pretendía arrancarle la cabeza y le dio una buena patada debajo de la rótula. Pasando a moverse en círculos alrededor de un oponente que ahora ya sólo podía utilizar una pierna, el conductor del arado le asestó dos puñetazos en los riñones y un rodillazo en la ingle.

Cuando la cabeza del hombretón bajó hasta quedar a su altura, el conductor del arado le hundió el nudillo del dedo medio de su mano derecha en la sien izquierda, y las luces se apagaron para el ametrallador.

–No peleas limpio –dijo el que había ido recogiendo las apuestas cuando Dexter extendió la mano hacia él para recibir sus ganancias.

–No, y tampoco pierdo –dijo Dexter.

Más allá del círculo de luces, el oficial les hizo una seña con la cabeza a los dos policías militares que estaban con él, y éstos se dispusieron a arrestarle. Un rato después el ametrallador, que todavía cojeaba, obtuvo los veinte dólares que se le habían prometido.

Treinta días en el calabozo fueron la pena, incrementada porque se negó a dar el nombre de su oponente. Dexter durmió perfectamente encima de la plataforma sin colchoneta que había dentro de la celda, y todavía estaba durmiendo cuando alguien empezó a pasar una cuchara metálica por los barrotes. Estaba amaneciendo.

–En pie, soldado –dijo una voz.

Dexter despertó, descendió de la plataforma y se puso firmes. El hombre lucía la solitaria barrita plateada de teniente en el cuello de su uniforme.

–Treinta días aquí dentro son realmente muy aburridos –dijo el oficial.

–Sobreviviré, señor –dijo el ex soldado de primera clase, ahora nuevamente reducido al rango de soldado raso.

–O podrías salir ahora mismo.

–Me parece que para eso antes tendría que hacer algo, señor.

–Oh, desde luego. Como dejar de perder el tiempo con esos enormes juguetes que sirven para presumir de macho y entrar en mi unidad. Entonces descubriremos si eres tan duro como crees ser.

–¿Y cuál es su unidad, señor?

–Me llaman Rata Seis. ¿Vamos?

El oficial dejó en libertad al prisionero con una firma y luego fueron a desayunar al comedor más diminuto y exclusivo que había en toda la división. No se permitía entrar a nadie sin permiso, y en aquel momento sólo había catorce personas. Dexter era el que hacía quince, pero el número bajaría a trece en una semana cuando murieron dos más.

Había un extraño emblema en la puerta del «garito», como llamaban ellos a su minúsculo club. Mostraba a un roedor erguido con el rostro fruncido en un gruñido amenazador, una lengua fálica, una pistola en una mano y una botella de licor en la otra. Dexter acababa de unirse a las Ratas de Túnel.

Durante seis años, en una secuencia constantemente cambiante de hombres, las Ratas de Túnel hicieron el trabajo más sucio y mortífero, y con mucho también el más aterrador, que pudiese llegar a haber en la guerra de Vietnam, pero sus acciones eran tan secretas y su número tan reducido que hoy en día la mayoría de la gente, incluso en Estados Unidos, apenas o nunca han oído hablar de ellos.

Probablemente no hubo más de trescientos cincuenta miembros a lo largo de todo el período: una pequeña unidad de los ingenieros de la Gran Roja, y otra de la División Rayo del Trópico, la 25. Cien de ellos nunca volvieron a casa. Alrededor de cien más fueron sacados a rastras, gritando y con los nervios destrozados, de su zona de combate, sometidos a terapia contra el trauma que habían sufrido y retirados del servicio activo. Los demás regresaron a Estados Unidos y, siendo por naturaleza solitarios, lacónicos y taciturnos, rara vez mencionaban lo que hicieron.

Ni siquiera Estados Unidos de América, que normalmente no muestra timidez para con sus héroes de guerra, fundió ninguna medalla ni levantó placa alguna. Aquellos hombres venían de ninguna parte, hicieron lo que hicieron porque era algo que tenía que hacerse, y luego volvieron a la nada y el olvido. Y toda su historia empezó porque a un sargento le dolía el trasero.

Estados Unidos no era el primer invasor de Vietnam, sólo el más reciente. Antes de los estadounidenses habían estado los franceses, quienes ocuparon las tres provincias de Tonkín (norte), Annam (centro) y Cochinchina (sur), para añadirlas a su imperio colonial junto con Laos y Camboya.

Pero en 1942 los invasores japoneses expulsaron a los franceses, y después de que Japón fuera derrotado en 1945 los vietnamitas creyeron que al fin llegarían a verse unidos y libres de la dominación extranjera. Los franceses tenían otras ideas, y regresaron. Aunque al principio hubo otros, el hombre que dirigió la lucha por la independencia fue el comunista Ho Chi Minh. Él fue quien formó el ejército de resistencia del Viet Minh, y los vietnamitas volvieron a la jungla para continuar luchando. Y para continuar haciéndolo durante todo el tiempo que hiciera falta.

Un baluarte de la resistencia fue la zona agrícola muy rica en vegetación que había al noroeste de Saigón, y que se prolongaba hacia el norte hasta la frontera camboyana. Los franceses le dedicaron especial atención (como harían más tarde los estadounidenses) con una expedición punitiva tras otra. Para buscar algún refugio los granjeros locales no huían, sino que cavaban.

Carecían de tecnología y sólo contaban con su capacidad, como las hormigas, para el trabajo duro, su paciencia, su conocimiento de la zona y su astucia. También tenían esterillas, palas y cestas tejidas con hojas de palmera. Es imposible calcular los millones de toneladas de tierra que llegaron a desplazar. Pero cavaron y se llevaron la tierra. Cuando los franceses se fueron después de la derrota que habían sufrido en 1954, la totalidad del Triángulo era un laberinto de conductos y túneles. Y nadie sabía de su existencia.

Entonces llegaron los estadounidenses, decididos a mantener un régimen que los vietnamitas consideraban una marioneta de otro poder colonial. Volvieron a la selva y a la guerra de guerrillas. Y siguieron cavando. Para el año 1964 ya contaban con doscientos kilómetros de túneles, cámaras, pasadizos y escondites.

Cuando por fin los estadounidenses empezaron a darse cuenta de lo que tenían debajo, la complejidad del sistema de túneles los dejó anonadados. Los pozos de acceso se hallaban disfrazados de tal manera que fueran invisibles a pocos centímetros de distancia del suelo de la jungla. Allí abajo había hasta cinco niveles de galerías, las más profundas de ellas a unos quince metros bajo tierra, unidas entre sí mediante estrechos y serpenteantes pasadizos por los que sólo un vietnamita, o un blanco pequeño y nervudo, podía arrastrarse.

Los distintos niveles estaban conectados por trampillas, algunas de las cuales conducían hacia arriba mientras que otras llevaban hacia abajo. Dichas trampillas también se hallaban camufladas, para que parecieran las paredes desnudas del final de un túnel. Había almacenes, cavernas que eran utilizadas como centros de reunión, dormitorios, talleres de reparaciones, comedores e incluso hospitales. En 1966 una brigada de combate entera podía esconderse allí abajo, pero hasta la ofensiva del Tet el Vietcong nunca tuvo necesidad de recurrir a semejante número de hombres.

La penetración por parte de un agresor se desalentaba de varias maneras. Era muy posible que un pozo vertical tuviera una astuta trampa para incautos al final. Disparar hacia abajo en el interior de los túneles no servía de nada, ya que éstos cambiaban de dirección cada pocos metros, de manera que una bala se incrustaba en la pared.

Dinamitarlos tampoco servía de nada: había decenas de galerías alternativas dentro del laberinto, negro como la pez, que se ocultaba en las profundidades, pero sólo un habitante de la zona las conocería. El gas no servía de nada: los túneles encajaban entre sí tan herméticamente como los precintos que se utilizan contra el agua, igual que hace la curva en forma de U del sifón de un lavabo.

La red se extendía por debajo de la selva, casi desde los suburbios de Saigón hasta prácticamente la frontera camboyana. Había varias redes más en otros lugares pero ninguna como los Túneles de Cu Chi, cuyo nombre procedía de la población más cercana a ellos.

La arcilla laterítica siempre se volvía muy moldeable después del monzón, cuando era fácil de excavar, arrancar y sacar en cestas. Durante la temporada seca, aquella misma arcilla se endurecía como el cemento.

A partir del asesinato de Kennedy los estadounidenses empezaron a llegar en cantidades realmente significativas y ya no como instructores sino para combatir, lo que empezaron a hacer en la primavera de 1964. Contaban con los efectivos, las armas, las máquinas y la potencia de fuego necesarias... y nunca le acertaban a nada. Nunca le acertaban a nada porque nunca encontraban nada. Únicamente el cadáver de algún que otro vietcong en el caso de que les sonriera la suerte. Pero sufrían bajas, y el número de muertos empezó a subir.

Al principio fue más cómodo dar por sentado que durante el día los vietcongs eran campesinos, perdidos entre todos aquellos millones de siluetas vestidas con pijamas negros, que pasaban a convertirse en guerrilleros por la noche. Pero ¿por qué había tantas bajas durante el día, y nunca había nadie a quien devolver el fuego? En enero de 1966, la Gran Roja decidió acabar de una vez por todas con el Triángulo de Hierro. Fue lo que se llamó la Operación Obstáculo.

Empezaron por un extremo, se desplegaron y siguieron avanzando. Disponían de munición suficiente para acabar con toda Indochina. Llegaron al otro extremo, y todavía no habían encontrado a nadie. Entonces los francotiradores del Vietcong empezaron a disparar desde detrás de la línea en movimiento y los soldados sufrieron cinco bajas. Quienquiera que estuviese disparando sólo contaba con viejas carabinas soviéticas accionadas por un cerrojo manual, pero una bala a través del corazón sigue siendo una bala a través del corazón.

Los soldados dieron media vuelta y recorrieron por segunda vez el mismo terreno. Nada, ningún enemigo. Sufrieron más bajas, siempre debido a disparos por la espalda. Descubrieron unas cuantas madrigueras, un puñado de refugios para las incursiones aéreas. Vacíos, sin ninguna cobertura. Más fuego de francotiradores, pero ninguna figura vestida de negro corriendo a la cual devolver los disparos.

El día 4, el sargento Stewart Green, tan profundamente harto de todo aquello como lo estaban sus compañeros, se sentó a descansar un rato. Dos segundos después ya estaba de pie agarrándose el trasero con las manos. Hormigas de fuego, escorpiones, serpientes: Vietnam los tenía todos. El sargento estaba convencido de que lo habían picado o mordido. Pero sólo había sido la punta de un clavo. El clavo formaba parte de un marco, y el marco era la puerta oculta de acceso a un conducto que descendía directamente hacia la negrura. El ejército estadounidense por fin había descubierto adónde iban los francotiradores. Habían estado marchando por encima de sus cabezas durante dos años.

No había absolutamente ninguna manera de combatir por control remoto al Vietcong, que vivía y se escondía debajo, en la oscuridad. La sociedad que en tres años enviaría a dos hombres a caminar sobre la Luna carecía de tecnología apropiada para los túneles de Cu Chi. Sólo había una manera de llevar el combate al enemigo invisible.

Alguien tenía que quitarse la ropa, conservando únicamente unos delgados pantalones de algodón, y con una pistola, un cuchillo y una linterna, bajar a aquel oscurísimo, falto de ventilación, desconocido, lleno de trampas para incautos, mortífero, no cartografiado y espantosamente claustrofóbico laberinto de estrechos pasadizos sin ninguna salida conocida, para matar en su propio cubil a los vietcongs.

Se buscó a unos cuantos hombres, de una clase especial. Los altos y corpulentos no servían. El 95% que sentía claustrofobia no servía. Los bocazas, los exhibicionistas y los que siempre estaban pidiendo que los mirasen no servían. Los que sí podían llegar a hacer aquello eran las personalidades calladas, discretas, centradas en sí mismas y que preferían hablar en voz baja, hombres que a menudo eran unos solitarios dentro de sus propias unidades. Tenían que ser unos hombres impasibles, incluso gélidos, dotados de unos nervios de acero y que fueran casi inmunes al pánico, el auténtico enemigo que acechaba en el subsuelo.

La burocracia militar, a la que nunca le había dado ningún miedo utilizar diez palabras allí donde habría bastado con dos, los llamó Personal de Exploración de Túneles. Ellos se llamaron a sí mismos las Ratas de Túnel.

Cuando Cal Dexter llegó a Vietnam ya hacía tres años que existían las Ratas de Túnel, la única unidad cuyo porcentaje de Corazones Púrpura (heridos en acción) era del ciento por ciento.

El oficial que la mandaba en aquellos momentos era conocido como Rata Seis. Todos los demás tenían un número distinto. Una vez que habían ingresado en la unidad, dejaban de relacionarse con el resto y todo el mundo los miraba con una especie de respetuoso temor, porque los hombres suelen sentirse bastante incómodos cuando están con alguien que ha sido sentenciado a morir.

Rata Seis había dado justo en el blanco con su corazonada. El duro muchacho salido de las obras de New Jersey con sus mortíferos puños y pies, sus ojos de Paul Newman y su falta de nervios, había nacido para aquello.

Rata Seis lo llevó con él a los túneles de Cu Chi, y una hora después ya se había dado cuenta de que el recluta era el mejor combatiente. Los dos llegaron a ser compañeros en las profundidades, donde no había rangos y nunca se empleaba la palabra «señor», y durante casi dos turnos de servicio, aquellos dos hombres lucharon y mataron en la oscuridad hasta que Henry Kissinger se reunió con Le Duc Tho y acordaron entre los dos que Estados Unidos se iría de Vietnam. Después de que se hubiera alcanzado ese acuerdo, ya no tenía ningún sentido que siguieran haciendo aquello.

Para el resto de la Gran Roja, la pareja llegó a ser una leyenda de la que sólo se hablaba en susurros. El oficial era el Tejón y el soldado recién ascendido a sargento era el Topo.

5
La Rata de Túnel

En el ejército, una diferencia de edad de sólo seis años entre dos hombres jóvenes puede parecer toda una generación. El mayor de los dos casi aparece como una figura paterna. Así fue como ocurrió con el Tejón y el Topo. A los veinticinco años de edad, el oficial era seis años mayor. Además, procedía de un entorno social distinto y había recibido una educación mucho mejor.

Sus padres eran profesionales. Una vez terminada la secundaria se había pasado un año recorriendo Europa, visitando Grecia y Roma, la Italia histórica, Alemania, Francia e Inglaterra.

Después había pasado cuatro años estudiando en la universidad para terminar licenciándose en ingeniería civil y mecánica, antes de que tuviera que enfrentarse al reclutamiento. Él también había optado por el servicio de tres años e ido directamente a la escuela de oficiales que había en Fort Belvior, Washington.

En aquella época Fort Belvior producía oficiales a un ritmo de cien al mes. Nueve meses después de que hubiera ingresado allí, el Tejón había salido de Fort Belvior como subteniente, aunque ascendió automáticamente al rango de teniente cuando fue enviado a Vietnam para unirse al Primer Batallón de Ingenieros de la Gran Roja. Él también había sido seleccionado por los «cazadores de talentos» para ingresar en las Ratas de Túnel; dado su rango, se convirtió rápidamente en Rata Seis cuando su predecesor volvió a casa. Todavía le quedaban por delante nueve meses del año que debía pasar sirviendo en Vietnam, dos meses menos del tiempo que le faltaba por servir a Calvin Dexter.

Pero pasado un mes ya estaba claro que en cuanto los dos hombres entraban en los túneles, los papeles enseguida quedaban invertidos. Entonces el Tejón se dejaba guiar por el Topo, aceptando la realidad de que el joven, con sus años en las calles y las obras de New Jersey, poseía una especie de sexto sentido para el peligro, la amenaza silenciosa que esperaba detrás del siguiente recodo de un túnel y el olor que emanaba de una trampa para incautos, que ninguna licenciatura universitaria podía igualar y que podía mantenerlos con vida a los dos.

Antes de que ninguno de ellos hubiera llegado a Vietnam, el alto mando estadounidense ya se había dado cuenta de que tratar de destruir el entramado de túneles haciendo que saltaran por los aires no era más que una pérdida de tiempo. La laterita seca era demasiado dura y el complejo era demasiado extenso. Los continuos cambios en la dirección de los túneles hacían que las ondas expansivas de las explosiones sólo llegaran hasta una determinada distancia, nunca lo bastante lejos.

Se habían hecho varios intentos de acabar con los túneles inundándolos, pero el agua se filtraba a través de los suelos. El sistema de emplear precintos contra el agua hacía que el gas tampoco diera resultado. Finalmente, se decidió que la única manera de obligar al enemigo a que presentara batalla era ir allí abajo y tratar de localizar los cuarteles generales de toda la Zona de Guerra C del Vietcong.

Dichos cuarteles, se creía, se encontraban en algún lugar entre la punta sur del Triángulo de Hierro donde los ríos Saigón y Thi Tinh se unían con los bosques de Boi Loi en el extremo camboyano. Dar con ellos, acabar con los cuadros superiores del Vietcong y echar mano a la enorme cantidad de datos que tenía que haber escondida allá abajo: ése era el objetivo que, si podía llegar a alcanzarse, constituiría una recompensa más valiosa que los rubíes.

De hecho los cuarteles generales se encontraban debajo de los bosques de Ho Bo, más hacia el norte, junto a la orilla del río Saigón, y nunca fueron encontrados. Pero cada vez que los tanques-excavadora o los Arados de Roma dejaban al descubierto otra entrada de túnel, las Ratas de Túnel bajaban al infierno para seguir buscándolos.

Las entradas siempre eran verticales; eso suponía el primer peligro: bajar por ellas con los pies por delante significaba exponer la mitad inferior del cuerpo a cualquier vietcong que estuviera esperando dentro del túnel lateral. A ese vietcong le encantaría poder hundir una lanza de bambú con la punta afilada como una aguja en la ingle o en las entrañas del soldado suspendido sobre él antes de retroceder hacia la oscuridad para esfumarse en ella. Cuando ese soldado agonizante hubiera sido izado con el astil de la lanza arañando las paredes y la punta envenenada del bambú desgarrándole las entrañas, las probabilidades de supervivencia serían mínimas.

Bajar con la cabeza por delante significaba arriesgarse a que una lanza, una bayoneta o una bala disparada a quemarropa atravesara la base de la garganta.

La manera más segura parecía ser ir descendiendo lentamente hasta el último metro y medio, para luego dejarse caer y abrir fuego al más leve movimiento que se notara dentro del túnel. Pero la base del conducto podía ser de hojas y ramitas que escondían un pozo con estacas *punji*, tallos de bambú clavados en el suelo, con las puntas también untadas de veneno, que atravesarían la suela de una bota de combate y del pie que había dentro de esta hasta terminar saliendo por el empeine. Aserradas y con la forma de anzuelo, las estacas *punji* difícilmente podían ser extraídas. También eran muy pocos los que sobrevivían a ellas.

Una vez dentro del túnel, y cuando se estaba avanzando a rastras por él, el peligro podía adquirir la forma de un vietcong esperando detrás de la siguiente esquina, pero lo más probable era que consistiese en trampas para incautos. Las había de varios tipos, todos considerablemente astutos, y cada una de ellas tenía que ser desarmada antes de continuar avanzando.

Algunos horrores no necesitaban tener nada que ver con los vietcongs. Tanto el murciélago del néctar como el murciélago de las tumbas, con su barba negra, eran moradores de las cavernas que se resguardaban de la luz del día en los túneles hasta que se los molestaba. Lo mismo hacía la gigantesca araña-cangrejo, tan abundante sobre las paredes que éstas parecían vibrar con un confuso movimiento. Todavía más numerosas eran las hormigas de fuego.

Ninguna de aquellas criaturas era letal, ya que ese honor le estaba reservado a la víbora del bambú, cuya mordedura significaba la muerte en treinta minutos. Habitualmente la trampa consistía en un tronco hueco de bambú de un metro clavado en el techo, que sobresalía en ángulo no más de un par de centímetros.

La serpiente se encontraba dentro del tubo con la cabeza hacia abajo, atrapada y furiosa, con su única vía de escape obstruida por un tapón de *kapok* en el extremo inferior. A través de él había un trozo de sedal que pasaba por un agujero y terminaba llegando a una clavija a un lado de la pared, desde donde iba a otra clavija clavada enfrente. Si el soldado que estaba arrastrándose por el suelo tocaba el sedal, arrancaba el tapón del trozo de bambú que había encima de él y entonces la víbora le caía sobre la nuca.

Y estaban las ratas, ratas de verdad. En los túneles habían descubierto su cielo privado y se reproducían furiosamente. De la misma manera que los soldados nunca dejarían a un hombre herido o ni siquiera a un cadáver dentro de los túneles, los vietcongs odiaban tener que dejar abandonada en la superficie a una de sus bajas para que los estadounidenses la encontraran y la añadiesen a su adorada «lista de bajas». Los vietcongs muertos siempre eran llevados abajo, enterrados dentro de las paredes del túnel en posición fetal, y recubiertos con arcilla mojada.

Pero una mano de arcilla no detendría a una rata. Por eso las ratas disponían de una inagotable fuente de alimento, y crecieron hasta adquirir el tamaño de gatos. Aun así los vietcongs vivían allá abajo durante semanas o incluso meses seguidos, retando a los soldados estadounidenses a que entraran en sus dominios, los encontraran y lucharan contra ellos.

Aquellos que lo hicieron y sobrevivieron llegaron a acostumbrarse tanto al hedor como a esa horrible forma de vivir. Abajo siempre hacía calor, estaba muy oscuro, se pegaba todo y no se tenía movilidad. Además apestaba. Los vietcongs tenían que llevar a cabo sus funciones corporales dentro de recipientes de barro; cuando estaban llenos, dichos recipientes eran enterrados en el suelo y se cerraban mediante un tampón de arcilla. Las ratas los abrían arañándolos con las garras.

Viniendo del país más fuertemente armado del planeta, los soldados que se convirtieron en Ratas de Túnel tenían que dejar a un lado toda la tecnología y regresar al hombre primitivo. Un cuchillo de comando, una pistola, una linterna, un cargador de repuesto y dos pilas para la linterna eran todo lo que se podía llevar abajo. De vez en cuando se llegaría a utilizar una granada de mano, pero resultaba peligrosa, a veces letal, para aquel que la lanzaba. En espacios tan pequeños, el estruendo podía reventar los tímpanos, pero lo peor era que la explosión absorbería todo el oxígeno en varias decenas de metros a la redonda. Un hombre podía llegar a morir antes de que se filtrara más aire desde el exterior.

Para una Rata de Túnel, el hecho de utilizar su pistola o su linterna equivalía a indicar su posición, a anunciar su llegada sin saber quién se encontraba agazapado en la oscuridad un poco más adelante, silencioso y a la espera. En ese sentido, los vietcongs siempre les llevaban delantera. Lo único que tenían que hacer era guardar silencio y esperar al hombre que iba arrastrándose hacia ellos.

Lo más terrible para los nervios, y el origen de muchas muertes, era la dura labor de ir atravesando las puertas-trampa que conducían de un nivel a otro, habitualmente hacia abajo.

Era bastante frecuente que un túnel terminara en un callejón sin salida. Pero ¿realmente se trataba de un callejón sin salida? En ese caso, ¿por qué excavarlo en primer lugar? En la oscuridad, con las yemas de los dedos que no palpaban ante ellas nada que no fuese una pared de laterita, la Rata de Túnel tenía que utilizar la linterna. Normalmente eso revelaría, por estar hábilmente camuflada y ser muy fácil de pasar por alto, la presencia de una puerta-trampa en la pared, el suelo o el techo. O se abortaba la misión, o había que abrir la puerta.

Pero ¿quién aguardaba al otro lado? Si la cabeza del soldado estadounidense era lo primero que pasaba por el agujero y había un vietcong esperando, la vida del soldado terminaría con la cuchillada que le rajaría el cuello o con la mordedura letal de un lazo de alambre empleado como garrote. Si el soldado se dejaba caer con los pies por delante, podía ser la lanza a través del estómago. Entonces moriría en una terrible agonía, con su torso sacudiéndose en un nivel y la mitad inferior del cuerpo destrozada en el nivel inferior.

Dexter hizo que los armeros le prepararan pequeñas granadas que tenían el tamaño de mandarinas, con una carga explosiva reducida del material habitual pero con más cojinetes. Durante sus primeros seis meses en los túneles fueron dos las ocasiones en que Dexter levantó una trampilla, lanzó una granada con una espoleta de tres segundos, y volvió a bajar la trampilla. Cuando la abrió por segunda vez y subió con su linterna encendida, la cámara siguiente era un amasijo de cuerpos destrozados.

Los complejos se hallaban protegidos de los ataques con gas por los precintos para el agua. La Rata de Túnel que iba arrastrándose por el suelo encontraría un estanque de agua fétida delante de él.

Aquello significaba que el túnel continuaba al otro lado del agua.

La única manera de pasar era ponerse boca arriba, meterse en el agua e impulsarse arañando el techo con las puntas de los dedos. La esperanza era que el charco terminara antes que el aire en los pulmones. De otra manera podía morir ahogado, con el cuerpo vuelto del revés, en la negrura a quince metros por debajo del suelo. La manera de sobrevivir era confiar en el compañero.

Antes de entrar en el agua, el hombre que iría delante se ataba una cuerda a los pies y le entregaba el extremo libre a su compañero. Si no daba un tranquilizador tirón a la cuerda antes de que hubieran transcurrido noventa segundos desde el momento en que había entrado en el agua, confirmando de esa manera que había encontrado aire al otro extremo de la trampa, su compañero tenía que sacarlo tirando de él sin perder un instante, porque el otro se estaría muriendo.

En medio de aquellas miserias, penalidades y miedo había un momento de vez en cuando en el que las Ratas de Túnel daban con el filón. Éste sería una caverna, a veces abandonada a toda prisa, que estaba claro había sido un importante subcuartel general. Entonces se sacarían rápidamente de allí cajas de papeles, pistas, pruebas, mapas y demás recuerdos para entregarlos a los expertos de inteligencia del G2 que las esperaban.

Fueron dos las ocasiones en que el Tejón y el Topo se tropezaron con semejantes cuevas de Aladino. El alto mando, no muy seguro de cómo había que tratar a unos jóvenes tan extraños, repartió medallas y palabras de elogio. Pero a la gente del Departamento de Relaciones Públicas, normalmente ansiosa de contarle al mundo lo bien que estaba yendo la guerra, se le advirtió de que debía mantenerse alejada de aquello. Nadie dijo una palabra. Se organizó un viaje a la instalación, pero el «invitado» del Departamento de Relaciones Públicas sólo llegó a recorrer quince metros por un túnel «seguro» antes de que le diera un ataque de histeria. Después de aquello, el silencio.

Pero había largos períodos sin combates, tanto para las Ratas de Túnel como para los demás soldados destacados en Vietnam. Algunos pasaban esas horas durmiendo, o escribían cartas, anhelando que llegara el final del turno de servicio y el viaje de regreso a casa. Algunos mataban el tiempo bebiendo o jugaban a las cartas y a los dados. Muchos fumaban, y no siempre Marlboro. Algunos se convertían en adictos. Otros leían.

Cal Dexter era uno de esos últimos. Hablando con su oficial-compañero, Dexter se había dado cuenta de lo lamentable que fue su educación académica, y volvió a empezar desde cero partiendo de la primera casilla. Descubrió que le fascinaba la historia. El bibliotecario de la base quedó encantado e impresionado con él, y le preparó una larga lista de libros de lectura obligada que Dexter obtuvo de Saigón.

De esa manera fue progresando a través de la Grecia clásica y la antigua Roma y supo que Alejandro había llorado cuando, a los treinta y un años de edad, vio que había derrotado a todo el mundo conocido y ya no quedaban más mundos que conquistar.

Llegó a saber del declive y la caída de Roma, de las Edades Oscuras y la Europa medieval, del Renacimiento y la Ilustración, la Era de la Elegancia y la Era de la Razón. Se sintió particularmente fascinado por los primeros años de las colonias norteamericanas, la Revolución y el motivo por el que su país había padecido una terrible guerra civil sólo noventa años antes de que él naciera.

Durante aquellos largos períodos en los que el monzón o las órdenes lo mantenían confinado dentro de la base, Dexter también hizo otra cosa. Con la ayuda del anciano vietnamita que barría y limpiaba el «garito» para ellos, aprendió el vietnamita de uso cotidiano hasta que pudo hablarlo lo bastante bien para hacerse entender y entenderlo aún mejor.

Cuando llevaba nueve meses sirviendo en Vietnam ocurrieron dos cosas: Dexter recibió su primera herida en combate, y el Tejón terminó sus doce meses de servicio.

La bala fue disparada por un vietcong que estaba escondido dentro de uno de los túneles cuando Dexter bajó por el conducto de entrada. Para confundir a ese tipo de enemigo al acecho, Dexter había desarrollado una técnica propia. Lanzaba una granada conducto abajo, y luego bajaba por él moviéndose lo más deprisa posible. Si la granada no hacía pedazos el falso suelo del conducto, entonces era que no había ninguna trampa de estacas *punji* allí abajo. Si lo hacía, Dexter disponía del tiempo necesario para detenerse antes de chocar con las estacas.

La misma granada debería hacer pedazos a cualquier vietcong que estuviera esperando allí donde no se lo pudiera ver. En aquella ocasión el vietcong se encontraba allí, pero estaba esperando bastante dentro del pasaje armado con un Kalashnikov AK47. El vietcong sobrevivió a la deflagración, pero quedó herido, y efectuó un solo disparo contra la Rata de Túnel que caía rápidamente hacia él. Dexter llegó al suelo con la pistola preparada y devolvió el fuego haciendo tres disparos. El vietcong cayó y se alejó a rastras; fue encontrado más tarde, muerto. Dexter resultó alcanzado en la parte superior del brazo izquierdo, una herida superficial que curó bien pero lo mantuvo fuera de los túneles durante un mes. El problema del Tejón fue más serio.

Los soldados lo admitirán y los policías lo confirmarán: no hay ningún sustituto para un compañero con el que te ha sido posible llegar a una confianza absoluta. Después de que hubieran aprendido a trabajar como compañeros en los primeros días, el Tejón y el Topo ya no querían entrar en los túneles con ningún otro. En nueve meses, Dexter había visto cómo cuatro Ratas morían allí abajo. En un caso, la Rata de Túnel superviviente había regresado a la superficie gritando y llorando. Aquel hombre nunca volvería a bajar a un túnel, ni siquiera después de que hubiera pasado varias semanas con los psiquiatras.

Pero el cuerpo del que nunca consiguió regresar todavía estaba allí abajo. El Tejón y el Topo bajaron provistos de cuerdas para dar con él y sacarlo del túnel, para repatriarlo y que se le pudiera dar un entierro cristiano. Le habían cortado el cuello. No habría ataúd para él.

De los trece Ratas de Túnel originales, cuatro más habían dejado la unidad al final de su período de servicio. Ocho hombres habían quedado fuera. Seis reclutas habían ingresado en la unidad, y ésta volvió a quedar compuesta por once hombres.

–No quiero bajar ahí con nadie más –le dijo Dexter a su compañero cuando el Tejón fue a visitarlo a la clínica de la base.

–Yo tampoco querría si estuviera en tu lugar –dijo el Tejón.

Finalmente resolvieron el problema acordando que si el Tejón prolongaba su servicio durante otro año, el Topo haría lo mismo al cabo de tres meses. Así se hizo. Los dos aceptaron un segundo período de servicio y regresaron a los túneles. Encontrando un poco embarazosa la gratitud que sentía, el general de la división les entregó dos medallas más.

Cuando se estaba dentro de aquellos túneles, había ciertas reglas que nunca debían infringirse. Una de ellas era: «Nunca bajes solo». Debido a su notable intuición para detectar el peligro, el Topo solía ir unos cuantos metros por delante del Tejón. Otra regla era: «Nunca dispares los seis proyectiles de una sola vez. Eso le dirá al vietcong que te has quedado sin munición, que eres un pato esperando ser cazado». Cuando llevaba dos meses de su segundo período de servicio, en mayo de 1970, Cal Dexter estuvo a punto de infringir ambas reglas, y tuvo mucha suerte al sobrevivir.

La pareja había entrado en un pozo recién descubierto en los bosques de Ho Bo. El Topo iba delante y ya se había arrastrado unos trescientos metros a lo largo de un túnel que cambiaba cuatro veces de dirección. Las puntas de sus dedos habían detectado y desconectado dos trampas para incautos. Pero no se percató de que el Tejón estaba teniendo que hacer frente a su propia fobia personal, dos murciélagos de la tumba que habían caído en su pelo, y se había detenido porque era incapaz de hablar o seguir adelante.

El Topo estaba arrastrándose en solitario cuando vio, o creyó ver, el más tenue de los resplandores que provenía de detrás del próximo recodo. La luz era tan débil que el Topo pensó que las retinas podían estar haciéndole una mala pasada. Se arrastró hasta el recodo sin hacer ningún ruido y se detuvo, empuñando la pistola con la mano derecha. El resplandor también permaneció inmóvil, justo al otro lado del recodo. Dexter esperó durante diez minutos, sin ser consciente de que su compañero se había perdido de vista detrás de él al quedarse paralizado. Finalmente decidió romper aquella situación de tablas y se impulsó hacia delante, lanzando su torso alrededor del recodo.

A tres metros de distancia de él había un vietcong acurrucado a cuatro patas. Entre ellos dos estaba la fuente de luz, una lamparilla de aceite de coco con un diminuto pábilo flotando en el aceite. El vietcong evidentemente la había ido empujando ante él mientras cumplía con su misión, que era comprobar las trampas para incautos. Primero los dos enemigos se limitaron a mirarse fijamente el uno al otro durante medio segundo, y luego ambos reaccionaron a la vez.

Golpeándolo con el dorso de los dedos, el vietnamita lanzó el plato lleno de aceite de coco caliente directamente a la cara del americano. La luz se extinguió de inmediato. Dexter alzó su mano izquierda para protegerse los ojos y sintió que el aceite ardiendo se esparcía por sus nudillos. Disparó tres veces con la mano derecha mientras oía un frenético ruido de retirada túnel abajo. Se sintió tentado de utilizar los otros tres proyectiles, pero no sabía cuántos vietcongs más había.

El Tejón lo ignoraba, pero habían estado arrastrándose hacia el complejo que albergaba los cuarteles generales de la Zona de

Mando del Vietcong. Custodiándolo había un total de cincuenta resueltos veteranos.

Mientras tanto, en Estados Unidos existía una pequeña unidad secreta conocida con el nombre de Laboratorio de la Guerra Limitada. Dicha unidad se pasó toda la guerra de Vietnam concibiendo espléndidas ideas para ayudar a las Ratas de Túnel, aunque ninguno de los científicos que la formaban llegó a bajar nunca. Enviaban sus ideas a Vietnam, donde las Ratas, que sí bajaban a los túneles, las ponían a prueba, las encontraban poco prácticas y se las devolvían nuevamente a la unidad.

En el verano de 1970, el Laboratorio de la Guerra Limitada desarrolló una nueva clase de arma de fuego para ser empleada muy cerca del enemigo dentro de un espacio cerrado; con ella, al fin, tenían entre las manos un triunfo. El arma era una Magnum del calibre 44 con el cañón reducido a unos siete centímetros de longitud para que no estorbara, que utilizaba una munición especial.

El proyectil, muy pesado, que disparaba aquel calibre 44 estaba dividido en cuatro segmentos. Éstos se mantenían unidos como si fueran uno solo por el cartucho, pero al salir del cañón se separaban inmediatamente unos de otros para dar lugar a cuatro proyectiles. Las Ratas de Túnel descubrieron que iba muy bien cuando se estaba cerca del enemigo y que dentro de los túneles probablemente resultaría letal, porque si el arma era disparada dos veces llenaría el tramo de túnel que había delante con ocho proyectiles en vez de con solo dos. Eso te proporcionaba una probabilidad mucho más grande de acertar a algún vietcong.

Sólo se llegaron a fabricar setenta y cinco de aquellas armas. Las Ratas de Túnel estuvieron utilizándolas durante seis meses; después las armas fueron retiradas. Alguien había descubierto que probablemente contravenían la Convención de Ginebra, así que los setenta y cuatro revólveres Smith and Wesson a los que se les hubiera podido seguir la pista fueron devueltos a Estados Unidos y nunca más se los volvió a ver.

Las Ratas de Túnel tenían una plegaria muy corta y sencilla: «Si he de recibir un balazo, que así sea. Si me han de dar una cuchillada, mala suerte. Pero por favor, Dios mío, nunca me entierres vivo allá abajo».

En el verano de 1970 el Tejón estuvo a punto de quedarse enterrado vivo.

O los soldados no hubieran debido estar allí abajo o los bombarderos B-52 que habían despegado de Guam no hubieran debido lanzar sus bombas desde nueve mil metros de altitud. Pero alguien había ordenado que vinieran los bombarderos, y ese alguien se olvidó de avisar a las Ratas de Túnel de que iban a venir.

Ocurre. No muy a menudo, pero nadie que haya estado en las fuerzas armadas dejará de reconocer una metedura de pata de gran calibre cuando la tiene delante.

La nueva manera de pensar era que había que destruir los complejos de túneles haciendo que se derrumbaran mediante las tremendas explosiones de las bombas arrojadas por los B-52. En parte aquello había sido causado por un cambio de naturaleza psicológica.

En Estados Unidos, la opinión pública había pasado a estar totalmente en contra de la guerra de Vietnam.

Ahora los padres se estaban uniendo a sus hijos en las manifestaciones contra la guerra.

En la zona de guerra, la ofensiva del Tet treinta meses atrás no había sido olvidada. La moral se iba escurriendo poco a poco por el suelo de la selva. Todavía no se hablaba de ello en el alto mando, pero empezaba a extenderse la impresión de que aquella guerra no podía ser ganada. Todavía tendrían que transcurrir tres años antes de que el último soldado subiera al último avión para salir de allí, pero en el verano de 1970 se tomó la decisión de destruir con bombas los túneles que había en las «zonas de ataque libre». El Triángulo de Hierro se encontraba dentro de una zona de ataque libre.

Debido a que la 25.ª División de Infantería se hallaba estacionada allí, los bombarderos tenían instrucciones de no dejar caer ninguna bomba a menos de tres kilómetros de la unidad estadounidense más próxima. Pero aquel día el alto mando se olvidó del Tejón y el Topo, que pertenecían a otra división.

Estaban en un complejo próximo a Ben Suc, en el segundo nivel, cuando sintieron más que oyeron el primer *crump* de bombas haciendo explosión por encima de ellos. Luego hubo otro, y la tierra empezó a moverse a su alrededor. Olvidándose de los vietcongs, el Tejón y el Topo se arrastraron frenéticamente hacia el conducto que subía hasta el nivel uno.

El Topo llegó a él y había avanzado diez metros hacia el último pozo que subía hasta la luz del día cuando se produjo el desplome del techo. Tuvo lugar por detrás de él. «¡Tejón!», gritó. No hubo respuesta. El Topo sabía que veinte metros más adelante había un pequeño ensanchamiento, porque habían pasado ante él cuando bajaron. Empapado en sudor, se arrastró hasta allí y utilizó la anchura para dar la vuelta y regresar por donde había venido.

Encontró el montón de tierra con las puntas de los dedos. Entonces sintió una mano, y luego una segunda mano, pero más allá de eso no sintió nada excepto tierra caída. Empezó a cavar, lanzando la tierra detrás de él, pero obstruyendo su pronta salida al hacerlo.

Necesitó cinco minutos para descubrir la cabeza de su compañero, y cinco más para liberarle el torso. Las bombas habían dejado de caer, pero por encima los escombros desprendidos habían obstruido los conductos de aire. Empezaron a quedarse sin oxígeno.

–Sal de aquí, Cal –siseó el Tejón en la oscuridad–. Regresa con ayuda más tarde. No me va a pasar nada.

Dexter continuó apartando la tierra con los dedos. Ya había perdido totalmente dos uñas. Tardaría más de una hora en conseguir ayuda, y su compañero no sobreviviría ni la mitad de ese tiempo con los conductos de aire obstruidos. Encendió su linterna y se la puso en la mano a su compañero.

–No la sueltes y dirige el haz hacia atrás apuntando por encima de tu hombro.

La luz amarilla le permitió ver la masa de tierra que cubría las piernas del Tejón. Necesitó otra media hora. Después vino el lento arrastrarse de regreso a la luz del día, deslizándose entre los escombros que había ido arrojando detrás de él mientras cavaba. Sus pulmones se esforzaban por encontrar un poco de oxígeno, le daba vueltas la cabeza; su compañero estaba medio inconsciente. Entonces Dexter dobló la última esquina y sintió el aire.

En enero de 1971 el Tejón llegó al final de su segundo turno de servicio. Prolongarlo durante un tercer año estaba prohibido, pero de todas maneras ya había tenido más que suficiente. La noche antes de que regresara en avión a Estados Unidos, el Topo consiguió que le dieran permiso para acompañar a su compañero a Saigón para despedirse. Fueron hasta la capital en un convoy blindado. Dexter confiaba en encontrar al día siguiente un hueco en un helicóptero para volver.

Los dos hombres tomaron una cena rápida y luego recorrieron los bares. Manteniéndose alejados de las hordas de prostitutas, se concentraron en beber. A las dos de la madrugada se encontraron, sin sentir ningún dolor, en algún lugar de Cholon, el barrio chino de Saigón al otro lado del río.

Había un salón de tatuajes, todavía abierto y dispuesto a atender a la clientela, especialmente si se pagaba en dólares. El chino estaba pensando muy sensatamente en buscarse un futuro lejos de Vietnam.

Antes de tomar el transbordador para cruzar el río de nuevo, los dos jóvenes se hicieron un tatuaje cada uno en el antebrazo izquierdo. Mostraba una rata; no la rata agresiva que había en la puerta del «garito» de Lai Khe, sino una rata con ganas de marcha. Dando la espalda al espectador pero mirando hacia atrás por encima del hombro, la rata guiñaba un ojo y tenía los pantalones bajados. Aquella rata andaba buscando compañía. El Tejón y el Topo no pararon de reír hasta que se les pasó la borrachera, y entonces ya era demasiado tarde.

A la mañana siguiente, el Tejón regresó a Estados Unidos. El Topo siguió a su compañero diez semanas después, a mediados de marzo. El 7 de abril de 1971, las Ratas de Túnel cesaron de existir formalmente.

Ése fue el día en que Cal Dexter, a pesar de la insistencia de varios superiores, dejó el ejército y volvió a la vida civil.

6
El Rastreador

Hay muy pocas unidades militares cuya actividad sea más secreta que la del regimiento del Special Air Service británico, pero si existe una que haga que el siempre discreto SAS parezca el show televisivo de Jerry Springer, ésa es el Dest.

La 14.ª Compañía de Inteligencia Independiente, también llamada 14.ª de Int., el Destacamento o el Dest, es una unidad del ejército que obtiene a sus reclutas directamente de la junta, y a diferencia del exclusivamente masculino SAS, con una buena proporción de mujeres soldado entre ellos.

Aunque puede llegar a combatir con una mortífera eficiencia en el caso de que sea necesario, las principales tareas del Dest consisten en localizar al enemigo, seguirle los pasos, vigilarlo y mantenerlo bajo observación. Nunca son vistos y los aparatos de escucha que colocan son tan avanzados que rara vez pueden localizarse.

Una operación del Dest coronada por el éxito supone seguir a un terrorista hasta su base principal, entrar secretamente en ella por la noche, colocar un micrófono y luego estar a la escucha durante días o semanas enteras; había muchas probabilidades de que los terroristas terminaran hablando de su siguiente operación.

Una vez que hubiera sido informado, el ligeramente más ruidoso SAS podría organizar una pequeña emboscada y, en cuanto el primer terrorista abriera fuego con un arma, acabar con todos ellos. Legalmente. En defensa propia.

Hasta 1995 la mayor parte de las operaciones del Dest habían tenido lugar en Irlanda del Norte, donde la información que obtenía en secreto había terminado llevando a algunas de las peores derrotas sufridas por el IRA. Fue el Dest el que tuvo la idea de infiltrarse en locales de pompas fúnebres donde algún terrorista, fuera bien republicano o unionista, yaciera dentro de un féretro, e introducir un micrófono en éste.

Aquella manera de actuar obedecía a que los padrinos de los terroristas, sabiendo que se hallaban bajo sospecha, rara vez se reunían para discutir sus planes. Pero en un funeral sí que se congregarían; se inclinarían sobre el ataúd y, tapándose la boca para protegerse de los lectores de labios apostados detrás de telescopios en la colina que se alzaba sobre el cementerio, celebrarían sus reuniones de planificación. Los micrófonos introducidos en el ataúd captarían muchas cosas. El sistema dio muy buenos resultados durante años.

En años venideros, sería el Dest el que llevaría a cabo la operación «Reconocimiento de Objetivos Cercanos» sobre los asesinos en masa de Bosnia, permitiendo así que los pelotones de captura del SAS se los llevaran para ser juzgados en La Haya.

La empresa cuyo nombre había sabido Steve Edmond de labios del señor Rubinstein, el coleccionista de obras de arte de Toronto que tan misteriosamente había recuperado sus cuadros, se llamaba Gestión de Riesgos y era una agencia muy discreta que tenía su sede en el distrito Victoria de Londres.

Gestión de Riesgos estaba especializada en tres cosas, y contaba con un considerable porcentaje de antiguo personal de las Fuerzas Especiales en su plantilla. Lo que proporcionaba más ingresos era Protección de Recursos que, como su nombre da a entender, consistía en proteger propiedades extremadamente caras en beneficio de personas muy ricas que no querían despedirse de ellas. Dicha actividad sólo era llevada a cabo en ocasiones especiales con duración limitada, no de manera permanente.

Después venía Protección Personal. Dicha actividad también tenía una duración limitada, aunque en Wiltshire había una pequeña escuela para adiestrar a los guardaespaldas de hombres ricos a cambio de una tarifa sustancial.

La más pequeña de las divisiones de Gestión de Riesgos era conocida como L&R, Localización y Recuperación. Aquello era lo que había necesitado el señor Rubinstein: alguien que siguiera el rastro de sus obras maestras perdidas y negociara su devolución.

Dos días después de recibir la llamada de su preocupada hija, Steve Edmond acudió a su cita con el presidente de Gestión de Riesgos y le explicó lo que quería.

–Encuentre a mi nieto. No estamos hablando de un encargo que tenga límites de presupuesto –dijo.

El antiguo director de las Fuerzas Especiales, ahora retirado, se puso muy contento. Incluso los soldados tienen hijos a los que educar. El hombre al que telefoneó al día siguiente desde su casa de campo era Phil Gracey, un antiguo capitán del Regimiento de Paracaidistas que diez años en el Dest habían convertido en uno de los veteranos de la firma. Dentro de ésta se lo conocía simplemente por el Rastreador.

Gracey mantuvo su propia reunión con el canadiense; su interrogatorio fue extremadamente detallado. Si el muchacho aún estaba vivo, quería saberlo todo acerca de sus costumbres personales, gustos, preferencias, e incluso vicios. Recibió dos buenas fotografías de Ricky Colenso y el número personal del móvil de su abuelo. Luego asintió y se fue.

El Rastreador pasó dos días hablando casi continuamente por teléfono. No tenía ninguna intención de moverse hasta que supiera exactamente adónde iba a ir, cómo, por qué y a quién buscaba. Pasó horas leyendo material escrito acerca de la guerra civil bosnia, los programas de ayuda y la presencia militar no bosnia en el terreno. Finalmente la fortuna le sonrió.

Naciones Unidas había creado una fuerza internacional de «mantenimiento de la paz», cayendo así en su habitual insensatez de enviar una fuerza para mantener la paz donde no había ninguna paz que mantener y luego prohibir a sus integrantes que crearan condiciones de paz, limitándose a ordenarles que contemplaran la carnicería sin intervenir en ella. Los efectivos constituyeron la UNPROFOR, a la que el gobierno británico había proporcionado un considerable contingente. Se hallaban estacionados en Vitez, a quince kilómetros de Travnik siguiendo la ruta que unía ambas poblaciones.

El regimiento que había allí en junio de 1995 llevaba poco tiempo; su predecesor en el cargo había sido relevado tan sólo dos meses antes, pero el Rastreador pudo localizar a su coronel dando un curso en un depósito de la Guardia. El coronel Pirbright resultó ser una auténtica mina de información. Tres días después de su conversación con el abuelo canadiense, el Rastreador voló a los Balcanes; no directamente a Bosnia (aquello era imposible) sino a Split, una ciudad en la costa de Croacia muy frecuentada por el turismo. Se presentó como un periodista independiente, lo cual siempre resulta una tapadera muy útil porque es completamente indemostrable que sea falsa o cierta. Por si acaso, el Rastreador también llevó consigo una carta de un gran dominical londinense en la que le solicitaba una serie de artículos sobre la efectividad de la ayuda humanitaria.

Durante las veinticuatro horas que pasó en Split, que estaba disfrutando de una inesperada prosperidad como principal punto de partida para la Bosnia central, el Rastreador adquirió un todoterreno, de segunda mano pero en muy buen estado, y una pistola. Sólo por si acaso, también. Había que hacer un largo y duro viaje a través de las montañas desde la costa hasta Travnik, pero el Rastreador confiaba en que su información fuera exacta: se le había dicho que no entrara en ninguna zona de combate, y no lo hizo.

La guerra civil de Bosnia era una guerra extraña. Rara vez había línea del frente como tal, y nunca una batalla encarnizada. Lo único que había era una colcha hecha con retazos de comunidades monoétnicas que vivían sumidas en el miedo, centenares de pueblecitos y aldeas étnicamente «limpias» que habían sido consumidas por las llamas y, vagando entre ellas, bandas de soldadesca, en su mayor parte pertenecientes a uno de los ejércitos «nacionales» que las rodeaban, pero que también incluían grupos de mercenarios, saqueadores y paramilitares psicópatas que se hacían pasar por patriotas. Aquéllos eran los peores.

En Travnik, el Rastreador se encontró con su primer revés. John Slack se había ido. Un alma caritativa que colaboraba con Pensar en la Tercera Edad dijo que creía que se había unido a Feed the Children, (Alimentad a los Niños), una ONG mucho más grande con base en Zagreb. El Rastreador pasó la noche en su saco de dormir en la parte de atrás del cuatro por cuatro, y al día siguiente salió de Travnik para hacer otro agotador trayecto en dirección norte hacia Zagreb, la capital croata. Allí encontró a John Slack en el almacén de Feed the Children. Éste no pudo serle de mucha ayuda.

–No tengo ni idea de lo que ocurrió, adónde fue o por qué –protestó–. Mire usted, Panes y Peces dejó de actuar allí el mes pasado y él formaba parte de esa operación. Se esfumó con uno de mis dos Land Cruiser recién salidos de fábrica, lo cual quiere decir que se largó con el cincuenta por ciento de mis medios de transporte.

»Además, se llevó consigo a uno de mis tres cooperantes bosnios. Charleston no se mostró nada complacido. Ahora que la paz por fin está a punto de llegar, no quieren tener que volver a empezar partiendo de cero. Yo les dije que todavía quedaba mucho por hacer, pero me cerraron la tienda. Tuve suerte de poder encontrar un billete hasta aquí.

–¿Y qué me dice del bosnio?

–¿Fadil? No, es imposible que él estuviera detrás de aquello. Fadil era muy buen tipo, y se pasaba la mayor parte del tiempo llorando a su familia perdida. Si odiaba a alguien era a los serbios, no a los estadounidenses.

–¿Se ha sabido algo del cinturón con el dinero?

–Eso sí que fue una auténtica estupidez. Se lo advertí. Era demasiado dinero, tanto para dejarlo en algún sitio como para llevarlo encima. Pero no creo que Fadil lo matara por eso.

–¿Dónde estaba usted, John?

–Ésa es la cuestión. Si yo hubiera estado allí, nunca habría ocurrido. Yo habría vetado la idea, cualquiera que fuese. Pero me encontraba en un camino de montaña del sur de Croacia, intentando conseguir que remolcaran al pueblo más cercano un camión cuyo motor había dejado de funcionar. Sueco estúpido... ¿A usted le parece que puede haber alguien que sea capaz de conducir un camión sin darse cuenta de que el colector del aceite se ha quedado vacío?

–¿Qué fue lo que descubrió?

–¿Cuando volví, quiere decir? Bueno, el chico había llegado al recinto y lo que hizo fue entrar, coger un Land Cruiser y largarse en él. Otro de los cooperantes bosnios, Ibrahim, los vio a los dos, pero no le dijeron nada. Eso fue cuatro días antes de que yo regresara. Estuve llamando a su móvil, pero no obtuve respuesta. Entonces sí que empecé a subirme por las paredes. Pensaba que se habían ido de juerga, así que al principio estuve más enfadado que preocupado.

–¿Tiene alguna idea de la dirección que pudieron tomar?

–No. Ibrahim me contó que se fueron hacia el norte, y eso quiere decir que iban directamente hacia el centro de Travnik. Del centro de la población salen caminos que van a todas partes. En Travnik nadie se acuerda de nada.

–¿Y usted tiene alguna idea de adónde fueron, John?

–Pues sí. Me parece que el chico recibió una llamada. O, más probablemente, Fadil recibió una llamada y se lo dijo a Ricky. Ese chico siempre se dejaba arrastrar por la compasión. Si lo hubieran llamado para informarle de alguna emergencia médica en una de las aldeas de las montañas, Ricky habría salido corriendo para ayudar. Era demasiado impulsivo para dejar un mensaje.

»¿Ha visto usted esa parte del territorio, amigo? ¿Ha llegado a conducir por ella? Todo son montañas, valles y ríos. Me imagino que cayeron por un precipicio y acabaron en el fondo de algún valle. Cuando caigan las hojas y llegue el invierno, supongo que alguien verá los restos del vehículo desperdigados entre las rocas. Oiga, tengo que irme. Buena suerte, ¿eh? Ricky era un buen chico.

El Rastreador regresó a Travnik, organizó un pequeño despacho con alojamiento y reclutó a un tal Ibrahim, que se mostró encantado de tener trabajo, para que le hiciera de guía e intérprete. Se había llevado consigo un teléfono vía satélite con varias pilas de repuesto y un interferidor que impediría que detectaran sus comunicaciones. Era para mantenerse en contacto con la central de Londres, ya que allí disponían de recursos de los que él carecía.

Al Rastreador le parecía que había cuatro posibilidades, las cuales iban desde lo insensato hasta lo probable pasando por lo posible. La más insensata de las cuatro era que Ricky Colenso había decidido robar el Land Cruiser, ir en dirección sur hasta llegar a Belgrado, en Serbia, vender el vehículo y, una vez allí, había optado por abandonar toda su existencia anterior y vivir como un vagabundo. El Rastreador la rechazó. Simplemente, no era propio de Ricky Colenso, y además no veía por qué el chico iba a robar un Land Cruiser cuando su abuelo podía comprarle la fábrica entera.

Otra era que Fadil Sulejman hubiera persuadido a Ricky de que lo llevara a algún sitio, y luego hubiera asesinado al joven para quedarse con su dinero y el vehículo. Era posible, desde luego. Pero como musulmán bosnio que carecía de pasaporte, Fadil no conseguiría llegar muy lejos ni en Croacia ni en Serbia, ambas territorio hostil para él, y la presencia de un Land Cruiser nuevo en el mercado sería percibida enseguida.

O bien Fadil y Ricky se habían encontrado con una persona o personas desconocidas y habían sido asesinados por el mismo botín. Entre los asesinos incontrolados que trabajaban por libre y que recorrían el territorio había unos cuantos grupos de muyaidines, fanáticos musulmanes procedentes de Oriente Próximo que habían venido a «ayudar» a sus correligionarios perseguidos en Bosnia. Se sabía que ya habían matado a dos mercenarios europeos, a pesar de que se suponía que se encontraban en el mismo bando, además de a un cooperante de la ayuda humanitaria y a un musulmán dueño de un garaje que se negó a donar combustible.

La teoría de John Slack ocupaba el primer lugar de la lista de probabilidades. El Rastreador se llevó consigo a Ibrahim y, un día tras otro, fue siguiendo todos los caminos que salían de Travnik para internarse varios kilómetros en los campos. Mientras el bosnio iba conduciendo lentamente detrás de él, el Rastreador examinaba los bordes de los caminos en cada empinada ladera que descendiese hacia los valles.

Estaba haciendo lo que se le daba mejor. Poco a poco, pacientemente y sin pasar nada por alto, el Rastreador buscaba señales de neumáticos, bordes desmoronados, líneas de derrapajes, vegetación aplastada y hierba que hubiera sido prensada por las ruedas. Tres veces, con una cuerda atada al Lada estacionado en el camino, bajó a cañadas en las que la masa de vegetación podía ocultar un Land Cruiser destrozado. Nada.

Se sentaba con sus binoculares al costado del camino y examinaba los valles en busca de un destello de metal o cristal. Nada. Después de diez días agotadores, el Rastreador llegó a convencerse de que Slack estaba equivocado. Si un todoterreno de aquellas dimensiones se hubiera salido del camino y despeñado, habría dejado una huella, por pequeña que fuese, que seguiría siendo visible incluso cuarenta días después. Y él hubiese visto aquella huella. No había ningún vehículo yaciendo en los valles que rodeaban Travnik.

Ofreció una recompensa a cambio de información, lo bastante generosa para hacer la boca agua. La noticia circuló rápidamente entre la comunidad de refugiados, y los que esperaban hacerse con la recompensa fueron a ver al Rastreador. Pero lo mejor que consiguió fue que alguien había visto el vehículo atravesando la población aquel día. Con destino desconocido, con dirección desconocida.

Pasadas dos semanas, el Rastreador dio por concluida la operación y se dirigió a Vitez, donde estaba el cuartel general del contingente británico recién instalado en la zona.

Encontró alojamiento en una escuela que había sido convertida en una especie de hostal para la prensa, mayoritariamente británica. Estaba en una calle conocida como el Callejón de la Televisión, muy cerca del acuartelamiento británico pero lo bastante alejada de él para el caso de que las cosas se pusieran feas.

Sabiendo lo que la mayoría de los militares piensan de la prensa, el Rastreador no se molestó en recurrir a su tapadera de periodista independiente, sino que concertó una cita con el coronel jefe basándose en lo que realmente era, un antiguo miembro de los Servicios Especiales.

El coronel tenía un hermano en los paracaidistas. Un pasado común, unos intereses comunes. No había ningún problema, ¿podía ayudarlo de alguna manera?

Sí, había oído hablar del chico estadounidense desaparecido. Un feo asunto, desde luego. Sus patrullas habían mantenido los ojos bien abiertos, pero nada. El coronel escuchó la oferta del Rastreador de hacer un sustancial donativo al Fondo Caritativo del Ejército. Se organizó un vuelo de reconocimiento con un aparato ligero de los que se emplean en artillería. El Rastreador fue con el piloto. Estuvieron sobrevolando las montañas y las cañadas durante más de una hora. Ni rastro.

–Me parece que tendrá que empezar a buscar a algún culpable –dijo el coronel durante la cena.

–¿Los muyaidines?

–Posiblemente. Esos cerdos son muy raros, ¿sabe? Te matarán tan pronto como te vean llegar si no eres musulmán, o incluso siéndolo si no eres lo bastante fundamentalista. ¿El 15 de mayo, dice? Entonces nosotros sólo llevábamos un par de semanas aquí y todavía nos estábamos familiarizando con el terreno. Pero he examinado el Registro de Incidentes y no hubo ninguno en el área. Podría probar suerte con los insits o informes de situación de la MSCE. No es que sirvan de mucho, pero tengo un montón de ellos en el despacho. Deberían cubrir el 15 de mayo.

La Misión de Seguimiento de la Unión Europea era reflejo de los esfuerzos de los Quince por hacerse un hueco en un asunto en el que no podía influir de ninguna manera. Bosnia había sido un asunto de las Naciones Unidas hasta que finalmente, y en un rapto de exasperación, Estados Unidos había asumido el control y resuelto el problema. Pero Bruselas quería tener un papel, así que creó un equipo de observadores.

Al día siguiente el Rastreador repasó el montón de informes.

Casi todos los observadores de la Unión Europea eran militares que no tenían nada que hacer y que habían sido designados por los ministerios de Defensa de los miembros. Estaban desperdigados por Bosnia y disponían de un despacho, un piso, un coche y una asignación para pagarse los gastos. Algunos de los insits parecían más bien una especie de diario social. El Rastreador se concentró en cualquier informe que hubiera sido archivado el 15 de mayo o en los tres días siguientes. Había uno de Banja Luka fechado el 16 de mayo que atrajo su atención.

Banja Luka era una plaza fuerte de los serbios situada bastante al norte de Travnik y que quedaba al otro lado de los montes Vlasic. El oficial de la MSCE destacado allí era un comandante danés, Lasse Bjerregaard. En su informe decía que la tarde anterior, es decir el 15 de mayo, estaba tomando una copa en el bar del hotel Bosna cuando presenció una feroz discusión entre dos serbios que vestían uniforme de camuflaje. Uno estaba claramente furioso con el otro, que era bastante más joven que él, y no paraba de gritarle insultos en serbio. Lo abofeteó varias veces, pero la parte ofendida no mostró ninguna clase de reacción, indicando con ello la clara superioridad del agresor.

Una vez que hubo terminado el incidente, el comandante trató de obtener una explicación del barman, quien hablaba de manera bastante vacilante ese inglés que él hablaba con gran fluidez; pero el barman se encogió de hombros y enseguida se fue barra abajo, de una manera muy descortés, impropia de él. A la mañana siguiente los dos militares habían desaparecido y el comandante nunca volvió a verlos.

El Rastreador pensó que era el tiro a ciegas más desesperado de toda su vida, pero telefoneó al oficial de la MSCE destinado en Banja Luka. Había habido otro cambio de puesto, porque fue un griego el que respondió a su llamada. Sí, el danés había vuelto a casa la semana anterior. El Rastreador llamó a Londres para pedirles que hablaran con el Ministerio de Defensa danés. Londres llamó pasadas tres horas. Afortunadamente, el apellido no era demasiado común, ya que otro, como Jensen, habría supuesto un auténtico problema. El comandante Bjerregaard estaba disfrutando de un permiso y su número de teléfono correspondía a Odense.

El Rastreador consiguió pillarlo en casa aquella noche cuando el comandante acababa de volver de un día de playa con su familia en plena ola de calor del verano. El comandante Bjerregaard se mostró más que dispuesto a colaborar. Recordaba con toda claridad la tarde del 15 de mayo. Después de todo, no había gran cosa que un danés pudiera hacer en Banja Luka y el destino había resultado muy solitario y aburrido.

Como cada tarde, Bjerregaard había ido al bar alrededor de las siete y media para tomarse una cerveza antes de cenar. Cosa de media hora después de que hubiera llegado allí, un pequeño grupo de serbios con uniforme de camuflaje había entrado en el bar. El comandante pensó que seguramente no serían del ejército yugoslavo, porque no lucían las insignias de la unidad en sus hombros.

Parecían muy pagados de sí mismos y enseguida pidieron bebidas, una letal combinación de *slivovitz* acompañado con cervezas para hacerlo pasar. Varias rondas después, el comandante se disponía a retirarse al comedor, ya que el ruido se estaba volviendo ensordecedor, cuando otro serbio entró en el bar. Parecía ser el jefe, porque los demás se calmaron bastante.

El recién llegado les habló en serbio, y debió de ordenarles que fueran con él. Los hombres empezaron a apurar sus cervezas y a devolver los paquetes de cigarrillos y los mecheros a los bolsillos de sus uniformes. Entonces uno de ellos se ofreció a pagar.

El jefe pareció enloquecer de ira. Empezó a gritarle al subordinado. Los demás se quedaron tan callados como muertos, al igual que los otros clientes. Y el barman. La reprimenda al subordinado siguió, y fue acompañada por dos bofetadas. Aun así nadie protestó. Finalmente el jefe se marchó hecho una furia. Muy cabizbajos y sin decir palabra, los demás lo siguieron. Nadie se ofreció a pagar las bebidas.

El comandante había intentado obtener una explicación del barman con el que, después de varias semanas de ir a beber allí, había llegado a mantener una buena relación. El hombre había palidecido. El danés pensó que podía tratarse de rabia causada por la escena en el bar, pero aquello se parecía más al miedo. Cuando se le preguntó a qué había venido todo aquello, el barman se encogió de hombros y fue al otro extremo del ahora vacío bar, donde se quedó inmóvil dando la espalda al comandante.

–¿El jefe se enfadó con alguien más? –preguntó el Rastreador.

–No, sólo con el que había intentado pagar –dijo la voz que hablaba desde Dinamarca.

–¿Por qué únicamente con él, comandante? Su informe no menciona ninguna posible razón.

–Ah. ¿No incluí eso? Lo siento. Pues yo creo que fue porque el hombre intentó pagar con un billete de cien dólares.

7
El voluntario

El Rastreador hizo su equipaje y salió de Travnik en dirección norte. Estaba pasando de territorio bosnio (musulmán) a la zona controlada por los serbios. Pero una bandera británica ondeaba en lo alto de una antena sobre el Lada; con un poco de suerte eso debería bastar para evitar disparos de lejos. Si lo detenían, el Rastreador tenía intención de confiar en su pasaporte, la carta-prueba de que sólo estaba escribiendo acerca de la ayuda humanitaria, y generosos regalos de cigarrillos de tabaco de Virginia que había comprado en la cantina de los cuarteles de Vitez.

Si todo eso fallaba, su pistola llevaba un cargador completo y estaba al alcance de su mano; y el Rastreador sabía cómo había que usarla.

Fue detenido dos veces, la primera por una patrulla de milicianos bosnios cuando estaba saliendo del territorio controlado por Bosnia, y la segunda por una patrulla del ejército yugoslavo al sur de Banja Luka. Sus explicaciones, documentos y regalos surtieron efecto en ambas ocasiones. Cinco horas después ya estaba entrando en Banja Luka.

Ciertamente, el hotel Bosna nunca llevaría al Ritz a tener que cerrar sus puertas por falta de clientela, pero era todo lo que tenía la población. El Rastreador se inscribió en recepción. Había habitaciones de sobra. Aparte de un equipo de la televisión francesa, le pareció que era el único extranjero que se alojaba allí. A las siete de aquella tarde entró en el bar. Había tres personas más bebiendo, todas serbias y sentadas a la mesa, y un barman. El Rastreador se instaló en uno de los taburetes de la barra.

–Hola –dijo–. Usted tiene que ser Dusko.

Se mostró abierto, afable y encantador. El barman estrechó la mano que le ofrecía y preguntó:

–¿Ha estado aquí antes?

–No, es la primera vez. Bonito bar. Uno enseguida se siente a gusto en él.

–¿Cómo sabe que me llamo Dusko?

–Un amigo mío estuvo destinado aquí recientemente. Un danés, Lasse Bjerregaard. Me pidió que le diera recuerdos de su parte si alguna vez llegaba a pasar por Banja Luka.

El barman se relajó considerablemente. Aquello no encerraba ninguna amenaza.

–¿Es usted danés?

–No, británico.

–¿Ejército?

–Cielos, no. Soy periodista. Estoy escribiendo una serie de artículos sobre las agencias de ayuda humanitaria. ¿Tomará una copa conmigo?

Dusko se sirvió de su mejor brandy.

–Me gustaría ser periodista. Algún día. Viajar. Ver mundo.

–¿Por qué no? Adquiera un poco de experiencia en el periódico local y luego vaya a la gran ciudad. Eso fue lo que yo hice.

El barman se encogió de hombros con resignación.

–¿Aquí? ¿En Banja Luka? No hay periódico.

–Pues entonces pruebe en Sarajevo, o incluso en Belgrado. Usted es serbio. Puede salir de aquí. La guerra no durará eternamente.

–Salir de aquí cuesta dinero. Sin trabajo, no hay dinero. Sin dinero, no hay viaje ni trabajo.

–Ah, sí. El dinero siempre es un problema. O tal vez no.

El inglés sacó de su bolsillo un fajo de dólares estadounidenses, todos en billetes de cien, y los contó encima de la barra.

–Soy un poco anticuado –dijo–. Creo que las personas deberían ayudarse las unas a las otras. Eso hace que la vida se vuelva más fácil, más agradable. ¿Me ayudará, Dusko?

El barman estaba contemplando los mil dólares que había a unos cuantos centímetros de las puntas de sus dedos. No podía apartar los ojos del dinero. Cuando volvió a hablar, bajó la voz hasta convertirla en un susurro.

–¿Qué es lo que quiere? ¿Qué está haciendo aquí? Usted no es reportero.

–Bueno, en cierta manera sí que lo soy. Hago preguntas. Pero el hacer preguntas me ha permitido llegar a ser rico. ¿Quiere ser rico como yo, Dusko?

–¿Qué es lo que quiere? –repitió el barman. Lanzó una rápida mirada de soslayo a los otros clientes, que los estaban mirando.

–Usted ya ha visto un billete de cien dólares antes. En mayo pasado. Fue el día quince, ¿verdad? Un joven soldado intentó pagar la cuenta del bar con él y eso hizo que se armara un jaleo terrible. Mi amigo Lasse se encontraba aquí. Él me lo contó. Me explicó exactamente lo que sucedió y el porqué.

–Aquí no. Ahora no –siseó el asustado serbio. Uno de los hombres de las mesas se había levantado y estaba yendo hacia la barra. Un paño para limpiar surgió de la nada y cayó expertamente sobre el dinero–. El bar cierra a las diez. Vuelva.

A las diez y media, con el bar cerrado y la llave echada en la puerta, los dos hombres estaban sentados en un reservado y hablaban en la penumbra.

–Ellos no eran del ejército yugoslavo, no eran soldados –dijo el barman–. Eran paramilitares, mala gente. Se quedaron tres días. Las mejores habitaciones, la mejor comida, mucha bebida. Se fueron sin pagar.

–Uno de ellos intentó pagarte.

–Cierto. Sólo uno. Era buen chico, distinto de los otros. Yo no sé qué estaba haciendo con ellos. Tenía educación. El resto eran gánsteres... Gente salida de las cloacas.

–¿Y tú no protestaste cuando no pagaron una estancia de tres días?

–¿Protestar? ¿Protestar? ¿Qué iba a decir? Esos animales tienen armas. Matan hasta a compatriotas serbios. Todos son asesinos.

–Así que cuando aquel chico tan simpático intentó pagarte, ¿quién fue el que le dio de bofetadas?

El Rastreador pudo sentir cómo el serbio se ponía rígido en la penumbra.

–Ni idea. Él mandaba el grupo. No oí ningún nombre. Sólo lo llamaban jefe.

–Todos esos paramilitares tienen nombres, Dusko. Arkan y sus Tigres, los Chicos de Frankie... Les gusta ser famosos. Presumen de sus nombres.

–Éste no. Lo juro.

El Rastreador sabía que aquello era una mentira. Quienquiera que fuese, aquel asesino que trabajaba por su cuenta inspiraba un miedo terrible entre sus compatriotas serbios.

–Pero ese chico que era tan simpático... ¿tenía un nombre?

–Nunca lo oí.

–Estamos hablando de un montón de dinero, Dusko. Nunca volverás a verlo, nunca volverás a verme y tendrás suficiente para volver a empezar partiendo de cero en Sarajevo después de la guerra. El nombre del chico.

–Él pagó el día que se fue. Como si se avergonzara de la gente con la que iba. Volvió y pagó con un cheque.

–¿Y el banco aceptó el cheque? ¿No te lo rechazaron? ¿Lo tienes?

–No, lo pagaron. Dinares yugoslavos. De Belgrado.

–¿Así que no hay cheque?

–Estará en el banco de Belgrado. En algún lugar. Probablemente ya lo hayan destruido. Pero yo anoté el número de su tarjeta de identificación, por si lo devolvían por falta de fondos.

–¿Dónde? ¿Dónde lo anotaste?

–En el cartón de un cuaderno de pedidos. Con un bolígrafo.

El Rastreador lo examinó. Al cuaderno, que era utilizado para anotar pedidos de bebidas tan largos y complicados que no podían ser recordados de memoria, ya sólo le quedaban dos hojas. Un día más y hubiese terminado en el cubo de la basura. Escrito con bolígrafo encima del cartón había un número de siete cifras y dos letras mayúsculas. La anotación ya tenía ocho semanas, pero todavía era legible.

El Rastreador entregó un donativo consistente en un millar de los dólares del señor Edmond y se fue. La manera más rápida de salir de allí era ir hacia el norte hasta entrar en Croacia y coger un avión en el aeropuerto de Zagreb.

La antigua República federal yugoslava compuesta por ocho repúblicas llevaba cinco años desintegrándose entre la sangre, el caos y la crueldad. En el norte, Eslovenia fue la primera en separarse, afortunadamente sin derramamiento de sangre. En el sur, Macedonia había huido, proclamando una independencia unilateral. Pero en el centro, el dictador serbio Slobodan Milosevic empleaba todas las brutalidades conocidas para mantener bajo su poder a Croacia, Bosnia, Kosovo y Montenegro junto con su Serbia nativa. Ya había perdido Croacia, pero sus ansias de poder y de guerra no habían disminuido por ello.

El Belgrado al que había llegado el Rastreador en 1995 todavía se hallaba intacto. La desolación la provocaría la guerra de Kosovo, la cual todavía no se había producido.

Su departamento de Londres había informado al Rastreador de que existía una agencia de detectives privados en Belgrado, dirigida por un antiguo oficial de policía cuyos servicios ya habían utilizado antes. Aquel hombre había bautizado a su agencia con el no excesivamente original nombre de Chandler, y fue fácil de encontrar.

–Necesito –le dijo el Rastreador al investigador, Dragan Stojic– localizar a un hombre joven cuyo nombre no conozco y sobre el que sólo tengo el número de la tarjeta de identificación.

Stojic gruñó.

–¿Qué ha hecho?

–Nada, que yo sepa. Vio algo. Quizá. Quizá no.

–Me basta con eso. ¿Quiere un nombre?

–Y luego me gustaría hablar con él. No tengo coche y no domino el serbocroata. Puede que ese hombre hable inglés, y puede que no.

Stojic volvió a gruñir. Parecía ser su especialidad. Aparentemente había leído todas las novelas de Philip Marlowe y visto cada una de las películas que se habían hecho sobre ellas. Estaba intentando ser Robert Mitchum en *El sueño eterno*, pero el que fuese calvo y no llegara al metro sesenta de estatura lo hacía bastante difícil.

–Mis condiciones... –empezó a decir.

El Rastreador deslizó otro billete de cien dólares por encima del escritorio.

–Necesito contar con toda su atención –murmuró.

Stojic estaba fascinado. La frase podía haber sido tomada de *Adiós, muñeca*.

–Ya la tiene –dijo.

Para ser justos con él, hay que decir que el rechoncho ex inspector no perdió el tiempo. Lanzando humo negro, su ranchera Yugo, con el Rastreador en el asiento de pasajeros, los llevó a través de la ciudad hasta el distrito de Konjarnik. Allí, en la esquina de la calle Ljermontova, se encuentran los cuarteles generales de la policía de Belgrado, que eran, y siguen siendo, un enorme y feo bloque de colores marrón y amarillo, como una gigantesca avispa angular que yaciera sobre su costado.

–Será mejor que se quede aquí –dijo Stojic.

Luego se marchó. Estuvo ausente durante media hora, en la cual debió de compartir algunos minutos de alegre conversación con un antiguo colega, porque cuando volvió el olor a cerezas del *slivovitz* se hallaba presente en su aliento. Pero traía consigo una tira de papel.

–Esa tarjeta pertenece a Milan Rajak. Tiene veinticuatro años y figura en los archivos como estudiante de derecho. Padre abogado, de bastante éxito, familia de clase media alta. ¿Está seguro de que no se ha equivocado usted de hombre?

–A menos que tenga un doble, él y su tarjeta de identificación con su fotografía estuvieron en Banja Luka hace dos meses.

–¿Y qué demonios podía estar haciendo él allí?

–Iba de uniforme. En un bar.

Stojic pensó en el expediente que le habían mostrado, pero que no le permitieron copiar.

–Cumplió con su servicio militar obligatorio. Todos los jóvenes yugoslavos tienen que hacerlo. El servicio militar abarca desde los dieciocho a los veintiún años.

–¿Como soldado de combate?

–No. Estuvo en el cuerpo de señales y fue operador de radio.

–Nunca tomó parte en un combate, aunque podría desear haberlo hecho. Podría haberse unido a un grupo que iba a ir a Bosnia para luchar por la causa serbia. ¿Un voluntario que no tenía las cosas demasiado claras? ¿Es posible?

Stojic se encogió de hombros.

–Sí, es posible. Pero esos paramilitares son una pandilla de cerdos. Unos gánsteres, eso es lo que son todos. ¿Qué iba a estar haciendo ese estudiante de derecho con ellos?

–¿Unas vacaciones de verano? –preguntó el Rastreador.

–Pero ¿qué grupo? ¿Deberíamos preguntárselo? –Stojic consultó su tira de papel–. La dirección de que disponemos corresponde a Senjak, y queda a media hora escasa de aquí.

–Entonces vayamos.

Encontraron la dirección sin ninguna dificultad, una sólida villa de clase media en la calle Istarska. Los años de servicio al mariscal Tito primero y a Slobodan Milosevic ahora parecían haber resultado bastante beneficiosos para el señor Rajak padre. Una mujer pálida y de aspecto nervioso que tendría cuarenta y pocos años pero parecía bastante mayor respondió al timbre de la puerta.

Hubo un rápido intercambio de palabras en serbocroata.

–La madre de Milan –dijo Stojic–. Sí, él está en casa. Pregunta qué es lo que quiere usted.

–Hablar con él. Una entrevista. Para la prensa británica.

Visiblemente sorprendida, la señora Rajak los dejó entrar y llamó a su hijo. Luego los acompañó a la sala de estar. Hubo un ruido de pies en la escalera y un joven apareció en el pasillo. Mantuvo una conversación en susurros con su madre y entró. Se lo veía perplejo, preocupado y casi asustado. El Rastreador le dirigió su sonrisa más afable y se dieron la mano. La puerta seguía estando unos centímetros abierta. La señora Rajak estaba hablando rápidamente por teléfono. Stojic lanzó una veloz mirada de advertencia al inglés, como para decir: «No sé qué es lo que quiere usted de él, pero dese prisa. La artillería ya viene de camino».

El inglés mostró un cuaderno de pedidos de un bar del norte. Las dos hojas que le quedaban lucían el encabezamiento del hotel Bosna. Pasando el cartón, le enseñó a Milan Rajak los siete números y las dos iniciales.

–Eso de pagar la factura fue muy decente por tu parte, Milan –dijo después–. El barman te quedó muy agradecido. Por desgracia el banco devolvió el cheque.

–No. Es imposible. Había...

Se calló y se puso blanco como el papel.

–Nadie te está culpando de nada, Milan. Así que ahora dime qué era lo que estabas haciendo en Banja Luka.

–Estaba de visita.

–¿Fuiste a ver a unos amigos?

–Sí.

–¿Llevando uniforme de camuflaje? Milan, Banja Luka es una zona de guerra. ¿Qué ocurrió ese día hace dos meses?

–No sé a qué se refiere. Mamá...

Luego pasó al serbocroata y el Rastreador no entendió nada de la conversación. Miró a Stojic enarcando una ceja.

–Papá está a punto de llegar –murmuró el detective.

–Ibas con un grupo de diez hombres. Todos de uniforme, todos armados. ¿Quiénes eran?

Milan Rajak estaba sudando y parecía a punto de echarse a llorar. El Rastreador se dijo que tenía ante él a un joven con serios problemas nerviosos.

–¿Es usted inglés? Pero no es de la prensa. ¿Qué está haciendo aquí? ¿Por qué me acusa? Yo no sé nada.

Se oyó un chirriar de neumáticos delante de la casa y un ruido de pies que subían corriendo los escalones desde el pavimento. La señora Rajac mantuvo la puerta abierta y su esposo entró como una exhalación. Apareció en la puerta de la sala, enfadado y fuera de sí. Una generación mayor que su hijo, no hablaba inglés. Lo que hizo fue empezar a gritar en serbocroata.

–Pregunta qué está haciendo usted en su casa y por qué acosa de esa manera a su hijo –tradujo Stojic.

–No estoy acosando a su hijo –dijo el Rastreador sin perder la calma–. Me limito a hacerle una pregunta. ¿Qué estaba haciendo este joven hace ocho semanas en Banja Luka y quiénes eran los hombres que estaban con él?

Stojic lo tradujo. Rajak padre se puso a gritar.

–Dice –explicó Stojic– que su hijo no sabe nada y no estuvo allí. Ha pasado todo el verano aquí, y si usted no se va ahora mismo de su casa llamará a la policía. Personalmente, creo que deberíamos irnos. El señor Rajak es un hombre bastante poderoso.

–De acuerdo –dijo el Rastreador–. Una última pregunta.

A petición suya, el antiguo director de las Fuerzas Especiales, que ahora dirigía Gestión de Riesgos, había mantenido un almuerzo muy discreto con un contacto en el Servicio Secreto de Inteligencia. El jefe de la sección de los Balcanes se mostró todo lo dispuesto a ayudar que le estaba permitido.

–¿Esos hombres pertenecían a los Lobos de Zoran? ¿El hombre que le dio un par de bofetadas era Zoran Zilic?

Stojic ya había traducido más de la mitad de aquello antes de que pudiera detenerse. Milan lo entendió todo en inglés. El efecto se desarrolló en dos etapas. Durante varios segundos se produjo un silencio entre perplejo y glacial, y luego la segunda parte fue como una granada que explota.

La señora Rajak soltó un grito y salió corriendo de la sala. Su hijo se desplomó en un sillón, escondió la cabeza entre las manos y empezó a temblar. El padre, cuyo rostro pasó del blanco a un feo color amarillento, señaló la puerta y empezó a gritar una sola palabra que Gracey supuso significaba «fuera». Stojic fue hacia la puerta. El Rastreador lo siguió.

Mientras pasaba junto al tembloroso joven, se detuvo y metió una tarjeta dentro del bolsillo superior de su chaqueta.

–Si alguna vez cambias de parecer –murmuró–, llámame. O escríbeme. Vendré.

Un silencio cargado de tensión reinó dentro del coche mientras volvían al aeropuerto. Dragan Stojic estaba claramente convencido de que se había ganado hasta el último de sus mil dólares. Cuando se detuvieron delante del edificio de salidas internacionales, le habló por encima del techo del coche al inglés que se disponía a irse.

–Si regresa alguna vez a Belgrado, amigo mío, le aconsejo que no mencione ese nombre. Ni siquiera en broma, y especialmente en broma. Los acontecimientos de hoy nunca han tenido lugar.

Cuarenta y ocho horas después el Rastreador ya había terminado su informe y se lo había entregado a Stephen Edmond, junto con su minuta. Los últimos párrafos rezaban:

> Me temo que he de admitir que los acontecimientos que condujeron a la muerte de su nieto, la forma de esa muerte o el lugar en el que descansa el cuerpo probablemente nunca llegarán a salir a la luz. Y estaría suscitando falsas esperanzas si dijese que creo que hay alguna posibilidad de que su nieto todavía esté con vida. Por el momento y en lo que podemos esperar del futuro, lo único que me está permitido decir es: desaparecido y presuntamente muerto.
>
> No creo que él y el bosnio que lo acompañaba se salieran de algún camino de la zona y cayeran al fondo de un barranco. Cada uno de los posibles caminos ha sido inspeccionado personalmente por mí. Tampoco creo que el bosnio lo asesinara por el todoterreno o el cinturón con el dinero o por ambas cosas.
>
> Creo que se expusieron a un terrible peligro sin darse cuenta de lo que hacían y fueron asesinados por una persona o personas desconocidas. Es probable que dichas personas fueran miembros de una banda de criminales paramilitares serbios que se cree ha operado en esa zona. Pero sin pruebas, identificaciones, una confesión o una declaración ante un tribunal, no hay ninguna posibilidad de presentar acusaciones.
>
> Lamento profundamente tener que comunicarle estas noticias, pero creo que podemos estar casi seguros de que se corresponden con la verdad.
>
> Teniendo el honor de seguir estando a su disposición para todo lo que pueda desear de mí, señor, se despide atentamente de usted,
>
> PHILIP GRACEY

Era el 22 de julio de 1995.

8
El abogado

La principal razón por la que Calvin Dexter decidió dejar el ejército fue una que no explicó porque no quería que se rieran de él. Había decidido que quería ir a la universidad, obtener una licenciatura y hacerse abogado.

En cuanto a los fondos, había ahorrado varios miles de dólares en Vietnam y podía obtener más ayuda bajo las condiciones de la Ley del Soldado.

La Ley del Soldado no deja mucho lugar al «si» y el «pero»: si un soldado deja el ejército estadounidense por razones que no tengan nada que ver con el hecho de haber sido licenciado por conducta deshonrosa, el Estado pagará lo necesario para que dicho soldado pueda cursar estudios universitarios hasta obtener una licenciatura. La asignación, que se ha ido incrementando durante los últimos treinta años, puede gastarse de la manera que quiera el estudiante, con tal de que la universidad confirme que está asistiendo a todas las clases.

Dexter suponía que una universidad rural probablemente saldría más barata, pero quería un centro que también dispusiera de su propia facultad de derecho, y si realmente llegara a ejercer la abogacía, habría más oportunidades en el estado de Nueva York, que era mucho más grande que New Jersey. Después de haber examinado cincuenta folletos, presentó una solicitud para la Universidad Fordham de la ciudad de Nueva York.

Envió sus papeles a finales de la primavera, junto con el vital Documento de Licenciamiento, el DD214, con el que cada soldado salía del ejército. Lo hizo justo a tiempo.

En la primavera de 1971, aunque el sentimiento general contra la guerra de Vietnam ya era muy intenso y no había ningún lugar donde estuviera más exacerbado que en el mundo académico, los soldados no eran vistos como culpables, sino más bien como víctimas.

Después de la caótica y nada digna retirada de 1973, a la que se hacía referencia en algunas ocasiones como una huida, el estado de ánimo cambió. Aunque Richard Nixon y Henry Kissinger trataron de sacar el mayor provecho posible de lo ocurrido, y aunque el no tener nada que ver con aquel avispero imposible de controlar en que se había convertido Vietnam fue muy bien recibido por casi todos, la retirada no dejó de percibirse como una derrota.

Si hay una cosa con la que el estadounidense medio no quiere verse asociado demasiado a menudo es con la derrota. El mero concepto es antiamericano, incluso entre la izquierda liberal. Los soldados que volvieron a casa después de 1971 pensaban que serían bien recibidos, dado que ellos habían hecho todo lo que pudieron, habían sufrido y habían perdido buenos amigos; pero se encontraron con un muro de indiferencia, incluso de hostilidad. La izquierda estaba más pendiente de My Lai.

Examinaron los papeles de Dexter, junto con los de todos los demás solicitantes de aquel verano, y fue aceptado para una licenciatura de cuatro años en historia política. Dentro de la categoría «experiencia de la vida», sus tres años en la Gran Roja fueron considerados un factor positivo, cosa que no habría ocurrido veinticuatro meses después.

El joven veterano encontró una habitación barata en una casa sin ascensor del Bronx, no muy lejos del campus, porque en aquel entonces Fordham ocupaba un nada atractivo grupo de edificios de ladrillo rojo situado en aquel distrito. Calculó que si caminaba o utilizaba el transporte público, comía frugalmente y empleaba las largas vacaciones del verano para trabajar en la construcción, podía ganar lo suficiente para sobrevivir hasta que se licenciara. Entre las obras en las que trabajó durante los tres años siguientes figuró la nueva maravilla del mundo, el World Trade Center, que iba creciendo poco a poco.

El año 1974 estuvo marcado por dos acontecimientos que iban a cambiar su vida. Conoció a Angela Marozzi, una joven italoamericana hermosa y llena de vida que trabajaba en una floristería de Bathgate Street, y se enamoró de ella. Se casaron aquel verano; con lo que ganaban entre los dos, pudieron trasladarse a un piso más grande.

Aquel otoño, cuando le faltaba un año para licenciarse, Dexter solicitó la admisión en la Escuela de Derecho de Fordham, una facultad que formaba parte de la universidad pero era independiente de ella tanto en lo referente a la administración como al emplazamiento, ya que estaba en Manhattan, en la otra orilla del río. Ingresar allí era mucho más difícil, porque había pocas plazas y estaban muy buscadas.

La Escuela de Derecho de Fordham le supondría tres años más de estudios después de su licenciatura en 1975 para obtener el título de licenciado en derecho. Después habría que presentarse a los exámenes de posgrado y obtener el derecho a ejercer como abogado en el estado de Nueva York.

No tenía que hacer ninguna entrevista personal, sólo presentar un montón de documentos al Comité de Admisiones, que los examinaba y evaluaba. Dichos documentos incluían registros escolares que se remontaban a la secundaria, cuyo contenido era más bien negativo, calificaciones más recientes de historia política, una evaluación escrita por él mismo y referencias de sus actuales profesores, que eran excelentes. Escondido entre toda aquella masa de papeleo se hallaba su viejo DD214.

Dexter fue incluido en la primera lista; posteriormente, el Comité de Admisiones se reunió para hacer la selección final. El comité constaba de seis miembros presididos por el profesor Howard Kell, quien a sus setenta y siete años ya había sobrepasado en mucho la edad de la jubilación, aunque seguía teniendo una mente tan aguda como siempre; además era profesor emérito y el patriarca de todos ellos.

Finalmente dos candidatos se enfrentaron por la última plaza disponible. Los papeles indicaban que Dexter era uno de ellos. Hubo un apasionado debate. El profesor Kell se levantó de su asiento en la cabecera de la mesa, fue a la ventana y contempló el cielo azul del verano.

–Una elección difícil, ¿eh, Howard? ¿Cuál es tu candidato?

El anciano golpeó con la punta de los dedos el papel que tenía en la otra mano y se lo enseñó al catedrático. Éste leyó la lista de medallas y silbó suavemente.

–Se las dieron antes de que hubiera cumplido los veintiún años.

–¿Qué demonios hizo?

–Ganarse el derecho a que se le diera una oportunidad de estudiar en esta facultad, eso fue lo que hizo –respondió el profesor.

Los dos hombres regresaron a la mesa y votaron. El resultado había sido tres contra tres, pero en caso de empate el voto del presidente valía por dos. Kell explicó por qué había votado como lo hizo. Todos miraron el DD214.

–Podría ser violento –objetó el políticamente correcto jefe de estudios.

–Oh, eso espero –dijo el profesor Kell–. No me gustaría tener que pensar que estamos dando estas plazas a cambio de nada.

Cal Dexter recibió la noticia dos días después. Él y Angela estaban en la cama; él acarició el vientre de su esposa, que iba creciendo poco a poco, y le habló del día en que sería un rico abogado y tendrían una magnífica casa en Westchester o White Plains.

Su hija Amanda Jane nació a principios de la primavera de 1975, pero el parto tuvo complicaciones. Los cirujanos hicieron cuanto pudieron, pero no pudieron evitar el pronóstico más negativo. El matrimonio podía adoptar, claro está, pero Angela no tendría más embarazos. El cura de la familia de Angela le dijo que había sido la voluntad de Dios y que ella debía aceptarla.

Aquel verano Cal Dexter se licenció entre los cinco primeros de su clase, y en otoño empezó la carrera de derecho, que duraría tres años. Fue duro, pero la familia Marozzi les prestó todo su apoyo y la madre se encargó de cuidar de Amanda Jane para que Angela pudiera servir mesas. Cal prefería las clases diurnas a las nocturnas, que habrían prolongado un año más sus estudios.

Durante los primeros dos años trabajó durante las vacaciones de verano, pero cuando llegó el tercero se las arregló para incorporarse como asistente legal al muy respetado bufete que Honeyman Fleischer tenía en Manhattan.

Fordham siempre ha contado con una tupida red de antiguos alumnos, y Honeyman Fleischer tenía tres socios que se habían licenciado en su facultad de derecho. Precisamente a través de una intervención personal de su profesor, Dexter consiguió el trabajo.

Después de que Calvin regresara de Vietnam, él y su padre se habían mantenido bastante distanciados el uno del otro, ya que éste no entendía por qué su hijo no podía volver a las obras y darse por satisfecho luciendo el casco de seguridad el resto de su vida. Calvin y Angela habían ido a visitarlo en el coche del señor Marozzi para presentarle a su única hija.

Dexter padre murió en el verano de 1978. Cuando llegó, el final fue muy repentino. Un infarto hizo que aquel obrero de la construcción cayera desplomado en una obra. Su hijo asistió solo al humilde funeral. Cal Dexter había abrigado la esperanza de que su padre pudiera asistir a la ceremonia de su graduación y sentirse orgulloso de aquel hijo suyo que había conseguido adquirir una educación. No pudo ser así.

Se licenció aquel verano, y, mientras esperaba presentarse al examen para ejercer la abogacía, logró hacerse con un puesto no muy importante, pero de jornada completa, en el bufete de Honeyman Fleischer; fue su primer empleo profesional desde que había dejado el ejército siete años antes.

Honeyman Fleischer se enorgullecía de sus impecables antecedentes progresistas, evitaba tener tratos con los republicanos y, para demostrar su intensa conciencia social, mantenía un departamento que ofrecía asistencia legal gratuita a los pobres y los más vulnerables.

Una vez dicho esto, lo cierto es que los socios tampoco creían que fuera necesario exagerar y asignaban al departamento gratuito a algunos de los recién llegados peor pagados. En otoño de 1978, Cal Dexter pasó a ocupar la posición más baja que se podía tener en la jerarquía de picoteo legal de Honeyman Fleischer.

Dexter no se quejaba. Necesitaba el dinero, le encantaba el trabajo y, además, ocuparse de los más desfavorecidos le proporcionaba una amplísima experiencia, mucho mayor que la que obtendría dentro de los estrechos límites de una sola especialidad. Podía defender acusaciones de hurto, reclamaciones por negligencia y toda una serie de disputas que terminaban llegando a los tribunales o al circuito de apelaciones.

Aquel invierno una secretaria asomó la cabeza por el hueco de la puerta de su minúsculo despacho y le enseñó un expediente.

–¿Qué es eso? –preguntó Dexter.

–Una apelación por inmigración –dijo ella–. Roger dice que no puede llevarla.

El jefe del diminuto departamento gratuito se reservaba la crema de los casos, suponiendo que tal crema llegara a presentarse. Los asuntos de inmigración eran la leche desnatada de su actividad.

Dexter suspiró y se sumergió en los detalles del nuevo expediente. La audiencia tendría lugar al día siguiente.

Era el 20 de noviembre de 1978.

9
El refugiado

Por aquellos años había en Nueva York una institución caritativa llamada Atención al Refugiado. Sus miembros se definían a sí mismos como «ciudadanos preocupados», y la descripción menos elogiosa de sus personas hubiese sido «gente a la que le gusta hacer el bien».

La tarea que se habían impuesto consistía en mantener los ojos bien abiertos para detectar todos aquellos ejemplos de restos a la deriva de la raza humana que, habiendo encallado en las costas de Estados Unidos, deseaban tomarse al pie de la letra las palabras escritas en la base de la Estatua de la Libertad y quedarse en el país.

Lo habitual era que se tratara de personas abandonadas a sus propios recursos, refugiados procedentes de un centenar de climas distintos que normalmente tenían un dominio muy fragmentario del inglés y se habían gastado sus últimos ahorros en la lucha por sobrevivir.

Su antagonista más inmediato era el Servicio de Inmigración y Naturalización, el formidable SIN, cuya filosofía parecía ser que el 99,9 % de los solicitantes eran estafadores y timadores que debían ser enviados de vuelta al lugar del que habían venido o, en cualquier caso, a alguna otra parte.

El expediente que fue dejado encima del escritorio de Cal Dexter a principios del invierno de 1978 hacía referencia a una pareja que había huido de Camboya, el señor y la señora Hom Moung.

En una larga declaración efectuada por el señor Moung, quien parecía hablar en nombre de los dos y había sido traducida del francés, la lengua en que la mayoría de los camboyanos habían sido educados, su historia fue saliendo a la luz.

Desde 1975 Camboya se hallaba en manos de un tirano enloquecido y genocida llamado Pol Pot y de su fanático ejército, los jemeres rojos, un hecho que ya era bastante sabido en Estados Unidos y que más tarde llegaría a ser aún más conocido a raíz de la película *Los gritos del silencio*.

Pol Pot había concebido el descabellado sueño de devolver a su país a una especie de edad de piedra agraria. Hacer realidad su visión llevaba aparejado un odio patológico hacia los habitantes de las ciudades y cualquier persona que tuviera alguna clase de educación. Toda aquella gente tenía que ser exterminada.

El señor Moung aseguraba haber sido director de un importante *lycée*, o escuela de segunda enseñanza, en la capital, Pnom Penh, y que su esposa había sido enfermera en una clínica privada. Ambos encajaban claramente en la categoría de personas que, según los parámetros de los jemeres rojos, debían ser ejecutadas.

Cuando la situación se volvió insoportable, los Moung pasaron a la clandestinidad y fueron circulando de un piso franco a otro entre amistades y compañeros de profesión, hasta que todos estos hubieron sido arrestados y llevados a los campos.

El señor Moung afirmaba no haber sido capaz de llegar a las fronteras vietnamita o tailandesa porque en el campo, infestado de informadores y jemeres rojos, no habría podido pasar por un campesino. Con todo, había conseguido sobornar a un conductor de camiones para que los sacara en secreto de Pnom Pehn y los llevara al puerto de Kompong Son. Con los últimos ahorros que le quedaban, logró convencer al capitán de un mercante surcoreano de que los sacara del infierno en el que se había convertido su patria.

No sabía cuál era el destino del *Estrella de Inchon*, y le daba igual. Finalmente, resultó ser el puerto de Nueva York, con un cargamento de teca. Al llegar, el señor Moung no trató de eludir a las autoridades, sino que se presentó inmediatamente ante ellas y solicitó permiso para quedarse en Estados Unidos.

Dexter pasó la noche anterior a la audiencia inclinado sobre la mesa de la cocina mientras su esposa y su hija dormían a un par de metros de distancia, al otro lado de la pared. Aquélla era la primera apelación de su carrera, y quería prestar la máxima ayuda posible al refugiado. Después de leer la declaración, pasó a la respuesta del SIN. Ésta había sido bastante dura.

El que decide en cualquier ciudad de Estados Unidos es el director del distrito, y su departamento constituye el primer obstáculo que hay que superar. El colega del director que se hizo cargo del expediente había rechazado la petición de asilo basándose en la extraña teoría de que los Moung deberían haber acudido a la embajada o el consulado local de Estados Unidos y esperado en la cola, según mandaba la tradición nacional.

A Dexter no le parecía que aquello fuera a representar un gran problema para él, dado que todo el personal estadounidense había salido huyendo de la capital camboyana años antes, cuando los jemeres rojos entraron en ella.

Aquella negativa había hecho que se iniciase el procedimiento de deportación de los Moung. Fue entonces cuando Atención al Refugiado oyó hablar del caso y de ellos y se dispuso a dar batalla.

Según el procedimiento, una pareja a la cual le era negada la entrada en el país por el departamento del director del distrito podía apelar en la audiencia de exclusión al nivel inmediatamente superior, solicitando una audiencia administrativa ante un encargado de las concesiones de asilo.

Dexter tomó nota de que en la audiencia de exclusión, el segundo motivo esgrimido por el SIN para su negativa final había sido que los Moung no presentaban ninguna de las razones por las que se podía alegar persecución: raza, nacionalidad, religión, convicciones políticas y/o clase social. Dexter pensaba que en tanto que ferviente anticomunista –y tenía intención de aconsejar al señor Moung que se convirtiera en ello de inmediato– y como director de una escuela, su defendido estaba en situación de alegar los dos últimos motivos.

Su labor durante la audiencia de la mañana siguiente consistiría en convencer al oficial de audiencias de que concediera una salida conocida como Abstención del Proceso de Deportación, bajo la Sección 243(h) del Acta de Nacionalidad e Inmigración.

En letra minúscula, al final de una de las hojas había una anotación redactada por alguien de Atención al Refugiado diciendo que el encargado de las concesiones de asilo sería un tal Norman Ross. Lo que averiguó era interesante.

Dexter entró en el edificio del SIN, en el 26 de Federal Plaza, más de una hora antes de la audiencia para conocer a sus clientes. Él no era ni muy alto ni muy corpulento, pero los Moung eran todavía más pequeños, y la señora Moung semejaba una muñeca diminuta. Contemplaba el mundo a través de unos cristales que parecían haber sido cortados del fondo de un vaso de whisky. Gracias a sus documentos Dexter supo que tenían cuarenta y ocho y cuarenta y cinco años respectivamente.

El señor Moung parecía tranquilo y resignado. Como Cal Dexter no hablaba francés, Atención al Refugiado había proporcionado una intérprete.

Dexter pasó la hora de preparación repasando la declaración original, pero no había nada que añadir o quitar.

El caso no se vería en un auténtico tribunal, sino en una gran oficina con sillas traídas para la ocasión. Cinco minutos antes de la comparecencia, se les dijo que entraran.

Tal como había imaginado Dexter, el representante del director del distrito volvió a presentar los argumentos que ya se habían empleado en la audiencia de exclusión para rechazar la petición de asilo. No había nada que añadir o que quitar. Detrás de su escritorio, el señor Ross fue resiguiendo los argumentos que ya se hallaban expuestos en el expediente que tenía ante sí, y luego miró al novato que Honeyman Fleischer había enviado enarcando una ceja.

Detrás de él, Cal Dexter oyó que el señor Moung le murmuraba a su esposa: «Esperemos que este joven lo consiga o volverán a enviarnos allí para que muramos». El refugiado había hablado en su propia lengua nativa.

Dexter empezó respondiendo al primer punto del director del distrito: desde que habían empezado a funcionar los llamados campos de la muerte no había habido ninguna representación diplomática o consular de Estados Unidos en Pnom Pehn. La más próxima estaba en Bangkok, Tailandia, una meta inalcanzable para los Moung. Vio aparecer la sombra de una sonrisa en la comisura de los labios de Ross cuando la tez del hombre del SIN se puso de un rosa pálido.

La tarea principal de Dexter consistía en constatar que si se hubiera demostrado que estaban en contra de los comunistas, como era el caso de sus clientes, habrían estado destinados a la tortura y la muerte tras ser capturados por los fanáticos jemeres rojos. El mero hecho de que el señor Moung dirigiese una escuela y tuviera un título universitario habría bastado para que lo ejecutaran.

Durante la noche que se había pasado estudiando el expediente, Dexter había descubierto que Norman Ross no siempre había sido Ross. Su padre había llegado a Estados Unidos a principios de siglo como Samuel Rosen, procedente de un *shtetl*, en Polonia, huyendo de los pogromos que entonces llevaban a cabo los cosacos.

–Es muy fácil, señor, rechazar a aquellos que vienen con nada buscando únicamente la oportunidad de seguir viviendo. Decir «no» y marcharse es muy fácil. No cuesta nada decretar que aquí no hay lugar para estos dos orientales y que deberían regresar al arresto, la tortura y el paredón de ejecución.

»Pero ahora yo le pregunto, suponiendo que nuestros padres hubieran hecho eso, y sus padres antes que ellos, cuántos, después de haber regresado a esa patria suya que sufría semejante baño de sangre, no habrían dicho: "Fui a la tierra de los hombres libres y pedí que se me diera una oportunidad de seguir viviendo, pero ellos me cerraron las puertas y me enviaron de regreso a la muerte". ¿Cuántos, señor Ross? ¿Un millón? No. Casi diez millones. Le pido, y no basándome en un motivo legal o como un triunfo de la hábil semántica de los abogados, sino como una victoria para aquello que Shakespeare llamó "la calidad de la clemencia", que decrete que en este gran país nuestro hay espacio para un matrimonio que lo ha perdido todo salvo la vida y que ahora únicamente pide una oportunidad.

Norman Ross contempló a Dexter con expresión dubitativa por unos instantes. Luego golpeó suavemente su escritorio con el lápiz como si éste fuera el mazo de un juez y dictó su decisión.

–Deportación denegada. Siguiente caso.

La mujer de Atención al Refugiado contó con nerviosismo a los Moung en francés lo que acababa de suceder. Ella y su organización podrían ocuparse de los procedimientos legales a partir de ese momento. Tendrían que llevar a cabo varios trámites administrativos, pero ya no había ninguna necesidad de contar con un abogado. Los Moung podían quedarse en Estados Unidos bajo la protección del gobierno, y pasado un tiempo terminarían obteniendo un permiso de trabajo, el dictamen de asilo y, en su momento, la naturalización.

Dexter miró a la mujer y le dijo con una sonrisa que ya podía irse. Luego se volvió hacia el señor Moung y dijo en vietnamita, la lengua nativa del señor Moung:

–Bien, ahora vayamos a la cafetería y podrá contarme quiénes son ustedes realmente y qué es lo que están haciendo aquí.

En una mesa ubicada en un rincón de la cafetería del sótano, Dexter examinó los pasaportes camboyanos y los documentos de identidad.

–Estos documentos ya han sido examinados por algunos de los mejores expertos que hay en Occidente, y declarados auténticos. ¿Cómo los consiguieron?

El refugiado miró a su diminuta esposa.

–Ella los hizo. Mi mujer es una nghi.

En Vietnam existe un clan llamado nghi, que durante siglos había estado proporcionando la mayoría de sus estudiosos y eruditos a la región de Hue. Su habilidad particular, transmitida a lo largo de generaciones, consistía en un dominio excepcional de la caligrafía. Los nghi creaban los documentos de la corte para sus emperadores.

Con la llegada de la era moderna, y especialmente con el comienzo de la guerra contra los franceses en 1945, la absoluta dedicación de los nghi a la paciencia y el detalle, combinada con un nivel de artesanía realmente excepcional, significó que acabaran convirtiéndose en algunos de los mejores falsificadores del mundo.

La diminuta mujer de las gruesas gafas se había echado a perder la vista porque había pasado todo el tiempo que duró la guerra de Vietnam agazapada en un taller subterráneo, creando pases e identificaciones tan perfectas que los agentes del Vietcong habían podido entrar a su antojo en todas las ciudades del sur de Vietnam y nunca habían sido descubiertos.

Cal Dexter les devolvió los pasaportes.

–Volvamos a lo que dije antes. ¿Quiénes son ustedes realmente, y por qué están aquí?

La mujer empezó a llorar calladamente y su esposo le cubrió las manos con la suya.

–Me llamo Nguyen Van Tran –dijo–. Estoy aquí porque conseguí escapar de un campo de concentración en Vietnam, donde pasé tres años. Esa parte al menos es cierta.

–¿Y por qué fingir que eran camboyanos? Estados Unidos ha aceptado a muchos sudvietnamitas que combatieron junto a nosotros en esa guerra.

–Porque yo era comandante del Vietcong.

Dexter asintió lentamente.

–Eso podría constituir un problema –admitió–. Cuéntemelo. Todo.

–Nací en 1930, en el sur, junto a la frontera con Camboya. Por eso sé hablar un poco el jemer. Mi familia nunca fue comunista, pero mi padre era un ferviente nacionalista. Quería ver libre a nuestro país del dominio colonial de los franceses. Me educó para que pensara como él.

–No veo que haya nada de malo en eso. ¿Por qué se hizo usted comunista?

–Ése es mi problema. Por eso he estado en un campo de concentración. No me hice comunista. Sólo lo fingí.

–Continúe.

–Cuando era un muchacho, antes de la Segunda Guerra Mundial, fui educado en el sistema del liceo francés, aunque yo anhelaba ser lo bastante mayor para unirme a la lucha por la independencia. En 1942 llegaron los japoneses y expulsaron a los franceses, a pesar de que técnicamente hablando la Francia de Vichy estaba de su lado. Así que empezamos a luchar contra los japoneses.

»Los comunistas comandados por Ho Chi Minh no tardaron en encabezar el movimiento. Eran más eficientes, más capaces y más implacables que los nacionalistas. Muchos cambiaron de bando, pero mi padre no lo hizo. Cuando los japoneses se marcharon en 1945, tras ser derrotados, Ho Chi Minh se convirtió en un héroe nacional. Yo tenía quince años y ya participaba en la lucha. Entonces los franceses volvieron a Vietnam.

»Luego vinieron nueve años más de guerra. Ho Chi Minh y el movimiento comunista de resistencia del Vietminh sencillamente absorbieron los otros movimientos. Todos aquellos que se resistieron fueron ejecutados. Yo también tomé parte en esa guerra. Fui una de aquellas hormigas humanas que llevaban los cañones desmontados a las cimas de las montañas que se alzaban alrededor de Dien Bien Phu, donde los franceses terminarían siendo aplastados en 1954. Después vinieron los acuerdos de Ginebra, y también un nuevo desastre. Mi país quedó dividido en el norte y el sur.

–Y volvieron a combatir.

–No de inmediato. Hubo un corto período de paz. Nosotros esperábamos el referéndum cuya celebración formaba parte de los acuerdos firmados en Ginebra. Cuando el referéndum nos fue negado porque la dinastía Diem, que gobernaba en el sur, sabía que lo perdería, volvimos a la guerra. Había que elegir entre los repugnantes y corruptos Diem en el sur o el general Giap y Ho en el norte. Yo había luchado a las órdenes de Giap, y lo tenía por un gran héroe. Escogí a los comunistas.

–¿Todavía era soltero?

–No, ya me había casado con mi primera esposa. Tuvimos tres hijos.

–¿Y ellos todavía siguen en Vietnam?

–No, todos murieron.
–¿De enfermedad?
–Los mataron los B-52.
–Continúe.
–Entonces llegaron los primeros estadounidenses. Los envió Kennedy, supuestamente como asesores. Pero para nosotros el régimen de Diem se había convertido en otro gobierno títere como los que nos habían impuesto los japoneses y los franceses. Así que una vez más, la mitad de mi país quedó ocupado por extranjeros. Volví a la selva para seguir luchando.
–¿Cuándo?
–En 1963.
–¿Diez años más?
–Diez años más. Cuando aquello hubo terminado, yo tenía cuarenta y dos años y había pasado la mitad de mi vida viviendo como un animal, sometido al hambre, la enfermedad, el miedo y la amenaza constante de morir en cualquier momento.
–Pero después de 1972 debió de sentir que por fin había triunfado –observó Dexter.
El vietnamita negó con la cabeza.
–Usted no entiende lo que ocurrió después de la muerte de Ho en 1968 –dijo–. El partido y el gobierno quedaron en distintas manos. Muchos de nosotros todavía estábamos luchando por el país con que habíamos soñado y pensábamos que disfrutaríamos de cierta libertad. Los que se hicieron con el poder después de la muerte de Ho tenían otros planes. Un patriota tras otro fue arrestado y ejecutado. Quienes mandaban ahora eran Le Doan y Le Duc Tho. Ellos carecían de la fortaleza interior de Ho, quien podía tolerar un enfoque humano. Doan y Tho tenían que destruir para dominar. El poder de la policía secreta fue enormemente incrementado. ¿Se acuerda de la ofensiva del Tet?
–Demasiado bien.
–Ustedes los estadounidenses parecen pensar que para nosotros aquello fue una gran victoria. No es cierto. La ofensiva fue concebida en Hanoi y atribuida equivocadamente al general Giap, cuando de hecho éste ya no podía hacer nada contra Le Doan. La ofensiva del Tet le fue impuesta al Vietcong como una orden directa. Nos destruyó. La intención había sido precisamente esa. Quince mil de nuestros mejores cuadros murieron en misiones suicidas, entre ellos todos los líderes naturales del sur. Una

vez que esos líderes hubieron desaparecido, Hanoi pasó a ostentar el poder supremo. Después del Tet, el ejército del norte se hizo con el control, justo a tiempo para la victoria. Yo era uno de los últimos supervivientes de los nacionalistas del sur. Quería un país libre y reunificado, sí, pero también quería que mi país tuviera libertad cultural, un sector privado y granjeros que fueran dueños de sus tierras. Eso resultó ser un error.

–¿Qué ocurrió?

–Después de la conquista del sur en 1975, empezaron los auténticos pogromos. Todo fue obra de los chinos. Dos millones de vietnamitas fueron despojados de todo cuanto poseían. Se vieron obligados a trabajar como esclavos o se les expulsó del país, convirtiéndose en lo que se conoció como *boat people*, «la gente de los barcos». Yo no estaba de acuerdo con todo aquello y así lo dije. Entonces fue cuando aparecieron los campos para los disidentes. Ahora hay doscientos mil vietnamitas internados en esos campos, la inmensa mayoría de ellos gente del sur. A finales de 1975, el Bao Ve Cong An, la policía secreta, vino a buscarme. Yo llevaba escritas demasiadas cartas de protesta, diciendo que en mi opinión todo aquello por lo cual había luchado estaba siendo traicionado. Mi última carta no les gustó nada.

–¿Qué condena le impusieron?

–Tres años, la pena habitual para quienes debían ser «reeducados». Después de eso, vinieron tres años de vigilancia diaria. Fui enviado a un campo de internamiento en la provincia de Hatay, a unos sesenta kilómetros de Hanoi. Siempre te enviaban muy lejos de casa porque eso hace que luego te resulte mucho más difícil huir.

–Pero usted consiguió escapar, ¿no?

–Fue mi esposa la que consiguió que huyéramos del campo. Ella es enfermera, además de falsificadora. Y yo fui director de escuela durante los escasos años de paz. Nos conocimos en el campo de internamiento. Ella trabajaba en el hospital, y a mí me habían salido unos abscesos en las piernas. Hablamos. Nos enamoramos. Imagíneselo, a nuestra edad... Mi esposa me sacó de allí. Tenía escondidas unas cuantas alhajas de oro que no le habían confiscado, y sirvieron para comprar pasajes a bordo de un carguero. Bueno, ahora ya lo sabe todo.

–¿Y piensa que podría llegar a creerle? –preguntó Dexter.

–Usted habla nuestro idioma. ¿Estuvo allí?

–Sí, estuve allí.

–¿Y combatió?

–Lo hice.

–Entonces, y hablando de soldado a soldado, le diré que debería saber reconocer la derrota cuando la ve. Ahora está contemplando la más completa y absoluta de las derrotas. Bien, ¿nos vamos?

–¿En qué lugar estaba pensando?

–Habrá que volver a hablar con los de inmigración, claro está. Tendrá usted que contarles quiénes somos en realidad.

Cal Dexter terminó su café y se levantó. El comandante Nguyen Van Tran se dispuso a imitarlo, pero Dexter le indicó con un gesto que no lo hiciera.

–Un par de cosas, comandante. La guerra ha terminado. Ocurrió hace mucho tiempo y muy lejos de aquí. Intente disfrutar del resto de su vida.

El vietnamita parecía hallarse en estado de shock. Asintió torpemente. Dexter dio media vuelta y se marchó, pero cuando ya se había alejado un par de metros de la mesa, se volvió y dijo:

–Ah, sí. La segunda cosa. ¿Se acuerda de ese plato lleno de aceite de coco hirviendo que me arrojó encima? Bueno, pues me dolió mucho.

Era el 22 de noviembre de 1978.

10

El fenómeno

En 1985 Cal Dexter ya había dejado el bufete de Honeyman Fleischer, pero no por un trabajo que lo conduciría a una magnífica casa en Westchester. Había ingresado en la Oficina del Defensor Público, convirtiéndose así en lo que en Nueva York se conoce como un abogado del servicio de asistencia legal. Su nuevo trabajo no proporcionaba mucho prestigio y no resultaba nada lucrativo, pero aun así le daba algo que Dexter no habría encontrado en el ámbito del derecho mercantil o fiscal, y él lo sabía. Ese algo se llamaba sentirse satisfecho con el trabajo que hacía.

Angela se lo había tomado bien, de hecho incluso bastante mejor de lo que él había esperado. Para ser exactos, no le había importado lo más mínimo. La familia Marozzi estaba tan unida como los granos de uva en un racimo y todos eran gente del Bronx hasta la médula. Amanda Jane iba a una escuela que le gustaba mucho y en la que tenía gran cantidad de amigos. Cosas como conseguir un empleo más ambicioso y mejor e ir ascendiendo peldaños en la profesión no formaban parte de sus necesidades, al menos por el momento.

El nuevo empleo de Dexter suponía trabajar una cantidad imposible de horas al día y representar a aquellos que se habían escurrido a través de un desgarrón en la red del Sueño Americano. Significaba defender en los tribunales a quienes no podían permitirse el lujo de pagar su propio representante legal.

Para Cal Dexter la pobreza y la falta de educación no tenían por qué significar necesariamente que fueras culpable. El que un «cliente» atónito y agradecido que, cualesquiera que fueran sus otros defectos, no había hecho aquello de lo que se le acusaba llegase a salir de la sala del tribunal habiendo sido declarado inocente siempre llenaba de satisfacción a Dexter. Fue una cálida noche de verano de 1988 cuando conoció a Washington Lee.

Por sí sola la isla de Manhattan tiene que hacer frente a más de ciento diez mil casos criminales al año, eso excluyendo las demandas civiles. El sistema judicial siempre parece encontrarse al borde del colapso, pero se las arregla de algún modo para ir sobreviviendo. En aquellos años, una parte de la razón para dicha supervivencia era la existencia de la cinta transportadora, en continuo funcionamiento durante las veinticuatro horas del día, formada por el sistema de audiencias procesales que iban desfilando incesantemente a través del gran bloque de granito del número 100 de Center Street.

Al igual que una buena función de vodevil, el edificio de los Juzgados Penales podía alardear de que nunca cerraba sus puertas. Decir que «toda la vida está aquí» probablemente hubiese sido una exageración, pero no cabía duda de que tarde o temprano las partes más viles de la vida de Manhattan terminaban haciendo acto de presencia en él.

Aquella noche de julio de 1988, Dexter estaba trabajando en el turno nocturno como abogado disponible al cual se le podía asignar un cliente porque así lo había decidido un juez que se encontraba sobrecargado de trabajo. Eran las dos de la madrugada y estaba tratando de escabullirse cuando una voz le dijo que fuera a la sala AR2A. Dexter suspiró, porque nadie intentaba llevarle la contraria al juez Hasselblad.

Fue hacia el estrado para reunirse con un ayudante del fiscal del distrito que ya estaba esperando allí con un expediente en la mano.

–Está cansado, señor Dexter.

–Supongo que todos lo estamos, señoría.

–Eso no se lo discutiré, pero hay un caso más del que me gustaría que se hiciese usted cargo. Y no mañana, sino ahora. Tome, aquí tiene el expediente. Este joven parece haberse metido en un buen lío.

–Sus deseos son órdenes para mí, señoría.

Una sonrisa ensanchó el rostro de Hasselblad.

–Adoro que se me trate con deferencia –dijo.

Dexter cogió el expediente de manos del ayudante del fiscal del distrito y los dos hombres salieron de la sala juntos. En la tapa del expediente rezaba: EL PUEBLO DEL ESTADO DE NUEVA YORK CONTRA WASHINGTON LEE.

–¿Dónde está? –preguntó Dexter.

–Aquí mismo, en una celda de espera –respondió el ayudante del fiscal del distrito.

Tal como Dexter había imaginado basándose en la foto policial incluida en el expediente, su cliente era un chico flacucho con el aire entre perplejo y desesperado que suelen presentar las personas carentes de educación que han sido absorbidas, masticadas y escupidas por cualquiera de los numerosos sistemas judiciales que hay en el mundo. Lo que se veía en él era más confusión que astucia.

El acusado tenía dieciocho años y era uno de los moradores de aquel distrito totalmente desprovisto de encanto conocido como Bedford-Stuyvesant, una parte de Brooklyn que es virtualmente un gueto negro. Por sí solo ese hecho bastó para despertar el interés de Dexter. ¿Por qué el chico estaba siendo acusado en Manhattan? Supuso que habría cruzado el río y robado un coche, o atracado a alguien que tenía una cartera merecedora de ser robada.

Pero no, la acusación era por fraude bancario. ¿Significaba eso que Washington Lee había intentado pasar un cheque falsificado o utilizar una tarjeta de crédito robada, o que había recurrido, quizá, al viejo truco de retirar simultáneamente dinero de una cuenta inventada presentándose primero en un extremo del mostrador y luego en el otro? No.

A decir verdad los cargos eran bastante raros, y muy poco precisos. El fiscal del distrito había presentado una acusación en la que sostenía que Washington Lee había cometido fraude por una cuantía superior a diez mil dólares. La víctima del delito había sido el East River Bank y el hecho de que su sede se encontrara ubicada en la parte central de Manhattan explicaba el motivo por el cual el acusado iba a ser juzgado en la isla y no en Brooklyn. El fraude había sido detectado por el personal de seguridad del propio banco, que deseaba que el delito fuera castigado con el máximo rigor posible de acuerdo con las normas bancarias habituales.

Dexter se presentó con una sonrisa a su defendido, tomó asiento y le ofreció cigarrillos. Él no fumaba, pero el 99% de sus clientes se mostraban encantados ante la posibilidad de darle unas cuantas caladas a aquellos cilindros blancos. Washington Lee meneó la cabeza.

–Son malos para la salud –dijo.

Dexter se sintió tentado de decir que siete años en la penitenciaría estatal tampoco iban a beneficiar su salud, pero se abstuvo de hacerlo. Ahora que lo tenía delante en carne y hueso, Dexter reparó en que el señor Lee no sólo carecía de atractivo sino que era pura y simplemente feo. ¿Cómo había conseguido embaucar a los del banco para que le entregaran tanto dinero? Habida cuenta de su aspecto, su manera de arrastrar cansinamente los pies y lo desmadejado de su postura, a Washington Lee difícilmente se le habría permitido atravesar el vestíbulo de mármol italiano del prestigioso East River Bank.

Calvin Dexter habría necesitado más tiempo del que disponía para dedicar la debida atención al expediente del caso. Su preocupación más inmediata era pasar por la formalidad del procesamiento y ver si existía alguna posibilidad, por remota que fuese, de obtener la libertad bajo fianza. Dudaba de que la hubiera.

Una hora después Dexter y el ayudante del fiscal del distrito volvían a estar en la sala. Washington Lee, que se mostraba completamente confuso y perplejo, fue llamado a comparecer ante el tribunal tal como señalaba la ley.

–¿Estamos listos para proceder? –preguntó el juez Hasselblad.

–Si el tribunal no tiene ninguna objeción a ello, me veo en la obligación de solicitar un aplazamiento –dijo Dexter.

–Acérquense –ordenó el juez. Cuando los dos abogados estuvieron delante del estrado, preguntó–: ¿Tiene usted algún problema, señor Dexter?

–Este caso es más complejo de lo que aparenta, su señoría. No estamos hablando de unos cuantos tapacubos. La acusación hace referencia a una estafa de más de diez mil dólares a un banco de primera categoría. Necesito disponer de un poco más de tiempo para estudiar el caso.

El juez miró al ayudante del fiscal del distrito, quien se encogió de hombros para indicar que no tenía nada que objetar.

–Fijaré un día de esta semana –dijo el juez.

–Me gustaría solicitar una fianza –dijo Dexter.

–Me opongo, su señoría –intervino el ayudante del fiscal del distrito.

–Voy a fijar la fianza en la suma que menciona la acusación, diez mil dólares –dijo el juez Hasselblad.

Eso significaba que la fianza quedaba completamente descartada, y todos lo sabían. Washington Lee no contaba con diez mil dólares, y como ningún fiador querría verse involucrado en el asunto, tendría que volver a una celda. Mientras salían de la sala, Dexter le pidió al ayudante del fiscal del distrito que le hiciera un favor.

–Sé buen chico y haz que no se quede dentro de la isla, sino en las Tumbas.

–Claro, no hay problema. Y ahora intenta dormir un poco, ¿vale?

El sistema judicial de Manhattan utiliza dos prisiones para estancias de corta duración. Por su nombre, las Tumbas sugiere un lugar subterráneo, pero en realidad se trata de un rascacielos empleado como centro de detención que se alza justo al lado de los edificios judiciales; a los abogados defensores les resulta mucho más cómodo visitar a sus clientes allí que en Riker's Island, que queda bastante East River arriba. A pesar del consejo que el ayudante del fiscal del distrito acababa de darle, Dexter seguramente no dormiría; el expediente de Washington Lee se encargaría de impedírselo. Si Dexter iba a hablar con él a la mañana siguiente, antes tendría que dedicar un poco de tiempo a ponerse al corriente del caso.

A ojos del observador experimentado, el fajo de papeles contaba la historia de la investigación y el arresto de Washington Lee. El fraude había sido detectado internamente y relacionado con él. El jefe del servicio de seguridad del banco, un tal Dan Mitkowski, había sido detective del Departamento de Policía de Nueva York y enseguida había conseguido convencer a algunos de sus antiguos colegas de que fueran a Brooklyn y arrestaran a Washington Lee.

Primero lo llevaron a una comisaría del centro, donde quedó detenido. Cuando las celdas de la comisaría se hallaban provistas de un número lo suficientemente elevado de malhechores, éstos eran conducidos al edificio de los Juzgados Penales y realojados allí para alimentarse con la intemporal e invariable dieta de bocadillos de queso y mentiras inventadas sobre la marcha.

Entonces los engranajes habían empezado a seguir su curso inexorable. El historial policial mostraba una serie de pequeños delitos callejeros: tapacubos, máquinas expendedoras, hurtos en tiendas. Con esa formalidad ya completada, Washington Lee estaba listo para que lo procesaran. Ése fue el momento en que el juez Hasselblad quiso que el joven tuviera un representante legal.

Dadas las circunstancias, se trataba de un muchacho nacido sin nada y destinado a la nada, que de los pequeños hurtos iniciales pasaría a los robos para finalmente llevar una vida signada por el crimen y frecuentes períodos como invitado de los ciudadanos del estado de Nueva York en algún lugar «río arriba». Así pues, ¿cómo demonios se las había arreglado Washington Lee para convencer al

East River Bank, el cual ni siquiera tenía una sucursal en Bedford-Stuyvesant, de que se desprendiera de diez mil dólares? No había ninguna respuesta para esa pregunta, al menos en el expediente. Lo único que figuraba en éste era una acusación reducida al mínimo y un enfurecido banco con sede en Manhattan que estaba firmemente decidido a vengarse. El cargo era de robo de alta cuantía en tercer grado, y solía castigarse con siete años entre rejas.

Dexter durmió tres horas, vio cómo Amanda Jane se iba a la escuela, se despidió de Angela con un beso y regresó a Center Street. Fue en una sala de entrevistas de las Tumbas donde por fin pudo sonsacar al joven negro.

En la escuela Washington Lee había sido un alumno desastroso. El futuro sólo le ofrecía el camino que conduce a la marginación, el crimen y la cárcel. Y entonces uno de sus profesores, quizá más inteligente que los demás o meramente más generoso que ellos, había permitido que aquel chico inútil accediera a su ordenador Hewlett Packard.

Fue como ofrecerle un violín al joven Yehudi Menuhin. Washington contempló las teclas, miró la pantalla y empezó a hacer música. El profesor, que estaba metido en el mundo de los ordenadores cuando éstos eran la excepción en vez de la regla, quedó muy impresionado. De aquello hacía cinco años.

Washington Lee empezó a estudiar. También empezó a ahorrar. Cuando abría las máquinas expendedoras y las destripaba, no lo hacía para fumarse las ganancias, bebérselas, metérselas por la vena o comprarse ropa con ellas. Washington Lee fue ahorrando todo lo que iba obteniendo hasta que logró comprarse un ordenador a buen precio cuando una tienda que iba a cerrar liquidó todas sus existencias.

–¿Y cómo te las arreglaste para estafar al East River Bank?

–Entré en su sistema principal –respondió el chico.

Por un instante Cal Dexter pensó que quizá había habido alguna clase de clave de entrada, así que le pidió a su cliente que se explicara. Entonces Washington Lee se mostró animado por primera vez. Estaba hablando de lo único que no tenía secretos para él.

–Oiga, ¿tiene usted idea de lo débiles que son algunos de los sistemas defensivos que han ido creando para proteger las bases de datos?

Dexter admitió que no era una cuestión a la que hubiese dedicado mucho tiempo. Al igual que la inmensa mayoría de quienes no son expertos en el tema, Dexter sabía que los diseñadores de sistemas informáticos creaban «muros cortafuegos» para evitar el acceso no autorizado a aquellas bases de datos que contenían la información de naturaleza más confidencial. El modo en que lo hacían exactamente, por no hablar de la manera de llegar a ser más listo que ellos, era algo en lo que nunca había pensado. Poco a poco Washington Lee fue refiriéndole la historia.

El East River Bank tenía una ingente base de datos con toda la información concerniente a sus clientes. Debido a que la situación financiera de éstos suele considerarse una cuestión muy confidencial, el acceso a aquellos detalles requería que empleados del banco introdujeran previamente un elaborado sistema de códigos. Si dichos códigos no eran absolutamente correctos, la pantalla del ordenador se limitaba a mostrar el mensaje ACCESO DENEGADO. Un tercer intento erróneo hacía que empezaran a sonar las señales de alarma en el despacho del director del banco.

Washington Lee había descifrado los códigos sin llegar a activar las alarmas, hasta el punto de que el ordenador principal, que estaba bajo los cuarteles generales del banco en Manhattan, obedecería sus instrucciones sin rechistar. Para decirlo brevemente, el chico había conseguido llevar a cabo el *coitus non interruptus* con un sofisticado sistema de tecnología punta.

Sus instrucciones eran simples. Washington Lee ordenaba al sistema que identificara los depósitos bancarios de los clientes del East River Bank y los intereses mensuales que se pagaban a las cuentas de éstos. Luego le ordenaba que dedujera una cuarta parte de cada uno de dichos pagos por intereses y la transfiriese a su propia cuenta.

Como no tenía cuenta corriente, Washington Lee abrió una en la sucursal local del Chase Manhattan. Si hubiera estado lo bastante familiarizado con el negocio para transferir el dinero a las Bahamas, probablemente nunca lo habrían pillado.

Calcular el interés correspondiente a un depósito bancario es una operación bastante complicada, porque la suma dependerá de las fluctuaciones del tipo de interés a lo largo del período calculado. Llevarlo a la cifra que más se aproxime a la cuarta parte del total requiere su tiempo. La mayoría de las personas no disponen de él. Confían en que el banco se encargará de realizar las operaciones matemáticas y que no cometerá ningún error al hacerlo.

El señor Tolstoi no era una de esas personas. Puede que tuviera ochenta años, pero su mente todavía funcionaba a la perfección. El gran problema del señor Tolstoi era el aburrimiento y cómo matar el tiempo en su diminuto apartamento en la calle Ciento ocho oeste. Tras trabajar toda su vida como actuario para una gran compañía de seguros, el señor Tolstoi estaba convencido de que, si se la multiplicaba suficientes veces, hasta la calderilla tenía su importancia. Se pasaba el tiempo intentando pillar al banco en un error. Y un día lo consiguió.

El señor Tolstoi había llegado al convencimiento de que el interés que le había correspondido por el mes de abril era una cuarta parte inferior a lo que debería haber sido. Comprobó las cifras de marzo. Lo mismo. Retrocedió otros dos meses. Luego se quejó.

La directora de la sucursal le habría dado el dólar que faltaba, pero las reglas son las reglas. El señor Tolstoi había presentado su queja. En la central pensaron que sólo se trataba de un único y pequeño fallo en una sola cuenta, pero de todos modos llevaron a cabo una comprobación en media docena de cuentas más escogidas al azar. Descubrieron que en todas se había producido el mismo error. Entonces llamaron a los técnicos informáticos.

Los técnicos descubrieron que el ordenador principal llevaba unos veinte meses haciendo aquello a cada cuenta del banco. Le preguntaron por qué.

«Porque ustedes me dijeron que lo hiciera», respondió el ordenador.

–No, nosotros no te dijimos eso –replicaron los sabios.

«Bueno, pues alguien lo hizo», dijo el ordenador.

Entonces fue cuando llamaron a Dan Mitkowski. La investigación no requirió mucho tiempo. Las transferencias de toda aquella calderilla habían ido a parar a una cuenta del Chase Manhattan en Brooklyn. Titular de la cuenta: Washington Lee.

–¿Cuánto sacaste en limpio de todo eso? –preguntó Dexter.

–Casi un millón de dólares.

Dexter mordió la punta de su lápiz con tanta fuerza que la rompió. No era de extrañar que la acusación fuese tan vaga. Sí, desde luego que habían sido «más de diez mil dólares». La misma magnitud del fraude hizo que se le ocurriera una idea.

El señor Lou Ackerman siempre disfrutaba muchísimo con su desayuno. Para él era la mejor comida del día, porque el desayuno nunca tenía que ser consumido deprisa y corriendo como ocurría con el almuerzo y jamás llegaba a ser excesivamente abundante como pasaba con las cenas de gala. Al señor Ackerman le encantaba sentir la suave sorpresa del zumo muy frío, el crujido de los copos de cereales, la esponjosidad de unos huevos bien revueltos, el aroma del café Blue Mountain recién molido. En su balcón que daba a Central Park West, disfrutando del frescor de una mañana de verano antes de que el verdadero calor fuera cayendo sobre el día, desayunar constituía todo un deleite. Y era una lástima que el señor Calvin Dexter fuera a echárselo a perder.

Cuando su sirviente filipino le llevó la tarjeta a su terraza, el señor Lou Ackerman echó un vistazo a la palabra «abogado», frunció el entrecejo y se preguntó quién podría ser su visitante. El nombre, sin embargo, hizo sonar una alarma en su cerebro. Se disponía a decirle a su sirviente que le pidiera al visitante que fuera al banco más tarde esa misma mañana, cuando una voz detrás del filipino dijo:

–Ya sé que esto es una impertinencia por mi parte, señor Ackerman, y le pido disculpas por ello. Pero si tiene la amabilidad de concederme diez minutos, me atrevo a avanzarle que luego se alegrará mucho de que no nos hayamos reunido en su despacho para que todo el mundo estuviera pendiente de nosotros.

El señor Ackerman se encogió de hombros y señaló el asiento que había al otro lado de la mesa.

–Dile a la señora Ackerman que estoy reunido en la mesa del desayuno –le ordenó al filipino, y a continuación se volvió hacia Dexter–. Intente ser breve, señor Dexter.

–Lo seré. Ustedes quieren llevar a juicio a mi cliente, el señor Washington Lee, porque supuestamente se ha apropiado de casi un millón de dólares procedentes de las cuentas de sus clientes. Me parece que sería más sensato que retiraran los cargos.

El presidente general del East River Bank podría haberse puesto furioso. Muestras un poco de bondad ¿y qué obtienes a cambio? Un entrometido se presenta en tu casa para echarte a perder el desayuno.

–Olvídelo, señor Dexter. Esta conversación ha terminado. Lo que propone es imposible. El muchacho pagará por lo que ha hecho. Tiene que haber algún modo de evitar que se cometan esta clase de actos. Es la política de la entidad. Buenos días.

–Lástima. Verá, el caso es que la manera en que lo hizo fue realmente fascinante. Washington Lee se introdujo en su sistema informático, luego atravesó como si tal cosa todos sus muros cortafuegos, y pasó por entre todos sus guardias de seguridad como si éstos no existieran. Se supone que nadie debe poder hacer nada semejante.

–Se le ha acabado el tiempo, señor Dexter.

–Concédame unos segundos más, señor Ackerman. Ya habrá otros desayunos. Ustedes tienen aproximadamente un millón de clientes, tanto en concepto de depósitos como en cuentas corrientes. Ellos piensan que sus fondos están a salvo con ustedes. A finales de esta semana, un flaco muchacho negro salido del gueto va a comparecer ante el juez y dirá que si él lo hizo, entonces cualquier aficionado que tenga dos dedos de frente podría vaciar cualquiera de las cuentas de sus clientes después de unas cuantas horas de sondeos electrónicos. ¿Cómo cree que se van a tomar eso sus clientes, señor Ackerman?

Ackerman dejó su taza de café encima de la mesa y dirigió la mirada hacia el parque.

–Eso no es verdad. ¿Por qué deberían creerlo?

–Porque habrá periodistas presentes en la sala del tribunal, y la televisión y la radio estarán esperando fuera. Según mis cálculos, una cuarta parte de sus clientes decidirá cambiar de banco.

–Anunciaremos que estamos instalando un nuevo sistema de seguridad. El mejor que hay disponible en el mercado.

–Pero se supone que eso era lo que ustedes ya tenían, ¿verdad? Y resulta que un chico de Bedford-Stuyvesant que no ha terminado los estudios secundarios logró introducirse en él. Son ustedes muy afortunados, porque han recuperado la totalidad del millón de dólares. Supongamos que esto volviera a ocurrir, pero ahora por la cuantía de decenas de millones de dólares a lo largo de todo un horrible fin de semana, y que la totalidad del dinero fuese a parar a las islas Caimán. Entonces el banco tendría que cubrir las pérdidas de sus clientes. ¿Cree que su junta directiva toleraría semejante humillación?

Lou Ackerman pensó en su junta directiva. Algunos de los accionistas institucionales eran personas como Pearson-Lehman y Morgan Stanley. La clase de personas que no soportaban que se las humillara. La clase de personas que podían dejar sin empleo a un hombre.

–Conque así es como están las cosas, ¿eh?

–Me temo que sí.

–De acuerdo. Llamaré a la oficina del fiscal del distrito y diré que ya no estamos interesados en seguir adelante con el procesamiento, habida cuenta de que hemos recuperado todo nuestro dinero. Pero cuidado, le advierto que el fiscal del distrito puede seguir adelante por su cuenta en caso de que quiera hacerlo.

–Pues entonces será usted muy persuasivo, señor Ackerman. Lo único que tiene que decir es: «¿Estafa? ¿Qué estafa?». Después de todo, me parece que en este caso se impone la discreción. ¿No opina usted lo mismo?

Dexter se levantó y se dispuso a irse. Ackerman era un buen perdedor.

–Siempre nos iría bien disponer de un buen abogado, señor Dexter.

–Se me ha ocurrido una idea mejor. Ponga en nómina a Washington Lee. Me parece que cincuenta mil dólares al año sería un sueldo apropiado.

Ackerman se había levantado de golpe, derramando su café Blue Mountain sobre el mantel.

–¿Y para qué demonios iba a tener yo en nómina a ese desgraciado?

–Porque cuando se trata de ordenadores, Washington Lee es el mejor. Ya lo ha demostrado sobradamente. Se abrió paso a través de un sistema de seguridad que a ustedes les costó un montón de dinero instalar, y lo hizo con una lata de sardinas que cuesta cincuenta dólares. Ese chico podría instalarles un sistema que fuese totalmente impenetrable. Luego ustedes podrían convertir ese sistema en uno de sus grandes atractivos de cara a la clientela, diciendo que su entidad cuenta con la base de datos más segura que existe al oeste del Atlántico. Washington Lee es mucho menos peligroso dentro de la tienda que meando fuera de ella.

Veinticuatro horas después Washington Lee fue puesto en libertad. No estaba muy seguro del porqué, al igual que tampoco lo estaba el ayudante del fiscal del distrito, pero el banco había sufrido un súbito ataque de amnesia empresarial y la oficina del fiscal del distrito estaba tan sobrecargada de trabajo como de costumbre. ¿Por qué insistir?

El banco envió una limusina a las Tumbas para recoger a su nuevo empleado. Washington Lee nunca había estado dentro de una limusina. Se instaló en el asiento trasero y se volvió hacia su abogado, que asomaba la cabeza por la ventanilla.

–No sé qué es lo que ha hecho usted o cómo lo ha hecho –dijo–. Quizá algún día pueda pagárselo.

–De acuerdo, Washington. Puede que algún día lo hagas.

Era el 20 de julio de 1988.

11

El asesino

Cuando Yugoslavia estaba gobernada por el mariscal Tito, era una sociedad prácticamente libre de crímenes. Molestar a un turista era algo impensable, las mujeres podían ir sin miedo por las calles y las bandas organizadas no existían.

Lo cual resultaba bastante extraño, teniendo en cuenta que las siete repúblicas que formaban Yugoslavia, y antes el reino de serbios, croatas y eslovenos, habían producido algunos de los gánsteres más depravados y violentos de Europa.

La razón era que, después de 1948, el gobierno de Tito estableció un pacto con el hampa yugoslava. El trato fue muy simple: vosotros podéis hacer lo que queráis y nosotros cerraremos los ojos con una condición: que lo hagáis en el extranjero. Así, Belgrado se limitó a exportar la totalidad de sus criminales.

Los objetivos escogidos por los jefes de la delincuencia yugoslava fueron Italia, Austria, Alemania y Suecia. La razón también era muy simple. A mediados de los sesenta los turcos y los yugoslavos se habían convertido en la primera oleada de «trabajadores invitados» dentro de los países más ricos al norte de sus fronteras, lo cual significaba que se los alentaba a ir allí y hacer los trabajos más sucios y desagradables, que los excesivamente mimados indígenas ya no querían hacer.

Cada gran movimiento étnico siempre trae consigo su propio mundo del crimen. La mafia italiana llegó a Nueva York con los inmigrantes italianos, y los criminales turcos no tardaron en unirse a las comunidades turcas de «trabajadores invitados» esparcidas por toda Europa. Los yugoslavos hicieron otro tanto, pero en su caso el acuerdo fue bastante más estructurado.

Belgrado salió doblemente beneficiado de ello. Los miles de yugoslavos que trabajaban fuera del país enviaban cada semana a casa todas las divisas que habían ganado; en tanto que Estado comunista, Yugoslavia era un caos económico, pero la afluencia regular de divisas bastaba para mantener oculto ese hecho.

Mientras Tito repudiara a Moscú, Estados Unidos y la OTAN

apenas prestaban atención a las otras cosas que hiciera. De hecho, el mariscal fue uno de los líderes de los países no alineados durante la guerra fría. La hermosa costa dálmata que se extendía a lo largo del Adriático se convirtió en una meca turística, atrayendo todavía más divisas extranjeras.

Internamente, Tito controlaba un régimen brutal en todo lo que concernía a los disidentes u opositores, pero se comportaba de la manera más callada y discreta posible. El pacto con los gánsteres era administrado y supervisado no tanto por la policía civil como por la policía secreta, conocida como Seguridad del Estado o DB.

Fue la DB la que estableció los términos del pacto. Los delincuentes que se cebaban en la comunidades yugoslavas del extranjero podían volver a casa con toda impunidad para descansar y divertirse un poco, y lo hacían. Dichos gánsteres construyeron villas en la costa y mansiones en la capital. Hacían sus donativos a los fondos de pensiones de los jefes de la DB, y ocasionalmente se les pedía que llevaran a cabo algún «trabajillo» al que no se le daría publicidad ni se le seguiría la pista. La mente maestra que urdió aquel arreglo que tan cómodo resultaba para todas las partes implicadas fue un hombre que ya llevaba mucho tiempo al frente del Departamento de Inteligencia, el gordo y temible esloveno Stane Dolanc.

Dentro de Yugoslavia existía un poco de prostitución –firmemente controlada por la policía local– y algo de lucrativo contrabando, que, una vez más, contribuía a los fondos de pensiones oficiales. Pero la violencia, dejando aparte la de naturaleza estatal, estaba prohibida. Los jóvenes que no querían ir por el buen camino a lo máximo que llegaban era a encabezar pandillas rivales, robar coches (que no perteneciesen a turistas) y pelearse. Si querían tomarse las cosas más en serio, entonces tenían que irse.

Quienes optaran por hacerse los sordos acerca de aquellas cuestiones corrían el riesgo de dar con sus huesos en la celda de alguna prisión remota. El mariscal Tito no era ningún estúpido, pero no era inmortal. Murió en 1980, y entonces todo empezó a derrumbarse.

En 1956 un mecánico del distrito obrero de Zemun, en Belgrado, tuvo un hijo y le puso por nombre Zoran. Desde temprana edad, quedó claro que Zoran era un ser depravado y profundamente violento. Cuando tenía diez años, sus profesores se estremecían al oír su nombre.

Pero Zoran tenía una cualidad que lo distinguiría de otros gánsteres de Belgrado como Zeljko Raznatovic, alias Arkan. Zoran era muy listo.

A los catorce años abandonó la escuela y se convirtió en el líder de una pandilla de adolescentes que se dedicaban a robar coches, pelearse, beber y seguir con la mirada a las chicas de la zona. Después de una «discusión» particularmente violenta con una pandilla rival, tres miembros de ésta fueron tan salvajemente golpeados con cadenas de bicicleta que pasaron varios días debatiéndose entre la vida y la muerte. El jefe de policía local decidió que ya estaba bien de aquello.

Zoran Zilic fue detenido, conducido a un sótano por dos hombretones provistos de un par de buenos trozos de tubos de goma, y golpeado hasta que no pudo tenerse en pie. No se trataba de que la policía tuviera nada contra él, sino que sencillamente consideraba necesario que el chico se concentrara en lo que le estaban diciendo.

Después el jefe de policía le dio un consejo, o varios. Corría el año 1972 y el chico ya había cumplido los dieciséis. Una semana después abandonó el país. Pero ya tenía un lugar donde presentarse. En Alemania se unió a la banda de Ljuba Zemunac, que había tomado su apellido del suburbio donde había nacido. Él también provenía de Zemun.

Zemunac era un delincuente salvaje y desalmado en exceso que años más tarde sería asesinado a tiros en el pasillo de un tribunal alemán, pero Zoran Zilic estuvo junto a él durante diez años, ganándose la admiración del veterano malhechor como el matón más sádico que jamás hubiera tenido a su servicio. En el negocio de la protección ilegal, la capacidad para inspirar terror resulta vital. Zilic no sólo lo hacía mejor que nadie, sino que disfrutaba con ello.

En 1982, a la edad de veintiséis años, Zilic dejó a Zemunac y formó su propia banda. Aquello podría haber causado una guerra territorial con su antiguo jefe, pero Zemunac no tardó en irse al otro mundo. Durante los cinco años siguientes, Zilic siguió al frente de su banda en Alemania y en Austria. Ya hacía mucho que había aprendido inglés y alemán. Pero en casa las cosas estaban cambiando.

No había nadie para sustituir al mariscal Tito, cuyo historial bélico como partisano contra los alemanes combinado con la fuerza de su personalidad habían mantenido unida durante tanto tiempo a aquella antinatural federación de siete repúblicas.

La década de los ochenta estuvo marcada por una serie de gobiernos de coalición que iban sucediéndose rápidamente, pero el espíritu de secesión e independencia ya había prendido en Croacia y Eslovenia, por el norte, y en Macedonia, por el sur.

En 1987 Zilic decidió unir su suerte a un pequeño funcionario del antiguo Partido Comunista al que otros habían pasado por alto o subestimado. Aquel hombre reunía dos cualidades que le gustaban mucho a Zilic: era absolutamente implacable a la hora de ir tras el poder, y podía recurrir a un nivel de astucia y tortuosidad que dejaría desarmados a los rivales hasta el momento en que ya fuera demasiado tarde para que pudieran reaccionar. Había dado con el siguiente «gran hombre». Desde 1987 en adelante, Zilic se ofreció a «ocuparse» de los oponentes de Slobodan Milosevic. No rechazaría ningún encargo y no cobraría nada a cambio.

En 1989 Milosevic ya se había dado cuenta de que el comunismo se hallaba completamente muerto, y sabía muy bien que el caballo al que había que montar era el del nacionalismo serbio más extremo. De hecho, Milosevic llevó a su país no uno sino cuatro jinetes, los del Apocalipsis. Zilic estuvo sirviéndolo casi hasta el final.

Yugoslavia se desintegraba por momentos. Milosevic se había presentado como el hombre capaz de mantenerla unida, pero no mencionó que tenía intención de hacerlo a través del genocidio, conocido como «limpieza étnica». Dentro de Serbia, la república de la que Belgrado era capital, la popularidad de Milosevic nació de la creencia de que él impediría que los serbios de toda la federación fueran perseguidos por los no serbios.

Pero para hacerlo, primero los serbios debían sufrir persecuciones. Si los croatas y los bosnios tardaban en llevarlas a cabo, habría que hacer los arreglos necesarios. Una pequeña matanza local normalmente haría que la mayoría residente se volviera contra los serbios que había entre ellos, y entonces Milosevic podría enviar a su ejército para salvarlos. Fueron los gánsteres, convertidos en «patriotas» paramilitares, quienes actuaron como sus agentes provocadores.

Hasta 1989 el Estado yugoslavo había mantenido a sus hampones bajo control, pero Milosevic los hizo socios de pleno derecho.

Como otros tantos segundones que se han visto encumbrados al poder estatal, Milosevic no tardó en quedar fascinado por el dinero. La mera magnitud de las sumas involucradas actuaba sobre él como la flauta de un encantador de serpientes sobre una cobra. Para Milosevic no se trataba del lujo que el dinero podía llegar a comprar, ya que en el aspecto personal fue austero hasta el último momento. Lo que lo hipnotizaba era el dinero como otra forma de poder. El gobierno yugoslavo que lo sucedió estimaría que él y sus compinches habían desviado a sus cuentas en el extranjero alrededor de veinte mil millones de dólares.

Otros no fueron tan austeros. Entre éstos se encontraba la propia y horrenda esposa de Milosevic, así como su hijo y su hija, igualmente temibles. Comparada con los Milosevic, la familia Monster parecía salida de un episodio de *La casa de la pradera*.

Entre aquellos «socios de pleno derecho» figuraba Zoran Zilic, un asesino a sueldo que con el tiempo se convirtió en el matón personal del dictador. Bajo Milosevic, la recompensa nunca se cobraba en efectivo, sino que llegaba bajo la forma de franquicias para actividades delictivas especialmente lucrativas, combinadas con la garantía de una inmunidad absoluta. Los compinches del tirano podían robar, torturar, violar y matar, y la policía no podía hacer nada en absoluto. Milosevic estableció un régimen basado en el crimen combinado con la estafa haciéndose pasar por un patriota, y los serbios y los políticos europeos occidentales se lo creyeron durante años.

A pesar de tanta brutalidad y tanto derramamiento de sangre, Milosevic no consiguió salvar la federación yugoslava y ni siquiera acercarse a su sueño de una Gran Serbia. Eslovenia se separó, seguida por Croacia y Macedonia. Después de los acuerdos de Dayton de noviembre de 1995, Bosnia también se proclamó independiente; para acabar, en julio de 1999 Milosevic no sólo perdió Kosovo, sino que también había logrado que la misma Serbia quedara parcialmente destruida bajo las bombas de la OTAN.

Al igual que Arkan, Zilic también formó una pequeña cuadrilla de paramilitares. Había otras, como los siniestros, enigmáticos y brutales Chicos de Frankie, el grupo de Frankie Stomatovic, quien asombrosamente ni siquiera era serbio, sino un croata renegado de Istria. A diferencia del extravagante y ostentoso Arkan, muerto a tiros en el vestíbulo del Holiday Inn de Belgrado, Zilic se mantuvo a sí mismo y a su grupo lo bastante en las sombras para no hacerse notar. Pero durante la guerra de Bosnia llevó a su grupo al norte en tres ocasiones, dejando un reguero de violaciones, torturas y asesinatos a través de toda aquella infortunada república, hasta que la intervención estadounidense puso fin a sus desmanes.

La tercera incursión fue en abril de 1995. Mientras que Arkan llamaba a su grupo los Tigres y disponía de un par de centenares de hombres, Zilic se conformaba con llamarlos los Lobos de Zoran y mantenía su número bastante reducido. En la tercera salida sólo se llevó a una docena consigo. Todos ellos eran matones experimentados, salvo uno. Zilic carecía de un operador de radio y uno de sus colegas, cuyo hermano pequeño estaba estudiando derecho, le dijo que éste tenía un amigo que había sido operador en el ejército.

Después de ponerse en contacto con él a través de su compañero de estudios, el recién llegado accedió a renunciar a sus vacaciones de Pascua y unirse a los Lobos.

Zilic quiso saber cómo era. ¿Había participado en algún combate? No, había hecho su servicio militar en el cuerpo de señales, y ése era el motivo por el que estaba listo para tener un poco de «acción».

–Si nunca le han disparado, entonces seguramente nunca habrá matado a nadie –dijo Zilic–. Así que esta expedición debería ser una especie de escuela para él.

El grupo partió hacia el norte la primera semana de mayo, tras un retorno provocado por problemas técnicos en sus jeeps de fabricación rusa. Pasaron por la antigua estación de esquí de Pale, que se había convertido en la capital de la autoproclamada Republika Serbska, aquel tercio de Bosnia que ya estaba lo bastante «limpio» para ser considerado exclusivamente serbio. Se mantuvieron alejados de Sarajevo, en otro tiempo la orgullosa anfitriona de los Juegos Olímpicos de invierno y ahora en ruinas, y entraron en la Bosnia propiamente dicha, estableciendo su base en el reducto de Banja Luka.

Desde allí Zilic empezó a hacer incursiones, evitando topar con los peligrosos muyaidines y buscando blancos más débiles entre las comunidades musulmanas bosnias que carecieran de protección armada.

El 14 de mayo encontraron una pequeña aldea en los montes Vlasic, la tomaron por sorpresa y mataron a todos sus habitantes. Después de pasar la noche en el bosque, la tarde del día 15 regresaron a Banja Luka.

El nuevo recluta los dejó al día siguiente, con el argumento de que quería volver a sus estudios. Zilic lo dejó marchar, no sin antes advertirle de que si llegaba a abrir la boca le cortaría personalmente la polla con un vaso roto y después le haría tragar ambas cosas, por ese orden. De todas maneras el chico no le gustaba, porque era idiota y no tenía agallas.

Los acuerdos de Dayton pusieron fin a esa clase de diversiones en Bosnia, pero Kosovo ya estaba madurando y en 1998 Zilic empezó a operar también allí. Aseguraba combatir contra el Ejército de Liberación de Kosovo, pero en realidad se dedicaba a saquear las comunidades rurales.

Nunca olvidó, sin embargo, cuál había sido la auténtica razón por la que se había aliado con Slobodan Milosevic. Los servicios prestados al déspota le habían proporcionado unos magníficos dividendos. Sus acuerdos «de negocios» eran como una patente de corso que le daba derecho a hacer aquello que obliga a cualquier mafioso a saltarse la ley para conseguirlo: él podía hacerlo con impunidad.

La más importante de sus lucrativas actividades era la posesión de las franquicias de cigarrillos y perfumes, whiskies y coñacs de buena calidad, así como otros artículos de lujo. Zilic compartía aquellas franquicias con Raznatovic, el único gánster de una importancia equiparable a la suya, y unos pocos más. A pesar de lo que se veía obligado a gastar en sobornos a la policía y para tener la «protección» política necesaria, a mediados de los noventa ya era millonario.

Los narcóticos y las armas resultaban especialmente lucrativos. Su fortuna en dólares ascendía ya a cantidades de ocho cifras. Zilic también había pasado a formar parte de los archivos de la DEA, la CIA, la Defence Intelligence Agency (encargada del tráfico de armas) y el FBI.

Engordados por el dinero del que se habían apropiado, el poder, la corrupción, la ostentación, el lujo y el servilismo incesante del que eran objeto por parte de aquellos que los adulaban, quienes rodeaban a Milosevic se volvieron perezosos y complacientes. Daban por sentado que la fiesta duraría eternamente. Todos menos Zilic.

Se mantenía alejado de los bancos utilizados por la mayoría de sus compinches para guardar o transferir sus fortunas al exterior. Cada centavo que ganaba lo depositaba en el extranjero, pero siempre a través de bancos de los que nadie en el Estado serbio sabía absolutamente nada. Y mantenía los ojos bien abiertos para detectar las primeras grietas en el sistema. Tarde o temprano, razonaba con gran agudeza, incluso los políticos y diplomáticos asombrosamente débiles de Gran Bretaña y la Unión Europea verían lo que se ocultaba detrás de Milosevic y decidirían que había llegado la hora de poner fin a la fiesta, como en efecto ocurrió a causa de Kosovo.

Región fundamentalmente agrícola, Kosovo formaba, junto con la República de Montenegro, el territorio que permanecía bajo control serbio de la Federación de Yugoslavia. Estaba habitada por un millón ochocientos mil kosovares, todos ellos musulmanes y prácticamente indistinguibles de sus vecinos albaneses, y doscientos mil serbios.

Milosevic había estado persiguiendo a los kosovares durante diez años, hasta provocar que el en otro tiempo moribundo Ejército de Liberación de Kosovo volviera a cobrar fuerza. La estrategia sería la habitual en él: perseguir más allá de toda tolerancia, esperar a que despertara la indignación local, denunciar a los «terroristas», entrar en masa para salvar a los serbios y restaurar el «orden». Pero entonces la OTAN dijo que no iba a seguir aguantando aquello por más tiempo. Milosevic no se lo creyó. Cometió un grave error, porque esta vez la OTAN hablaba en serio.

La limpieza étnica comenzó en la primavera de 1999, y el principal responsable fue el Tercer Ejército ocupante, ayudado en la labor por la Policía de Seguridad y grupos paramilitares como los Tigres de Arkan, los Chicos de Frankie y los Lobos de Zoran. Como estaba previsto que ocurriera, cientos de miles de kosovares huyeron, presas del terror, a través de las fronteras con Albania y Macedonia. Era lo que se suponía que tenían que hacer, y se suponía también que Occidente debía aceptarlos como refugiados. Pero no lo hizo. Lo que hizo Occidente fue empezar a bombardear Serbia.

Belgrado aguantó durante setenta y ocho días. La gente acusaba a la OTAN, pero en voz baja empezaba a murmurar que era el loco Milosevic quien había atraído aquella catástrofe sobre sus cabezas. Siempre resulta educativo observar cómo se desvanece el ardor guerrero en cuanto el techo se derrumba. Zilic oyó aquellos murmullos.

El 3 de junio de 1999 Milosevic aceptó las condiciones que se le exigían. Ésa fue la manera en que lo expresó, pero para Zilic se trataba de una rendición incondicional. Decidió que había llegado el momento de partir.

Los combates terminaron. El Tercer Ejército, que apenas había llegado a sufrir bajas a causa de los bombardeos que la OTAN había estado efectuando a gran altura sobre el territorio de Kosovo, se retiró con todo su armamento intacto. Los aliados de la OTAN ocuparon la región. Los serbios que vivían allí empezaron a huir a Serbia, llevando su rabia consigo. La dirección de esa rabia comenzó a desplazarse de la OTAN a Milosevic, en medio de un país que había quedado hecho pedazos.

Zilic se dedicó a poner en lugar seguro su fortuna y a prepararse para abandonar el país. Durante el otoño de 1999 las protestas contra Milosevic fueron en aumento.

Durante una entrevista que tuvo con él en noviembre de 1999, Zilic le rogó al dictador que diera un golpe de Estado mientras aún disponía de un ejército leal y prescindiera de cualquier pretensión de democracia o partidos opositores. Pero a esas alturas Milosevic ya estaba viviendo en un mundo de fantasía donde su popularidad no había disminuido en lo más mínimo.

Zilic salió de la entrevista asombrándose una vez más de cómo, cuando los hombres que habían ostentado el poder absoluto comenzaban a perderlo, se derrumbaban en todos los sentidos. El coraje, la fuerza de voluntad, la percepción, la capacidad de tomar decisiones, incluso la de reconocer la realidad, todo era arrastrado por las aguas como la marea se lleva el castillo de arena. En diciembre Milosevic ya no ejercía el poder, sino que se aferraba a él. Zilic completó sus preparativos.

Había reunido una fortuna no inferior a quinientos millones de dólares, y tenía un sitio al que ir donde estaría a salvo. Arkan había muerto por enemistarse con Milosevic. Los principales responsables de la limpieza étnica en Bosnia, Karadzic y el general Mladic, estaban siendo perseguidos como animales a través de aquella Republika Serbska en la que habían buscado refugio. Otros ya habían sido detenidos por el nuevo tribunal de crímenes de guerra de La Haya. Milosevic estaba perdido.

Para que quedara constancia de ello, el 27 de julio de 2000 declaró que las próximas elecciones presidenciales tendrían lugar el 24 de septiembre. A pesar de las sistemáticas manipulaciones y de su negativa a aceptar los resultados, perdió los comicios. La multitud asaltó el Parlamento e instaló a su sucesor. Entre los primeros actos del nuevo régimen figuró empezar a investigar el período de Milosevic; los asesinatos, la desaparición de veinte mil millones de dólares.

El antiguo tirano se encerró en su villa del elegante barrio de Dedinje. El 1 de abril de 2001 el presidente Kostunica ya estaba listo para actuar, y Milosevic finalmente fue arrestado.

Pero Zoran Zilic ya llevaba mucho tiempo lejos de allí. En enero de 2000, desapareció. No se despidió de nadie ni se llevó equipaje alguno. Sencillamente se marchó como quien parte hacia una nueva vida en un mundo distinto, donde los viejos cachivaches ya no tendrían ningún valor. Por eso lo que hizo fue dejarlos atrás.

No se llevó consigo nada ni a nadie, excepto a su fiel guardia personal, un gigantón llamado Kulac. Una semana después ya estaba instalado en su nuevo escondite, que había pasado más de un año preparando para que lo acogiera.

Ningún servicio de inteligencia prestó atención a la partida de Zoran Zilic, salvo una persona. Un hombre que llevaba una existencia solitaria y callada en Estados Unidos tomó nota, con un interés considerable, de la nueva residencia del gánster.

12

El monje

Era el sueño, siempre el sueño. No podía quitárselo de encima. Sentía que el sueño no lo dejaba en paz. Noche tras noche se despertaba gritando, bañado en sudor, y su madre entraba corriendo para abrazarlo e intentar reconfortarlo.

El muchacho constituía tanto un enigma como una preocupación para sus padres, ya que o no podía o no quería describir su pesadilla. Su madre, sin embargo, estaba convencida de que su hijo no había tenido semejantes sueños hasta su regreso de Bosnia.

El sueño siempre era el mismo. Soñaba con aquella cara en el fango viscoso, un pálido disco rodeado por un anillo de excrementos, algunos bovinos, otros humanos, rogando vivir y pidiendo clemencia a gritos. No entendía el idioma en que hablaba la cara, al contrario que Zilic, pero palabras como «no, no, por favor, no lo hagas» son bastante universales.

Los hombres que empuñaban los palos reían y volvían a empujar. Y la cara volvía a aparecer, pero Zilic metía su palo dentro de la boca abierta y empujaba hacia abajo hasta que el muchacho acababa muriendo en algún lugar de aquellas negras profundidades. Entonces él despertaba, gritando y llorando, y su madre lo tomaba entre sus brazos y le decía que todo iba bien, que se encontraba en su propia habitación de su casa del Senjak.

Pero él no podía explicar lo que había hecho, aquello en lo que había tomado parte cuando pensaba que estaba cumpliendo con su deber patriótico para con Serbia.

Su padre se mostraba bastante menos dispuesto a reconfortarlo, y afirmaba que trabajaba mucho y tenía necesidad de horas de sueño. Fue en el otoño de 1995 cuando Milan Rajak tuvo su primera sesión con un psicoterapeuta profesional.

Empezó a ir dos veces a la semana al hospital psiquiátrico que había en la calle Palmoticeva, el mejor de Belgrado. Sin embargo, los expertos del Laza Lazarevic tampoco pudieron ayudarlo, porque Milan no se atrevía a confesar.

El alivio, se le dijo, viene con la purga, pero la catarsis requiere confesión. Milosevic aún ocupaba el poder, pero mucho más aterradores habían sido los feroces ojos de Zoran Zilic, aquella mañana en Banja Luka, cuando Milan le dijo que quería dejarlo todo y volver a su casa de Belgrado. Mucho más aterradoras habían sido las palabras que Zilic le susurró acerca de la mutilación y de la muerte si alguna vez llegaba a abrir la boca.

El padre de Milan era un ateo convencido que se había educado bajo el régimen comunista del mariscal Tito, y había sido un leal sirviente del Partido durante toda su vida. Pero su madre había conservado su antigua fe en la Iglesia ortodoxa serbia, que junto con la griega y la rusa formaba parte de las Iglesias cristianas orientales. Soportando en silencio las burlas de su esposo y de su hijo, la mujer se había pasado todos aquellos años yendo al servicio religioso de la mañana. A finales de 1995, Milan comenzó a acompañarla.

Empezó a encontrar cierto consuelo en el ritual y la letanía, los cánticos y el incienso. El horror parecía difuminarse un poco en el interior del templo que se alzaba junto al campo de fútbol, a sólo tres manzanas de donde vivían ellos, y al que acudía siempre su madre.

El año 1996 Milan suspendió los exámenes de derecho, para furia y desesperación de su padre, que se pasó dos días echando pestes por toda la casa. Si las noticias de la facultad no habían sido de su agrado, lo que tenía que decirle su hijo lo dejó atónito.

–No quiero ser abogado, padre. Quiero entrar en la Iglesia.

Requirió algún tiempo, pero el padre de Milan finalmente se calmó y trató de hacerse a la idea de que su hijo había cambiado. Al menos el sacerdocio era algo parecido a una profesión. No daba la riqueza, cierto, pero era respetable. Un hombre todavía podía mantener la cabeza alta y decir: «Mi hijo es miembro de la Iglesia, ¿sabe usted?».

El padre de Milan descubrió que para llegar a ser sacerdote se requerían años de estudio, y que había que pasar la mayor parte de ese tiempo en un seminario. Pero su hijo tenía otras ideas. Quería vivir en clausura y comenzar a hacerlo cuanto antes; convertirse de inmediato en monje, repudiando lo material en favor de la vida sencilla.

A quince kilómetros al sudeste de Belgrado encontró lo que quería, el pequeño monasterio de San Esteban, en el pueblecito de

Slanci. Dicho monasterio estaba habitado por no más de una docena de monjes sometidos a la autoridad del abad, o *iguman*. Los monjes trabajaban en los campos y los graneros de su granja, cultivaban su propia comida, aceptaban donativos de unos cuantos turistas y peregrinos, meditaban y rezaban. Había una lista de espera para entrar en el monasterio y absolutamente ninguna posibilidad de saltársela.

El destino intervino en el encuentro con el *iguman*, el abad Vasilije. Él y Rajak padre se miraron mutuamente con asombro. A pesar de la frondosa barba negra salpicada de gris, Rajak reconoció al mismo Goran Tomic que había ido a la escuela con él cuarenta años antes. El abad accedió a conocer a su hijo y discutir con el mismo una posible carrera dentro de la Iglesia.

El abad, un hombre de aguda inteligencia, adivinó que el hijo de su antiguo compañero de escuela era un joven desgarrado por algún conflicto interior que no le permitía encontrar la paz en el mundo. El abad ya había visto aquello antes. No podía crear un puesto para un monje, observó, pero de vez en cuando se permitía que algunos seglares convivieran con los monjes con el propósito de hacer un «retiro».

En el verano de 1996, con la guerra de Bosnia ya terminada, Milan Rajak fue a Slanci e inició allí un prolongado retiro, dedicado a cultivar tomates y pepinos, meditar y rezar. Entonces el sueño se disipó.

Pasado un mes, el abad Vasilije le sugirió amablemente que se confesara, y así lo hizo Milan. Hablando en susurros, a la luz de una vela que ardía junto al altar y bajo la mirada del hombre de Nazaret, le contó al abad lo que había hecho.

El abad se persignó fervientemente y rezó; por el alma del muchacho que había muerto en el pozo negro y por el penitente que tenía junto a él. Luego apremió a Milan a que se presentara a las autoridades y declarara contra los responsables de aquel hecho.

Pero el control que Milosevic ejercía sobre el país era absoluto, y el terror que inspiraba Zoran Zilic, igual de poderoso. Resultaba inconcebible que las «autoridades» levantaran siquiera un dedo contra Zilic. Cuando éste llevara a cabo la venganza que había prometido, a nadie se le movería un pelo. Así que el silencio se mantuvo.

El dolor empezó en el invierno de 2000, y Milan reparó en que se intensificaba con cada movimiento que hacía. Pasados dos meses consultó con su padre, quien supuso que se trataría de algún «virus» pasajero. Aun así, solicitó que su hijo fuera sometido a unas pruebas médicas en el hospital general de Belgrado, el centro Klinicki.

Belgrado siempre ha presumido de contar con un sistema médico que figura entre los más avanzados de Europa, y el hospital general de Belgrado podía codearse con las mejores instituciones sanitarias del continente. Hubo tres series de pruebas, y padre e hijo fueron recibidos por especialistas en proctología, urología y oncología. Fue el profesor que dirigía el tercero de aquellos departamentos quien finalmente pidió a Milan Rajak que fuera a verlo a su despacho en el hospital.

–Tengo entendido que está usted estudiando para ser monje –dijo.

–Así es.

–Entonces cree en Dios, ¿verdad?

–Sí.

–A veces me gustaría creer también. Por desgracia, no puedo hacerlo. Pero ahora su fe se verá puesta a prueba. Las noticias no son buenas.

–Dígamelo, por favor.

–Usted padece lo que los médicos llamamos «cáncer colorrectal».

–¿Es operable?

–Me temo que no.

–¿Reversible con quimioterapia?

–Es demasiado tarde para eso. Lo siento, lo siento muchísimo.

El joven miró por la ventana. Acababa de ser sentenciado a muerte.

–¿Cuánto tiempo me queda, profesor?

–Eso es algo que siempre se pregunta y a lo que no hay forma de responder. Con ciertas precauciones, cuidados, una dieta especial, un poco de radioterapia... un año. Tal vez menos, tal vez más. No mucho más.

Corría el mes de marzo de 2001. Milan Rajak regresó a Slanci y se lo contó al abad. El anciano lloró por quien se había convertido en el hijo que nunca había llegado a tener.

El 1 de abril la policía de Belgrado arrestó a Slobodan Milosevic. Zoran Zilic ya había desaparecido. El padre de Milan había recurrido a todos sus contactos en la policía para confirmar que el gánster más poderoso y que había conseguido llegar más alto en Yugoslavia simplemente se había desvanecido hacía más de un año y actualmente estaba viviendo en algún lugar del extranjero. Así pues, nadie conocía su paradero, y su influencia se había esfumado junto con él.

El 2 de abril de 2001, Milan Rajak sacó de entre sus cosas una vieja tarjeta. Luego cogió una hoja de papel y, escribiendo en inglés, redactó una carta dirigida a Londres. Lo que más le costó decir de cuanto escribió en aquella carta se encontraba en la primera frase. «He cambiado de parecer. Estoy preparado para testificar.»

Tres días más tarde, veinticuatro horas después de que hubiera recibido la carta y tras haber hecho una rápida llamada telefónica a Stephen Edmond en Windsor, Ontario, el Rastreador volvía a Belgrado.

La declaración fue tomada en inglés, en presencia de un notario público e intérprete jurado. Fue firmada y atestiguada, y decía así:

> Allá por 1995, los jóvenes serbios estaban acostumbrados a creer todo lo que se les contaba, y yo no era ninguna excepción. Hoy en día puede estar muy claro las cosas terribles que se llegaron a hacer en Bosnia y en Croacia, y más tarde en Kosovo, pero a nosotros se nos decía que las víctimas eran comunidades serbias aisladas que vivían en aquellas antiguas provincias, y yo me lo creía. La idea de que nuestras propias fuerzas armadas estuvieran cometiendo asesinatos en masa de ancianos, mujeres y niños resultaba inconcebible. Se nos decía que sólo los croatas y los bosnios hacían esa clase de cosas. Las fuerzas serbias únicamente estaban interesadas en proteger y rescatar las comunidades de la minoría serbia.
>
> Cuando en abril de 1995 un compañero de la facultad de derecho me contó que su hermano y unos cuantos más iban a ir a Bosnia para proteger a los serbios de aquellos lugares y necesitaban un operador de radio, no sospeché nada.
>
> Había hecho mi servicio militar como operador de radio, pero siempre manteniéndome a varios kilómetros de cualquier combate. Accedí a renunciar a mis vacaciones de primavera para ayudar a mis compatriotas serbios en Bosnia.
>
> Cuando me uní a los otros doce, enseguida me di cuenta de que eran unos tipos muy duros, pero lo atribuí a que se trataba de sol-

dados curtidos por los combates y me reproché ser demasiado blando y haber estado demasiado mimado.

La columna, formada por cuatro vehículos todoterreno, estaba integrada por doce hombres, incluido el jefe, quien se unió a nosotros en el último momento. Sólo entonces supe que aquel hombre era Zoran Zilic, del que había oído hablar vagamente pero que tenía una oscura y temible reputación. Estuvimos conduciendo durante dos días, siempre hacia el norte a través de la Republika Serbska hasta que entramos en la Bosnia central. Llegamos a Banja Luka y aquel lugar se convirtió en nuestra base de operaciones, especialmente el hotel Bosna, donde ocupamos unas cuantas habitaciones y comíamos y bebíamos.

Hicimos tres patrullas al norte, el este y el oeste de Banja Luka, pero no encontramos enemigos o aldeas serbias amenazadas. El 14 de mayo fuimos hacia el sur internándonos en la cordillera de los montes Vlasic. Sabíamos que más allá de esa cordillera se encontraban Travnik y Vitez, ambas en territorio enemigo.

A última hora de la tarde de aquel día, íbamos por un camino que discurría entre los bosques cuando nos encontramos con dos niñas. Zilic bajó del jeep y habló con ellas. Sonreía, y yo pensé que estaba siendo muy amable. Una le dijo que se llamaba Laila. En ese momento no lo entendí. Laila era un nombre musulmán. La niña acababa de firmar su propia sentencia de muerte y la de su aldea.

Zilic subió a las dos niñas al jeep que encabezaba la marcha y entonces ellas le señalaron donde vivían. Era una aldea en un pequeño valle perdido entre los bosques; poca cosa. Tenía siete casas y unos cuantos graneros; en ella vivían unos veinte adultos y una docena de niños. Cuando vi la media luna que había encima de la diminuta mezquita comprendí que se trataba de musulmanes, pero estaba claro que no representaban ninguna amenaza.

Los otros bajaron de los vehículos y reunieron a todos los habitantes de la aldea. Yo no sospeché nada cuando empezaron a registrar las casitas. Había oído hablar de fanáticos musulmanes, muyaidines procedentes de Oriente Próximo, Irán y Arabia Saudí, que merodeaban por toda Bosnia y mataban a los serbios con que se cruzaban. Quizá algunos se escondieran allí, pensé.

Cuando hubo terminado el registro, Zilic volvió al primer vehículo y se sentó a la ametralladora montada sobre un soporte giratorio que había instalada detrás del asiento delantero. Les gritó a sus hombres que se dispersaran y abrió fuego sobre los campesinos acurrucados delante del corral.

Ocurrió casi antes de que yo tuviera tiempo de darme cuenta de qué había ocurrido. Los cuerpos de los campesinos se agitaban al ser alcanzados por las balas de grueso calibre. Los otros soldados abrieron fuego con sus metralletas. Algunos de los campesinos trataron de salvar a sus hijos, arrojándose sobre ellos para cubrirlos con sus cuerpos. Algunos de los más pequeños lograron escapar de esta manera, corriendo entre los adultos y llegando a los árboles. Más tarde supe que seis de ellos habían logrado escapar.

Me entraron ganas de vomitar. Había un intenso olor a sangre y vísceras flotando en el aire, un hedor que nunca sientes en las películas de Hollywood. Yo nunca había visto morir a nadie anteriormente, pero aquellas personas ni siquiera eran soldados o partisanos. Sólo habíamos encontrado una vieja escopeta, quizá usada para matar conejos y cuervos.

Cuando hubo terminado, la mayoría de los que habían disparado estaban bastante decepcionados. No habían encontrado alcohol ni nada de valor, así que prendieron fuego a las casas y los graneros y los dejamos ardiendo.

Pasamos la noche en el bosque. Los hombres habían llevado consigo su propio *slivovitz* y casi todos se emborracharon. Yo intenté beber, pero lo vomité todo. Una vez que me hube metido en mi saco de dormir, comprendí que había cometido un terrible error. Los hombres que me rodeaban no eran patriotas, sino sólo unos bandoleros que mataban porque disfrutaban haciéndolo.

A la mañana siguiente empezamos a bajar por caminos de montaña, casi todos ellos desperdigados a lo largo de las laderas, para regresar al collado que nos llevaría hasta Banja Luka pasando por encima de las montañas. Entonces fue cuando encontramos la granja. Se alzaba solitaria en otro pequeño valle entre los bosques. Vi que Zilic, que iba en el primer jeep, alzaba la mano en una señal de que nos detuviéramos. Luego nos indicó por gestos que apagásemos los motores. Los conductores obedecieron, y se hizo el silencio. Entonces, de pronto, oímos voces.

Nos apeamos de los jeeps sin hacer ruido, cogimos las armas y fuimos sigilosamente hasta la linde del valle. A unos cien metros de allí había dos adultos que estaban sacando a seis niños de un granero. Aquellos hombres no iban armados ni llevaban uniforme. Detrás de ellos había una granja consumida por las llamas, y a un lado de ella, un Toyota Land Cruiser nuevo de color negro con la leyenda PANES Y PECES escrita en la portezuela. Los dos hombres se volvieron y nos miraron en cuanto nos vieron venir. Entonces la mayor de los pequeños, una niña que tendría unos diez años, se echó a llorar. Era Laila. La reconocí por el pañuelo que llevaba en la cabeza.

Zilic fue hacia el grupo con el arma levantada, pero ninguno de los dos hombres intentó luchar. El resto nos desplegamos, formando un semicírculo en torno a los cautivos. El más alto de los dos hombres habló, y reconocí el acento estadounidense. Zilic también lo reconoció. Ninguno de los demás hablaba una palabra de inglés. «¿Quiénes son ustedes?», preguntó el americano.

Zilic no respondió. Fue hacia ellos para examinar aquel Land Cruiser recién salido del concesionario. En ese momento la pequeña Laila echó a correr hacia el vehículo. Uno de los hombres trató de cogerla, pero la pequeña se le escapó. Zilic se volvió, alzó su pistola, apuntó, disparó y le voló la nuca a la niña. Zilic estaba muy orgulloso de su excelente puntería.

El americano, que se encontraba a unos tres metros de Zilic, dio dos zancadas y le asestó un puñetazo con todas sus fuerzas en la boca. Suponiendo que hasta ese momento el hombre hubiera tenido alguna posibilidad de sobrevivir, eso acabó con ella. Zilic fue pillado por sorpresa, como era lógico que ocurriese, porque no había nadie en toda Yugoslavia que se hubiese atrevido a hacer tal cosa.

Se produjo un instante de absoluta incredulidad mientras Zilic se desplomaba, con el labio partido. Dos segundos después, seis de sus hombres cayeron sobre el americano y empezaron a golpearlo con las botas, los puños y las culatas de sus armas. Lo dejaron reducido a una pulpa sanguinolenta. Habrían acabado con él, pero entonces Zilic intervino. Se había levantado y estaba limpiándose la sangre de la boca. Ordenó a sus hombres que dejaran de golpearlo.

El americano estaba vivo. Tenía la camisa rasgada, el torso enrojecido por las patadas y la cara, cubierta de cortes, empezaba a hinchársele. La camisa abierta revelaba un grueso cinturón para el dinero. Zilic hizo una seña con la mano y uno de sus hombres se lo arrancó de un tirón. El cinturón estaba lleno de billetes de cien dólares; resultó que había unos diez. Zilic examinó al muchacho que había osado golpearlo.

–Cielos –dijo–, cuánta sangre. Necesitas un baño frío, amigo mío, algo que te refresque un poco.

Se volvió hacia sus hombres, que habían quedado perplejos ante su aparente preocupación por el americano. Pero Zilic había visto algo más en el claro. El pozo negro estaba lleno a rebosar, tanto de desechos de animales como humanos, pues había habido un tiempo en que había servido a ambos propósitos. Si bien los años transcurridos desde entonces habían solidificado aquellos detritos, las recientes lluvias habían vuelto a licuarlos. Siguiendo órdenes de Zilic, el americano fue arrojado dentro.

La conmoción del frío tuvo que hacerlo volver en sí. Sus pies encontraron el fondo del pozo negro, y empezó a debatirse. Cerca había un vallado para las reses hecho con estacas y tablones. Estaba viejo y medio roto, pero algunas de las largas estacas todavía se hallaban enteras. Los hombres cogieron unas cuantas y empezaron a hundir al americano en aquella superficie viscosa.

El americano empezó a gritar, pidiendo clemencia cada vez que su rostro volvía a emerger por encima del líquido viscoso. Estaba suplicando por su vida. A la sexta vez, quizá fuera la séptima, Zilic cogió un palo y le metió el extremo en la boca abierta, rompiéndole la mayor parte de los dientes. Luego empujó hacia abajo y siguió empujando hasta que el americano murió.

Corrí hasta los árboles y vomité la salchicha y el pan negro que había comido para desayunar. Quería matarlos a todos, pero ellos eran muchos y yo me sentía demasiado asustado. Mientras estaba vomitando, oí disparos. Habían matado a los otros cinco niños y al cooperante bosnio que había llevado hasta allí al americano. Todos los cadáveres fueron arrojados al pozo negro, donde se hundieron lentamente hasta desaparecer. Luego uno de los hombres descubrió que las palabras PANES Y PECES que había en las puertas delanteras del Land Cruiser no eran más que un adhesivo. No costó nada arrancarlo.

Cuando nos fuimos de allí no quedaba ni rastro de lo ocurrido, excepto las manchas de un rojo sorprendentemente intenso que la sangre de los niños había dejado sobre la hierba y el centelleo de unos cuantos cartuchos de latón. Aquella tarde Zoran Zilic repartió los dólares. Le dio cien dólares a cada hombre. Yo me negué a aceptarlos, pero él insistió en que cogiera al menos un billete para que siguiera siendo «uno de los chicos».

Aquella misma tarde intenté deshacerme del billete en el bar del hotel, pero Zoran me vio, y entonces sí que se enfureció conmigo. Al día siguiente le dije que me volvía a casa, a Belgrado. Me amenazó con que si alguna vez llegaba a decir una palabra de lo que había visto, daría conmigo, me mutilaría y luego me mataría.

Sé desde hace mucho tiempo que no soy un hombre valiente, y ha sido el miedo que le tenía a Zoran lo que me ha mantenido callado durante todos estos años, incluso cuando el inglés vino a hacerme aquellas preguntas en el verano de 1995. Pero ahora ya me siento en paz conmigo mismo y estoy dispuesto a testificar en cualquier tribunal en Holanda o Estados Unidos, con tal de que Dios Todopoderoso me dé las fuerzas necesarias para seguir con vida hasta entonces.

Juro por Él que todo lo que he dicho es la verdad y nada más que la verdad.

Declarado por mí en el distrito de Senjak, Belgrado, este séptimo día del mes de abril de 2001.

MILAN RAJAK

Aquella noche el Rastreador envió un largo mensaje a Stephen Edmond en Windsor, Ontario. Las instrucciones con las que el anciano respondió al mensaje no podían estar más claras: «Vaya donde tenga que ir y haga todo aquello que sea necesario, pero encuentre a mi nieto o lo que queda de él y tráigalo a casa, Georgetown, Estados Unidos de América».

13
El pozo

La paz había llegado a Bosnia con los acuerdos de Dayton de noviembre de 1995, pero más de cinco años después las cicatrices de la guerra todavía no estaban ni siquiera disimuladas y mucho menos curadas.

Bosnia nunca había sido una república rica. No tenía reservas minerales ni ninguna costa dálmata para atraer a los turistas; únicamente una agricultura que apenas si empleaba tecnología en las granjas desperdigadas entre las montañas y los bosques.

Recuperarse de los daños económicos requeriría varios años, pero el daño social había sido mucho peor. Eran muy pocos los que se sentían capaces de imaginar que no harían falta una o dos generaciones para que serbios, croatas y musulmanes aceptaran volver a vivir los unos al lado de los otros, o siquiera separados por unos cuantos kilómetros, en zonas vigiladas por las fuerzas armadas.

Los organismos internacionales expresaron sus habituales consideraciones sobre la reunificación y la restauración de la confianza mutua, justificando así los intentos condenados al fracaso de recomponer los pedazos de la federación en vez de hacer frente a la necesidad de la partición.

La tarea de gobernar aquella entidad hecha añicos fue confiada al alto representante de Naciones Unidas, una especie de procónsul con poderes casi absolutos, respaldado por los soldados de la UNPROFOR. De todas las tareas nada atractivas que recayeron sobre quienes no disponían de tiempo para exhibirse en el escenario político pero que realmente hacían que las cosas sucedieran, la menos agradable fue la de la Comisión Internacional de Personas Desaparecidas (CIPD).

Dicha labor fue llevada a cabo con una impresionante y callada eficiencia por Gordon Bacon, un antiguo policía inglés. La CIPD tuvo que cargar con la tarea de escuchar a las decenas de miles de familiares de los «desaparecidos» y tomar sus declaraciones por una parte, así como de seguir la pista a los centenares de «minimatanzas» que se habían producido desde 1992 y exhumar los cuerpos por otra. La tercera labor consistió en tratar de emparejar las declaraciones con los restos encontrados y así devolver el cráneo y el montón de huesos a los familiares, para que éstos los enterraran por última vez según su credo religioso o la ausencia del mismo.

El proceso de emparejamiento habría resultado completamente imposible sin el ADN; la nueva tecnología significaba que un poco de sangre tomada de uno de los familiares y una astilla de hueso procedente del cadáver bastaban para proporcionar una prueba irrefutable de la identidad de este último. A mediados del año 2000, el laboratorio de ADN más eficiente y rápido de Europa no se encontraba en la capital de algún próspero país occidental sino en Sarajevo, donde era dirigido y gestionado por Gordon Bacon con unos fondos minúsculos. Para verlo, el Rastreador entró en la ciudad bosnia al volante de su coche dos días después de que Milan Rajak hubiera firmado la declaración con su nombre.

El Rastreador no había tenido necesidad de llevar consigo al serbio. Rajak había revelado que el cooperante bosnio Fadil Sulejman había explicado a sus asesinos antes de morir que la granja había pertenecido a su familia. Gordon Bacon leyó la declaración de Rajak con interés.

Ya había tenido ocasión de leer centenares de declaraciones antes, pero quienes las hacían siempre eran los escasos supervivientes, nunca uno de los responsables, y en ninguna de ellas se había visto involucrado un estadounidense. El Rastreador comprendió que el misterio de lo que él conocía como el expediente Colenso por fin podría ser resuelto. Habló con el comisionado de la CIPD para la zona de Travnik y le pidió la máxima cooperación posible con el señor Gracey cuando éste llegara allí. Luego pasó la noche en el dormitorio que tenía disponible su compatriota y por la mañana partió hacia el norte.

Se necesitan poco más de dos horas para llegar a Travnik, y a mediodía el Rastreador ya se encontraba allí. Había hablado con Stephen Edmond, y una muestra de la sangre del abuelo estaba en camino desde Ontario.

El 11 de abril el equipo de exhumación salió de Travnik en dirección a las colinas, con la ayuda de un guía local. Las preguntas formuladas en la mezquita habían descubierto rápidamente a dos hombres que habían conocido a Fadil Sulejman, uno de los cuales sabía de la granja de la familia de éste en el valle. Ahora aquel hombre iba en el todoterreno que abría la marcha.

Los hombres que se encargarían de cavar habían llevado consigo ropa protectora, equipos de respiración, palas, cepillos para el pelo provistos de cerdas blandas, guantes y bolsas para guardar los restos, todo lo que necesitaban emplear en su horrendo trabajo.

El valle se hallaba igual a como debía de haber sido seis años antes, a excepción de la vegetación, un poco más crecida. Nadie se había presentado para reclamar el cuerpo. La familia Sulejman sencillamente parecía haber dejado de existir.

Dieron con el pozo sin dificultad. Las lluvias primaverales no habían sido tan abundantes como en el año 1995, y el contenido del pozo había ido solidificándose hasta quedar convertido en una arcilla maloliente. Los hombres que se encargarían de cavar se protegieron las piernas con unas prendas que recordaban un poco a las botas altas que utilizan quienes van a pescar con mosca, y luego se pusieron unas chaquetas protectoras. Por lo demás, parecían inmunes a la fetidez.

Rajak había declarado que el día del asesinato el pozo negro estaba lleno a rebosar, pero si los pies de Ricky Colenso habían tocado el fondo, no podía tener más de un metro ochenta de profundidad, aproximadamente. Lo escaso de las lluvias había hecho que la superficie se hallara medio metro más abajo.

Después de que se hubiera sacado a paletadas poco más de medio metro de barro viscoso, el comisionado de la CIPD ordenó a sus hombres que reemplazaran las palas por otras llanas. Una hora después se hicieron visibles los primeros huesos, y al cabo de otra hora de trabajo con rascadores y cepillos de pelo de camello, el lugar de la matanza quedó al descubierto.

El aire no había penetrado en ningún momento hasta el fondo del pozo, y eso había impedido la labor de los gusanos. La descomposición se debía únicamente a las enzimas y los bacilos.

Había desaparecido hasta el último fragmento de tejido, y tras limpiarla con un paño húmedo, la primera calavera que había quedado visible relució con una límpida blancura. Había trozos de cuero, procedentes de las botas y los cinturones de los dos hombres, así como una hebilla de cinturón ornamentada, seguramente llegada de Estados Unidos, además de remaches metálicos de los tejanos y botones de una chaqueta de pana.

Uno de los hombres que estaban arrodillados en el fondo del pozo dijo que había encontrado algo y les pasó un reloj. Los setenta meses transcurridos no habían afectado la inscripción que había en el reverso: RICKY, DE MAMÁ. GRADUACIÓN. 1994.

Todos los niños habían sido arrojados al pozo cuando ya estaban muertos, y al hundirse habían quedado los unos encima de los otros, o muy cerca. El tiempo y la descomposición habían convertido los seis cadáveres en un amasijo de huesos, pero el tamaño de los esqueletos revelaba su origen.

Sulejman también estaba muerto en el momento de ser arrojado al pozo. Su esqueleto yacía sobre la espalda, con las extremidades extendidas, de la misma manera en que se había ido hundiendo el cuerpo. Su amigo bajó la mirada hacia el interior del pozo y le rezó a Alá. Confirmó que su antiguo compañero de clase medía aproximadamente un metro setenta de estatura.

El octavo cuerpo era el más grande, pues su estatura superaba el metro ochenta. Yacía de un costado, como si en su agonía el americano hubiera intentado arrastrarse hacia la pared del pozo a través de la negrura. Los huesos estaban encogidos sobre sí mismos, en posición fetal. El reloj provenía de aquel montón de huesos, así como la hebilla del cinturón. Los dientes delanteros del cráneo estaban destrozados, lo que confirmaba el testimonio de Rajak.

El sol ya había empezado a ponerse cuando el último hueso fue recuperado y guardado. Los restos de los dos adultos fueron introducidos en sendas bolsas, mientras que los de los niños fueron metidos en una; ya los clasificarían en el depósito de cadáveres, en la ciudad.

El Rastreador regresó a Vitez en su coche para pasar la noche allí. Hacía mucho tiempo que el ejército británico se había marchado de allí pero se alojó en el mismo hostal donde lo había hecho antes. Por la mañana volvió a la delegación de la CIPD en Travnik.

Desde Sarajevo, Gordon Bacon autorizó al comisionado local a que entregara los restos de Ricky Colenso al comandante Gracey, quien se encargaría de trasladarlos a la capital.

La muestra de sangre ya había llegado de Ontario. Las pruebas del ADN quedaron completadas en apenas dos días. El director de la delegación de la CIPD en Sarajevo confirmó que el esqueleto más grande en efecto correspondía a Richard *Ricky* Colenso, de Georgetown, Estados Unidos de América. Ahora necesitaba contar con la autorización formal de los familiares para dejarlo al cuidado de Philip Gracey, de Andover, Hampshire, Reino Unido. Dicha autorización tardó un par de días en llegar.

Durante ese intervalo, y siguiendo las instrucciones enviadas desde Ontario, el Rastreador compró un féretro en la mejor funeraria de Sarajevo. Los encargados de ésta dispusieron el esqueleto junto con otros materiales para proporcionar al ataúd el mismo peso y equilibrio que si contuviera un auténtico cadáver, y luego lo sellaron para siempre.

Fue el 16 de abril cuando el Grumman IV del magnate canadiense llegó con una carta de autorización para seguir adelante. El Rastreador entregó el féretro y el grueso expediente al capitán, y luego regresó a su hogar y a los verdes campos de Inglaterra.

Stephen Edmond estaba en el aeropuerto Dulles de Washington para recibir a su reactor cuando éste tomó tierra la tarde del día 16, después de haber repostado en Shannon. Un magnífico coche fúnebre llevó el féretro a un tanatorio, donde permanecería durante dos días mientras se completaban los últimos trámites para el entierro.

El día 18 la ceremonia tuvo lugar en el muy exclusivo cementerio de Oak Hill, en la calle R de la zona noroeste de Georgetown. Fue un acto íntimo y se llevó a cabo siguiendo el ritual católico. La madre del muchacho, la señora Annie Colenso, de soltera Edmond, asistió al mismo acompañada de su esposo, que la tomaba de la cintura mientras ella lloraba sin hacer el menor ruido. El profesor Colenso se enjugaba las lágrimas y de vez en cuando miraba a su suegro, como si no supiera qué hacer y buscara que lo guiasen.

Al otro lado de la tumba, el anciano canadiense de ochenta y un años años vestido con su traje oscuro permanecía tan inmóvil como si fuera un pilar de su propia veta de pentlandita y contemplaba sin pestañear el ataúd que contenía los restos de su nieto. No había mostrado el informe del Rastreador ni a su hija ni a su yerno, quienes también desconocían el testimonio de Milan Rajak.

Lo único que sabían los Colenso era que por fin se había presentado un testigo tardío que recordaba haber visto el Land Cruiser negro en un valle y que, como resultado de ello, se había dado con los dos cuerpos. Pero el anciano tenía que reconocer que habían sido asesinados y enterrados. No existía otra manera de explicar aquel hueco de seis años.

El servicio fúnebre terminó y los afligidos deudos se alejaron de la tumba para dejar trabajar a los sepultureros. La señora Colenso corrió hacia su padre y lo abrazó, ocultando el rostro en su pecho. El anciano bajó la mirada hacia ella y acarició suavemente su coronilla, como había hecho cuando su hija era una niña pequeña y algo la asustaba.

–Papá, quiero que cojan a quienquiera que le haya hecho esto a mi pequeño –dijo ella–. Y no quiero que tenga una muerte rápida y limpia, sino que despierte en la celda cada mañana durante el resto de su vida y sepa que nunca volverá a poner los pies fuera. Y quiero que entonces piense en el pasado y sepa que todo eso es porque asesinó a mi niño a sangre fría.

El anciano ya había tomado su decisión.

–Puede que tenga que remover cielo y tierra para conseguirlo –declaró en tono solemne–. Pero si he de hacerlo, lo haré.

La soltó, se despidió de su yerno con una rápida inclinación de la cabeza y fue hacia su limusina. Mientras el chófer empezaba a subir por la pendiente que llevaba a la puerta de la calle R, el anciano descolgó su teléfono de la consola y marcó un número. Una secretaria respondió a la llamada en algún lugar de la Colina del Capitolio.

–Póngame con el senador Peter Lucas –pidió el anciano.

La cara del senador electo por New Hampshire se iluminó cuando recibió el mensaje. Las amistades nacidas en el calor de la guerra pueden durar una hora o toda una vida. En el caso de Stephen Edmond y Peter Lucas habían transcurrido cincuenta años desde que estuvieron sentados en un prado inglés una mañana de primavera, llorando por los jóvenes de sus respectivos países que nunca regresarían a casa. Pero la amistad había perdurado, y aquellos dos hombres eran como hermanos.

Cada uno sabía que, en el caso de que su amigo se lo pidiese, iría hasta el fin del mundo por él. El canadiense se disponía a pedírselo.

Una de las peculiaridades del genio de Franklin Delano Roosevelt fue que, si bien era un demócrata convencido, estaba preparado para utilizar el talento dondequiera que lo encontrase. Justo después de Pearl Harbor, Roosevelt hizo comparecer ante él a un republicano conservador, que casualmente había estado viendo un partido de fútbol, y le pidió que formara la Oficina de Servicios Estratégicos.

El hombre al que había llamado era el general William *Wild Bill* Donovan, un hijo de inmigrantes irlandeses que había mandado el 69.º Regimiento en el frente occidental durante la Primera Guerra Mundial. Después de aquello, y como había estudiado derecho, Donovan se convirtió en fiscal general durante la presidencia de Herbert Hoover, tras lo cual figuró varios años como uno de los abogados de mayor prestigio de Wall Street. Lo que quería Roosevelt de él no eran sus habilidades legales sino su combatividad, la cualidad que necesitaba para crear el primer Departamento de Inteligencia Exterior y para unidades de las Fuerzas Especiales.

Sin pensárselo dos veces, el antiguo combatiente reunió en torno a él un equipo de jóvenes brillantes y muy bien relacionados. Entre ellos figuraban Arthur Schlesinger, David Bruce y Henry Hide, todos los cuales terminarían ocupando cargos de la mayor importancia en la administración.

Por aquel entonces Peter Lucas, que había sido educado para gozar de la riqueza y una posición privilegiada, entre Manhattan y Long Island, era estudiante de primer curso en Princeton, pero el día del ataque a Pearl Harbor decidió que él también quería ir a la guerra. Su padre le prohibió tajantemente que lo hiciera.

En febrero de 1942, el joven Lucas desobedeció a su padre y abandonó la universidad. Había perdido toda afición por el estudio. Fue de un lado a otro tratando de encontrar algo que realmente quisiera hacer, y le estuvo dando vueltas a la idea de hacerse piloto de caza. Recibió unas lecciones de vuelo, pero descubrió que cada vez que se encontraba en el aire se mareaba.

En junio de 1942 se constituyó la OSE. Peter Lucas se ofreció de inmediato y fue aceptado. El muchacho ya se veía con la cara ennegrecida, lanzándose en paracaídas durante la noche muy por detrás de las líneas alemanas. En vez de eso lo que hizo fue asistir a un montón de cócteles. El general Donovan quería disponer de un ayudante de campo de primera clase, eficiente y educado.

Peter Lucas pudo ver desde muy cerca los preparativos para los desembarcos en Sicilia y Salerno, en los que los agentes de la OSE estarían implicados desde el primer momento hasta el último, y suplicó entrar en acción. Se le dijo que tuviera paciencia. Era como llevar a un chico a una tienda de dulces, y una vez allí meterlo en una caja de cristal. Peter Lucas podía mirar, pero no le estaba permitido tocar.

Finalmente, fue a ver al general con un tajante ultimátum.

–O lucho bajo sus órdenes, o presento mi dimisión y me alisto en las fuerzas aerotransportadas –dijo.

Nadie le daba un ultimátum a *Wild Bill* Donovan, pero el anciano miró a aquel joven y quizá vio algo de él mismo un cuarto de siglo antes.

–Haz ambas cosas –repuso–, en orden inverso.

Con el respaldo de Donovan, todas las puertas se abrieron para Peter Lucas. Se deshizo del odiado traje de civil y fue a Fort Benning para convertirse en un «prodigio de noventa días», un destino que lo llevaría por el camino más rápido y del que terminaría saliendo convertido en subteniente de las fuerzas aerotransportadas.

Se perdió los desembarcos del día D en Normandía, que tuvieron lugar cuando él todavía estaba en la escuela de paracaidismo. Una vez que se hubo graduado, volvió con el general Donovan.

–Me lo prometió –dijo.

Peter Lucas consiguió saltar en paracaídas con la cara pintada de negro una fría noche de otoño. Lo hizo sobre las montañas que se alzaban detrás de las líneas alemanas en el norte de Italia. Allí se encontró con los partisanos italianos que eran comunistas convencidos, y con unas fuerzas especiales británicas que parecían tomarse las cosas con demasiada calma como para dedicarse a nada.

Lucas tardó un par de semanas en descubrir que todo aquello del «tomarse las cosas con calma» no era más que mero fingimiento. En el grupo de Jedburgh al que se había unido había algunos de los asesinos más capaces, y que más disfrutaban matando, de toda aquella guerra.

Lucas sobrevivió al duro invierno de 1944 en las montañas, y faltó muy poco para que consiguiera llegar intacto al final de la guerra. Corría el mes de marzo de 1945 cuando él y otros cinco hombres tropezaron con un pelotón de las SS cuya existencia en la región desconocían y que no estaba dispuesto a rendirse. Se produjo un tiroteo y Lucas recibió dos proyectiles de una metralleta Schmeisser en el brazo y el hombro izquierdos.

Se encontraban a kilómetros de ninguna parte y se les había terminado la morfina, e hizo falta toda una semana de terrible marcha a pie hasta que consiguieron dar con una unidad de la avanzadilla británica. Después de aquello vendrían una apresurada operación para tratar de remendar las heridas allí mismo, un vuelo a bordo de un Liberator que transcurrió en medio del aturdimiento que produce la morfina, y una reconstrucción mucho mejor llevada a cabo en un hospital de Londres.

Cuando se hubo recuperado lo suficiente para abandonar el hospital, Lucas fue enviado a un hogar de convalecientes en la costa de Sussex. Allí compartió habitación con un piloto de caza canadiense que se había roto ambas piernas. Los dos jugaban al ajedrez para no aburrirse.

En cuanto Lucas volvió a casa, el mundo se convirtió en su caparazón. Entró a trabajar en la firma de su padre en Wall Street y pasado un tiempo terminó dirigiéndola. Tras convertirse en un auténtico gigante de la comunidad financiera, a la edad de setenta años se presentó a las elecciones al Senado. En abril de 2001 Peter Lucas se hallaba en su cuarto y último mandato como senador republicano por New Hampshire y acababa de ver cómo un miembro de su partido era elegido presidente del país.

Cuando supo quién estaba al otro extremo de la línea, Lucas le dijo a su secretaria que no le pasara ninguna otra llamada y su voz atronó en la limusina que en ese momento se encontraba rodando por la carretera a quince kilómetros de allí.

–¡Steve! Me alegro mucho de volver a oírte. ¿Dónde estás?

–Aquí, en Washington. Peter, necesito verte. Se trata de algo muy importante.

Percibiendo el estado de ánimo de su amigo, el senador también se puso serio.

–Claro, muchacho. ¿Quieres contármelo ahora?

–Prefiero hacerlo durante el almuerzo. ¿Puedes hacerme un hueco en tu agenda?

–Tacharé todo lo que tenga apuntado en la página. Iremos al Hay Adams. Pregunta por mi mesa habitual del rincón. Allí se está muy tranquilo. A la una en punto, ¿de acuerdo?

Los dos amigos se encontraron cuando el senador entró en el vestíbulo. El canadiense lo estaba esperando allí.

–A juzgar por el tono de tu voz el asunto parecía realmente serio, Steve. ¿Tienes algún problema?

–Vengo de un entierro en Georgetown. He enterrado a mi único nieto.

El senador lo miró y las arrugas del dolor compartido fruncieron su rostro.

–Santo Dios... Lo siento muchísimo, viejo amigo. No soy capaz de imaginar cómo te sientes. ¿Enfermedad? ¿Accidente?

–Hablemos en la mesa. Hay algo que necesito que leas.

Cuando estuvieron sentados, el canadiense respondió a la pregunta de su amigo.

–Mi nieto fue asesinado. A sangre fría. No aquí, sino en Bosnia. Hace seis años.

Explicó brevemente la historia del muchacho, su deseo, allá por 1995, de contribuir a aliviar los padecimientos de los bosnios, su odisea hasta conseguir llegar a la población de Travnik, cómo accedió a ayudar a su intérprete a que encontrase la granja en que había vivido su familia. Después pasó a la confesión de Rajak.

Les sirvieron un par de martinis secos. El senador pidió salmón ahumado, pan moreno y un Meursault bien frío. Edmond asintió, indicando con ello que tomaría lo mismo.

Peter Lucas estaba acostumbrado a leer deprisa, pero cuando iba por la mitad del informe dejó escapar un suave silbido y empezó a ir más despacio.

Mientras el senador leía las últimas páginas del informe, Steve Edmond miró alrededor. Su amigo había sabido escoger bien; la mesa en que se hallaban estaba situada un poco más allá del piano de cola y resguardada en un rincón junto a la ventana, desde la que se podía divisar una esquina de la Casa Blanca. El Hay Adams se parecía más a una casa de campo del siglo XVIII que a un restaurante ubicado en el centro de una populosa capital.

El senador Lucas alzó la cabeza.

–No sé qué decir, Steve. Quizá sea el documento más espantoso que he leído jamás. ¿Qué es lo que quieres que haga?

Un camarero se llevó los platos y les trajo dos cafés solos muy cortos y sendas copas de Armagnac de diez años. Los dos hombres guardaron silencio hasta que el joven camarero se hubo marchado.

Steve Edmond bajó la vista hacia las manos de ambos, inmóviles sobre la blancura del mantel. Eran manos de ancianos, con las venas hinchadas, los dedos en forma de salchicha y la piel cubierta de manchas marrones. Eran manos que habían pilotado un caza Hurricane para meterlo entre una formación de bombarderos Dornier; que habían vaciado el cargador de una carabina M-1 dentro de una taberna llena de hombres de las SS en las afueras de Bolzano; manos que habían tomado parte en peleas, acariciado mujeres, sostenido a recién nacidos, firmado cheques, creado fortunas, alterado el curso de la política y cambiado el mundo. En el pasado.

La mirada de Peter Lucas se encontró con la de su amigo y de inmediato supo en qué estaba pensando.

–Sí, ahora somos viejos –dijo–. Pero todavía no estamos muertos. ¿Qué es lo que quieres que haga?

–Quizá todavía estemos a tiempo de hacer una última cosa buena. Mi nieto era un ciudadano estadounidense. Estados Unidos tiene derecho a solicitar la extradición del monstruo que lo mató dondequiera que esté. Para que se le someta a juicio por asesinato en primer grado. Eso significa implicar al Departamento de Justicia y el Departamento de Estado. Actuando conjuntamente sobre cualquier gobierno que haya dado cobijo a ese cerdo. ¿Les expondrás el asunto?

–Amigo mío, si el gobierno de Washington no puede darte justicia, entonces es que ninguno puede hacerlo. –Levantó su copa y añadió–: Una última cosa buena.

Pero se equivocaba.

14

El padre

No fue más que una pequeña discusión familiar, y debería haber terminado con un beso y hacer las paces. Pero se había producido entre una apasionada hija de sangre italiana y un padre que era tercamente tenaz.

En el verano de 1991, Amanda Jane Dexter tenía dieciséis años y un atractivo que tiraba de espaldas. Los genes napolitanos de los Marozzi le habían dado una figura capaz de hacer que un obispo hiciese un agujero de una patada en una vidriera. El rubio linaje anglosajón de los Dexter había dotado su rostro del atractivo de una joven Bardot. Los chicos del barrio siempre andaban detrás de ella y su padre tenía que aceptarlo. Pero Emilio no le gustaba nada.

Cal Dexter no tenía absolutamente nada contra los hispanos, pero había algo taimado y vagamente miserable, incluso depredador y cruel, oculto en Emilio detrás de aquella apariencia de ídolo de las plateas. Amanda Jane, sin embargo, se enamoró perdidamente de él.

El estallido llegó durante las largas vacaciones del verano. Emilio le propuso pasar unos días junto al mar. Urdió una buena historia. Habría otras personas jóvenes, adultos para supervisar, deportes playeros y la tonificante brisa marina del Atlántico. Sonaba bien; sonaba muy normal; sonaba inocente. Pero cuando Cal Dexter posó sus ojos en los de Emilio, éste rehuyó su mirada; su instinto le advirtió entonces de que allí había gato encerrado. No dio permiso a su hija.

Una semana después Amanda Jane se escapó de casa. Dejó una nota en la que decía que no debían preocuparse y que todo iría estupendamente, pero que ella ya era una mujer adulta y se negaba a que la tratasen como a una niña. Nunca regresó.

Las vacaciones escolares llegaron a su fin. Amanda Jane seguía sin aparecer. Cuando ya era demasiado tarde, su madre, que había aprobado su petición, escuchó por fin a su esposo. No tenían la dirección de la escapada playera, y no sabían absolutamente nada sobre los padres de Emilio, dónde vivía éste o su procedencia. La dirección del Bronx que había estado utilizando resultó ser una pensión. Su coche tenía matrícula de Virginia, pero una comprobación en Richmond informó a Dexter de que había sido vendido al contado en julio. Hasta su apellido, González, era tan común entre los hispanos como Smith entre los anglosajones.

Cal Dexter consultó, a través de sus contactos, con el sargento del Departamento de Personas Desaparecidas de la policía de Nueva York. El sargento se mostró comprensivo, pero resignado.

–Hoy en día tener dieciséis años es como ser adulto, abogado. Duermen juntos, pasan las vacaciones juntos, se van a vivir juntos...

El Departamento de Personas Desaparecidas sólo podía emitir una orden de búsqueda en el caso de que hubiera alguna evidencia de amenazas, malos tratos, abandono del hogar paterno causado por el uso de la fuerza, abuso de drogas, lo que fuera.

Dexter tuvo que conceder que había habido un mensaje telefónico. Lo habían recibido a una hora en que Amanda Jane sabía que su padre estaría trabajando y su madre se encontraría fuera de casa. El mensaje estaba grabado en la cinta del contestador.

En él Amanda Jane aseguraba que se encontraba bien, que era muy feliz y que ninguno de los dos debía preocuparse por ella. Estaba viviendo su propia vida y disfrutando mucho de ella. Volvería a ponerse en contacto con sus padres cuando estuviera preparada para ello.

Cal Dexter siguió la pista de la llamada. Procedía de un móvil, de los que empleaban esas tarjetas que se compraban en cualquier sitio, por lo que resultaba imposible localizar a su dueño. Le puso la cinta al sargento y éste se encogió de hombros. Como ocurre en todos los departamentos de personas desaparecidas de todas las fuerzas policiales del país, el sargento tenía un montón de casos pendientes. Aquello no era una emergencia.

La Navidad llegó, pero no resultó nada alegre. Para el hogar de los Dexter, fue la primera celebración navideña en dieciséis años que pasaron sin la compañía de su pequeña.

El cadáver fue encontrado por un hombre que había salido a correr por la mañana. Aquel hombre se llamaba Hugh Lamport, tenía una pequeña asesoría fiscal y era un ciudadano honrado y respetuoso de la ley que trataba de mantenerse en forma. Para él aquello significaba correr cinco kilómetros todos los días desde las seis y media y hasta tan cerca de las siete como se lo permitiera el cuerpo; esta obligación incluía mañanas tan frías y nubladas como la del 18 de febrero de 1992.

El señor Lamport estaba corriendo por el lateral herboso de Indian River Road, Virginia Beach, donde vivía. La hierba resultaba menos dura para los tobillos que el asfalto o el cemento. Pero cuando llegó a un puente que salvaba una pequeña alcantarilla, el señor Lamport se encontró con que podía elegir entre pasar por el puente de cemento o saltar al fondo de la alcantarilla. Saltó.

Entonces vio que algo pasaba por debajo de él durante el salto, algo que relucía pálidamente en la penumbra que precede al amanecer. Tras tomar tierra, el señor Lamport se volvió y escrutó la alcantarilla. La joven yacía en la postura extrañamente descoyuntada de la muerte, mitad dentro del agua y mitad fuera de ella.

El señor Lamport miró frenéticamente en torno a sí y vio una tenue luz a unos cuatrocientos metros de distancia entre los árboles; otra persona madrugadora se estaba preparando la taza de café matinal. El señor Lamport echó a correr hacia allí y llamó enérgicamente a la puerta. La persona que había estado preparándose el café miró por la ventana, escuchó la explicación que Lamport le daba a voz en cuello y lo dejó entrar.

La llamada fue atendida por la telefonista del turno de noche en la centralita de la comisaría central de Princess Anne Road, Virginia City. Al advertir que se trataba de un asunto urgente, la funcionaria pidió que acudiera el coche patrulla más próximo. La respuesta a su petición llegó del único coche patrulla del distrito Primero, que se encontraba a un kilómetro y medio aproximadamente de la alcantarilla. Recorrió esa distancia en un minuto; se encontró a un hombre con chándal y otro que llevaba una bata para indicarles el lugar.

Los dos agentes no necesitaron más de un par de minutos para pedir que acudieran los de Homicidios y un equipo forense completo. El dueño de la casa trajo café, que fue recibido con gratitud, y los cuatro hombres esperaron.

Ese sector del este de Virginia está ocupado por seis ciudades contiguas, lo que forma una conurbación que se prolonga durante kilómetros a lo largo de ambas orillas del río James y Hampton Roads. Es un paisaje salpicado de bases de la Armada y la

Aviación, ya que allí las carreteras y los caminos desembocan en la bahía de Chesapeake y por lo tanto terminan en el Atlántico.

De las seis ciudades, incluidas Norfolk, Portsmouth, Hampton (con Newport News), James City y Chesapeake, la mayor con mucho es Virginia Beach. Cubre casi dos mil cien kilómetros cuadrados y tiene cuatrocientos treinta mil habitantes del millón y medio de la conurbación.

De sus cuatro distritos, el Segundo, el Tercero y el Cuarto corresponden a áreas edificadas, mientras que el Primero es muy extenso y fundamentalmente rural. Sus mil trescientos veinte kilómetros cuadrados, divididos en dos grandes secciones por Indian River Road, se extienden hasta la frontera de Carolina del Norte.

Los expertos del Departamento Forense y los detectives de Homicidios llegaron a la alcantarilla aproximadamente en el mismo momento, treinta minutos más tarde. El forense apareció cinco minutos después. El amanecer, o lo que pasaba por serlo, también llegó, y no tardó en ponerse a lloviznar.

Se acompañó al señor Lamport a su casa para que pudiera ducharse e hiciese una declaración completa. El hombre que había estado preparando el café también declaró, lo cual significaba que sólo pudo confirmar que no había visto ni oído nada durante la noche.

El forense estableció rápidamente que la víctima era una joven blanca, que la muerte se había producido casi con seguridad en otro lugar y que el cadáver había sido arrojado a la alcantarilla presumiblemente desde un coche. Ordenó al ayudante de la ambulancia que llevara el cadáver al depósito estatal de Norfolk, una instalación que sirve a las seis ciudades.

Los detectives locales de Homicidios dedicaron un poco más de tiempo a pensar que si los asesinos, que parecían tener el código moral situado más o menos al nivel del ombligo de una serpiente y un coeficiente intelectual que hacía juego con él, hubieran seguido cinco kilómetros más, habrían entrado en los terrenos pantanosos que rodean la bahía Back. Allí, un cuerpo lastrado con algo de peso podía desaparecer para siempre sin que nadie se enterara jamás. Pero al parecer se les había agotado la paciencia, y tiraron su horrible carga allí donde ésta sería encontrada rápidamente, lo que daría inicio a una caza del hombre.

En Norfolk comenzaron a trabajar con el cadáver: hacer una autopsia que estableciera la causa, el tiempo y, a ser posible, el lugar de la muerte, así como su identidad. El examen visual no reveló nada significativo; la ropa interior era sucinta, aunque ya no resultaba provocativa, y el vestido, bastante revelador, estaba hecho jirones. No había medallones, brazaletes, tatuajes o bolso.

Antes de que el patólogo forense diera inicio a su tarea, el rostro de la víctima, que mostraba lesiones y contusiones indicativas de haber sufrido una paliza salvaje, fue restaurado lo mejor que se pudo mediante suturas y maquillaje, y fotografiado. La foto circularía por las brigadas antivicio de las seis ciudades, porque el código del cuerpo parecía indicar una posibilidad de que la joven hubiera formado parte de aquello que se conoce con el eufemismo de «vida nocturna».

Los otros dos detalles que los cazadores de identificaciones necesitaban y obtuvieron eran las huellas dactilares y el grupo sanguíneo. Después el patólogo empezó a trabajar. Fueron las huellas dactilares las que proporcionaron cierta base a su investigación.

Las seis ciudades no tenían resgistradas las huellas de la joven. Los detalles fueron enviados a la capital estatal, Richmond, donde se guarda un archivo de huellas dactilares que abarca toda Virginia. Transcurrieron los días. La respuesta finalmente llegó: «Lo sentimos». El siguiente paso hacia arriba es el FBI, que cubre la totalidad de Estados Unidos y utiliza el Sistema de Identificación Automatizado Internacional de Huellas Dactilares, el SIAIHD.

El informe del patólogo afectó incluso a los endurecidos detectives de Homicidios. La joven no parecía tener más de dieciocho años, eso si los tenía. Había sido hermosa, pero alguien, además del modo de vivir de la joven, se había encargado de poner fin a eso.

La dilatación vaginal y anal era tan exagerada que estaba claro que la joven había sido penetrada, y repetidamente, por instrumentos mucho más grandes que un órgano masculino normal. La paliza que había acabado con su vida no había sido la única, sino que había habido otras antes. También se detectó que consumía heroína, probablemente desde hacía seis meses como máximo.

Tanto para los detectives de Homicidios como para los de la brigada contra el vicio de Norfolk, el informe decía «prostitución». El que este hecho pudiera estar acompañado de drogadicción, y que fuera el proxeneta el único suministrador de la droga, no constituía ninguna novedad para ellos.

Cualquier chica que intentara huir de las garras de semejante clase de vida se arriesgaba a ser castigada, lo que de producirse podía llevar aparejado el que se la obligara a participar en exhibiciones que incluían el bestialismo y las más brutales perversiones. Había seres que estaban dispuestos a pagar por aquello, y como consecuencia también había seres dispuestos a suministrárselo.

Después de la autopsia, el cadáver pasó a la nevera mientras continuaba la búsqueda de su identidad. La joven seguía siendo Juanita Nadie. Entonces un detective de la brigada contra el vicio de Portsmouth creyó reconocer la fotografía que se había hecho circular, a pesar de los daños y de la decoloración de la piel. Le pareció que podía tratarse de una prostituta que se hacía llamar Lorraine.

Las indagaciones revelaron que «Lorraine» llevaba varias semanas en paradero desconocido. Antes de aquello había trabajado para una pandilla de hispanos, famosa por su salvajismo, que utilizaba a sus componentes para que entablaran relación con muchachas de las ciudades del norte y las atrajeran hacia el sur con promesas de matrimonio, unas preciosas vacaciones, o lo que hiciera falta en cada caso.

La brigada contra el vicio de Portsmouth estuvo trabajando a fondo a la banda, pero sin obtener ningún resultado. Los chulos aseguraron ignorar el verdadero nombre de Lorraine, e insistieron en que la chica ya era una profesional cuando había llegado allí y que había regresado a la costa Oeste por decisión propia. La fotografía simplemente no era lo bastante clara para demostrar que no hubiera sido así.

Pero Washington sí que pudo demostrarlo, porque aportó una identificación firme basada en las huellas dactilares. Amanda Jane Dexter había intentado ser más lista que el servicio de seguridad de un supermercado local y había robado uno de los artículos allí expuestos. La cámara de seguridad la puso en evidencia. El tribunal juvenil aceptó la historia de Amanda Jane, respaldada por cinco compañeras de clase, y la dejó marchar con una advertencia. Pero sus huellas dactilares pasaron a los archivos del Departamento de Policía de Nueva York, y habían sido enviadas al SIAIHD.

–Me parece –murmuró el sargento Austin, de la brigada contra el vicio de Portsmouth cuando se enteró– que ahora quizá pueda echarles el guante a esos bastardos.

Cuando el teléfono sonó en el apartamento del Bronx estaba haciendo otra asquerosa mañana invernal, pero aun así tal vez fuese lo bastante buena para pedirle a un padre que recorriera casi quinientos kilómetros para identificar a su única hija.

Cal Dexter se quedó sentado en el borde de la cama y pensó que hubiera sido preferible morir en los túneles de Cu Chi antes que tener que soportar aquel dolor. Finalmente se lo contó a Angela, y luego la abrazó mientras ella sollozaba. A continuación telefoneó a su suegra, que acudió de inmediato.

No podía esperar a que despegara un avión de La Guardia con rumbo al aeropuerto internacional de Norfolk. Le habría resultado imposible quedarse sentado allí y aguardar en el caso de que hubiera habido un retraso en los vuelos debido a la niebla, la lluvia, el granizo o una congestión en el tráfico aéreo. Lo que hizo fue coger su coche y conducir hasta allí. Saliendo de Nueva York, cruzó el puente para entrar en Newark y después siguió adelante a través de todos aquellos lugares que tan bien había llegado a conocer mientras lo trasladaban de una obra a otra. Luego salió de New Jersey, atravesó un trozo de Pensilvania y otro de Delaware, y finalmente fue hacia el sur, más y más, dejando atrás Baltimore y Washington hasta que llegó al final de Virginia.

En el depósito de cadáveres de Norfolk, Cal Dexter bajó la mirada hacia aquella cara que en otro tiempo había sido hermosa y tan querida y dirigió un vago asentimiento de cabeza hacia el detective de Homicidios que lo había acompañado; posteriormente Dexter conoció los aspectos básicos mientras tomaba un café con el detective. Amanda Jane había recibido una paliza a manos de una o varias personas desconocidas. Había muerto a causa de una severa hemorragia interna. Al parecer, después los asesinos habían metido el cuerpo dentro del maletero de un coche, conducido hasta la parte más rural del distrito Primero, Virginia City, y lo habían tirado allí. Las investigaciones continuaban su curso. Dexter supo que aquello sólo era una parte de la verdad.

Hizo una larga declaración y refirió a los detectives todo cuanto sabía acerca de «Emilio», pero el nombre no les dijo nada. Dexter solicitó que le entregaran el cuerpo de su hija para llevárselo. La policía no tenía nada que objetar a su petición, pero la decisión competía al Departamento Forense.

Requirió tiempo. Formalidades. Procedimientos legales. Dexter fue a Nueva York en su coche, lo dejó allí, regresó y esperó.

Finalmente pudo llevar el cadáver de su hija en un coche fúnebre, de vuelta a casa.

El féretro estaba sellado. Dexter no quería que su esposa ni ningún miembro de la familia viera lo que había dentro de él. El funeral fue una ceremonia íntima. Amanda Jane fue enterrada cuando sólo faltaban tres días para que cumpliese diecisiete años. Una semana después, Dexter regresó a Virginia.

El sargento Austin estaba en su despacho de la sede central de la policía de Portsmouth, en el número 711 de Crawford Street, cuando lo llamaron desde la centralita para decirle que había un tal señor Dexter que deseaba verlo. El nombre no significó nada para él. No lo relacionó con el hecho de que hubiese reconocido un rostro en la fotografía de aquella prostituta, Lorraine.

Preguntó qué quería el señor Dexter y le dijeron que el visitante quizá pudiera aportar algo a una investigación en curso. Sobre esa base, el visitante fue acompañado al despacho del sargento.

Fundada por los británicos mucho antes de la Revolución, Portsmouth es la más antigua de las seis ciudades del conurbano. En la actualidad ocupa la orilla sudoeste del río Elizabeth, y consiste principalmente en edificios no muy altos de ladrillo rojo que contemplan a través de las aguas el moderno esplendor de los rascacielos de Norfolk, que se alzan al otro lado. Es el lugar al que van muchos soldados y trabajadores en busca de «un rato agradable» cuando ya ha oscurecido. La brigada contra el vicio del sargento Austin no estaba allí para servir de adorno.

El visitante no parecía gran cosa comparado con la musculosa mole del antiguo defensa central de fútbol americano convertido en detective. Se limitó a detenerse delante del escritorio y dijo:

–¿Se acuerda de esa adolescente que se dedicó a la prostitución y se volvió adicta a la heroína, fue violada y después golpeada hasta morir hace cuatro semanas? Soy su padre.

Sonó una alarma en la mente del sargento, que se puso de pie y extendió la mano. Los ciudadanos enfurecidos y deseosos de venganza contaban con toda su simpatía, y no podían esperar otra cosa. Sin embargo, para cualquier policía que esté haciendo su trabajo, esas personas constituyen una molestia y pueden llegar a ser peligrosas.

–Lo lamento mucho, señor. Puedo asegurarle que se hizo cuanto...

–Tranquilo, sargento. Sólo quiero saber una cosa y luego lo dejaré en paz.

–Señor Dexter, comprendo sus sentimientos, pero no estoy capacitado para...

El visitante llevó la mano derecha al bolsillo de su chaqueta y se dispuso a sacar algo de él. ¿Habrían metido la pata los de seguridad en la entrada? ¿Iba armado aquel hombre? La pistola del sargento se encontraba a la incómoda distancia de tres metros, guardada dentro del cajón de un escritorio.

–¿Qué está haciendo, señor?

–Me dispongo a poner encima de su escritorio unos cuantos trozos de metal, sargento Austin.

El hombre siguió hablando hasta que hubo terminado. El sargento Austin había estado en el ejército, porque él y su visitante eran de una edad similar, pero nunca había salido de Estados Unidos.

Un instante después bajaba la vista hacia dos Estrellas de Plata, tres Estrellas de Bronce, la Medalla de Honor del Ejército y cuatro Corazones Púrpura. El sargento Austin nunca había visto nada semejante.

–Hace mucho tiempo y muy lejos de aquí, pagué por el derecho a saber quién mató a mi hija. Lo compré con mi sangre. Usted me debe ese nombre, señor Austin.

El detective de la brigada contra el vicio fue hacia la ventana y miró en dirección a Norfolk. Aquello era irregular, completamente irregular. Podía costarle su puesto en el cuerpo.

–Madero. Benjamin *Benny* Madero. Dirigía una pandilla de hispanos que se dedicaba al negocio del vicio. Muy violento, muy depravado. Sé que fue él quien lo hizo, pero no dispongo de pruebas suficientes para detenerlo.

–Gracias –dijo el hombre detrás de él, recogiendo sus medallas.

–Pero en el caso de que esté pensando en hacerle una visita, llega demasiado tarde –añadió el sargento–. Yo también he llegado demasiado tarde. Todos hemos llegado demasiado tarde. Madero se ha ido. Ha vuelto a su Panamá natal.

Una mano empujó la puerta del pequeño emporio de arte oriental de la calle Veintidós junto a Madison Avenue, en Manhattan.

La campanilla que había encima del quicio tintineó con el movimiento de la puerta.

El visitante paseó la mirada por los estantes llenos de jade y celadón, piedra y porcelana, marfil y cerámica que había a su alrededor; vio elefantes y semidioses, paneles, colgaduras murales, pergaminos e innumerables Budas. Una figura salió de la parte de atrás de la tienda.

–Necesito una nueva identidad –dijo Calvin Dexter.

Habían transcurrido catorce años desde que había permitido rehacer sus vidas al antiguo vietcong y a su esposa. El oriental no titubeó ni un instante. Inclinó la cabeza.

–Por supuesto –dijo–. Venga conmigo, por favor.

15
El ajuste de cuentas

La veloz embarcación de pesca *Chiquita* abandonó el muelle del puerto deportivo de Golfito cuando faltaban unos instantes para que amaneciera y enfiló el canal que llevaba a mar abierto.

Su propietario y capitán, Pedro Arias, iba al timón, y si tenía alguna clase de reserva acerca de su pasajero americano, se la guardaba para sí.

El hombre se había presentado el día anterior conduciendo un ciclomotor con matrícula costarricense. Lo había comprado, de segunda mano pero en excelente estado, a bastantes kilómetros de allí siguiendo la carretera Panamericana en Palmar Norte, adonde el turista había llegado en un vuelo local procedente de San José.

El recién llegado había recorrido todo el muelle; examinando las distintas embarcaciones para la pesca deportiva que había atracadas en él, hasta que por fin se decidió por una. Tras asegurar el ciclomotor sujeto a un farol con una cadena, el hombre se echó la mochila al hombro. Parecía un excursionista maduro.

Pero aquel hombre no quería ir de pesca; por eso todas las cañas de pescar se encontraban alineadas sobre el techo de la cabina mientras el *Chiquita* dejaba atrás el promontorio de Punta Voladera y entraba en el golfo Dulce. Arias puso rumbo hacia el sur para dirigirse a Punta Banco, que quedaba a una hora de navegación de allí.

Las verdaderas intenciones del gringo explicaban la presencia de dos bidones de plástico llenos de combustible que habían sido atados con cuerdas a la cubierta de popa. Aquel hombre quería que lo llevaran fuera de las aguas de Costa Rica, alrededor del promontorio de Punta Burica, y de allí a Panamá.

Las razones que había dado, que su familia estaba pasando las vacaciones en Ciudad de Panamá y que deseaba conocer algo del «campo panameño», le habían parecido a Pedro Arias tan faltas de sustancia como la niebla marina que en ese momento empezaba a desvanecerse con los primeros rayos del sol.

Aun así, si un gringo quería entrar en Panamá siguiendo un camino sólo transitable por bicicletas y ciclomotores, que partía de una playa solitaria sin tener que pasar antes por ciertas formalidades, el señor Arias era un hombre dotado de una gran tolerancia, especialmente en cuanto concernía al vecino Panamá.

A la hora del desayuno el *Chiquita*, una Bertram Moppie de unos nueve metros de eslora, dejó atrás Punta Banco a una velocidad de doce nudos por unas aguas muy tranquilas y se adentró en el oleaje del auténtico Pacífico. Arias viró cuarenta grados a babor para ir siguiendo el contorno de la costa durante dos horas más hasta llegar a la isla Burica y la frontera no indicada.

Eran las diez de la mañana cuando vieron el primer dedo del faro de la isla Burica asomando por encima del horizonte, y había transcurrido otra media hora cuando doblaron el recodo de la costa y siguieron adelante en dirección nordeste.

Pedro Arias señaló con un amplio movimiento del brazo la tierra que se extendía a su izquierda, la costa este de la Burica peninsular.

–Todo eso ya es Panamá –informó.

El americano agradeció la explicación con una inclinación de la cabeza y estudió el mapa. Luego señaló con el índice.

–Por aquí –dijo en español.

El área que estaba señalando era un tramo de costa en el que no aparecía indicada la presencia de ninguna población o complejo turístico. Allí no había más que playas desiertas y varios caminos que se internaban en la selva. El capitán asintió y cambió el curso para describir una línea, más recta y no tan larga, a través de la bahía de Charco Azul. Les quedaban por recorrer cuarenta kilómetros, un poco más de dos horas.

Llegaron allí a la una. Las escasas embarcaciones de pesca que habían visto en la gran extensión de la bahía no les prestaron ninguna atención.

El visitante quería navegar siguiendo la costa a unos cien metros de ella. Cinco minutos después, al este de Chiriquí Viejo, vieron una playa arenosa con unas cuantas cabañas de paja del tipo que utilizan los pescadores locales cuando no desean pasar la noche a bordo. Aquello significaba la presencia de algún camino que conducía al interior. Ningún vehículo de cuatro ruedas podría recorrerlo, ni siquiera un todoterreno, pero con un ciclomotor las cosas serían distintas.

Dejar el ciclomotor en los bajíos requirió unos cuantos gruñidos y empujones y algo de esfuerzo, pero finalmente lo consiguieron, y los dos hombres se despidieron. Lo acordado había sido la mitad en Golfito y la otra mitad al llegar a destino. El gringo pagó.

Un tipo bastante extraño, pensó Arias, pero sus dólares eran tan buenos como los de cualquier otro para dar de comer a cuatro niños hambrientos. Fue alejando el *Chiquita* de la arena y puso rumbo hacia el mar abierto. A un kilómetro y medio de la costa, vació los dos barriles dentro de sus tanques de combustible y fue en dirección oeste para volver a casa.

En la playa, Cal Dexter cogió un destornillador, quitó las matrículas de Costa Rica y las arrojó al mar. Luego sacó de su mochila un juego de matrículas panameñas y las atornilló al ciclomotor.

Sus papeles no podían ser más perfectos. Gracias a la señora Nguyen contaba con un pasaporte estadounidense, pero no a nombre de Calvin Dexter, cuyo pasaporte ya había sido sellado unos días antes en el aeropuerto de Ciudad de Panamá. También disponía de un permiso de conducir a juego.

Su precario español, adquirido en los tribunales y los centros de detención de la ciudad de Nueva York, donde el 20 % de su clientela era hispana, no resultaba lo bastante bueno para fingir que era panameño. Pero a un visitante llegado de Estados Unidos siempre se le permite adentrarse en el interior del país en busca de un lugar donde pescar.

Habían transcurrido poco más de dos años desde que, en diciembre de 1989, Estados Unidos había convertido unas cuantas zonas de Panamá en un colador para derrocar y capturar al dictador Noriega, y Dexter sospechaba que la mayoría de los policías panameños habrían captado el mensaje.

La estrecha vereda salía de la playa y discurría entre la densa selva hasta convertirse, unos quince kilómetros tierra adentro, en un sendero. Éste pasaba a ser un camino sin asfaltar con alguna que otra granja a los lados, y Dexter sabía que allí encontraría la carretera Panamericana, esa proeza de la ingeniería que va desde Alaska hasta el extremo sur de la Patagonia.

Volvió a llenar el depósito en Ciudad David y luego empezó a bajar por la Panamericana para recorrer los quinientos kilómetros que había hasta la capital. Oscureció. Dexter cenó con unos cuantos camioneros en un área de servicio junto a la carretera, volvió a llenar el depósito y siguió adelante. Cruzó el puente de peaje que lleva a Ciudad de Panamá, pagó en balboas y entró en el suburbio de Balboa cuando estaba saliendo el sol. Luego se dirigió a un parque, encadenó el ciclomotor a un banco y, tras echarse en éste, durmió durante tres horas.

Dedicó la tarde al reconocimiento sobre el terreno. El mapa a gran escala de la ciudad que Dexter había comprado en Nueva York le mostró dónde quedaba el mísero y duro barrio de Chorrillo, en el que Noriega y Madero habían crecido a unas cuantas manzanas el uno del otro.

Pero los que vienen de muy abajo y han triunfado siempre prefieren llevar una vida más cómoda si pueden hacerlo, y los dos pubes de los que le habían dicho a Dexter que Madero era propietario parcial se encontraban en la zona elegante de Paitilla, frente a los tugurios del Barrio Viejo, al otro lado de la bahía.

Eran las dos de la madrugada cuando el matón repatriado decidió que ya estaba harto del bar y discoteca Papagayo y quería irse. La anónima puerta negra con mirilla y una discreta placa de latón se abrió, y dos hombres corpulentos salieron en primer lugar. Eran los guardaespaldas de Madero.

Uno de ellos entró en la limusina Lincoln estacionada junto al bordillo y puso el motor en marcha. El otro miró a un lado y otro de la calle. Sentado con los pies en el pavimento y el cuerpo encogido encima de la acera, el vagabundo se volvió y esbozó una sonrisa que mostró unos dientes medio podridos. Sucios mechones grasientos caían sobre sus hombros y un fétido impermeable cubría su cuerpo.

El vagabundo fue introduciendo muy lentamente la mano derecha dentro de una bolsa de papel marrón que sujetaba contra su pecho. El gorila deslizó la mano por debajo de la axila izquierda y se puso tenso. Entonces el vagabundo fue sacando poco a poco la mano de la bolsa con una botella de ron barato entre los dedos. Echó un trago y luego, con la generosidad de los que están muy borrachos, le ofreció la botella al gorila.

Éste carraspeó, escupió en el pavimento, retiró la mano vacía de debajo de su chaqueta, se relajó y dio media vuelta. Aparte del vagabundo borracho, la calle estaba desierta y no presentaba ningún peligro. El gorila fue hasta la puerta negra y llamó a ella.

Emilio, el hombre que había reclutado a la hija de Dexter, fue el primero en salir, seguido por su jefe. Dexter esperó hasta que la puerta se hubo cerrado y bloqueado automáticamente antes de ponerse en pie. La mano que salió por segunda vez de la bolsa de papel empuñaba un magnum Smith and Wesson del calibre 44 con el cañón recortado.

El gorila que había escupido nunca supo qué fue lo que lo había alcanzado. El proyectil se disgregó en cuatro fragmentos, que penetraron en el blanco después de recorrer los tres metros de distancia que los separaban de él, y produjeron destrozos considerables dentro de su pecho.

Emilio, que era guapo de morirse, había abierto la boca para gritar cuando la segunda descarga le dio simultáneamente en la cara, el cuello, un hombro y el pecho.

El segundo gorila tenía medio cuerpo fuera del coche cuando fue al encuentro de su Hacedor gracias a una cita imprevista con cuatro fragmentos metálicos, que hendieron el aire rotando frenéticamente antes de entrar en el lado de su cuerpo expuesto al tirador.

Benjamin Madero había vuelto a la puerta negra y estaba gritando que lo dejaran entrar cuando fueron efectuados los disparos números cuatro y cinco. Algún alma valerosa del interior ya había entreabierto la puerta unos centímetros cuando una astilla rozó su pelo untado de brillantina. La puerta volvió a cerrarse a toda prisa.

Madero cayó, todavía golpeando la puerta con los puños pidiendo entrar, y resbaló por el reluciente panel de madera dejando largas manchas rojas con su ensangrentada guayabera tropical.

El vagabundo fue hacia él, sin mostrar pánico ni prisa particulares, se inclinó para darle la vuelta y lo miró a la cara. Madero aún vivía, pero ya no por mucho tiempo.

–Amanda Jane, mi hija –dijo en español, y luego disparó el sexto proyectil para hacerle pedazos las entrañas.

Los últimos noventa segundos de vida de Madero no tuvieron nada de divertidos.

Más tarde, un ama de casa que se había asomado a su ventana al otro lado de la calle contó a la policía que vio a un vagabundo doblar la esquina y a continuación oyó el ruido de un ciclomotor que se alejaba. Aquello fue todo.

Antes de que saliera el sol, el ciclomotor quedó apoyado en un muro a dos barrios de distancia, con la llave de encendido puesta y sin la cadena. No duraría ahí más de una hora.

La peluca, los dientes postizos y el impermeable terminaron hechos un ovillo dentro de un cubo de basura en un parque público. La mochila fue arrojada entre los andamios de una obra tras vaciarla por completo.

A las siete horas, un ejecutivo estadounidense que vestía mocasines, pantalones de algodón, un polo y una ligera chaqueta deportiva y llevaba consigo una bolsa de viaje de Abercrombie y Fitch, llamó un taxi enfrente del hotel Miramar y le dijo al taxista que lo llevara al aeropuerto. Tres horas después, ese mismo ejecutivo estadounidense despegó del aeropuerto en la Clase Club del vuelo regular para Newark, de la Continental Airlines.

Y el arma, la Smith and Wesson adaptada para disparar proyectiles que se dividían en cuatro fragmentos mortíferos destinados a los trabajos en distancias cortas, había ido a parar al interior de una cloaca, en algún lugar de aquella ciudad que en ese instante se inclinaba por debajo de la punta del ala.

El arma quizá no hubiese sido permitida dentro de los túneles de Cu Chi, pero veinte años después había funcionado de maravilla en las calles de Panamá.

Dexter supo que algo iba mal apenas metió su llave en la cerradura de su apartamento en el Bronx. Al abrir la puerta lo recibió el rostro de su suegra, la señora Marozzi, con las mejillas surcadas de lágrimas.

El dolor no lo era todo; también estaba la culpa. Angela Dexter había dado su aprobación a Emilio como pretendiente para su hija, y luego no había puesto ningún reparo a las «vacaciones» junto al mar que había propuesto el joven panameño. Cuando su esposo dijo que tendría que estar fuera durante una semana para atender ciertos negocios pendientes, Angela supuso que se refería a algún asunto legal.

Él debería haberse quejado. Debería habérselo contado a su esposa. Debería haber entendido lo que le estaba pasando por la cabeza a Angela. Tras dejar la casa de sus padres, en la que se había alojado desde el funeral de su hija, Angela Dexter había vuelto al piso del Bronx con un enorme montón de barbitúricos y había puesto fin a su vida.

El ex obrero de la construcción, soldado, estudiante, abogado y padre se sumió en una profunda depresión. Finalmente llegó a dos conclusiones. La primera fue que ya no le quedaba ninguna vida en el Departamento del Defensor Público, siempre corriendo de los tribunales a los centros de detención para luego regresar a los tribunales. Entregó todos sus expedientes, vendió el piso, se despidió con los ojos llenos de lágrimas de aquella familia Marozzi que tan buena había sido con él y regresó a New Jersey.

Encontró la pequeña población de Pennington, feliz en su boscoso paisaje pero sin nadie que ejerciera la abogacía en ella. Compró una pequeña oficina y colgó su letrero. Adquirió una casa en Chesapeake Drive y una camioneta para sustituir el sedán de la ciudad. Para borrar el dolor, empezó a adiestrarse en la brutal disciplina del triatlón.

La segunda conclusión a la que llegó fue que Madero había muerto de una manera demasiado fácil. Lo que realmente se merecía hubiese sido comparecer ante un tribunal en Estados Unidos y oír cómo un juez lo sentenciaba a cadena perpetua sin ninguna remisión posible de la pena; a despertar cada día y no ver nunca el cielo; a saber que pagaría hasta el fin de sus días por lo que le había hecho a una joven que gritaba.

Calvin Dexter sabía que el ejército de su país y dos años en el infierno maloliente bajo el suelo de la jungla de Cu Chi le habían proporcionado talentos peligrosos. Silencio, paciencia, invisibilidad, la habilidad de un cazador, la implacabilidad de un rastreador nato.

Supo por los medios de comunicación que un hombre había perdido a su hijo a manos de un asesino que luego había desaparecido en el extranjero. Dexter estableció un contacto encubierto con él, obtuvo los detalles, fue más allá de las fronteras de su tierra natal y trajo de regreso al asesino. Luego se desvaneció para volver a convertirse en el encantador e inofensivo abogado de Pennington, NJ.

Por tres veces en siete años, colgó el aviso de cerrado por vacaciones en su oficina de Pennington y luego salió al mundo para dar con un asesino y llevarlo de vuelta por la fuerza a donde podría ser «debidamente procesado». Por tres veces alertó al Servicio Federal de Alguaciles y luego volvió a desaparecer entre la oscuridad.

Pero cada vez que *Lo mejor de la aviación* aterrizaba sobre su alfombrilla, Dexter examinaba la columna de pequeños anuncios personales, la única manera en que las poquísimas personas que sabían de su existencia podían establecer contacto con él.

Volvió a hacerlo la soleada mañana de aquel 13 de mayo de 2001. El anuncio rezaba: «VENGADOR. Buscado. Oferta seria. No hay límite de precio. Se ruega telefonear».

16
El expediente

El senador Peter Lucas era un viejo veterano del Capitolio. Sabía que si quería asegurarse de que se emprendiera alguna clase de acción oficial como resultado del expediente sobre Ricky Colenso y la confesión de Milan Rajak, tendría que llevar el asunto a las alturas; de hecho, hasta lo más alto.

Tratar con los jefes de sección o de departamento no serviría de nada. La manera de pensar de los que ocupan cargos públicos situados a ese nivel se ceñía única y exclusivamente a pasarle la patata caliente a otro departamento. Siempre era otro al que le correspondía hacer algo, y sólo una orden tajante procedente de las instancias superiores obtendría un resultado.

Como senador republicano y amigo desde hacía muchos años de George Bush padre, Peter Lucas podía llegar hasta el secretario de Estado, Colin Powell, y el nuevo fiscal general, John Ashcroft. Con eso quedarían cubiertos Estado y Justicia, los dos departamentos que quizá pudieran llegar a hacer alguna cosa.

Incluso en ese caso no sería tan simple. Los secretarios de gabinete no querían que fueran a verlos con problemas y preguntas; preferían que lo hicieran con soluciones.

La extradición no constituía la especialidad de Lucas. Necesitaba averiguar qué era lo que podía y debería hacer Estados Unidos en una situación semejante. Aquello requería investigación, y el senador contaba con un equipo de jóvenes profesionales precisamente para dicho propósito. Los puso a trabajar. Su mejor sabueso, una brillante joven de Wisconsin, fue a verlo una semana más tarde.

–Ese animal llamado Zilic puede ser arrestado y deportado a Estados Unidos al amparo del Acta General de Control del Crimen de 1984 –dijo.

El pasaje que había descubierto la joven provenía de la sesión del Congreso sobre temas de inteligencia y seguridad del año 1997. Concretamente, en aquel caso el ponente había sido Robert M. Bryant, subdirector del FBI, y se había dirigido al Comité contra el Crimen.

–He subrayado los párrafos más relevantes, senador –añadió la joven.

Lucas le dio las gracias y leyó el texto que había depositado ante él.

> Las responsabilidades extraterritoriales del FBI –había dicho el señor Bryant hacía cuatro años– se remontan a mediados de la década de los ochenta, cuando el Congreso aprobó por primera vez leyes autorizando al FBI a ejercer la jurisdicción federal en otros países en el caso de que un ciudadano de la nación haya sido asesinado.

Detrás de aquel lenguaje tan insulso se ocultaba una nueva y muy desconcertante norma legal que el resto del mundo básicamente había pasado por alto, al igual que lo habían hecho la inmensa mayoría de ciudadanos de Estados Unidos. Antes del Acta General de Control del Crimen de 1984, siempre se había dado por sentado que si se cometía un asesinato, ya fuese en Francia o en Mongolia, sólo los gobiernos francés o mongol tenían jurisdicción para perseguir, arrestar y juzgar al asesino. Aquello era aplicable tanto si la víctima era un francés o un mongol, como si se trataba de un estadounidense de visita en el país.

Estados Unidos se había limitado a arrogarse el derecho de decidir que si alguien mataba a uno de sus ciudadanos en cualquier lugar del mundo, a todos los efectos prácticos era como si lo hubieses asesinado en Broadway. Aquello significaba que la jurisdicción estadounidense abarcaba la totalidad del planeta. Ninguna conferencia internacional había sancionado tal suposición, y Estados Unidos se había limitado a decir que así era. El señor Bryant había seguido hablando:

> ... Y el Acta Global de Seguridad Diplomática y Antiterrorismo de 1986 estableció un nuevo estatuto extraterritorial concerniente a los actos terroristas llevados a cabo contra ciudadanos de los Estados Unidos de América.

Eso no constituía un problema, pensó el senador. Zilic no era un militar del ejército yugoslavo, ni un policía. Trabajaba por su cuenta y el calificativo de terrorista no podrá ser rebatido. Zilic era extraditable a Estados Unidos de acuerdo con ambos estatutos.

Siguió leyendo.

Una vez obtenida la aprobación por parte del país anfitrión, el FBI cuenta con la autoridad legal necesaria para desplegar personal del FBI a fin de llevar a cabo investigaciones extraterritoriales allí donde fue cometido el acto criminal, capacitando de ese modo a Estados Unidos para perseguir a terroristas por crímenes cometidos en el extranjero contra ciudadanos de la nación.

El senador frunció el entrecejo. Aquello no tenía ningún sentido. Estaba incompleto. La frase clave era: «Una vez obtenida la aprobación por parte del país anfitrión...». Pero la cooperación entre fuerzas policiales no era nada nuevo. Por supuesto que el FBI podía aceptar una invitación procedente de una fuerza policial extranjera para desplazarse y echarles una mano. Venía ocurriendo desde hacía años. ¿Y por qué se necesitaban dos normas legales separadas, una de 1984 y otra de 1986?

La respuesta, que el senador no sabía, era que la segunda norma legal iba por delante de la primera, y que la frase «Una vez obtenida la aprobación por parte del país anfitrión...» no había sido más que un mero intento de tranquilizar al comité por parte del señor Bryant. Aquello a lo que él estaba aludiendo sin que se atreviera a declararlo en voz alta (estaba hablando durante la era Clinton) era la palabra «entrega».

En el Acta de 1986, Estados Unidos se autoconcedía el derecho a pedir educadamente que el asesino de un ciudadano de la nación fuera extraditado a Estados Unidos. Si la respuesta era negativa, o si había un retraso aparentemente interminable que equivaliera a rechazar la petición, entonces se habría terminado lo de jugar a ser un buen chico. Estados Unidos se autorizaba a sí mismo a enviar un equipo encubierto de agentes, capturar al «perpetrador» y traerlo para que fuera juzgado.

Tal como lo había expresado el cazador de terroristas del FBI John O'Neill cuando la nueva norma fue aprobada: «A partir de ahora, el consentimiento del país anfitrión ya no tiene que ver una puta mierda con el asunto». La captura del supuesto asesino de un ciudadano de Estados Unidos llevada a cabo conjuntamente por la CIA y el FBI había pasado a denominarse «entrega». Había habido una decena de operaciones encubiertas de dicha naturaleza desde que la nueva norma fue aprobada durante la presidencia de Ronald Reagan. Todo empezó debido a un transatlántico italiano que se dedicaba a hacer cruceros de recreo. En octubre de 1985 el

Achille Lauro, que había partido de Génova, estaba recorriendo la costa norte de Egipto y se dirigía hacia la costa israelí llevando a bordo un variopinto cargamento de turistas, entre los cuales había unos cuantos estadounidenses.

El *Achille Lauro* había sido abordado secretamente por cuatro palestinos del Frente para la Liberación de Palestina, un grupo terrorista relacionado con la OLP de Yasser Arafat, por aquel entonces exiliado en Túnez.

El objetivo de los terroristas no era hacerse con el barco sino desembarcar en Ashdod, uno de los puertos de destino en Israel, y allí hacer varios rehenes israelíes. Pero el 7 de octubre, entre Alejandría y Port Said, los terroristas se encontraban en uno de sus camarotes comprobando sus armas cuando entró un camarero, vio las armas y se puso a gritar. Los cuatro palestinos se dejaron dominar por el pánico y secuestraron el transatlántico.

A eso siguieron cuatro días de tensas negociaciones. Un avión condujo desde Túnez a Abu Abbas, quien aseguró ser el negociador de Arafat. Tel Aviv se negó a aceptar su presencia, haciendo hincapié en que Abu Abbas no era un mediador sino el jefe del FLP. Finalmente se llegó a un acuerdo: los terroristas podrían bajar del barco y un avión de pasajeros egipcio los llevaría de regreso a Túnez. Encañonado con un arma, el capitán italiano confirmó que nadie había sido herido. Se lo obligó a mentir.

Una vez que el transatlántico hubo sido liberado, quedó claro que el tercer día los palestinos habían asesinado a Leon Klinghoffer, un anciano turista neoyorquino, de setenta y nueve años de edad, que iba en silla de ruedas. Le habían pegado un tiro en la cara y luego lo habían arrojado al mar, con silla de ruedas y todo.

Para Ronald Reagan aquello fue la gota que colmaba el vaso. Todos los acuerdos quedaron anulados. Pero los asesinos estaban volando hacia casa, dentro de un avión de pasajeros de un estado soberano, amigo de Estados Unidos y en el espacio aéreo internacional; es decir, en un avión intocable. O quizá no.

El azar quiso que el portaaviones *Saratoga* estuviera surcando el Adriático, con F-16 Tomcat a bordo. Cuando estaba anocheciendo el avión egipcio fue localizado cerca de Creta, dirigiéndose hacia el oeste con rumbo a Túnez. Cuatro Tomcat surgieron súbitamente de la penumbra y flanquearon el avión de pasajeros. El aterrorizado capitán egipcio pidió que se le permitiera efectuar un aterrizaje de emergencia en Atenas. Permiso denegado. Los

Tomcat le indicaron mediante señales que debería acompañarlos o hacer frente a las consecuencias. El mismo EC2 Hawkeye, también procedente de la cubierta del *Saratoga*, que había localizado al avión egipcio, transmitió los mensajes entre éste y los cazas.

La diversión terminó cuando el avión de pasajeros, con los asesinos y Abu Abbas, su líder, a bordo, tomó tierra bajo escolta en la base estadounidense de Sigonella, Sicilia. Entonces todo se complicó.

Sigonella era una base compartida por la Armada estadounidense y las fuerzas aéreas italianas. Técnicamente se trataba de territorio soberano de Italia, y Estados Unidos se limitaba a pagar un alquiler. El gobierno de Roma, que se había puesto considerablemente nervioso, reclamó el derecho a juzgar a los terroristas. El *Achille Lauro* era suyo; la base aérea, también.

Hizo falta una llamada personal del presidente Reagan al destacamento de las Fuerzas Especiales estadounidenses en Sigonella ordenando a éstas que no interviniesen y dejaran que los italianos se quedaran con los palestinos.

A su debido tiempo, los terroristas fueron sentenciados en Génova, la ciudad de la que había partido el transatlántico. Pero su líder, Abu Abbas, salió de allí tan libre como un pájaro el 12 de octubre, y todavía sigue en libertad. El ministro de Defensa italiano se sintió tan disgustado que presentó su dimisión. En aquellos momentos el presidente era Bettino Craxi. Éste murió más tarde en el exilio, también en Túnez, buscado por haber cometido fraude a gran escala mientras ocupaba el cargo.

La respuesta de Reagan a aquella perfidia sería el Acta Global, apodada el Acta del «Nunca más». Finalmente no fue la brillante joven de Wisconsin sino el veterano cazador de terroristas Oliver *Buck* Revell, ya retirado, quien obtuvo una cena excelente de parte del viejo senador y le habló acerca de las «entregas».

Ni siquiera entonces se pensó que la «entrega» podría llegar a ser necesaria en el caso de Zilic. Después de Milosevic, Yugoslavia estaba más que dispuesta a regresar a la comunidad de las naciones civilizadas. Necesitaba grandes préstamos del Fondo Monetario Internacional y de otras fuentes para reconstruir su infraestructura después de los setenta y ocho días de bombardeos de la OTAN. Kostunica, su nuevo presidente, sin duda consideraría que arrestar a Zilic y extraditarlo a Estados Unidos suponía un precio insignificante que pagar a cambio.

Ésa, ciertamente, era la petición que el senador Lucas tenía intención de formular a Colin Powell y John Ashcroft. En el peor de los casos, pediría que se autorizase una entrega encubierta.

Lucas hizo que su equipo preparase una sinopsis de una página a partir del informe completo redactado por el Rastreador en 1995 con el objetivo de explicarlo todo, desde la marcha de Ricky Colenso a Bosnia para tratar de ayudar a los pobres refugiados hasta su presencia en un valle solitario el 15 de mayo de 1995.

Lo que ocurrió en el valle aquella mañana, tal como había sido descrito por Milan Rajak, estaba comprimido en dos páginas, con los pasajes más horripilantes abundantemente subrayados. Precedido por una carta personal de Lucas, el expediente fue debidamente encuadernado para facilitar su lectura.

Aquélla era otra de las cosas que le había enseñado la Colina del Capitolio. Cuanto más alto era el cargo, más breve debía ser el resumen. A finales de abril, Lucas obtuvo una cita con los dos secretarios del gabinete.

Cada uno lo escuchó con expresión solemne y luego le prometió que leería el resumen y lo pasaría al departamento apropiado. Y así lo hicieron.

Estados Unidos cuenta con trece grandes agencias que se dedican a recopilar información y datos sobre cuestiones de inteligencia. Entre ellas probablemente reúnen el 90 % de todos los datos referentes a inteligencia, lícita e ilícita, que se obtienen a lo largo del día en todo el planeta.

El mero volumen hace que la absorción, análisis, filtración, cotejo, almacenamiento y recuperación de semejante material constituya un problema de proporciones industriales. Otro problema es que dichas agencias casi nunca se ponen en contacto las unas con las otras.

Se ha oído murmurar a los jefes de inteligencia estadounidenses en un bar a altas horas de la noche que darían sus pensiones por disponer de algo parecido al Comité Conjunto de Inteligencia británico.

El CCI se reúne en Londres una vez a la semana, presidido por un veterano mandarín en el que todos confían para congregar a las cuatro agencias de ese país bastante más pequeño: el Servicio Secreto de Inteligencia (extranjero); el Servicio de Seguridad (interior); el cuartel general de Comunicaciones del Gobierno (SIGINT, los escuchas), y la Rama Especial de Scotland Yard.

Compartir los datos de inteligencia y los progresos en las distintas investigaciones puede evitar la duplicación y el desperdicio de información, pero su principal objetivo es ver si fragmentos de ésta obtenidos en distintos lugares por distintas personas pueden llegar a acabar el rompecabezas que mostrará esa imagen que todos andan buscando.

El informe del senador Lucas fue remitido a seis de las agencias, cada una de las cuales repasó obedientemente sus archivos para determinar, en el caso de que hubiera algo, qué habían averiguado y archivado acerca de un gánster yugoslavo llamado Zoran Zilic.

La Agencia de Alcohol, Tabaco y Armas de Fuego, también conocida como ATF, no tenía nada. Zilic nunca había operado en Estados Unidos y la ATF rara vez operaba en el extranjero, eso si alguna vez lo había hecho.

Las otras cinco eran la Agencia de Defensa (DIA) que se interesa por cualquier traficante de armas; la Agencia de Seguridad Nacional (ASA), la mayor de todas, que desde su base en Fort Meade, Maryland, estudia cada día millones de millones de palabras habladas, enviadas por el correo electrónico o remitidas mediante fax, con una tecnología que casi supera la ciencia ficción; el Departamento de la Lucha contra la Droga (DEA), que se interesará por cualquier persona que haya traficado en alguna ocasión con narcóticos en cualquier lugar del mundo; el FBI (por supuesto), y la CIA. Las dos últimas agencias constituyen la punta de lanza de la búsqueda permanente de datos acerca de terroristas, asesinos, señores de la guerra, regímenes hostiles y cualquier otra posible amenaza.

Hizo falta una semana o más, y abril se convirtió en mayo. Pero como la orden procedía de lo más alto, las búsquedas fueron muy concienzudas.

Todos los integrantes de la DIA, el DEA y Fort Meade aportaron gruesos expedientes. En sus distintos ámbitos, hacía años que todos ellos estaban al corriente de las andanzas de Zoran Zilic. La mayor parte de sus entradas hacían referencia a las actividades de Zilic desde que se había convertido en uno de los protagonistas de la política de Belgrado, como apoyo armado de Milosevic, traficante de drogas y armas, extorsionador y delincuente en general.

Que Zoran Zilic hubiera asesinado a un joven estadounidense durante la guerra de Bosnia era algo que aquellas agencias no sabían y se lo tomaron muy en serio. Habrían colaborado en el caso de que hubiesen podido hacerlo, pero todos sus expedientes tenían un denominador común: terminaban quince meses antes de la fecha que le interesaba al senador.

Zoran Zilic se había esfumado, evaporado, desvanecido. Lo sentimos.

En la CIA, envuelta en el follaje veraniego junto al Beltway, el director pasó la solicitud al segundo jefe de operaciones. Bajando por la cadena jerárquica, éste consultó con cinco subdivisiones: Balcanes, Terrorismo, Operaciones Especiales y Tráfico de Armas fueron cuatro de ellas. Incluso consultó, más como formalidad que otra cosa, con el pequeño y obsesivamente secreto departamento, conocido como Peregrino, formado menos de un año antes, después de la matanza de los diecisiete marineros a bordo del *Cole* en el puerto de Adén.

Pero la respuesta siempre fue la misma. «Claro que tenemos expedientes, pero nada que sea posterior a hace quince meses. Estamos de acuerdo con todos nuestros colegas. Zoran Zilic ya no se encuentra en Yugoslavia, pero no tenemos ni idea de su paradero. Zilic no ha atraído nuestra atención en los últimos dos años, por lo que no tenemos ninguna razón para gastar tiempo y fondos.»

La otra gran esperanza habría sido el FBI. En algún lugar del enorme edificio Hoover, en la avenida Pensilvania con la calle Novena, tenía que haber un expediente reciente que describiera con exactitud dónde se podía encontrar, detener y hacer comparecer ante la justicia a aquel asesino, ¿verdad?

El director Robert Mueller, recientemente nombrado sucesor de Louis Freeh, remitió a sus colaboradores el expediente y la petición con la orden expresa de «actuar sin dilación», y el material terminó en el escritorio del subdirector Colin Fleming.

Fleming era un hombre que llevaba toda la vida en el FBI y no recordaba un solo instante, ni siquiera cuando era muchacho, en el que no hubiese querido ser un agente federal. Provenía de una familia de presbiterianos escoceses, y su fe era tan firme como su concepto de la ley, el orden y la justicia.

En lo tocante al trabajo que hacía el FBI, Fleming era un fundamentalista. Compromisos, acomodos, concesiones: en lo que concernía al crimen, todo aquello eran meras excusas para no meterse en líos. Fleming los despreciaba. Compensaba su falta de sutileza con tenacidad y dedicación.

Procedía de las graníticas colinas de New Hampshire, un lugar donde se presume de que los hombres son tan firmes y sólidos como sus rocas. Fleming era un republicano convencido y Peter Lucas era su senador. De hecho, había hecho campaña local por Lucas y había llegado a conocerlo personalmente.

Tras leer el sucinto informe, Fleming llamó al senador a su despacho para preguntar si podía acceder al informe redactado por el Rastreador y la confesión de Milan Rajak. Aquella misma tarde le fue enviada una copia por mensajero.

Fleming leyó los expedientes con ira creciente. Él también tenía un hijo del que se sentía orgulloso, un aviador de la Armada; pensar en lo que le había sucedido a Ricky Colenso lo llenó de rabia justiciera. El FBI tenía que ser el instrumento que hiciera comparecer a Zilic ante la justicia, ya fuese mediante una extradición o a través de una entrega. En su calidad de supervisor del departamento que se ocupaba de terrorismo originado por fuentes extranjeras, Fleming autorizaría personalmente al equipo de entrega para que localizase al asesino y le echase el guante.

Pero el FBI no podía hacer tal cosa, porque se encontraba en la misma situación que las demás agencias. A pesar de que sus actividades gansteriles y su relación con el tráfico de armas y de drogas habían colocado a Zoran Zilic en el punto de mira de los federales, nunca había sido sorprendido en un acto de terrorismo antiestadounidense o de apoyo al mismo; por lo que cuando se desvaneció, el FBI no intentó seguirle la pista. Su expediente terminaba hacía quince meses.

Con profunda pena, Fleming tuvo que unirse a los otros integrantes de la comunidad de inteligencia y admitir que desconocía el paradero de Zoran Zilic.

Y sin un paradero, resultaba imposible solicitar la extradición. Aun en el caso de que Zilic hubiera buscado refugio en un estado donde no rigieran las normas de una autoridad convencional, una operación de captura sólo podía organizarse si el FBI averiguaba dónde se encontraba. En su carta personal al senador Lucas, el subdirector Fleming se disculpaba diciendo que el FBI no lo sabía.

La tenacidad de Fleming era algo que le venía, junto con los genes, de las Highlands escocesas. Un par de días después, Fleming almorzó con Fraser Gibbs. El FBI cuenta con dos altos cargos retirados con un estatus casi icónico, capaces de llenar las salas de conferencias para los estudiantes del Centro de Adiestramiento de bahía Quantico siempre que van allí.

Uno es el imponente ex jugador de fútbol americano y antiguo piloto de los marines Buck Revell; el otro es Fraser Gibbs, quien dedicó los primeros años de su carrera a infiltrarse en el crimen organizado como agente encubierto, lo que constituye el tipo de trabajo más peligroso que se puede encontrar, y pasó la segunda mitad de su vida profesional aplastando a la Cosa Nostra a lo largo de toda la costa Este. Cuando se lo destinó nuevamente a Washington después de que una bala en la pierna izquierda lo hubiera dejado cojo, se encargó del departamento que se ocupaba de los mercenarios, asesinos a sueldo y delincuentes que trabajaban por su cuenta. Gibbs mantuvo el entrecejo fruncido mientras pensaba en la pregunta que acababa de formularle Fleming.

–En una ocasión oí hablar de alguien –admitió finalmente–. Un cazador de hombres, una especie de cazador de recompensas. Tenía un nombre de código.

–¿Un asesino? Ya sabe que las reglas del gobierno prohíben taxativamente ese tipo de contactos.

–No, precisamente no se trata de eso –repuso el viejo veterano–. De acuerdo con los rumores que corrían, ese hombre no mata. Secuestra, captura, los trae de vuelta... ¿Cómo demonios se llamaba?

–Podría ser importante –dijo Fleming.

–Siempre actuaba en el mayor de los secretos. Mi predecesor trató de identificarlo. Envió a un agente encubierto para que fingiera que deseaba contratar sus servicios. Pero el hombre se olió el truco, dio una excusa, se marchó de la reunión y desapareció.

–¿Por qué no se puso en contacto con nosotros y nos puso al corriente de lo que hacía? –preguntó Fleming–. Si ese hombre no se dedicaba a matar...

–Supongo que pensó que como él actuaba en el extranjero, y dado que al FBI no le gusta que la gente vaya por libre en su terreno, pediríamos instrucciones a los de arriba y se nos ordenaría que le cerráramos el chiringuito. Y probablemente hubiese estado en lo cierto. De modo que se mantuvo entre las sombras y nunca me dediqué a perseguirlo.

–El agente presentaría un informe.

–Sí, lo hizo. El procedimiento habitual, probablemente bajo el nombre en código de ese hombre. Nunca llegamos a encontrar ningún otro nombre. Ah, ya lo tengo. Vengador. Teclee «Vengador». Ya veremos qué aparece.

La información que facilitó el ordenador era muy escasa. Se había introducido un anuncio en la sección de pequeños anuncios clasificados de una revista técnica para fanáticos de los aviones clásicos. Al parecer se trataba de la única manera en que se comunicaba. Se había urdido una historia y luego se había concertado una cita.

El cazador de recompensas había insistido en sentarse entre las sombras delante de una lámpara cuya intensa luz iluminaba a su interlocutor. El agente declaró que era de estatura mediana y que debía de pesar unos setenta kilos. En ningún momento le vio la cara. Pasados tres minutos el hombre sospechó algo; extendió la mano y apagó la luz, y cuando el agente dejó de parpadear, el hombre ya había desaparecido.

Lo único que pudo contar el agente fue que el cazador de recompensas tenía un tatuaje en el antebrazo izquierdo. Al parecer representaba una rata sonriente que miraba por encima del hombro mientras enseñaba el trasero.

Nada de aquello hubiese tenido el menor interés para el senador Lucas o su amigo de Canadá. Pero lo mínimo que podía hacer Colin Fleming era pasarle al senador el nombre en clave y el método de contacto. Se trataba de una posibilidad entre cien, pero era todo lo que tenía.

Tres días después, en su despacho de Ontario, Stephen Edmond abrió la carta que le había enviado su amigo de Washington. Ya había recibido las comunicaciones de las seis agencias, y prácticamente había renunciado a toda esperanza.

El anciano magnate leyó la carta suplementaria y frunció el entrecejo. Él había estado pensando en que Estados Unidos utilizara todo su poder para exigir a un gobierno extranjero que atrapara a su asesino y lo enviara a Estados Unidos.

Nunca se le había ocurrido la posibilidad de que llegaba demasiado tarde; que Zilic simplemente se había desvanecido; que ninguna de las agencias de Washington, con sus presupuestos de miles de millones de dólares, sabían dónde se encontraba y, por lo tanto, no podían hacer nada.

Stephen Edmond estuvo reflexionando durante diez minutos y luego se encogió de hombros y pulsó el intercomunicador.

–Jean, quiero poner un anuncio clasificado. En la columna personal de la sección «Se Busca» de una revista técnica de ámbito nacional. Tendrás que buscar las señas. Nunca he oído hablar de ella. Se llama *Lo mejor de la aviación*. Quiero que ponga esto: «VENGADOR. Buscado. Oferta seria. No hay límite de precio. Se ruega telefonear». Luego añade mi número de móvil y mi línea particular. ¿Lo has entendido, Jean?

Veintiséis hombres de agencias de inteligencia con sede en Washington y sus alrededores habían visto la petición. Todo lo que habían respondido a ella era que no sabían dónde se encontraba Zoran Zilic.

Uno de esos hombres había mentido.

Segunda parte

17

La foto

Después del intento por desenmascararlo que había llevado a cabo el FBI seis años antes, Dexter decidió que no había ninguna necesidad de mantener encuentros cara a cara. En vez de eso, ideó varias tapaderas para ocultar su paradero y su identidad.

Una de ellas fue un pequeño apartamento con un solo dormitorio en Nueva York, pero no en el Bronx, donde le hubieran podido reconocer. Lo alquiló amueblado y pagaba el alquiler cada trimestre, con la puntualidad de un reloj, siempre en efectivo. El apartamento no atraía la atención oficial, y además Dexter no residía en él.

También utilizaba teléfonos móviles, pero sólo de los que emplean tarjetas. Dexter compraba una buena cantidad fuera del estado, utilizaba cada aparato en una o dos ocasiones y luego lo tiraba al East River. Ni siquiera la NSA, que dispone de la tecnología necesaria para localizar el origen exacto de una llamada telefónica, puede identificar al comprador de esos móviles ni guiar a la policía hacia la ubicación de la llamada si el usuario se mantiene en movimiento, reduce al máximo la duración de la llamada y se libra del aparato después de utilizarlo.

Otro truco consistía en recurrir a la cabina telefónica, al viejo estilo. Los números marcados desde una cabina pueden ser rastreados, evidentemente; pero hay tantos millones de ellas que a menos que se sospeche de una cabina determinada o de una serie de ellas resulta muy difícil captar la conversación, identificar al que telefonea como un hombre buscado, dar con la ubicación y conseguir que un coche de la policía llegue allí a tiempo.

Finalmente, también utilizaba el muy vilipendiado sistema postal de Estados Unidos. Las cartas eran enviadas a la dirección de una inocente tienda de comestibles, propiedad de unos coreanos, situada a dos manzanas del apartamento de Dexter en Nueva York. Aquello no supondría ninguna protección si el correo o la tienda eran puestos bajo vigilancia, pero tampoco había ninguna razón para hacerlo.

Dexter contactó con quien había puesto el anuncio llamando al número que aparecía en él. Lo hizo desde un móvil de los que emplean tarjeta, y en medio del campo de New Jersey.

Stephen Edmond se identificó sin demora y describió en cinco frases lo que le había ocurrido a su nieto. El Vengador le dio las gracias y cortó la comunicación.

En Estados Unidos hay varias hemerotecas gigantescas, las más conocidas de las cuales son las del *New York Times*, el *Washington Post* y la Lexis Nexis. Dexter utilizó la tercera. Visitó su base de datos de Nueva York y pagó en efectivo.

Había suficiente información para confirmar la identidad de Stephen Edmond. También leyó dos artículos, ambos del *Toronto Star,* acerca de la desaparición, hacía años, del nieto de este mientras trabajaba para una ONG en Bosnia. La persona que deseaba contratar sus servicios parecía libre de toda sospecha.

Dexter volvió a llamar al canadiense y expuso los términos del acuerdo: considerables gastos operativos, adelanto de sus honorarios y una bonificación cuando Zilic fuese entregado a la justicia estadounidense.

–Eso es un montón de dinero para un hombre al que no conozco ni probablemente conozca nunca. Usted podría cogerlo y esfumarse –dijo el canadiense.

–Y usted, señor, podría acudir de nuevo al gobierno de Estados Unidos, algo que, presumo, ya habrá hecho.

–Está bien –dijo el canadiense tras una pausa–. ¿Adónde debería enviarlo?

Dexter le dio un número de cuenta en un banco de las islas Caimán y una dirección de correo en Nueva York.

–El dinero al número de cuenta, y todo el material obtenido por las investigaciones que ya se hayan efectuado a la dirección de correo –dijo, y cortó la comunicación.

El banco caribeño haría circular el dinero a través de una docena de cuentas distintas dentro de su sistema de ordenadores, pero también abriría una línea de crédito con un banco de Nueva York. Todo ello se haría en favor de un ciudadano holandés que se identificaría mediante un impecable pasaporte de su país.

Tres días después, un expediente metido dentro de un sobre muy resistente llegó a una tienda de comestibles regentada por unos coreanos, en Brooklyn. Fue recogido por la persona a la cual iba remitido, el señor Armitage. El expediente contenía fotocopias de la totalidad de los informes redactados por el Rastreador, el del año 1995 y el de esa misma primavera de 2001, así como la confesión de Milan Rajak. El canadiense no había accedido a ninguno de los expedientes sobre Zoran Zilic que figuraban en los archivos de las distintas agencias de inteligencia estadounidenses, por lo que los datos de que disponía sobre Zoran Zilic eran bastante escasos. Lo peor de todo era que no había ninguna foto.

Dexter volvió a los archivos de los medios de comunicación, que en la actualidad son la principal fuente de cualquiera que desee investigar la historia reciente. No existe prácticamente ningún acontecimiento o persona que se hayan convertido en noticia sobre los que algún periodista no haya escrito o algún fotógrafo no haya hecho una fotografía. Pero Zoran Zilic casi lo había conseguido.

A diferencia del siempre ávido de publicidad Zeljko *Arkan* Raznatovic, Zilic aborrecía que lo fotografiasen. Era evidente que llegaba hasta donde hiciera falta para evitar cualquier clase de publicidad. En eso se parecía bastante a terroristas palestinos como Sabri al-Banna, conocido con el nombre de Abu Nidal.

Dexter encontró en un ejemplar del *Newsweek* un amplio artículo que se remontaba a la guerra de Bosnia. En él se hacía referencia a los «señores de la guerra» serbios, pero Zoran Zilic sólo era mencionado de pasada, probablemente por falta de material.

Había una foto de un hombre en lo que parecía una fiesta, pero su rostro aparecía borroso. Otra foto mostraba a un adolescente. Provenía de los archivos policiales de Belgrado, y era evidente que se remontaba a los días de las pandillas callejeras de Zemun. Cualquiera de los dos hombres habría podido pasar por la calle junto a Dexter y no habría reconocido al serbio en él.

El inglés, el Rastreador, mencionaba una agencia de investigación privada de Belgrado, ciudad que se hallaba inmersa en la posguerra y la era post-Milosevic. La capital yugoslava, en la que había nacido y se había criado Zilic y de la cual se había desvanecido, parecía el sitio por el cual empezar. Dexter voló de Nueva York a Viena y desde allí a Belgrado, donde se alojó en el Hyatt. Desde su ventana del décimo piso, la maltrecha ciudad balcánica se extendía debajo de él. A un kilómetro de distancia aproximadamente se veía el hotel en cuyo vestíbulo habían asesinado a tiros a Raznatovic pese a toda su cohorte de guardaespaldas.

Un taxi lo llevó a la agencia de detectives Chandler, todavía dirigida por Dragan Stojic, un aspirante a Philip Marlowe. La tapadera de Dexter era un encargo del *New Yorker* pidiéndole una biografía de Raznatovic de diez mil palabras. Stojic asintió y gruñó.

–Todo el mundo lo conocía. Se casó con una cantante pop, una chica preciosa. Y bien, ¿qué es lo que desea usted de mí?

–La verdad es que ya tengo casi todo lo que necesito para escribir ese reportaje –repuso Dexter, que utilizaba un pasaporte estadounidense a nombre de Alfred Barnes–. Pero luego me vino a la cabeza otra persona que creo también debería mencionar. Estoy pensando en Zoran Zilic, que actuó en los bajos fondos de Belgrado durante la época de Arkan.

Stojic soltó un profundo suspiro.

–Ése sí que era un auténtico mal bicho –dijo–. Nunca le gustó que se escribiera acerca de él, se lo fotografiara o se hablase de su persona siquiera. Si alguien lo ponía nervioso por alguno de esos motivos, recibía una... visita. No hay gran cosa en los archivos acerca de él.

–Ya me lo imagino. Bien, ¿cuál es la principal agencia de material periodístico que hay en Belgrado?

–Una pregunta muy fácil de responder, porque en realidad sólo existe una. Se llama VIP; sus oficinas están en Vracar y el editor en jefe es Slavko Markovic.

Dexter se levantó.

–¿Eso es todo? –preguntó el Marlowe de los Balcanes–. No creo que valga una factura.

El estadounidense sacó un billete de cien dólares de su cartera y lo depositó sobre el escritorio.

–Toda información tiene un precio, señor Stojic. Incluso un nombre y una dirección.

Otro taxi lo llevó a la agencia de material periodístico VIP. El señor Markovic estaba comiendo, por lo que Dexter buscó una cafetería y se estuvo entreteniendo con un almuerzo ligero y una copa del tinto local hasta que aquél estuvo de regreso.

Markovic se mostró tan pesimista como el detective privado, pero entró en su base de datos interna para ver qué tenía.

–Un artículo –dijo–, y da la casualidad de que está en inglés.

Se trataba de lo que habían publicado en *Newsweek* acerca de la guerra de Bosnia.

–¿Eso es todo? –quiso saber Dexter–. Ese hombre era poderoso, importante, una figura prominente. Seguramente tiene que haber algo más acerca de él.

–El problema reside en que precisamente era todas esas cosas –repuso Markovic–. Y además era un hombre muy violento. Cuando gobernaba Milosevic la cosa estaba muy clara. Por lo visto, Zilic hizo desaparecer todo lo que hacía referencia a su persona antes de esfumarse. Archivos policiales, registros de los tribunales, televisión estatal, medios de comunicación... absolutamente todo. Ni su familia, ni sus antiguos colegas quieren hablar de él. Les advirtieron de que debían mantenerse alejados de ese hombre. El señor Sin Cara, ése es Zilic.

–¿Recuerda usted cuándo se hizo el último intento de escribir algo acerca de él?

Markovic reflexionó durante unos instantes.

–Ahora que lo menciona, oí el rumor de que alguien lo había intentado. Pero al final la cosa terminó en nada. Después de la caída de Milosevic, y con Zilic en paradero desconocido, alguien intentó escribir un artículo sobre él. Me parece que el encargo fue cancelado.

–¿Quién era?

–Según mi informante, una revista de Belgrado llamada *Ogledalo*, que significa «El Espejo».

La publicación todavía existía y su editor aún era Vuk Kobac. Aunque era el día de cierre en la revista, Kovac accedió a conceder unos cuantos minutos de su tiempo al estadounidense. Perdió su entusiasmo inicial cuando escuchó lo que éste quería saber.

–Ese desgraciado... –mascculló–. Ojalá nunca hubiera oído hablar de él.

–¿Qué ocurrió?

–El encargo se le hizo a un joven que trabajaba por su cuenta. Un chico muy simpático con ganas de hacer carrera en la profesión, ya sabe. Quería entrar en plantilla. Yo no tenía ninguna vacante, pero me suplicó que le diera una oportunidad. Así que le encargué un artículo. Se llamaba Petrovic, Srechko Petrovic. El pobre chico sólo tenía veintidós años...

–¿Qué le sucedió?

–Lo atropelló un coche, eso fue lo que le sucedió. Srechko Petrovic aparcó su coche enfrente del bloque de apartamentos en el que vivía con su madre y se dispuso a cruzar la calle. Un Mercedes dobló la esquina y le pasó por encima.

–Un conductor que no miraba por donde iba.

–Tanto que consiguió pasarle por encima dos veces. Luego se fue.

–Desalentador.

–Y permanente. Incluso estando en el exilio, ese hombre puede ordenar «eliminar» a quien sea aquí, en Belgrado, y pagar por ello.

–¿Sabe cuál era la dirección de su madre?

–Espere un momento... Mandamos una corona de flores...

Encontró la dirección y se despidió de su visitante.

–Una última pregunta –dijo Dexter–. ¿Cuándo sucedió todo eso?

–Hace seis meses, justo después de Año Nuevo. Le daré un pequeño consejo, señor Barnes. Limítese a escribir acerca de Arkan. Él está muerto y ya no representa ningún peligro. Pero deje en paz a Zilic. Ese hombre lo matará. Y ahora he de darme prisa, porque debemos cerrar el número para mandarlo a imprimir.

La dirección era Novi Beograd, bloque 23. Dexter reconoció Novi Beograd, o Nuevo Belgrado, por el mapa urbano que había comprado en la librería del hotel. Se trataba de un distrito lúgubre, no lejos de donde Dexter se alojaba, entre los ríos Sava y Dunav, ese Danubio que decididamente no tenía nada de azul.

Durante los años del comunismo, habían hecho furor los enormes bloques de apartamentos para los trabajadores. Levantados en solares vacíos de Novi Beograd, semejaban grandes colmenas de cemento cada una de cuyas celdillas era un piso diminuto al que se accedía por un largo pasillo descubierto azotado por los elementos.

Algunos de ellos habían sobrevivido mejor que otros, dependiendo del nivel de prosperidad de sus habitantes. El bloque 23 era un horror infestado de cucarachas. La señora Petrovic vivía en el noveno piso y el ascensor estaba fuera de servicio. Dexter podía subir aquellos nueve pisos corriendo, pero se preguntó cómo se las arreglaría la gente de mayor edad, especialmente si se tenía en cuenta que en aquel país todos parecían fumar un cigarrillo detrás de otro.

Subir a ver a la señora Petrovic sin un acompañante no tenía sentido. No había ninguna probabilidad de que la mujer hablase inglés, y Dexter no conocía el serbocroata. Pero una de las guapas, jóvenes y despiertas recepcionistas del Hyatt aceptó su oferta de sacarlo del apuro. Estaba ahorrando para casarse y doscientos dólares por una hora de trabajo al final de su turno le parecieron muy aceptables.

Llegaron allí a las siete, y lo hicieron justo a tiempo. La señora Petrovic limpiaba oficinas y cada tarde se iba de casa a las ocho para pasar la noche trabajando en un edificio que había al otro lado del río.

La señora Petrovic era una de esas personas que han sido derrotadas por la vida, como lo reflejaba su rostro, agotado y surcado de arrugas. Sin duda debía de tener menos años que los setenta que aparentaba, pero su esposo había muerto en un accidente de trabajo y no le había dejado ninguna compensación ni pensión de viudedad, y a su hijo lo habían asesinado debajo de su propia ventana. Tal como ocurre siempre que una persona muy pobre ve acercarse a otra con aspecto próspero, la primera reacción de la señora Petrovic fue de suspicacia.

Dexter había llevado consigo un gran ramo de flores. Hacía mucho, mucho tiempo que nadie le regalaba flores a la señora Petrovic. Anna, la recepcionista del hotel, las repartió en tres jarros en la diminuta y miserable habitación.

–Quiero escribir acerca de lo que le sucedió a Srechko –dijo Dexter–. Ya sé que no puedo hacer que vuelva, pero quizá consiga revelar la identidad del hombre que le hizo aquello. ¿Me ayudará?

La señora Petrovic se encogió de hombros.

–Yo no sé nada –dijo–. Nunca le preguntaba por su trabajo.

–La noche en que murió... ¿Llevaba algo consigo?

–No lo sé. Registraron su cuerpo. Se lo llevaron todo.

–¿Registraron el cuerpo? –preguntó Dexter–. ¿Allí mismo, en la calle?

–Sí.

–¿Tenía papeles? ¿Notas que no se hubiera llevado consigo? ¿Algo que hubiera dejado aquí, en el piso?

–Sí, tenía montones de papeles, y una máquina de escribir, y lápices. Pero yo nunca los leí.

–¿Podría verlos?

–Han desaparecido.

–¿Desaparecido?

–Se los llevaron. Se lo llevaron todo. Hasta la cinta de la máquina de escribir.

–¿La policía?

–No, los hombres.

–¿Qué hombres?

–Volvieron. Dos noches después. Me obligaron a sentarme en el rincón, allí. Lo registraron todo. Se llevaron todo lo que él tenía.

–¿No queda absolutamente nada de aquello en lo que estaba trabajando Srechko para el señor Kobac?

–Sólo la foto. Me había olvidado de la foto.

–Hábleme de la foto, por favor.

La historia fue tomando forma poco a poco. Tres días antes de que Srechko fuera asesinado, el cachorro de reportero había asistido a una fiesta de Año Nuevo, donde habían derramado un poco de vino tinto encima de su chaqueta de pana. Su madre la había metido en la bolsa de la ropa sucia para lavarla después.

Una vez que murió su hijo, ya no tenía ningún sentido lavarla. La señora Petrovic también se olvidó de la bolsa de la ropa sucia, y a los gánteres no se les ocurrió preguntar por ella. Cuando la señora Petrovic juntaba la ropa sucia de su hijo, la chaqueta de pana manchada de vino cayó de la bolsa. Ella examinó rápidamente los bolsillos para ver si su hijo se había olvidado algo de dinero dentro, y entonces descubrió la foto.

–¿Todavía la tiene? ¿Puedo verla? –pidió Dexter.

La señora Petrovic asintió, fue tan sigilosamente como un ratoncito a un costurero que había en un rincón y regresó con la foto.

Era de un hombre, pillado desprevenido por el fotógrafo. Estaba levantando la mano para cubrirse la cara, pero el obturador se había cerrado justo a tiempo. El hombre, que aparecía muy erguido, llevaba pantalones deportivos y una camisa de manga corta, y se le veía toda la cara.

La imagen era en blanco y negro y carecía de la claridad que hubiese obtenido un profesional, pero una ampliación y una mejora de los detalles harían de ella lo mejor que Dexter podía esperar conseguir jamás. Recordó la foto tomada a Zilic en su adolescencia y la foto de la fiesta que había encontrado en Nueva York, y que llevaba oculta bajo el forro de su maletín. Aunque eran imperfectas, estaba claro que se trataba del mismo hombre: Zilic.

–Me gustaría comprar esta foto, señora Petrovic –dijo.

La mujer se encogió de hombros y respondió algo en serbocroata.

–Dice que puede quedársela –tradujo Anna–. La foto no tiene ningún interés para ella. No sabe quién es ese hombre.

–Una última pregunta. Inmediatamente antes de que muriera, ¿se ausentó Srechko de su casa durante algún tiempo?

–Sí, en diciembre. Siempre estaba fuera una semana. No dijo dónde había estado, pero tenía una quemadura por el sol en la nariz.

La señora Petrovic los acompañó hasta la puerta y aquel pasillo expuesto a los vientos que conducía al ascensor fuera de servicio y al pozo de la escalera. Anna iba delante. Cuando la joven se hubo alejado lo suficiente para que no pudiera oírlo, Dexter se volvió hacia la madre serbia que también había perdido a su hijo y le habló suavemente en inglés.

–Usted no puede entender ni una palabra de lo que le digo, señora, pero si alguna vez consigo meter a ese cerdo entre rejas en Estados Unidos, en parte será por usted. Y todo correrá por cuenta de la casa.

La señora Petrovic no entendió nada, por supuesto, pero respondió a la sonrisa con un «*Hvala*». Durante el día que llevaba en Belgrado, Dexter había aprendido que aquella palabra significaba «Gracias».

Dexter había dado instrucciones al taxista de que esperara. Dejó a Anna en su casa de los suburbios no sin antes entregarle sus doscientos dólares, y se dedicó a estudiar la foto durante el trayecto de regreso al centro.

Zilic estaba en lo que parecía una gran extensión de cemento o asfalto. Detrás de él había edificios bajos con aspecto de almacenes. Encima de uno de ellos flameaba una bandera, parte de la cual quedaba fuera de la foto.

Había algo más fuera del encuadre, pero Dexter no logró distinguir de qué se trataba. Le tocó el hombro al taxista con la mano.

–¿Tiene una lupa?

El taxista no le entendió, pero Dexter se lo explicó por señas. El hombre asintió. Guardaba una dentro de la guantera para estudiar su guía urbana en caso de necesidad.

El objeto largo y plano que entraba en la foto desde la izquierda cobró nitidez. Era el extremo del ala de un avión, pero quedaba a menos de dos metros del suelo. Por lo tanto, no se trataba de un avión de pasajeros, sino de un aparato más pequeño.

Dexter reconoció entonces los edificios que había al fondo. No se trataba de almacenes, sino de hangares, y por el tamaño debían de alojar aviones privados, esos reactores de ejecutivos que rara vez superan los nueve metros hasta el extremo superior de la cola. El hombre se hallaba en un aeródromo privado o en la zona de un aeropuerto destinada a esos aparatos.

En el hotel le prestaron ayuda. Sí, había varios cibercafés en Belgrado, y todos ellos abiertos hasta tarde. Dexter cenó en el bar del hotel y cogió un taxi para ir al más próximo. Una vez que se hubo conectado a su buscador favorito, pidió todas las banderas del mundo.

La que ondeaba sobre los hangares que aparecían en la foto era en blanco y negro, pero se veía claramente que tenía tres franjas horizontales, la inferior de las cuales parecía negra, o quizá de un azul muy oscuro. Dexter optó por el negro.

Mientras iba pasando por las distintas banderas, reparó en que más de la mitad de ellas tenían alguna clase de símbolo, logotipo o emblema superpuesto encima de las franjas. La que buscaba Dexter no tenía ninguno. Aquello reducía las posibilidades a la otra mitad.

Las banderas que tenían franjas horizontales y no presentaban ningún logotipo no sumaban más de dos docenas, y aquellas cuya franja inferior era negra o casi negra ascendían a cinco.

Gabón, Holanda y Sierra Leona tenían tres franjas horizontales, la inferior de las cuales era azul oscuro, un color que podía aparecer como negro en una fotografía monocroma. Sólo dos presentaban una franja inferior decididamente negra: Sudán y otra. Pero la bandera de Sudán tenía un triángulo verde a lo largo del asta, además de tres franjas horizontales. La bandera restante tenía una franja vertical junto al asta. Mirando la foto, Dexter distinguió aquella cuarta franja; no se la veía demasiado claramente, pero estaba allí. Las otras tres, de color verde, blanco y negro, se prolongaban hacia el borde que aleteaba al viento. Zilic se encontraba en un aeropuerto de algún lugar de los Emiratos Árabes Unidos.

Incluso en diciembre, un eslavo de piel pálida podía terminar con la nariz quemada por el sol en los EAU.

18

El Golfo

Los Emiratos Árabes Unidos están compuestos por un total de siete emiratos pero sólo los tres más grandes y ricos, Dubai, Abu Dabi y Sharyah, acuden rápidamente a la memoria. Los otros cuatro son mucho más pequeños y casi desconocidos.

Todos ellos ocupan el extremo sudeste de la península arábiga, junto al golfo Pérsico.

Sólo uno de ellos, al-Fuyairah, se extiende hacia el sur, paralelo al golfo de Omán y, por consiguiente, hacia el océano Índico; los otros seis forman una línea a lo largo de la costa norte, separados de Irán por las aguas del golfo Pérsico. Aparte de las siete capitales, está la ciudad-oasis en el desierto de al-Ain, que cuenta con un aeropuerto.

En Belgrado, Dexter había localizado un estudio de retratos fotográficos provisto de la tecnología necesaria para volver a fotografiar la instantánea de Zoran Zilic, incrementar su nitidez y luego ampliar el resultado haciéndolo pasar del tamaño de un naipe al de un libro de bolsillo.

Dexter dejó al fotógrafo ocupado en aquella labor y volvió al cibercafé. Se conectó a la red, solicitó información sobre los Emiratos Árabes Unidos y se bajó todo cuanto encontró. Al día siguiente, cogió el servicio regular de JAT que iba a Dubai pasando por Beirut.

Los Emiratos obtienen su riqueza principalmente del petróleo, si bien todos ellos han tratado de ampliar la base de sus economías fomentando el turismo e introduciendo el comercio libre de impuestos. La mayoría de los depósitos de petróleo se encuentran junto a la costa.

Las plataformas petrolíferas tienen que ser abastecidas constantemente, bien mediante barcos cargueros, bien empleando helicópteros, sobre todo cuando se trata de transporte de personas.

Las compañías petrolíferas cuentan con sus propios helicópteros, pero aun así existe espacio de sobra para las empresas de vuelos chárter, e Internet revelaba la existencia de tres de dichas empresas, todas ellas ubicadas en Dubai. Cuando visitó la primera de las tres, el estadounidense Alfred Barnes se había convertido en un abogado. Dexter escogió la firma más pequeña, basándose en el razonamiento de que probablemente fuese la que prestara menos atención a las formalidades y se mostrase más interesada en los gruesos fajos de billetes de dólar. Acertó en ambas cosas.

La empresa tenía su sede en un cobertizo prefabricado de Port Rashid; su propietario y jefe de pilotos resultó ser un antiguo aviador de las fuerzas aéreas del ejército británico que se ganaba la vida allí. Esa clase de personas siempre procuran saltarse las formalidades.

–Alfred Barnes, abogado –se presentó Dexter, extendiendo la mano–. Tengo un problema, una agenda muy apretada y un presupuesto enorme.

El ex capitán británico enarcó cortésmente una ceja. Dexter empujó la foto sobre la superficie del escritorio señalado por las quemaduras de los cigarrillos.

–Mi cliente es, o mejor dicho era, un hombre muy rico.

–¿Perdió su fortuna? –preguntó el piloto.

–En cierta manera. Murió. Mi bufete es el principal ejecutor, y este hombre es el principal beneficiario. Sólo que lo ignora y nosotros no conseguimos dar con él.

–No me dedico a buscar personas desaparecidas, soy piloto. Y de todas maneras nunca lo he visto.

–No hay ninguna razón por la que debiese haberlo visto. Se trata del fondo de la foto. Mírela con atención. Un aeropuerto o un aeródromo, ¿verdad? Lo último que he sabido de ese hombre es que estaba trabajando en la aviación civil aquí en los Emiratos Árabes Unidos. Si usted lograra identificar ese aeropuerto, probablemente yo podría dar con el hombre.

El piloto estudió la foto.

–Aquí los aeropuertos tienen tres zonas: la militar, la de las líneas aéreas y la de los aviones privados –dijo después–. Esa ala pertenece a un reactor privado. Y en el Golfo hay docenas, puede que incluso centenares de ellos. La mayoría lucen el emblema de la compañía y son propiedad de árabes ricos. ¿Qué es lo que quiere hacer usted?

Lo que quería Dexter era comprar el acceso del piloto a las zonas de vuelo de todos aquellos aeropuertos. Eso tenía un precio, y requirió dos días. La tapadera era que tenía que ir a recoger a un cliente. Tras pasar una hora en el recinto de los reactores de ejecutivos, y dado que el cliente ficticio no se presentaba, el capitán informó a la torre de que rescindía el contrato de vuelo y dejaba la pista.

Los aeropuertos de Abu Dabi, Dubai y Sharyah eran enormes, y sólo el sector destinado a los aparatos privados de cada uno de ellos era mucho más grande que el fondo visible en la foto.

Los emiratos de Ajman y Umm al-Qawayn carecían de aeropuerto, pero ambos estaban muy cerca del aeropuerto de Sharyah. Eso dejaba la ciudad de al-Ain, al-Fuyairah, en el extremo de la península que daba al golfo de Omán, y en el norte, el emirato menos conocido de todos, Ras al-Jaimah.

Lo encontraron la mañana del segundo día. El Bell Jetranger cruzó el desierto para tomar tierra en lo que el británico llamó Al J. Allí estaban los edificios con la bandera ondeando detrás de ellos.

Dexter había contratado el avión para dos días, y había llevado consigo su maletín. Liquidó la cuenta pendiente con un puñado de billetes de cien dólares, bajó a la pista y vio despegar el Bell. Miró alrededor y se dio cuenta de que se hallaba casi en el mismo sitio donde debería de haberse encontrado Srechko Petrovic cuando consiguió la foto que había sellado su destino. Un empleado salió del edificio de la administración y le indicó que dejara vacía el área.

El edificio de llegadas y salidas internacionales tanto para las compañías aéreas como para los reactores privados de pasajeros era elegante, limpio y sobre todo, pequeño. Estaba claro que el Aeropuerto Internacional al-Qassimi nunca había interesado a las aerolíneas más importantes del mundo.

Sobre la explanada de cemento que se extendía ante el edificio de la terminal había varios Antonov y Tupolev de fabricación rusa. También había un viejo biplano Yakovlev monomotor. Un avión de pasajeros lucía el emblema y el logotipo de las Líneas Aéreas de Tayikistán. Dexter subió un piso hasta la cafetería y se tomó un café.

En el mismo piso se hallaban las oficinas administrativas, incluido el extraordinariamente optimista Departamento de Relaciones Públicas. Su única habitante era una nerviosa joven envuelta de la cabeza a los pies en un chador negro que sólo dejaba visibles sus manos y el pálido óvalo de su cara. Hablaba un inglés entrecortado y vacilante.

Alfred Barnes había pasado a ser un asesor inmobiliario de proyectos de turismo que trabajaba para una gran empresa de Estados Unidos y deseaba informarse acerca de las facilidades que Ras al-Jaimah podía ofrecer a los ejecutivos que estuvieran buscando un centro de conferencias exótico. En especial, necesitaba saber si podían ofrecer los servicios habituales en un aeropuerto para los reactores de ejecutivos en los que llegarían.

La joven se mostró cortés pero categórica. Todas las peticiones de información relacionadas con el turismo deberían ser dirigidas al Departamento de Turismo, en el centro comercial, junto a la parte vieja de la ciudad.

Un taxi llevó allí a Dexter. Era un pequeño edificio cúbico situado dentro de un área en proceso de expansión, a unos quinientos metros del Hilton y justo al lado del nuevo puerto de aguas profundas. Por lo que vio, no había mucha gente interesada en el desarrollo del turismo.

El señor Hussein al-Jouri se habría calificado, en el caso de que se lo hubieran preguntado, como un buen hombre. Eso no significaba que se sintiera satisfecho con su vida. Para justificar lo primero, Jouri habría dicho que sólo tenía una esposa pero la trataba bien. Intentaba educar a sus cuatro hijos como se esperaba que lo hiciese un buen padre. Iba a la mezquita cada viernes y daba limosnas para las obras de caridad según su capacidad económica y de acuerdo con lo que mandaba el Corán.

Debería haber llegado muy lejos en la vida, Alá mediante. Pero al parecer Alá no le sonreía. Jouri se había quedado atascado en los niveles intermedios del Ministerio de Turismo, para ser exactos en un pequeño cubo de ladrillos que formaba parte de un proyecto inmobiliario junto al puerto, al cual nunca iba nadie. Hasta que un día entró aquel americano sonriente.

El señor Jouri se mostró encantado. Por fin alguien que acudía a solicitar información, y la ocasión de practicar ese inglés al cual había dedicado tantas horas. Después de varios minutos de educada conversación –qué encantador por parte del americano haberse dado cuenta de que a los árabes no les gustaba pasar directamente a los negocios–, ambos acordaron que, dado que el sistema del aire acondicionado se había averiado y la temperatura exterior ya rozaba los 37 °C, siempre podían utilizar el taxi que había llevado al americano hasta allí para ir a la cafetería del Hilton.

Una vez que estuvieron sentados en el agradable frescor del bar del Hilton, el señor Jouri empezó a sentirse un poco intrigado al ver que su visitante no parecía tener ninguna prisa por pasar a hablar de negocios. Finalmente el árabe dijo:

–Bueno, ¿y de qué manera puedo ayudarlo?

–Verá, amigo mío –repuso el americano en un tono muy serio–, la filosofía que inspira mi vida es la de que nuestro poderoso y clemente Creador nos ha puesto en la tierra para que nos ayudemos los unos a los otros. Y me parece que soy yo el que está aquí para ayudarlo a usted.

El visitante llegado de Estados Unidos empezó a hurgar casi distraídamente en los bolsillos de su chaqueta. De ellos fueron saliendo su pasaporte, varias cartas de presentación y un fajo de billetes de cien dólares que dejó sin respiración al señor Jouri.

–Veamos si nos es posible ayudarnos el uno al otro.

Jouri contempló los dólares.

–Si hay algo que yo pueda hacer... –murmuró.

–Me parece que debería ser muy honrado con usted –dijo el americano–. Mi verdadero trabajo en la vida es cobrar deudas. Un trabajo no muy atractivo, pero necesario. Cuando compramos cosas, deberíamos pagar por ellas. ¿No es así?

–Sin duda.

–Hay un hombre que viene a su aeropuerto de vez en cuando. En su propio reactor. Se trata de este hombre.

Jouri miró la foto durante unos segundos y luego sacudió la cabeza. Su mirada volvió al fajo de dólares. ¿Cuatro mil? ¿Cinco? Para que Faisal pueda ir a la universidad...

–Pero desgraciadamente este hombre no pagó su avión –añadió el americano–. En cierto sentido, por consiguiente, lo robó. Pagó el depósito, y luego se fue volando en él y nadie volvió a verlo. Probablemente cambió el número de matrícula. Ahora bien, esos aparatos son caros. Cuestan veinte millones de dólares cada uno. Así pues, los verdaderos propietarios se mostrarían muy agradecidos, de una manera muy práctica, con quien pueda ayudarlos a dar con su avión.

–Pero si ese hombre se encuentra aquí ahora, denúncielo. Pida que se decomise el aparato. Tenemos leyes...

–Por desgracia, ha vuelto a irse. Pero cada vez que aterriza aquí, queda constancia de ello. Después ese registro pasa a los archivos del aeropuerto de Ras al-Jaimah. Ahora bien, un hombre dotado de su autoridad, señor Jouri, podría pedir ver esos archivos.

El funcionario se secó los labios con un pañuelo limpio.

–¿Cuándo estuvo aquí ese avión?

–En diciembre pasado.

Antes de salir del bloque 23, Dexter había sabido de labios de la señora Petrovic que su hijo había estado fuera de casa desde el 13 hasta el 20 de diciembre. Calculando que Srechko había regresado a su país inmediatamente después de obtener la foto, debería haber estado en Ras al-Jaimah alrededor del día 18 de diciembre. En cuanto a cómo había sabido el muchacho que debía ir allí, Dexter no tenía ni idea. Srechko debía de haber sido un buen reportero, o muy afortunado. Kovac debería haberlo contratado.

–Aquí aterrizan muchos reactores como ése –dijo el señor Jouri.

–Lo único que necesito son los números de registro y un listado en el que figure la descripción de esa clase de aparatos, específicamente de aquellos cuyos propietarios son europeos, y esperemos que figure en él, y que estuvieron aquí entre el quince y el diecinueve de diciembre pasado. Ahora bien, yo diría que en esos cuatro días habría... ¿cuántos aviones? ¿Diez?

Rezó para que el árabe no le preguntara cómo era posible que no supiese el modelo del avión si representaba a los vendedores. Empezó a separar billetes de cien dólares del fajo.

–Como muestra de mi buena fe, y de mi completa confianza en usted, amigo mío. Y los otros cuatro mil más tarde.

El árabe todavía parecía dudar, visiblemente dividido entre el deseo de hacerse con una suma tan magnífica y el miedo a ser descubierto y despedido de su trabajo. El americano añadió unos cuantos argumentos más.

–Si usted estuviera haciendo algo que fuera a perjudicar a su país, ni soñaría con pedírselo. Pero este hombre es un ladrón. Quitarle aquello que ha robado sólo puede ser una cosa buena. ¿O acaso el Libro no elogia al que obra con justicia contra aquel que ha obrado mal?

Jouri cubrió los mil dólares con una mano.

–Me alojaré aquí –dijo Dexter–. Bastará con que pregunte por el señor Barnes en cuanto tenga listo lo que le he pedido.

La llamada llegó dos días después. El señor Jouri se estaba tomando bastante en serio su nuevo papel de agente secreto, ya que llamó desde un teléfono público.

–Soy su amigo –dijo una voz entrecortada, a media mañana.

–Hola, amigo mío. ¿Desea verme? –preguntó Dexter.

–Sí. Tengo lo que me pidió.

–¿Aquí o en la oficina?

–En ninguno de los dos sitios. Son lugares demasiado públicos. En el hotel al-Hamra, a la hora del almuerzo.

El diálogo no habría podido resultar más sospechoso en el caso de que alguien hubiera estado escuchando, pero Dexter dudaba de que el servicio secreto de Ras al-Jaimah estuviera trabajando en el caso.

Dexter pidió que le llamaran un taxi. El hotel al-Hamra quedaba fuera de la ciudad, a quince kilómetros por la costa en dirección a Dubai. Se trataba de una vieja fortaleza árabe erizada de torres, convertida en un complejo turístico de cinco estrellas.

Dexter llegó allí a mediodía, demasiado temprano para almorzar en el Golfo, ocupó un sillón en el vestíbulo abovedado, pidió una cerveza y se dedicó a contemplar el arco de la entrada. El señor Jouri apareció, acalorado y sudando a pesar de que sólo había tenido que andar cien metros después de dejar su coche en el aparcamiento, justo cuando acababa de dar la una. De los cinco restaurantes escogieron el libanés, que ofrecía un bufet frío.

–¿Algún problema? –preguntó Dexter mientras cogían sus platos e iban a lo largo de la hilera de mesas que parecían a punto de desplomarse sobre sus caballetes.

–No –respondió el funcionario–. Expliqué que mi departamento estaba contactando con todos los visitantes conocidos para enviarles un folleto acerca de las nuevas instalaciones de lujo actualmente disponibles en Ras al-Jaimah.

–Una idea brillante –dijo Dexter con una amplia sonrisa–. ¿Nadie lo encontró extraño?

–Al contrario. Los de Tráfico Aéreo sacaron los planes de vuelo correspondientes al mes de diciembre e insistieron en dármelos todos.

–¿Hizo hincapié en la importancia de los propietarios europeos?

–Sí, pero sólo hay cuatro o cinco que no sean compañías petrolíferas sobradamente conocidas. Sentémonos.

Se sentaron a una mesa de un rincón y pidieron dos cervezas. Al igual que muchos árabes modernos, el señor Jouri no tenía absolutamente ningún problema con las bebidas alcohólicas.

Estaba muy claro que adoraba la comida libanesa. Había llenado su plato con un montón de *mezzah*, *humus*, *mutabal*, queso *hallumi* ligeramente pasado por la parrilla, *sambusek*, *kibbe* y hojas de parra rellenas. Le entregó una hoja de papel a Dexter y empezó a comer.

Dexter repasó minuciosamente los listados de los planes de vuelo archivados correspondientes al mes de diciembre, junto con la hora del aterrizaje y el tiempo que había durado la estancia antes de la partida del avión, hasta que llegó al 15 de diciembre. Con un rotulador rojo fue enmarcando entre paréntesis los que aparecían a partir de entonces y que cubrían el período que iba hasta el 19 de diciembre. Había un total de nueve aviones.

Dos Grumman III y un Grumman IV pertenecían a compañías petrolíferas de Estados Unidos. Un Dassault Mystère francés y un Falcon eran propiedad de Elf-Aquitaine. Eso dejaba la cifra en cuatro.

Había un reactor Lear de pequeña envergadura perteneciente a un príncipe saudí y un Cessna Citation algo más grande propiedad de un multimillonario de Bahrein que se dedicaba a los negocios. Los últimos dos aviones eran un Westwind fabricado en Israel que había llegado procedente de Bombay, y un Hawker 1000 procedente de El Cairo que después había regresado a su lugar de origen. Alguien había anotado algo en árabe junto al Westwind.

–¿Qué pone aquí? –preguntó Dexter.

–Ah, sí, ese aparato viene a menudo. Pertenece a un productor de cine de la India que vuela desde Bombay. Siempre hace un alto aquí cuando va de camino a Londres, Cannes o Berlín. Acude a todos los festivales cinematográficos. En la torre lo conocen de vista.

–¿Tiene la foto?

El señor Jouri le pasó la foto que había cogido prestada.

–En cuanto a ése –añadió–, les parece que siempre viene a bordo del Hawker.

El Hawker 1000, cuya matrícula era P4-ZEM, figuraba como propiedad de la Corporación Zeta, de las Bermudas.

Dexter dio las gracias a su informante y pagó el resto de los cuatro mil dólares que le había prometido. Aquello era un montón de dinero, pero Dexter pensaba que a cambio había obtenido la pista que necesitaba.

Durante el trayecto de regreso al aeropuerto de Dubai, estuvo reflexionando acerca de algo que le habían dicho en una ocasión. Hacía unos años alguien le había asegurado que cuando un hombre cambia de identidad, no siempre puede resistirse a la tentación de retener un minúsculo detalle en recuerdo de los viejos tiempos.

Porque daba la casualidad de que ZEM eran las tres primeras letras de Zemun, el distrito de Belgrado donde había nacido y se había criado Zoran Zilic, y también daba la casualidad de que Zeta era la palabra que se empleaba para la letra Z en griego y en español.

Pero sin duda Zilic se habría ocultado a sí mismo y a las empresas que le servían de tapadera, por no mencionar su avión, si el Hawker realmente era suyo.

Los registros debían de estar guardados en algún lugar, pero el acceso a las bases de datos debía de ser imposible para el inocente buscador de información.

Dexter era tan capaz de servirse de un ordenador como cualquiera, pero no sabía cómo abrirse paso hasta el interior de una base de datos protegida. Sin embargo, conocía a alguien que sí podía hacerlo.

19
La confrontación

Cuando se trataba de lo que estaba bien y lo que estaba mal, del pecado y de lo que era justo, el subdirector del FBI Colin Fleming era un auténtico fundamentalista. El concepto de que nunca había que rendirse estaba presente en sus genes, llegados hacía cien años a través del Atlántico desde las calles adoquinadas de Portadown. Doscientos años antes de eso, sus antepasados habían llevado su código presbiteriano hasta el Ulster desde las costas occidentales de Escocia.

Cuando se trataba del mal, tolerar equivalía a amoldarse; amoldarse significaba contemporizar, y esto último era admitir la derrota, algo que él nunca podría hacer.

Cuando leyó la síntesis del informe del Rastreador y la confesión del serbio, y a continuación los detalles de la muerte de Ricky Colenso, Fleming resolvió que el responsable debería, si fuera posible, ser llevado ante un tribunal en el país más poderoso del mundo, Estados Unidos.

De todas las personas de las distintas agencias que habían leído el informe que se había hecho circular entre ellas con la petición adjunta del secretario Powell y el fiscal general Ashcroft, Fleming se había tomado de una manera casi personal el hecho de que su departamento no dispusiera de ninguna información actualizada sobre Zoran Zilic y no estuviese en situación de ayudar.

En un último intento de encontrar alguna pista, Fleming había hecho circular una foto del rostro del gánster serbio entre los treinta y ocho delegados en el extranjero.

Se trataba de una fotografía mucho mejor que las que aparecían en los archivos de prensa, aunque no fuese tan reciente como la que la mujer de la limpieza serbia del bloque 23 de Belgrado le había dado a Dexter. Había sido tomada en Belgrado hacía cinco años con una cámara provista de teleobjetivo, siguiendo órdenes del jefe de estación de la CIA, cuando el escurrizido Zilic era una de las figuras más poderosas de la corte de Milosevic.

El fótografo había sorprendido a Zilic saliendo de su coche, en el acto de incorporarse, con la cabeza erguida y la mirada dirígida hacia aquella lente que no podía ver, situada a casi medio kilómetro de distancia. Era delegado del FBI en la embajada de Belgrado y había obtenido una copia de la foto de su colega de la CIA, por lo que ambas agencias se hallaban en posesión de la misma imagen.

En términos generales, la CIA opera fuera de Estados Unidos y el FBI dentro de las fronteras. Pero a pesar de ello, y en el marco de la incesante lucha contra el espionaje, el terrorismo y el crimen, el FBI no tiene más remedio que colaborar intensa y extensamente con los países extranjeros, sobre todo con los países aliados, a los que destina sus propios «agregados legales».

Podría parecer que el cargo de agregado legal era una especie de nombramiento diplomático que responde ante el Departamento de Estado, pero no es así. El «delegado» es el representante del FBI en la embajada local de Estados Unidos. Cada uno de ellos había recibido la foto de Zilic de manos del subdirector Fleming e instrucciones de enseñarla esperando un golpe de suerte. Éste llegó bajo la improbable forma del inspector Bin Zayid.

Si se le hubiera preguntado al respecto, el inspector Mousa Bin Zayid habría respondido que él también era un buen hombre. Servía a su emir, el jeque Majtum de Dubai, con absoluta lealtad, no aceptaba sobornos, honraba a su Dios y pagaba sus impuestos. Si además de todo ello se ganaba un poco de dinero extra clandestinamente pasando información a su amigo de la embajada estadounidense, aquello no era más que un simple acto de cooperación con el aliado de su país y no debía confundirse con ninguna otra cosa.

Fue así como el inspector se encontró un caluroso día de julio, disfrutando del aire acondicionado de la embajada, esperando en el vestíbulo de ésta a que su amigo bajara y lo llevara a almorzar. Dirigió la mirada hacia el tablón de anuncios.

El inspector se levantó y se acercó a él. Vio los avisos habituales de eventos próximos, funciones, llegadas, partidas e invitaciones a distintos clubes. Entre el desorden de papeles había una foto y debajo de ésta, la frase: «¿Ha visto usted a este hombre?».

–Bueno, ¿lo has visto? –preguntó una voz jovial detrás del inspector, mientras una mano le daba una palmada en el hombro.

Era Bill Brunton, su contacto y agregado legal del FBI. Los dos hombres intercambiaron un afable saludo.

–Oh, sí –contestó el inspector Bin Zayid–. Hace dos semanas.

La jovialidad de Brunton se esfumó súbitamente. El restaurante especializado en platos de pescado que había junto a Yumairah podía esperar un poco.

–Vayamos ahora mismo a mi despacho –sugirió, y una vez que estuvieron en éste, preguntó–: ¿Te acuerdas de cuándo y dónde lo viste?

–Por supuesto. Hará cosa de dos semanas. Yo había ido a visitar a un pariente que vive en Ras al-Jaimah. Estaba en la carretera de Faisal, no sé si la conoces. Es esa que sale de la ciudad bordeando el mar, entre la parte antigua y el Golfo.

Brunton asintió.

–Bueno, pues un camión estaba intentando maniobrar hacia atrás para entrar en una obra donde apenas si había sitio. Tuve que parar. A mi izquierda, en la terraza de un café, había tres hombres sentados a una mesa. Uno de ellos era éste.

Señaló la foto, que en ese momento estaba sobre el escritorio de Brunton.

–¿No tienes ninguna duda?

–Ninguna. Era él.

–¿Iba con otros dos hombres?

–Sí.

–¿Los reconociste?

–A uno por el nombre, Bout, y al otro sólo de vista.

Bill Brunton contuvo la respiración. Vladímir Bout no necesitaba presentación para prácticamente nadie que trabajara en un servicio de inteligencia occidental o del bloque del Este. Se trataba de un antiguo mayor de la KGB que se había convertido en uno de los principales traficantes de armas mundial, un mercader de la muerte de primera categoría.

El hecho de que Bout ni siquiera hubiese nacido en Rusia, sino que fuera mitad tayiko y procediese de Dushanbe, atestigua su habilidad en las artes más oscuras. Los rusos figuran entre las personas más racistas del planeta, y en la antigua URSS los ciudadanos de las repúblicas no rusas eran conocidos como *chorny*, que significa «negros», un término que nunca se empleaba como un cumplido. Sólo los bielorrusos y los ucranianos podían escapar a esa denominación y ascender en la escala social a la par de un ruso auténtico. El que un medio tayiko se graduase en el prestigioso Intituto Militar de Lenguas Extranjeras de Moscú, que ocultaba una academia de adiestramiento de la KGB, y consiguiera alcanzar el grado de mayor, no tenía nada de habitual.

Bout fue destinado al Regimiento de Navegación y Transporte Aéreo de la Fuerza Aérea soviética, otra tapadera que servía para enviar armas a las guerrillas antioccidentales y regímenes del Tercer Mundo hostiles a Occidente. Allí aplicó su dominio del portugués en la guerra civil de Angola. También fue desarrollando formidables contactos en la Fuerza Aérea.

Cuando la URSS se derrumbó en 1991, el caos reinó durante varios años y los inventarios militares fueron abandonados a medida que los comandantes vendían su equipo prácticamente por nada. Bout consiguió los dieciséis Ilyushin 76 de su propia unidad por cuatro cuartos y entró en el negocio de los vuelos chárter y el transporte de carga.

En 1992 volvía a estar en su sur natal. La guerra civil afgana acababa de empezar, al otro lado de la frontera de su Tayikistán nativo, y uno de los principales aspirantes a hacerse con el poder era el general Dostum, otro tayiko. Bout se encargó de proporcionarle las armas.

El año 1993 apareció en Ostende, Bélgica, un buen trampolín desde el cual pasar a África a través de la ex colonia belga, ese Congo permanentemente desgarrado por la guerra. La fuente de aprovisionamiento de Bout, los vastos recursos armamentísticos de la antigua Unión Soviética que seguían apareciendo en inventarios ficticios, era ilimitada. Entre sus nuevos clientes figuraba el Interahamwe, los carniceros genocidas de Ruanda y Burundi.

Sus actividades provocaron que incluso los belgas se pusieran un poco nerviosos y Bout fue expulsado de Ostende. A continuación apareció en 1995 en Sudáfrica vendiendo armas tanto a las guerrillas angoleñas de la UNITA como a sus enemigos del gubernamental MPLA. Pero con Nelson Mandela ocupando la presidencia sudafricana, las cosas también se le pusieron bastante mal y tuvo que salir corriendo de allí.

En 1998 apareció en los Emiratos Árabes Unidos y se instaló en Sharyah. Los británicos y los estadounidenses presentaron el expediente de Bout al emir, y tres semanas antes de que Bill Brunton se sentara en su despacho con el inspector Bin Zayid, Bout había vuelto a ser expulsado.

Lo que hizo, sencillamente, fue desplazarse quince kilómetros costa arriba y establecerse en Ajman, donde ocupaba una suite en el edificio de la Cámara de Comercio e Industria. Con sólo cuarenta mil habitantes, Ajman carece de petróleo y apenas si tiene industria, por lo que no podía mostrarse tan escrupuloso como Saryah.

Para Bill Brunton la identificación era importante. No sabía por qué su superior, Colin Fleming, estaba interesado en el serbio desaparecido, pero aquel informe sin duda iba a mejorar considerablemente su reputación profesional dentro del edificio Hoover.

–¿Y el tercer hombre? –preguntó–. Dijiste que lo conocías de vista. ¿Tienes alguna idea de dónde lo has visto?

–Por supuesto. Aquí. ¿Es alguno de tus colegas?

Si Bill Brunton creía que ya había tenido bastantes sorpresas aquel día, estaba muy equivocado. Sintió un nudo en el estómago. Con mucho cuidado, sacó un expediente del cajón inferior de su escritorio. Era un listado del personal de la embajada. El inspector Bin Zayid no vaciló a la hora de señalar la foto del agregado cultural.

–Éste –dijo–. Era el tercer hombre que estaba sentado a la mesa. ¿Lo conoces?

Brunton lo conocía, desde luego. A pesar de que los intercambios culturales eran escasos y bastante espaciados en el tiempo, el agregado cultural era un hombre muy ocupado. Aquello se debía a que en realidad se trataba del jefe de estación de la CIA.

Las noticias procedentes de Dubai enfurecieron a Colin Fleming. No se trataba tanto de que la agencia secreta con sede en Langley estuviera manteniendo conversaciones con un hombre como Vladímir Bout, ya que se trataba de algo que quizá fuese necesario en el proceso de recogida de información. Lo que lo puso furioso fue el hecho de que estaba claro que alguien que ocupaba un puesto muy elevado en la CIA había mentido al mismísimo secretario de Estado, Colin Powell, y a su propio superior, el fiscal general. Se habían infringido un montón de reglas, y Fleming estaba bastante seguro de saber quién lo había hecho. Llamó a Langley y pidió una reunión inmediata por un asunto de cierta urgencia.

Los dos hombres ya se habían encontrado antes. Habían tenido una confrontación bastante seria en presencia de la consejera de Seguridad Nacional, Condoleezza Rice, y no se podían ver. A veces los extremos opuestos se atraen, pero no en este caso.

Paul Devereaux III era el último vástago de un largo linaje de esas familias que en Massachusetts representan lo más parecido a una aristocracia. Era un hijo dilecto de Boston de la cabeza a los pies.

Ya había dado muestras de su brillantez intelectual bastante antes de la edad escolar, y dejó una estela triunfal en la Boston College High School, una de las más destacadas instituciones educativas de los jesuitas en Estados Unidos, donde se graduó con las más altas calificaciones.

En el Boston College los profesores lo tuvieron enseguida por alguien que aspiraba a lo máximo y algún día ingresaría en la Compañía de Jesús, eso si no alcanzaba cargos de la mayor responsabilidad en el mundo académico.

Paul Devereaux estudió humanidades, especializándose en filosofía y teología. Lo leyó todo, desde Ignacio de Loyola, naturalmente, hasta Teilhard de Chardin. Pasó en vela noches enteras debatiendo con su profesor de teología sobre el concepto de la doctrina del mal menor y la meta más alta, según la cual el fin puede justificar los medios y aun así no condenar el alma, con tal de que los parámetros de aquello que no es permisible sean quebrantados.

En 1966 Paul Devereaux tenía diecinueve años. La guerra fría estaba en su apogeo y el comunismo todavía parecía capaz de atraer hacia su bando al Tercer Mundo y dejar a Occidente convertido en una isla asediada. Fue entonces cuando el papa Pablo VI apeló a los jesuitas y les pidió que pasaran a ser la punta de lanza en la lucha contra el ateísmo.

Para Paul Devereaux ateísmo no siempre significaba comunismo, pero éste era sinónimo de aquél. Él serviría a su país, pero no lo haría en la Iglesia o el mundo académico, sino en un lugar que le había sido mencionado discretamente en el club de campo, cuando un colega de su padre le presentó a un hombre que fumaba en pipa.

Una semana después de haberse graduado en el Boston College, Paul Devereaux ingresó en la CIA. Para él, aquélla fue la mañana luminosa y llena de confianza en uno mismo de la que hablaba el poeta. Los grandes escándalos todavía estaban por venir.

Con sus orígenes privilegiados y sus contactos, Paul Devereaux fue ascendiendo en la jerarquía mientras iba deteniendo los dardos de la envidia con una combinación de encanto natural e inteligencia. También demostró que poseía una de las virtudes más preciadas por la Agencia en aquellos años: era leal. Por esa razón a un hombre pueden perdonársele muchísimas cosas, a veces incluso demasiadas.

Pasó bastante tiempo en las tres divisiones principales: Operaciones (Ops), Inteligencia (Análisis) y Contrainteligencia (Seguridad Interna). Entonces su carrera se vio bruscamente frenada con el nombramiento de John Deutsch como director.

Los dos hombres, simplemente, no simpatizaron. Esas cosas ocurren. Deutsch, sin ningún pasado en el servicio de inteligencia, fue el último en una larga y bastante desastrosa sucesión de nombramientos políticos. Creía que Devereaux, quien hablaba con fluidez siete idiomas, lo despreciaba en silencio, y tal vez estuviese en lo cierto.

Devereaux consideraba al nuevo director como un memo políticamente correcto, nombrado por aquel presidente natural de Arkansas al que menospreciaba –a pesar de que él también era demócrata–, incluso antes de Paula Jones y Monica Lewinsky.

No era un matrimonio urdido en los cielos, y poco faltó para que se convirtiera en un divorcio cuando Devereaux salió en defensa de un jefe de división de Sudamérica acusado de emplear contactos de honestidad bastante dudosa.

Todos en la Agencia se habían tragado de buena gana la Orden Ejecutiva Presidencial 12333, excepto unos cuantos dinosaurios que se remontaban a la Segunda Guerra Mundial. Se trataba de la OE puesta en vigor por el presidente Ford, que prohibía cualquier nueva «eliminación».

Devereaux tenía considerables reservas, pero no llevaba el tiempo suficiente en la CIA para que se le pidiera consejo. Le parecía que en el mundo profundamente imperfecto de la inteligencia se presentarían ocasiones en las que un enemigo o traidor tuvieran que ser eliminados como medida de precaución. Dicho de otra manera, podía darse el caso de que para preservar diez vidas que corrían un peligro cierto quizá fuese necesario eliminar a alguien.

En cuanto al criterio que había de emplearse en casos como ése, Devereaux consideraba que si el director no era un hombre dotado de la suficiente integridad moral para que se le pudiera confiar semejante decisión, no debería ocupar su cargo.

Pero bajo el mandato de Clinton, en opinión del ya a esas alturas veterano agente, la corrección política había llegado a extremos de auténtica locura con aquella instrucción, según la cual las fuentes de dudosa reputación no debían ser utilizadas como informadores. Devereaux se sentía como si le estuvieran pidiendo que limitase sus fuentes a los monjes y los niños del coro.

Por eso cuando en Sudamérica un hombre vio amenazada su carrera por emplear a ex terroristas para recabar información sobre terroristas en activo, Devereaux escribió un informe tan sarcástico que circuló entre el sonriente personal de la División de Operaciones de la misma manera en que lo hacían los ilegales *samizdat* dentro de la antigua Unión Soviética.

Una vez que las cosas hubieron llegado hasta ese punto, Deutsch exigió la marcha de Devereaux, pero su subdirector, George Tenet, le aconsejó cautela, y finalmente fue Deutsch quien se marchó, siendo sustituido por el propio Tenet.

Aquel verano de 1998 ocurrió algo en África que hizo que el nuevo director tuviera necesidad del mordaz pero efectivo intelectual, a pesar de lo que éste opinaba acerca del jefe de ambos. Dos embajadas de Estados Unidos saltaron por los aires.

Ni para la más humilde de las mujeres de la limpieza constituía un secreto que desde el fin de la guerra fría en 1991, la nueva versión de ésta se había estado librando contra el terrorismo creciente, y la unidad dentro de la División de Operaciones a la que le «tocó cargar» con ello fue el Centro de Contraterrorismo.

Paul Devereaux no trabajaba en dicha unidad. Debido a que una de las lenguas que hablaba era el árabe y su carrera había incluido tres misiones en países árabes, por aquel entonces era el Número Dos de Oriente Próximo.

La destrucción de las embajadas lo sacó de allí y lo puso al frente de una pequeña fuerza especial dedicada a una sola labor que respondía únicamente ante el director en persona. La tarea se llamó Operación Peregrino, en alusión a ese halcón que flota silenciosamente en las alturas por encima de su presa, sobre la que desciende, con rapidez y precisión, sólo cuando está seguro de obtener un resultado letal.

En ese nuevo departamento, Devereaux disponía de acceso ilimitado a cualquier información procedente de cualquier fuente, así como de un pequeño pero experto equipo. Como su Número Dos escogió a Kevin McBride, quien intelectualmente no podía compararse con él, pero era experimentado, trabajador y leal. Fue McBride quien contestó a la llamada. Cubrió el auricular con la mano y dijo a Devereaux:

–Es el subdirector Fleming desde el FBI. No parece estar muy contento. ¿Me voy?

Devereaux le indicó con una seña que se quedara.

–Colin... Paul Devereaux. ¿Qué puedo hacer por ti?

Su frente fue llenándose de arrugas mientras escuchaba.

–Sí, claro, sería una buena idea que nos reuniéramos.

Escogieron un piso franco, un lugar de encuentro que siempre resulta conveniente para tener una pelea a gritos. Cada día se llevaba a cabo un barrido en busca de sistemas de escucha, cada palabra era registrada con el conocimiento de los participantes en la reunión, y bastaba con llamar para que alguien se presentase con un aperitivo.

Fleming le entregó el informe que había remitido Bill Brunton. Devereaux lo leyó con rostro impasible.

–¿Y? –quiso saber en cuanto hubo terminado.

–Haz el favor de no decirme que el inspector de Dubai se equivocó de hombre –repuso Fleming–. Zilic era el mayor traficante de armas de Yugoslavia. Lo dejó y desapareció. Ahora lo han visto hablando con el mayor traficante de armas en el Golfo y África. Totalmente lógico.

–Nunca se me pasaría por la cabeza intentar encontrar un defecto en tan lógico razonamiento –apuntó Devereaux.

–Y hablando con el hombre de tu departamento que cubre el Golfo –añadió Fleming.

–Con el hombre de la Agencia que cubre el Golfo –puntualizó Devereaux afablemente–. ¿Por qué yo?

–Porque tú llevabas prácticamente la totalidad de Oriente Próximo, aunque se suponía que debías ser el segundo violín de la orquesta. Porque en aquel entonces el personal de la CIA en el Golfo te habría informado a ti. Porque aunque ahora estás metido en alguna clase de proyecto especial, esa situación no ha cambiado. Porque dudo mucho que la de hace dos semanas fuera la primera visita que hacía Zilic a ese rincón perdido del mundo. Lo que me imagino es que tú sabías, con toda exactitud, dónde estaba Zilic cuando llegó la petición, o que al menos sabías que estaría en el Golfo y disponible para ser capturado en una fecha determinada. Y no dijiste nada.

–¿Y? Las sospechas distan mucho de ser una prueba, incluso en nuestra profesión.

–Esto es más serio de lo que al parecer piensas, amigo mío. Lo mires como lo mires, tú y tus agentes os estáis relacionando con unos conocidos criminales de la peor calaña, lo que va en contra de las reglas. Sí, va absolutamente en contra de todas las reglas.

–Bien, de modo que se han infringido unas cuantas reglas estúpidas. Nuestra profesión no está hecha para quienes tienen el estómago muy delicado. Hasta el FBI debe mostrar una cierta comprensión cuando se hace un mal pequeño para obtener el bien mayor.

–No te pongas condescendiente conmigo –dijo ásperamente Colin Fleming.

–Intentaré no hacerlo –respondió el bostoniano–. Muy bien, estás enfadadísimo. ¿Qué es lo que vas a hacer?

Ya no tenía ninguna necesidad de ser educado.

–Me parece que no voy a poder pasar por alto esto –dijo Fleming–. El tal Zilic es un auténtico monstruo. Tienes que haber leído lo que le hizo a ese chico de Georgetown. Pero ahora estás relacionándote con él. A través de otro, pero relacionándote de todos modos. Sabes lo que puede llegar a hacer Zilic, lo que ya ha hecho. Todo figura en el expediente, y sé que tienes que haberlo leído. Hay testimonios de que, cuando era un gánster, Zilic colgó por los tobillos a un tendero que se negaba a pagar la protección y lo dejó suspendido encima de una estufa eléctrica hasta que le hirvieron los sesos. Zoran Zilic es un sádico. ¿Para qué demonios lo estás utilizando?

–Si realmente lo estoy utilizando, entonces el asunto está clasificado como alto secreto. Incluso para un subdirector del FBI.

–Entrega a ese cerdo. Dinos dónde podemos encontrarlo.

–Aunque lo supiera, lo que no estoy dispuesto a admitir, la respuesta es no.

Colin temblaba de ira y disgusto.

–¿Cómo puedes ser tan asquerosamente cínico? –gritó–. En 1945 el CIC hizo tratos en la Alemania ocupada con algunos nazis que se suponía debían ayudar en la lucha contra el comunismo. Nunca deberíamos haberlo hecho. No deberíamos haber tocado a esos cerdos ni con la punta de un palo. Estuvo mal entonces, y está mal ahora.

Devereaux suspiró. Aquello estaba empezando a volverse aburrido y ya hacía mucho tiempo que carecía de sentido.

–Ahórrame la lección de historia –replicó–. Repito lo que te he dicho hace unos instantes: ¿qué piensas hacer al respecto?

–Voy a ir a ver a tu director con lo que sé –contestó Fleming.

Paul Devereaux se puso de pie. Había llegado el momento de marcharse.

–Deja que te diga una cosa. En diciembre pasado yo hubiese sido una tostadita en tus manos. Hoy, soy asbesto. Los tiempos cambian.

Lo que quería decir con eso era que en diciembre de 2000 el presidente era Bill Clinton.

Después de que tuviese lugar un molesto embrollo con el recuento de votos de Florida, el presidente que juró el cargo en enero de 2001 fue un tal George W. Bush, cuyo partidario más entusiasta no era otro que el director de la CIA, George Tenet.

Y los peces gordos que había a su alrededor no iban a ver fracasar el Proyecto Peregrino sólo porque alguien se hubiera saltado unas cuantas reglas clintonianas. De todos modos, ellos ya estaban haciendo lo mismo.

–Esto no se ha terminado aquí –dijo Fleming mientras Devereaux se alejaba–. Te aseguro que si yo tengo algo que ver con ello, daremos con Zilic y haremos que sea juzgado en Estados Unidos.

Devereaux se dedicó a pensar en la observación mientras su coche lo llevaba de regreso a Langley. No había sobrevivido durante treinta años en el pozo de serpientes que era la CIA sin desarrollar unas formidables antenas. Acababa de hacerse un enemigo, quizá bastante peligroso.

«Daremos con Zilic.» ¿Quién? ¿Cómo? ¿Y qué podía «tener que ver con ello» el moralista del edificio Hoover? Devereaux suspiró. Un motivo de preocupación más en un mundo lleno de ellos. Tendría que vigilar a Colin Fleming como un halcón... en cualquier caso, como un halcón peregrino. El chiste lo hizo sonreír, pero no durante mucho tiempo.

20
El reactor

Cuando vio la casa, Cal Dexter tuvo que reconocer las ironías de la vida. En vez del soldado convertido en abogado que llegaba a tener la mejor casa del condado de Westchester, era el flaco adolescente de Bedford-Stuyvesant quien había triunfado. En trece años, era evidente que las cosas le habían ido muy bien a Washington Lee.

Cuando Lee le abrió la puerta aquella mañana de domingo de finales del mes de julio, Dexter reparó en que se había hecho arreglar los dientes de conejo, la nariz en forma de pico de ave de presa había sido levemente esculpida hacia atrás, y llevaba el pelo pulcramente cortado. Washington Lee era ahora un hombre de negocios de treinta y dos años de edad con una esposa y dos niños pequeños, una preciosa casa y una modesta pero próspera consultoría informática.

Dexter había perdido todo cuanto había tenido en el pasado, y Washington Lee nunca había esperado tener tanto como había conseguido. Tras seguirle el rastro hasta dar con él, Dexter había telefoneado para anunciarle su visita.

–Entre, abogado –dijo el ex pirata informático.

Bebieron sendos refrescos en el jardín trasero. Dexter le ofreció un folleto a Lee. Su portada mostraba un reactor para ejecutivos de dos motores ladeándose sobre un mar azul.

–Es del dominio público, naturalmente –le dijo–. Necesito encontrar uno de ese modelo. Un aparato en particular. Quiero saber quién lo compró, cuándo, quién es su propietario en la actualidad y, por encima de todo, dónde reside éste.

–¿Y piensa que ellos no quieren que usted lo sepa?

–Si el propietario no oculta su identidad, entonces me he equivocado y tendré que seguir buscando. Pero si estoy en lo cierto, habrá buscado refugio en algún lugar lo más discreto posible y estará viviendo bajo un nombre falso, protegido por guardias armados y varias capas de protección informatizada.

–Y ésas son las capas que usted quiere que le ayude a retirar.

–Así es.

–Las cosas se han puesto bastante más difíciles en los últimos trece años –dijo Lee–, y yo soy uno de los que han contribuido a ello, desde el punto de vista técnico. Los legisladores han hecho lo mismo desde el punto de vista legal. Lo que usted me está pidiendo es que lleve a cabo una entrada por la fuerza. O tres. Eso es absolutamente ilegal.

–Lo sé.

Washington Lee miró alrededor. Dos niñas chillaban mientras chapoteaban dentro de una piscina de plástico en el extremo opuesto del jardín. Su esposa, Cora, estaba en la cocina preparando el almuerzo.

–Hace trece años lo que veía ante mí era una temporada muy larga entre rejas –dijo Lee–. Habría salido de allí para regresar al gueto. En vez de eso, usted me dio una oportunidad. Cuatro años con un banco y luego nueve años por mi cuenta, inventando los mejores sistemas de seguridad que hay en Estados Unidos, aunque quizá no esté bien que sea yo quien lo diga. Ahora ha llegado el momento de saldar mis deudas. De acuerdo, abogado. ¿Qué es lo que quiere?

Lo primero que hicieron fue concentrarse en el avión. El nombre de Hawker se remontaba dentro de la aviación británica a la Primera Guerra Mundial. El aparato que Stephen Edmond había pilotado en el año 1940 era un Hawker Hurricane, y el último caza que había llegado a utilizarse en los frentes de combate había sido el ultraversátil Harrier. En los años setenta, las compañías más pequeñas sencillamente ya no estaban en condiciones de permitirse los costes de investigación y desarrollo necesarios para seguir diseñando nuevos modelos. Sólo los gigantes estadounidenses de la aeronáutica podían hacerlo, e incluso sólo después de fusionarse. La Hawker se dedicó cada vez más a la aviación civil.

Llegados los años noventa, prácticamente todas las empresas aeronáuticas del Reino Unido se encontraban bajo un mismo techo, el de la BAE, o British Aerospace. Cuando la junta directiva decidió reducir las dimensiones de la empresa, la división Hawker fue adquirida por la Raytheon Corporation de Wichita, Kansas. Los nuevos propietarios mantuvieron un pequeño departamento de ventas en Londres y el centro de mantenimiento en Chester.

Lo que obtuvo Raytheon a cambio de sus dólares fue el reactor bimotor de corto alcance HS 125, el muy popular Hawker

800, y el modelo Hawker 1000 con un radio de acción de casi cinco mil kilómetros.

Pero las investigaciones llevadas a cabo por Dexter mostraban que el modelo 1000 había dejado de producirse en 1996, por lo que si Zoran Zilic era dueño de uno, éste tenía que ser de segunda mano. Además, sólo se habían fabricado cincuenta y dos aviones de aquel modelo, treinta de los cuales pertenecían a una flota chárter con sede en Estados Unidos.

Dexter buscaba uno de los veintidós restantes que habían cambiado de manos durante los últimos dos años, tres como máximo. Había un puñado de agencias especializadas en aviones caros de segunda mano, pero las posibilidades de que el aparato hubiera sido objeto de una revisión de mantenimiento completa durante el cambio de propietario eran de diez contra una, y eso probablemente significaba regresar a la división Hawker de Raytheon. Lo cual hacía bastante probable que fueran ellos los que hubiesen hecho la venta.

–¿Alguna cosa más? –preguntó Lee.

–La matrícula P4-ZEM. No se corresponde con ninguno de los principales registros de aviación civil internacionales. El número hace referencia a la diminuta isla de Aruba.

–Nunca he oído hablar de ella –dijo Lee.

–Formaba parte de las antiguas Antillas Holandesas, junto con Curaçao y Bonaire. Estas dos siguieron siendo holandesas. Aruba obtuvo un estatuto especial de autogobierno en 1986. Todas ofrecen cuentas bancarias secretas, registros para empresas y ese tipo de cosas. Son una auténtica pesadilla para la lucha contra el fraude, pero representan un ingreso fácil para una isla que por lo demás carece de recursos. Aruba tiene una pequeña refinería de petróleo. Aparte de eso, todos sus ingresos proceden del turismo, a lo cual hay que añadir cuentas bancarias secretas, sellos postales muy vistosos y matrículas o registros a los que luego no hay manera de seguirles el rastro. Yo diría que mi objetivo cambió su vieja matrícula por una nueva.

–¿De manera que Raytheon no tendría ninguna constancia de la matrícula P4-ZEM?

–Podemos estar casi seguros de que no. Dejando aparte eso, no divulgan los detalles de los clientes. Ni soñarlo.

–Ya lo veremos –murmuró Washington Lee.

El genio de la informática había aprendido mucho en trece

años, en parte porque había inventado gran número de cosas. La mayoría de los auténticos fanáticos de los ordenadores que hay en Estados Unidos se encuentran en Silicon Valley, y para que alguien de la costa Este se ganase su respeto, tenía que ser realmente bueno.

Lo primero que Lee se había dicho a sí mismo un millar de veces era: «Nunca permitas que vuelvan a pillarte». Mientras pensaba en la primera tarea ilegal que iba a intentar en trece años, resolvió que nadie iba a seguir su rastro por autopistas de la información hasta llegar a una casa en Westchester.

–¿A cuánto asciende su presupuesto? –preguntó.

–Digamos que es adecuado. ¿Por qué?

–Quiero alquilar una caravana Winnebago. Necesito un circuito doméstico completo, con sistema energético incluido, pero también necesito transmitir, desconectar y esfumarme. Dos, necesito el mejor ordenador personal que se pueda conseguir, que arrojaré a un río muy caudaloso cuando todo esto haya terminado.

–No hay problema. ¿De qué modo piensas atacar?

–Desde todos los frentes. El registro del gobierno de Aruba, para empezar. Tienen que escupir cómo se llamaba ese Hawker cuando Raytheon lo vio por última vez. Segundo, la Corporación Zeta en el registro de empresas de Bermudas. Director general, destino de las comunicaciones, transferencias monetarias, todo. En tercer lugar, esos planes de vuelo que presentó para que los registrasen. Tiene que haber ido a ese emirato... ¿cómo dijo que se llamaba...?

–Ras al-Jaimah.

–Vale, Ras al-Lo-Que-Sea. Tiene que haber llegado allí procedente de alguna parte.

–El Cairo. Llegó allí procedente de El Cairo.

–De modo que su plan de vuelo estará guardado en los archivos informatizados del control de tráfico aéreo de El Cairo. Tendré que hacerles una visita. La buena noticia es que dudo que vayan a tener demasiados muros protectores.

–¿Necesitas ir a El Cairo? –preguntó Dexter.

Washington Lee miró a Dexter como si este se hubiera vuelto loco.

–¿Ir a El Cairo? ¿Por qué razón iba a hacerlo?

–Has dicho que tendrías que hacerles una visita.

–Me refería a hacerles una visita en el ciberespacio. Puedo visitar la base de datos de El Cairo desde un cámping de Vermont.

Oiga, abogado, ¿por qué no se va a casa y espera? Éste no es su mundo.

Washington Lee alquiló su caravana y compró su ordenador personal, más los programas que necesitaba para lo que tenía pensado hacer. Todo aquello lo pagó en efectivo, excepto la caravana, que necesitaba un permiso de conducir especial. Pero alquilar una caravana no significaba necesariamente que un pirata informático hubiese puesto manos a la obra. También compró un generador de gasolina para que le proporcionara la energía necesaria cada vez que quisiera conectarse y transmitir.

Lo primero y más fácil de llevar a cabo fue acceder al banco de datos del registro de Aruba, que operaba desde una oficina con base en Miami. En vez de utilizar un fin de semana, pues cualquier visita no autorizada aparecería registrada el lunes por la mañana, Lee entró en el archivo un día laboral de mucho ajetreo cuando la base de datos estaba respondiendo a un montón de preguntas, lo que significaba que la suya se perdería entre otras muchas.

La matrícula del Hawker 1000 P4-ZEM había sido en otro tiempo VP-BGG, lo cual quería decir que el aparato había sido registrado en algún lugar de la zona de registro británica.

Lee estaba utilizando un sistema diseñado para ocultar su identidad y paradero llamado IBB, las iniciales de «Intimidad Bastante Buena», un sistema tan seguro que de hecho era ilegal. Había establecido dos claves, una pública y la otra privada. Tenía que enviar desde la clave pública, porque ésta sólo podía codificar; las respuestas las recibiría únicamente en su clave privada, porque ésta sólo podía descifrar. La ventaja desde el punto de vista de Lee era que el sistema de cifrado, desarrollado por algún patriota aficionado a las matemáticas teóricas, resultaba tan impenetrable que sería muy improbable que alguien pudiera descubrir su identidad o dónde se encontraba. Si se mantenía en movimiento y reducía al máximo el tiempo que permanecía conectado, debería poder hacerlo sin correr riesgo alguno.

Su segunda línea de defensa era mucho más elemental: se comunicaría mediante el correo electrónico y únicamente a través de cibercafés en las ciudades por las que hiciera escala.

El control de tráfico aéreo de El Cairo reveló que cada vez que el Hawker 1000 P4-ZEM aterrizaba en Egipto para repostar, procedía de las Azores.

El mero hecho de que el itinerario fuese de oeste a este, pasando por las Azores hasta llegar a El Cairo, y que de allí siguiera camino hacia Ras al-Jaimah, indicaba que el P4-ZEM partía de algún lugar del Caribe o Sudamérica. No era una prueba irrebatible, pero tenía sentido.

Desde un lugar en Carolina del Norte, Washington Lee persuadió a la base de datos del tráfico aéreo portugués de las Azores de que admitiera que el P4-ZEM llegaba desde el oeste, pero tomaba tierra en un campo privado propiedad de la Corporación Zeta. Aquello convertía en un callejón sin salida la línea de investigación a través de los planes de vuelo presentados y archivados.

La isla de Bermuda también garantiza el secreto bancario y la confidencialidad empresarial a aquellos clientes que estén dispuestos a pagar lo máximo en dólares a cambio de lo máximo en seguridad, y se enorgullece de ofrecer un servicio realmente muy exclusivo.

La base de datos de Hamilton, sin embargo, no consiguió resistir el sistema de desciframiento que Washington Lee introdujo en ella, y admitió que la Corporación Zeta realmente se hallaba registrada en las islas. Pero sólo pudo dar como directores a tres nombres locales, todos ellos de una respetabilidad absoluta. No mencionaba a Zoran Zilic, ni ningún nombre que sonara a serbio.

Nuevamente en Nueva York, Cal Dexter, basándose en la información de Washington Lee acerca de que el Hawker operaba desde algún lugar del Caribe, había contactado con un piloto de vuelos chárter al que había defendido cuando un pasajero que se había mareado muchísimo durante el vuelo intentó ponerle una demanda argumentando que debería haber escogido un tiempo algo mejor.

–Pruebe con los RIV –le dijo el piloto–. Son los Registros de Información de Vuelo. Saben quién opera desde cada una de sus áreas.

El RIV del área sur del Caribe se encontraba en Caracas, Venezuela, y confirmó que el Hawker 1000 P4-ZEM tenía su base justo allí. Por un instante Dexter pensó que quizá había estado perdiendo el tiempo con todas sus otras líneas de investigación. Parecía tan sencillo: pregunta al RIV local y ellos te lo dirán.

–Cuidado –le advirtió el piloto de vuelos chárter–, eso no significa que el avión esté allí, sino que se encuentra registrado como si lo estuviera.

–No le sigo.

–Es muy sencillo –repuso el piloto–. Un yate puede llevar la leyenda WILMINGTON, DELAWARE en su popa porque está registrado allí. Pero puede pasarse toda la vida haciendo cruceros por el Caribe. El hangar donde guardan ese Hawker tal vez se encuentre a kilómetros de Caracas.

Washington Lee propuso el último recurso y dio instrucciones a Dexter. Tras dos días conduciendo, Lee llegó a la ciudad de Wichita, Kansas. Telefoneó a Dexter en cuanto estuvo listo.

El subencargado de ventas recibió la llamada de Nueva York en su despacho del quinto piso del edificio de la sede de la empresa.

–Llamo en nombre de la Corporación Zeta, de Bermuda –dijo la voz–. ¿Se acuerda de que nos vendieron un Hawker 1000 matrícula VP-BGG, ya sabe, el que era de propiedad británica, hace unos cuantos meses? Soy el nuevo piloto.

–Desde luego que me acuerdo, señor. ¿Y con quién estoy hablando?

–Verá, ocurre que el señor Zilic no está nada contento con el diseño de la cabina y le gustaría introducir algunos cambios. ¿Ustedes pueden ofrecer ese servicio?

–Por supuesto que remodelamos cabinas, señor... ejem...

–Y al mismo tiempo podrían echar un vistazo a los motores y hacerles una puesta a punto.

El subencargado de ventas se irguió en su asiento. Recordaba muy bien aquella operación. Todo había sido revisado y puesto a punto para que el aparato pudiese ser utilizado durante un par de años sin que hubiese ninguna clase de problemas importantes. A menos que el nuevo propietario hubiese permanecido casi constantemente en el aire, los motores no deberían necesitar otra puesta a punto hasta un año más tarde como mínimo.

–¿Puedo saber exactamente con quién estoy hablando? No creo que esos motores necesiten una nueva puesta a punto –dijo.

La voz del otro extremo de la línea empezó a balbucear.

–¿De veras? Oh, Dios. Pues entonces no sabe cuánto lo siento. Debo de haberme equivocado de avión.

La comunicación se cortó. A esas alturas, el subencargado de ventas ya se hallaba consumido por las sospechas. Que él recordara, nunca había mencionado la venta de la matrícula del Hawker de origen británico perteneciente a la firma Avtech de Biggin Hill, Kent. Decidió pedir a los de seguridad que localizaran el origen de aquella llamada y trataran de establecer quién la había hecho.

Llegaría demasiado tarde, naturalmente, porque el móvil por el que había sido efectuada estaba siendo lanzado a las profundidades del East River. Pero mientras tanto, se acordó del piloto de entregas de la Corporación Zeta que había ido a Wichita para entregar el Hawker a su nuevo propietario.

Era un yugoslavo muy agradable, un antiguo coronel de la Fuerza Aérea de su país, con los papeles en perfecto orden que incluían todos los registros completos de la escuela de vuelo de Estados Unidos donde había ido a reciclarse para aprender a pilotar el Hawker. Consultó sus registros de ventas: el piloto fue el capitán Svetomir Stepanovic, y además había una dirección de correo electrónico.

El subencargado de ventas envió un breve correo electrónico al capitán del Hawker para alertarlo de la extraña e inquietante llamada telefónica. Al final de los recintos ajardinados que rodeaban el edificio de la sede central, estacionado detrás de unos árboles, Washington Lee echó una mirada a su monitor de emanaciones electromagnéticas, agradeció a su buena estrella que el subencargado de ventas no estuviera utilizando el sistema Tempestad para proteger su ordenador de aparatos parecidos al suyo, y vio que la EEM interceptaba el mensaje. El texto no le importaba. Lo que realmente quería Washington Lee era el destino.

Dos días después, en Nueva York y con la caravana ya devuelta a la compañía de alquiler y el disco duro y los programas en algún punto del cauce del río Missouri, Washington Lee examinó un mapa y, señalando un punto con el extremo del rotulador, dijo:

–Está aquí. República de San Martín, a unos ochenta kilómetros al este de Ciudad de San Martín. Y el piloto del avión es un yugoslavo. Me parece que ya ha encontrado a su hombre, abogado. Y ahora, si me disculpa, tengo un hogar, una esposa, dos niñas y un negocio que atender.

El Vengador se hizo con los mapas provistos de la mejor definición que pudo encontrar y los amplió más allá del istmo en forma de lagarto que une América del Norte con Sudamérica. Al este de Venezuela, se encuentran las cuatro Guayanas. Primero viene la antigua Guayana británica, ahora llamada meramente Guyana.

Después viene la antigua Guayana holandesa, ahora Surinam. Más hacia el este queda la Guayana francesa, el hogar de la isla del Diablo y la historia de Papillon y que actualmente acoge Kourou, el complejo europeo para lanzamientos espaciales. Entre Surinam y el territorio francés, Dexter localizó el triángulo de jungla que antaño había sido la Guayana española y que después de la independencia pasó a llamarse San Martín.

Nuevas investigaciones le revelaron que San Martín estaba considerada como la última de las auténticas repúblicas bananeras. Gobernada por un brutal dictador militar, era paupérrima y estaba sometida al ostracismo internacional. El lugar exacto donde el dinero puede llegar a comprar muchísima protección.

En la segunda semana del mes de agosto, el Piper Cheyenne II estaba siguiendo la costa a la cómoda altitud de trescientos setenta y cinco metros, suficiente para no suscitar demasiadas sospechas y para ser considerado el avión de un ejecutivo que iba de Surinam a la Guayana francesa; pero también lo bastante cerca del suelo para tomar buenas fotografías.

Alquilado en el aeropuerto de Georgetown, Guyana, el Piper tenía la suficiente autonomía de vuelo para cubrir los mil novecientos kilómetros que lo separaban de un punto un poco más allá de la frontera francesa para luego devolverlo a su base. El cliente, cuyo pasaporte lo identificaba como el ciudadano estadounidense Alfred Barnes, pretendía ser un promotor de complejos turísticos en busca de posibles emplazamientos. Personalmente, el piloto guyanés pensaba que él nunca se habría gastado su dinero en pasar unas vacaciones en San Martín, pero ¿quién era él para rechazar un vuelo chárter perfectamente legal y que había sido pagado con dólares contantes y sonantes?

Tal como se le había pedido que hiciera, el piloto mantuvo el Piper ceñido a la costa, de manera que su pasajero, sentado en el asiento del copiloto, tomara todas las fotos que quisiera con la máquina provista de zoom.

Después de Surinam, y de su frontera, el río Commini se alejaba rápidamente y desaparecían, durante bastantes kilómetros, las playas de arena. La costa era una confusión de manglares que crecían en aguas marrones infestadas de serpientes desde la jungla hasta el mar. Pasaron por encima de la capital, Ciudad de San Martín, dormida bajo el calor húmedo y asfixiante.

La única playa se hallaba al este de la ciudad, en La Bahía, pero era un lugar reservado a los ricos y poderosos del país, básicamente el dictador y sus amigos. Al final de San Martín, a unos quince kilómetros de las orillas del río Maroni y el comienzo de la Guayana francesa, estaba El Punto.

El Punto era una península triangular, semejante a un diente de tiburón, que sobresalía del terreno y se adentraba en el mar. Estaba protegida del lado que daba a tierra por una cordillera que iba de costa a costa y atravesada por un solitario camino que discurría por el único puerto entre montañas. Pero se encontraba deshabitada.

El piloto nunca había llegado tan al este, por lo que para él la península no era más que un triángulo de tierra en sus mapas de navegación. Enseguida comprobó que allí abajo había lo que parecía ser una mansión fuertemente protegida. Su pasajero empezó a tomar fotografías.

Dexter estaba utilizando una Nikon F5 de 35mm con un motor que le proporcionaba cinco exposiciones por segundo y consumía un carrete de película en siete segundos, por lo que convenía que el avión volase en círculos sobre el terreno.

Debido a la vibración del aparato había optado por un obturador muy rápido, pues a una velocidad inferior a quinientos las fotos saldrían borrosas. Utilizando una película de 400 ASA y una apertura fijada en F8, era lo mejor que podía hacer.

Durante la primera pasada sobre la península, Dexter fotografió la mansión, con su muro protector y su enorme puerta. Asimismo hizo lo propio con los campos que estaban siendo atendidos por trabajadores de la residencia, las hileras de graneros y edificios agrícolas, y la valla de alambre metálico que separaba los campos del grupo de cabañas blancas en forma de cubo que debían de constituir la aldea de los trabajadores.

Varias personas miraron hacia arriba, y Dexter vio que dos de ellas, que llevaban uniforme, echaban a correr. Un instante después el avión dejaba atrás los límites de la propiedad y se dirigía hacia territorio francés. En la segunda pasada, Dexter hizo que el piloto volara hacia el interior, de manera tal que, desde su posición, le fuese posible ver la propiedad desde el ángulo de tierra. Estaba mirando hacia abajo desde bastante por encima de los picos de la cordillera cuando un guardia apostado en un paso entre dos picos tomó nota de la matrícula del Piper.

Dexter empleó el segundo carrete con la pista privada de aterrizaje que iba resiguiendo la base de las montañas, registrando las residencias, los talleres y el hangar principal. Un tractor que tiraba de un pequeño bimotor entró en el hangar. La cola del aparato ya casi había desaparecido cuando Dexter la vio antes de que quedara envuelta en las sombras. La matrícula era P4-ZEM.

21
El jesuita

A pesar de que confiaba en que al FBI no se le permitiría desmantelar su Proyecto Peregrino, Paul Devereaux no pudo evitar sentirse afectado por la tensa reunión que había mantenido con Colin Fleming. No subestimaba la inteligencia, influencia o pasión de éste. Lo que lo preocupaba era la amenaza del retraso.

Después de dos años al frente de un proyecto tan secreto que sólo era conocido por el director de la CIA George Tenet y el experto antiterrorista de la Casa Blanca Richard Clarke, Devereaux se encontraba cerca, muy cerca, del momento en el cual podría activar la trampa que había removido cielo y tierra para crear.

Al objetivo se lo llamaba, sencillamente, UBL, y ello porque en Washington los servicios de inteligencia pronunciaban el nombre de pila de aquel hombre «Usama», en lugar de emplear la «O» inicial, como preferían los medios de comunicación.

En el verano de 2001, esos servicios de inteligencia estaban convencidos de que UBL se disponía a cometer un inminente acto de guerra contra Estados Unidos, y la idea los obsesionaba. El 90% pensaba que el ataque tendría lugar contra alguno de los grandes intereses estadounidenses situado fuera del país, y sólo el 10% preveía que el ataque tendría lugar dentro de Estados Unidos.

La obsesión se había propagado por todas las agencias, pero principalmente se había difundido a través de los departamentos antiterroristas de la CIA y el FBI. En ellos la intención era descubrir qué tenía en mente UBL e impedir que lo llevara a cabo.

Haciendo caso omiso del edicto presidencial 12333 que prohibía las acciones de inteligencia en territorio extranjero, Paul Devereaux no estaba tratando de evitar que UBL hiciese lo que tenía pensado hacer, sino que lo que intentaba era matarlo.

Muy al principio de su carrera, el estudiante salido del Boston College cayó en la cuenta de que su ascenso dentro de la Compañía dependía de que se especializase en algo. Durante los días de juventud de Devereaux, en el apogeo de Vietnam y la guerra fría, la mayoría de los debutantes habían escogido la División Soviética, y la lengua que se debía aprender era el ruso. Devereaux, en cambio, eligió el mundo árabe y el estudio a fondo del islam. Todos consideraron que estaba loco.

Dedicó su formidable inteligencia a la labor de dominar el árabe hasta que prácticamente pudo pasar por un nativo, y estudió el islam hasta alcanzar el nivel de un erudito en el conocimiento del Corán. Su vindicación llegó el día de Navidad de 1979: la URSS invadió un lugar llamado Afganistán, y la inmensa mayoría de los agentes de los cuarteles generales de la CIA en Langley fueron a buscar sus mapas para averiguar dónde quedaba aquello.

Devereaux reveló que, aparte del árabe, hablaba razonablemente bien el urdu, la lengua de Pakistán, y tenía conocimientos de pashtún, hablado por las distintas tribus que se extendían a través de la frontera nordeste de Pakistán hasta el interior de Afganistán.

Fue entonces cuando su carrera realmente despegó. Devereaux fue uno de los primeros en afirmar que la URSS había ido demasiado lejos sin darse cuenta del lío en que se estaba metiendo; que las tribus afganas nunca consentirían ninguna ocupación extranjera, y que el ateísmo soviético ofendía su fanatismo islámico; que con la ayuda material de Estados Unidos se podía fomentar una feroz resistencia con base en las montañas, que terminaría desangrando al Cuadragésimo Ejército del general Boris Gromov.

Antes de que aquello hubiera terminado, muchas cosas habían cambiado. Los muyaidines habían mandado de regreso a casa a cincuenta mil reclutas rusos dentro de ataúdes; el ejército de ocupación, pese a haber infligido horrendas atrocidades a los afganos, había visto que su moral se resquebrajaba y su presa se liberaba poco a poco.

Fue una combinación de Afganistán y el ascenso al poder de Mijaíl Gorbachov la que empujó a la URSS hacia la pendiente final que llevó a su desintegración y puso fin a la guerra fría. Paul Devereaux había pasado de Análisis a Ops y, junto con Milt Bearden, había ayudado a distribuir entre los luchadores de las montañas armamento y equipo estadounidenses para librar la guerra de guerrillas por valor de mil millones de dólares.

Mientras vivía de cualquier manera, corriendo y combatiendo entre las montañas de Afganistán, Devereaux presenció la llegada de centenares de jóvenes e idealistas voluntarios antisoviéticos procedentes de Oriente Próximo, que no hablaban ni el dari ni el pashtún, pero aun así estaban dispuestos a luchar y morir lejos del hogar si fuera necesario.

Devereaux sabía muy bien qué estaba haciendo él allí: combatiendo a una superpotencia que amenazaba a su país. Pero ¿qué estaban haciendo allí los jóvenes saudíes, egipcios y yemeníes? Washington hacía como si ni ellos ni los informes de Devereaux existieran. Devereaux, sin embargo, estaba fascinado con aquellos voluntarios. Escuchando durante horas sus conversaciones en árabe mientras fingía conocer apenas una docena de palabras de una lengua que en realidad hablaba fluidamente, llegó a tomar conciencia de que aquellos jóvenes no estaban combatiendo el comunismo sino el ateísmo.

No obstante, había algo más que eso, porque también sentían un odio y un desprecio igualmente apasionados hacia el cristianismo, Occidente y, más específicamente, Estados Unidos. Entre ellos se hallaba el febril, temperamental y demasiado mimado vástago de una familia saudí inmensamente rica, que repartía millones para los campos de adiestramiento bajo la protección de Pakistán, financiando residencias para refugiados y comprando y distribuyendo comida, mantas y medicinas a los otros muyaidines. Su nombre era Usama.

Usama quería que lo considerasen un gran guerrero, al igual que Ahmad Sah Massud, pero de hecho sólo tomó parte en una pequeña escaramuza, a finales de la primavera de 1987, y eso fue todo. Milt Bearden decía que no era más que un mocoso mimado, pero Devereaux lo observaba con gran atención. Detrás de las interminables referencias a Alá que el joven hacía, había un odio profundo que algún día encontraría otro objetivo aparte de los rusos.

Paul Devereaux volvió a Langley y a una cascada de horrores. Había optado por no casarse, prefiriendo el estudio y su trabajo a las distracciones de una esposa e hijos. Su difunto padre le había legado una gran fortuna; su elegante casa en el viejo barrio de Alexandria podía presumir de una muy admirada colección de arte islámico y alfombras persas.

Trató de advertir contra la insensatez de dejar abandonado Afganistán a su guerra civil después de la derrota de Gromov, pero la euforia que siguió a la caída del Muro de Berlín llevó a una convicción de que, con la URSS sumiéndose en el caos, los países satélites soviéticos huyendo hacia Occidente en busca de la libertad y el comunismo mundial súbita e irremediablemente muerto, las últimas amenazas existentes contra la única superpotencia que quedaba en el planeta estaban evaporándose igual que la niebla cuando sale el sol.

Devereaux apenas había tenido tiempo de volver a casa e instalarse en ella cuando, en agosto de 1990, Saddam Hussein invadió Kuwait. En Aspen, el presidente Bush y Margaret Thatcher, vencedores de la guerra fría, estuvieron de acuerdo en que no podían tolerar semejante acción. Cuarenta y ocho horas después, los primeros F-15 Eagle volaban hacia Thumrait, en Omán, y Paul Devereaux se dirigía hacia la embajada de Estados Unidos en Riyad, Arabia Saudí.

Los acontecimientos se sucedían a una velocidad vertiginosa y el ritmo de trabajo era agotador, porque de lo contrario quizá se hubiera dado cuenta de algo. Un joven saudí, también regresado de Afganistán y que afirmaba ser el líder de un grupo de guerrilleros y de una organización conocida simplemente como «La Base», ofrecía sus servicios al rey Fahd para defender Arabia Saudí del agresor del norte.

El monarca saudí probablemente tampoco reparó en quién era la persona que le hacía aquella oferta. Lo que hizo, en cambio, fue permitir la llegada a su país de medio millón de soldados y aviadores extranjeros enviados por una coalición de cincuenta naciones para expulsar de Kuwait al ejército iraquí y proteger los campos petrolíferos saudíes. El 80 % de aquellos soldados y aviadores eran infieles, es decir cristianos, y sus botas de combate pisaron el mismo suelo que albergaba los lugares santos de La Meca y Medina. Casi cuatrocientos mil de ellos procedían de Estados Unidos.

Para el fanático aquello supuso un insulto intolerable a Alá y Su profeta Mahoma. Así pues, declaró su propia guerra privada, primero contra la casa gobernante que había permitido semejante blasfemia. Pero lo que era todavía más importante, la rabia abrasadora que Devereaux había percibido en las montañas del Hindu Kush por fin había encontrado su objetivo. UBL declaró la guerra a Estados Unidos y empezó a hacer planes.

Si Paul Devereaux hubiera sido destinado a Contraterrorismo en el momento en que la guerra del Golfo estuvo terminada y ganada, el curso de la historia quizá se hubiera alterado. Pero en 1992, CT no constituía una prioridad; el poder pasó a manos de William Clinton y tanto la CIA como el FBI entraron en la peor década de sus existencias gemelas. En el caso de la CIA, con la devastadora noticia de que Aldrich Ames había estado traicionando a su país durante más de ocho años. Más tarde se sabría que Robert Hanssen, del FBI, todavía lo estaba haciendo.

En la que debería haber sido la hora de la victoria después de cuatro décadas de larga contienda con la URSS, ambas agencias padecieron crisis de liderazgo, moral y de competencia.

Los nuevos señores adoraban a un nuevo dios, la corrección política. Los prolongados escándalos del Irangate y la ayuda ilícita a los «contras» nicaragüenses hicieron que los nuevos señores padeciesen crisis nerviosas. Hombres que valían mucho se fueron en tropel, y burócratas y pequeños funcionarios fueron súbitamente elevados a la categoría de jefes de departamento, pasando por encima de hombres con décadas de experiencia en primera línea.

En las eclécticas cenas de partido, Paul Devereaux sonreía educadamente a los congresistas, y los senadores se acicalaban antes de anunciar que al menos el mundo árabe amaba a Estados Unidos. Se referían a los diez príncipes a los cuales acababan de visitar. El jesuita había pasado años moviéndose igual que una sombra entre la realidad musulmana, y una vocecita susurraba dentro de él: «No, nos odian a muerte».

El 26 de febrero de 1993, cuatro terroristas árabes introdujeron una furgoneta alquilada en el segundo nivel del aparcamiento subterráneo del World Trade Center. La furgoneta contenía entre quinientos cincuenta y setecientos cincuenta kilos de un explosivo de fabricación casera obtenido a base de fertilizante llamado nitrato de urea. Afortunadamente para Nueva York, distaba mucho de ser el explosivo más potente conocido.

A pesar de ello, produjo una gran explosión. Lo que nadie sabía con certeza, y no más de una docena de personas sospechaba siquiera, era que la deflagración constituía la primera salva disparada en el Fort Sumter de una nueva guerra.[1]

Por entonces, Paul Devereaux era subdirector de la división de Oriente Próximo, con base en Langley aunque viajaba constantemente. En parte a causa de lo que veía durante sus viajes, y

1. Fortaleza frente a Charleston (Virginia, Estados Unidos), cuya conquista por los confederados marcó el comienzo de la guerra de Secesión. *(N. del E.)*

en parte de lo que llegaba hasta él en el torrente de informes procedentes de las estaciones de la CIA desperdigadas por el mundo islámico, su atención se fue apartando de las cancillerías y palacios de ese mundo árabe del que debería haberse ocupado para seguir otra dirección.

Casi como una tarea complementaria, Devereaux empezó a solicitar informes suplementarios de sus estaciones; no acerca de lo que estaba haciendo el primer ministro, sino del estado de ánimo imperante en la calle, en los zocos, en las medinas, en las mezquitas y en las *madrasas,* las escuelas islámicas donde se prepara la siguiente generación de jóvenes musulmanes. Cuanto más observaba y escuchaba, más alarmado se sentía Devereaux.

«Nos odian a muerte –le decía su voz–, y lo único que les hace falta es un coordinador con talento.» Devereaux se dedicó a investigar en sus ratos libres y volvió a encontrar el rastro del fanático saudí UBL. Supo que había sido expulsado de su país por su impertinencia al denunciar al monarca por haber permitido que los infieles pisaran las arenas sagradas.

Se enteró de que estaba operando desde Sudán, otro Estado islámico donde el fundamentalismo fanático ocupaba el poder. Jartum ofreció entregar al saudí a Estados Unidos, pero nadie se mostró interesado. Luego desapareció para volver a las colinas de Afganistán, donde la guerra civil había terminado en favor de la facción más fanática, la de los ultrarreligiosos talibanes.

Devereaux tomó nota de que el saudí había llegado mostrando una inmensa generosidad, obsequiando a los talibanes con millones de dólares en regalos personales y convirtiéndose rápidamente en una figura muy importante dentro del país. Lo acompañaban casi cincuenta guardaespaldas, y encontró a varios centenares de muyaidines extranjeros (no afganos) que seguían viviendo allí. Enseguida corrió la voz por los bazares de las poblaciones fronterizas paquistaníes de Quetta y Peshawar de que el hombre que acababa de regresar impulsaba dos frenéticos programas, destinados a construir elaborados complejos de cavernas en una docena de lugares, y a establecer campos de adiestramiento. Los campamentos no eran para los militares afganos, sino para voluntarios terroristas. La noticia llegó hasta Paul Devereaux. El odio islamista hacia su país había encontrado a su coordinador.

Entretanto se produjo la matanza de *rangers* estadounidenses a manos de los somalíes, provocada por un pésimo trabajo de inteligencia. No sólo se subestimó la oposición del señor de la guerra Aidid, sino que también había otros combatiendo allí, y mucho más capaces que los somalíes; eran saudíes. En 1996 una potente bomba destruyó las torres de al-Kobar, en Dhahran, Arabia Saudí, matando a diecinueve soldados estadounidenses e hiriendo a muchos otros.

Paul Devereaux fue a ver al director George Tenet.

–Déjeme ir a Contraterrorismo –le suplicó.

–CT está haciendo un buen trabajo y no necesita a nadie más –dijo el director.

–Seis muertos en Manhattan, diecinueve en Dhahran. Es al-Qaeda. Detrás de ello están UBL y su gente, aun cuando no llegaran a poner las bombas personalmente.

–Eso ya lo sabemos, Paul. Trabajamos en el asunto, al igual que el FBI. Nadie quiere que las cosas se queden como están.

–George, el FBI no sabe absolutamente nada acerca de al-Qaeda. No conocen a los árabes, ni su psicología. Los del FBI son muy buenos con los gánsteres, pero todo lo que hay al este del canal de Suez les es tan desconocido como el lado oscuro de la luna. Yo podría aportar una nueva visión.

–Paul, te quiero en Oriente Próximo. Me eres más útil allí. El rey de Jordania se está muriendo y no sabemos quién será su sucesor. ¿Su hijo Abdullah o su hermano Hasan? El dictador de Siria está a punto de perder el poder. ¿Quién se hará con el control de la situación? Saddam les está haciendo la vida cada vez más intolerable a los inspectores de armamento. ¿Y si los expulsa del país? Por no mencionar que el conflicto entre palestinos e israelíes está afectando de manera cada vez más directa a la región. Te necesito en Oriente Próximo.

Fue en 1998 cuando Devereaux consiguió la transferencia que había estado buscando. El 7 de agosto dos bombas de gran potencia explotaron delante de las embajadas estadounidenses en Nairobi y Dar es Salaam.

Doscientas trece personas murieron en Nairobi; cuatro mil setecientas veintidós resultaron heridas. De los muertos, doce eran estadounidenses. La explosión en Tanzania no fue tan terrible; hubo once muertos y setenta y dos heridos. Entre los primeros no había ningún estadounidense, pero dos quedaron inválidos.

Al-Qaeda fue identificada rápidamente como la responsable de ambos atentados. Paul Devereaux encomendó sus responsabilidades en Oriente Próximo a un joven y prometedor arabista al que había tomado bajo su protección y fue trasladado a Contraterrorismo.

Ostentaba el rango de subdirector, pero no desplazó al ya existente. No fue un acuerdo demasiado elegante. Devereaux se mantuvo cerca de Análisis actuando como una especie de asesor, pero no tardó en convencerse de que la regla clintoniana de emplear como informadores únicamente a fuentes de carácter irreprochable era una locura.

Era la misma clase de locura que había llevado al fracaso de la respuesta en África. Los misiles crucero destruyeron una fábrica de aspirinas situada en los alrededores de Jartum, capital de Sudán, porque se pensaba que el ya hacía mucho tiempo ausente UBL fabricaba armas químicas allí.

Se lanzaron setenta misiles Tomahawk sobre Afganistán para matar a UBL. Convirtieron en pequeñas rocas un montón de enormes peñascos a razón de varios millones de dólares por cada explosión, pero UBL se hallaba en el otro extremo del país. A partir de aquel fracaso y de la enérgica defensa del propio Devereaux, se creó Peregrino.

En Langley todo el mundo estaba más o menos de acuerdo en que Devereaux habría tenido que jugar unas cuantas cartas para conseguir que aceptaran sus términos. El Proyecto Peregrino era tan secreto que sólo el director Tenet sabía qué pretendía hacer Devereaux. Fuera de la CIA, el jesuita tuvo que confiar en otra persona, el jefe del Departamento Antiterrorista de la Casa Blanca Richard Clarke, que había iniciado su carrera durante el mandato de George Bush padre y la había continuado con Clinton.

En Langley aborrecían a Clarke por lo directo y corrosivo de sus críticas, pero Devereaux lo quería y necesitaba por varias razones. El hombre de la Casa Blanca estaría de acuerdo con la clase de acción implacable y despiadada que Devereaux tenía en mente; podía mantener la boca cerrada cuando quería hacerlo, y además estaba en condiciones de proporcionarle las herramientas que necesitaba en el momento en que fueran precisas.

En primer lugar, Devereaux fue autorizado a tirar al cubo de la basura toda mención de que no se permitiría acabar con la vida del objetivo o utilizar para dicho fin «recursos» que podrían ser absolutamente repugnantes, en caso de que fuese necesario llegar a ese extremo. Esos permisos no procedían del Despacho Oval.

Desde aquel momento Paul Devereaux pasó a llevar a cabo su propio número de funambulismo, y nadie habló en ningún momento de redes de seguridad.

Se hizo con un despacho propio y escogió a su propio equipo. Fue en busca de los mejores hombres que podía conseguir, mientras el director apagaba los gritos de protesta. Devereaux, que nunca había sido un constructor de imperios, quería disponer de una unidad pequeña cuyos miembros estuvieran muy unidos, y cada uno de los cuales fuera un especialista. Consiguió tres despachos contiguos en el sexto piso del edificio principal con vistas a los arces y las mimbreras que crecían en dirección al Potomac, totalmente ocultos a las miradas salvo en invierno, cuando los árboles perdían sus hojas.

Necesitaba como mano derecha a un hombre eficiente y en el que pudiera confiar; alguien leal y merecedor de toda su confianza que hiciera lo que se le pidiese sin tratar de pensar o decidir por su cuenta. Escogió a Kevin McBride.

Salvo que ambos eran profesionales del mundillo de los servicios de inteligencia, que habían ingresado en la Compañía a los veintitantos años y que llevaban tres décadas sirviendo en ella, Devereaux y McBride no podían ser más distintos.

El jesuita era delgado, no se permitía ninguna clase de capricho y hacía ejercicio cada día en el gimnasio que tenía en casa. McBride había ido engordando con el paso de los años, no renunciaba a sus seis latas de cerveza los fines de semana y había perdido la mayor parte del pelo en la coronilla.

Según los informes, su matrimonio con Molly era tan sólido como una roca, tenía dos hijos que acababan de dejar el hogar paterno y una modesta casa en una urbanización residencial más allá del Beltway. Carecía de fortuna personal y vivía frugalmente de su sueldo.

Había hecho gran parte de su carrera en embajadas extranjeras, pero nunca había llegado a ascender a jefe de delegación. No era ninguna amenaza, sino un Número Dos de primera clase. Si tenía que hacerse algo, se hacía. Podía confiarse en ello. Nada de cháchara seudointelectual. Los valores de McBride eran tradicionales, americanos y prosaicos.

El 12 de octubre de 2000, cuando el Proyecto Peregrino tenía doce meses de existencia, al-Qaeda volvió a atacar. Esta vez los perpetradores fueron dos yemeníes que se inmolaron para alcanzar su objetivo. Era la primera vez desde 1983, cuando se empleó contra soldados estadounidenses en Beirut, que surgía el concepto de «bombardero suicida». En el World Trade Center, Mogadiscio, Dhahran, Nairobi y Dar es Salaam, UBL no había exigido el sacrificio supremo. En Adén, lo hizo. Estaba subiendo las apuestas.

El *Cole*, un destructor de la clase Burke, se hallaba atracado junto al viejo puerto británico de carboneo y antigua guarnición en el extremo de la península árabe. Yemen era el lugar de nacimiento del padre de UBL, por lo que éste debía de encontrar particularmente ofensiva la presencia estadounidense allí.

Dos terroristas que iban a bordo de una lancha hinchable llena de TNT pasaron rápidamente entre la flotilla de embarcaciones de avituallamiento, se incrustaron entre el casco y el atracadero y se hicieron volar por los aires. Debido a la compresión existente entre el casco y el hormigón, se abrió un enorme agujero. Diecisiete marineros del *Cole* murieron y treinta y nueve resultaron heridos.

Devereaux había estudiado el terror, su génesis y la manera en que era infligido. Sabía que, ya sea impuesto por el Estado o por una fuente no gubernamental, el terror siempre se divide en cinco niveles.

Por encima están los que traman las acciones, los planificadores, quienes los autorizan, los inspiradores. Luego vienen los que hacen que sea posible actuar, los suministradores, sin los cuales ningún plan puede llegar a dar resultado. Son los que se encargan de reclutar, adiestrar, conseguir fondos y aprovisionar. En tercer lugar vienen los que hacen las cosas; aquellos que se encuentran privados del pensamiento moral normal, que meten las cápsulas de Zyklon-B dentro de las cámaras de gas, colocan la bomba, aprietan el gatillo. En cuarto lugar están los colaboradores activos; aquellos que guían a los asesinos, denuncian al vecino, revelan el escondite, traicionan al antiguo amigo de la escuela. Y en el nivel inferior están las grandes masas; bovinas, estúpidas, que saludan al tirano y ensalzan a los asesinos.

Dentro del terror contra Occidente en general, y contra Estados Unidos en particular, al-Qaeda desempeñaba las dos primeras funciones. Ni UBL ni su Número Dos ideológico, el egipcio Aiman Kawahiri, ni su jefe de operaciones Mohamed Atef, ni su emisario internacional Abu Zubaidah necesitarían jamás llegar a poner una bomba o conducir un camión.

Las escuelas islámicas, las *madrasas*, proporcionarían un torrente de fanáticos adolescentes, ya impregnados de un profundo odio a toda esa parte del mundo que no fuese fundamentalista, junto con una versión manipulada de unos cuantos extractos distorsionados del Corán. A ellos podían añadirse unos cuantos conversos maduros más, hábilmente manejados para que pensaran que el asesinato en masa les garantizaría el paraíso coránico.

Entonces al-Qaeda sencillamente diseñaría, reclutaría, adiestraría, equiparía, dirigiría, financiaría y observaría.

Mientras se dirigía hacia la limusina después de su terrible enfrentamiento con Colin Fleming, Devereaux volvió a examinar la moralidad de lo que estaba haciendo. Sí, aquel serbio repugnante había matado a un joven estadounidense. En algún lugar de ahí fuera había un hombre que había matado a cincuenta personas, y más que vendrían en el futuro.

Se acordó del padre Dominic Xavier, quien lo había puesto a prueba presentándole un problema moral.

–Un hombre viene hacia ti con la intención de matarte. Tiene un cuchillo. Su alcance total es de algo más de un metro. Tú tienes el derecho de actuar en defensa propia. Careces de escudo, pero tienes una lanza. Su longitud es de tres metros. ¿Le das un lanzazo, o esperas?

El padre Xavier enfrentaba a un pupilo con otro, a cada uno de los cuales le había asignado la labor de defender mediante argumentos el punto de vista opuesto. Devereaux nunca titubeaba. El mayor bien contra el menor de los males. ¿Había buscado el enfrentamiento el hombre que tenía la lanza? No. Entonces estaba autorizado a utilizarla. No contraatacando, ya que eso venía si se conseguía sobrevivir al ataque inicial, sino llevando a cabo un ataque preventivo. En el caso de UBL, Devereaux no sentía absolutamente ningún escrúpulo de conciencia. Devereaux mataría para proteger a su país, y sin que le importara en lo más mínimo lo horribles que fuesen los aliados a los que tuviera que recurrir. Fleming estaba equivocado. Necesitaba a Zilic.

Para Paul Devereaux siempre había habido un enigma en lo que concernía a su propio país y el lugar que éste ocupaba en los afectos del mundo, y por fin creía haberlo resuelto.

Alrededor de 1945, año de nacimiento de Devereaux, y durante toda la década siguiente a través de la guerra de Corea y del inicio de la guerra fría, Estados Unidos no había sido simplemente la nación más rica y con mayor poderío militar del planeta, sino también la más amada, admirada y respetada.

Después de cincuenta años, las dos primeras cualidades perduraban. Estados Unidos era más rico y más fuerte que nunca, la única superpotencia que quedaba y aparentemente la dueña y señora de todo cuanto veían sus ojos.

Pero en amplias zonas del mundo –el África negra, el islam, la Europa de izquierdas–, era aborrecido con una inmensa pasión. ¿Qué era lo que había ido mal? La cuestión suponía un auténtico dilema que planteaba un continuo desafío a la Colina del Capitolio y a los medios de comunicación.

Devereaux sabía que su país distaba mucho de ser perfecto; cometía errores, a menudo demasiados. Pero, en el fondo de su corazón, Estados Unidos tenía tan buenas intenciones como cualquier otro país y era mejor que la mayoría de ellos. En su calidad de viajero por el mundo, Devereaux había tenido ocasión de ver desde muy cerca a una gran parte de esa «mayoría». Una porción muy considerable de ella era tremendamente peligrosa.

La mayoría de los estadounidenses no podían llegar a comprender la metamorfosis que se había producido entre los años 1951 y 2001, así que fingían que no había ocurrido y aceptaban la máscara cortés que les ofrecía el Tercer Mundo tomándola por sus verdaderos sentimientos.

¿No había intentado el Tío Sam predicar la democracia contra la tiranía? ¿No había entregado al menos un billón de dólares en ayuda? ¿No se había pasado cinco décadas pagando los cien mil millones de dólares al año que costaba la factura de la defensa de Europa occidental? ¿Qué justificaba las manifestaciones de odio, las embajadas saqueadas, las banderas quemadas, las feroces pancartas?

Fue un viejo maestro de espías británico quien se lo explicó a Devereaux en un club londinense, a finales de los sesenta, mientras la situación en Vietnam iba poniéndose cada vez más fea y estallaban los disturbios.

–Mi querido muchacho, si fuerais débiles nadie os odiaría. Si fuerais pobres, tampoco. No os odian a pesar del billón de dólares, sino debido al billón de dólares.

El viejo espía señaló con un ademán Grosvenor Square, donde políticos de izquierdas y estudiantes barbudos se congregaban para arrojar piedras contra la embajada estadounidense.

–El odio que despierta vuestro país no se debe a que ataque a los nuestros –continuó–, sino a que mantiene a salvo a los suyos. No busquéis nunca la popularidad. Podéis tener la supremacía o ser amados, pero nunca ambas cosas a la vez. El sentimiento hacia vosotros está constituido por un diez por ciento de genuina discrepancia y un noventa por ciento de envidia.

»Nunca olvides dos cosas. Ningún hombre puede estar perdonando siempre a su protector. De todas las clases de aborrecimiento que puede llegar a experimentar un hombre, ninguna supera al que siente hacia su benefactor.

El viejo espía ya llevaba mucho tiempo muerto, pero Devereaux había comprobado lo acertado de su cinismo en medio centenar de capitales. Gustara o no, su país era el más poderoso del mundo. Hubo un tiempo en que los romanos habían ostentado ese dudoso honor. Ellos habían respondido al odio con la fuerza implacable de las armas.

Cien años antes, el Imperio británico había sido el gallo que mandaba en el gallinero mundial. A ese odio se había respondido con un lánguido desprecio. Ahora Estados Unidos tenía ese poder, y sus habitantes se devanaban los sesos preguntándose qué era lo que habían hecho mal. Hacía ya mucho tiempo que el estudioso jesuita y el agente secreto habían tomado una decisión al respecto. Devereaux haría en defensa de su país lo que creía que debía hacerse, y un día comparecería ante su Creador y le pediría que lo perdonara. Hasta que llegara ese momento, aquellos que odiaban a Estados Unidos podían atarse una piedra de molino al cuello y tirarse al mar.

Cuando Devereaux llegó a su despacho, Kevin McBride lo estaba esperando con expresión sombría.

–Nuestro amigo se ha puesto en contacto –dijo–. Estaba furioso y aterrorizado. Piensa que lo están vigilando.

Devereaux no pensó en la persona que acababa de presentar aquella queja, sino en Fleming.

–Maldito sea ese hombre –dijo–. Maldito sea y ojalá arda en el infierno. Nunca pensé que lo haría, y ciertamente no tan deprisa.

22

La península

Había un enlace protegido de ordenador que unía un enclave vigilado en la costa de la República de San Martín y una máquina en el despacho de McBride. Al igual que había hecho Washington Lee, el enlace utilizaba el sistema de cibercódigos impenetrables de la Intimidad Bastante Buena (IBB) para mantener las comunicaciones a salvo de ojos indiscretos, con la diferencia de que aquel enlace estaba autorizado a emplearlo.

Devereaux estudió el texto completo del mensaje procedente del sur. Estaba claro que lo había escrito el jefe de seguridad de la propiedad, el sudafricano Van Rensberg. El estilo resultaba excesivamente formal, como era de esperar en alguien que estaba utilizando su segunda lengua.

El significado era bastante claro. Describía el Piper Cheyenne avistado la mañana anterior; cómo, tras pasar una vez, había puesto rumbo hacia la Guayana francesa y regresado veinte minutos más tarde. Citaba el destello del sol reflejándose sobre la lente de una cámara en la ventanilla derecha, e incluso el número de matrícula que pudo tomar cuando el avión sobrevoló el paso entre montañas a una altitud demasiado baja.

–Kevin, localiza ese aparato. Necesito saber a quién pertenece, quién lo pilotó ayer y quién era el pasajero. Y date prisa.

En su anónimo apartamento de Brooklyn, Cal Dexter había revelado sus setenta y dos fotografías y las había ampliado todo lo posible antes de que perdieran demasiada definición. Partiendo de los mismos negativos originales, había obtenido diapositivas que proyectaría en la pantalla para someterlas a un estudio más minucioso.

A continuación había creado con las copias un mapa que ocupaba toda una pared de la sala de estar, desde el techo hasta el suelo. Dexter había pasado horas estudiando cada pequeño detalle del mapa con la diapositiva apropiada. Cada una proporcionaba una mayor nitidez, pero sólo la imagen que había en la pared mostraba la totalidad del objetivo. Quienquiera que hubiese estado a cargo del proyecto había gastado millones para hacer una temible e ingeniosa fortaleza de aquella península en otro tiempo desierta.

La naturaleza había ayudado. La lengua de tierra era muy diferente de aquella masa de jungla repleta de tórridos vapores que constituía una parte tan grande de la pequeña república. Sobresalía de la costa como la hoja triangular de una daga, pero una cadena montañosa la resguardaba del continente.

Dicha cadena descendía en cada uno de los extremos hasta las azules aguas en una serie de riscos verticales. Nadie podía rodear los extremos para salir de la jungla y entrar en la península.

En el lado de tierra, las montañas ascendían suavemente desde la llanura litoral hasta alcanzar unos trescientos metros de altura. Las laderas estaban cubiertas de espesura, y al llegar a la cumbre se convertían en una vertiginosa escarpadura que había sido despojada de toda vegetación, ya fuese por efecto de la naturaleza o por la mano del hombre. Desde la propiedad, una persona provista de binoculares que mirase hacia lo alto de la escarpadura divisaría fácilmente a cualquiera que intentase descender hacia el lado prohibido.

Había un solo paso en la cadena montañosa. Un estrecho sendero subía desde ella hacia el interior, y luego descendía serpenteando hasta que llegaba a la propiedad. En el paso había una barrera y una caseta de vigilancia, que Dexter había visto demasiado tarde mientras pasaba rápidamente por encima de ella.

Dexter empezó a hacer una lista del equipo que iba a necesitar. Entrar allí no constituiría ningún problema. Pero salir llevándose consigo el objetivo iba a resultar prácticamente imposible, pues tendría que hacer frente a un pequeño ejército de guardias.

–Pertenece a una firma de vuelos chárter con sede en Georgetown, Guyana, que sólo dispone de un avión y de un hombre –dijo Kevin McBride aquella tarde–. Servicios Aéreos Lawrence es propiedad de George Lawrence, ciudadano guyanés, quien también lleva personalmente el negocio. Todo parece perfectamente legal, la clase de firma a la que pueden recurrir los extranjeros para volar hacia el interior... o a lo largo de la costa, en este caso.

–¿Hay algún número de teléfono para comunicarse con el tal señor Lawrence? –preguntó Devereaux.

–Claro. Aquí.

–¿Intentaste contactar con él?

–No. Hubiese tenido que utilizar una línea sin protección. ¿Y por qué iba a hablar Lawrence de un cliente por teléfono con un completo desconocido? Podría limitarse a prevenir al cliente.

–Tienes razón. Tendrás que ir allí. Utiliza vuelos regulares. Haz que Cassandra te consiga una plaza en el primer vuelo. Localiza al señor Lawrence, y págale si hay que hacerlo. Averigua quién era nuestro amigo de la cámara y por qué estuvo curioseando por allí. ¿Contamos con una estación en Georgetown?

–No, pero sí en la casa de al lado. Está en Caracas.

–Utiliza Caracas para comunicarte sin correr riesgos. Yo me encargaré de gestionarlo con el jefe de delegación.

Mientras estudiaba el montaje fotográfico con que había cubierto toda una pared, la mirada de Cal Dexter fue de la escarpadura hasta la península conocida como El Punto. A lo largo de la base de la pared del promontorio discurría una pista que ocupaba dos terceras partes de los mil quinientos metros disponibles. En el lado de la pista que daba a la propiedad había una valla de alambre que circundaba todo el aeródromo, rodeando el hangar, los talleres, el almacén de combustible y la caseta del generador.

Utilizando unos compases y estimando que el hangar tendría unos treinta metros de largo, Dexter se puso a calcular y marcar distancias entre puntos. Los campos cultivados ocuparían unas mil doscientas hectáreas. Era evidente que siglos de tierra arrastrada por el viento habían creado un suelo muy fértil, porque Dexter podía ver rebaños que pastaban y lo que parecía una cosecha excelente. Quienquiera que hubiese creado El Punto había buscado ser completamente autosuficiente tras los baluartes de la escarpadura y el océano.

El problema de la irrigación se resolvía mediante un torrente que brotaba de la base de las colinas y fluía a través de la propiedad antes de precipitarse hacia el mar en una cascada. Sólo podía originarse en la meseta interior y atravesar el muro protector por un cauce subterráneo. Dexter anotó la frase: «¿Entrar nadando?». Un rato después la tacharía. Sin un ensayo previo, tratar de pasar por un túnel subterráneo desconocido sería una locura. Todavía se acordaba del terror que había sentido al arrastrarse a través de las trampas de agua de los túneles de Cu Chi, y sólo medían unos cuantos metros de largo. Aquel conducto tendría varios kilómetros de longitud, y Dexter ni siquiera sabía dónde empezaba.

En la base de la pista, más allá de la valla, distinguía una aglomeración de unos quinientos pequeños bloques blancos que debían de constituir algún tipo de viviendas. Había calles sucias, unos cuantos edificios más grandes que seguramente albergarían los comedores colectivos y una pequeña iglesia. Era una especie de aldea; pero resultaba bastante extraño que no se vieran mujeres y niños en las calles. Tampoco había huertos ni animales. El lugar parecía más bien una colonia penal. Quizá quienes servían al hombre detrás del que andaba Dexter no hubieran tenido demasiada elección.

Dirigió su atención hacia el cuerpo principal de la propiedad agrícola. En ella se encontraban todos los campos cultivados así como los rebaños, graneros y establos, y un segundo grupo de pequeños edificios blancos. Un hombre de uniforme apostado ante ellos indicaba que aquellas construcciones eran los barracones para el personal de seguridad, los guardias y los supervisores. A juzgar por el aspecto, el número y las dimensiones de los alojamientos, y el probable índice de ocupación, Dexter calculó que sólo entre los guardias habría un centenar de hombres. Había también cinco casas con jardín, aparentemente para los encargados y el personal de vuelo.

Las fotografías y las diapositivas estaban sirviendo a su propósito, pero Dexter necesitaba dos cosas más. Una era un modelo tridimensional, y la otra un conocimiento lo más completo posible de las rutinas y procedimientos. Para lo primero se necesitaría una maqueta a escala de la totalidad de la península, y lo segundo requeriría varios días de silenciosa observación.

A la mañana siguiente, Kevin McBride tomó un vuelo directo desde Dulles hasta Georgetown, Guyana, donde aterrizó a las dos de la tarde. Las formalidades en el aeropuerto fueron muy simples, y McBride, que sólo llevaba una bolsa de viaje para una estancia de una noche, no tardó en encontrarse dentro de un taxi.

Servicios Aéreos Lawrence no resultó muy difícil de encontrar. Sus pequeñas oficinas estaban en un callejón junto a la calle Waterloo. El hombre de la CIA llamó varias veces a la puerta, pero no obtuvo respuesta. El calor y la humedad empezaban a empaparle la camisa. McBride echó una mirada por la ventana cubierta de polvo y volvió a llamar.

–No hay nadie, amigo –dijo una voz servicial detrás de él.

El hombre que acababa de hablar era un anciano sentado a la sombra a unas cuantas puertas de distancia, que se daba aire con un abanico de hojas de palma.

–Estoy buscando a George Lawrence –dijo McBride.

–¿Es usted británico?

–No, soy de Estados Unidos.

El anciano dedicó unos instantes a reflexionar en ello, como si la disponibilidad del piloto de vuelos chárter Lawrence fuera algo que dependiese por entero de la nacionalidad de quien lo buscaba.

–¿Es usted amigo suyo?

–No. Estaba pensando en alquilar su avión, si consigo dar con él.

–Lawrence lleva ausente desde ayer –dijo el anciano–. No se lo ha vuelto a ver desde que se lo llevaron.

–¿Y quién se lo llevó, amigo?

El anciano se encogió de hombros como si llevarse a un vecino por la fuerza fuese algo de lo más habitual.

–¿La policía? –preguntó McBride.

–No. Eran blancos. Vinieron en un coche de alquiler.

–¿Turistas... clientes? –dijo McBride.

–Quizá –admitió el anciano, y añadió–: Pruebe en el aeropuerto. Él guarda su avión allí.

Quince minutos más tarde, un Kevin McBride empapado en sudor se dirigía nuevamente hacia el aeropuerto. Fue al mostrador de aviación privada y preguntó por George Lawrence. Pero en vez de dar con él, conoció al inspector Floyd Evans del Departamento de Policía de Georgetown.

McBride regresó a la parte sur de la ciudad, pero esta vez dentro de un coche patrulla, y fue conducido a un despacho donde el aire acondicionado era como un baño frío largamente retrasado e igual de delicioso. El inspector Evans jugueteó distraídamente con su pasaporte.

–¿Qué está haciendo exactamente en Guyana, señor McBride? –le preguntó.

–Esperaba hacer una corta visita con la idea de traer de vacaciones a mi esposa más adelante.

–¿En el mes de agosto? Aquí hasta las salamandras se ponen a cubierto en agosto. ¿Conoce al señor Lawrence?

–Bueno, no. Tengo un amigo en Washington. Me dio el nombre y dijo que a lo mejor me gustaría volar al interior del país. Mi amigo me dijo que el señor Lawrence era el mejor piloto de vuelos chárter que había por aquí. Acabo de ir a sus oficinas para ver si estaba disponible y podía llevarme a hacer un vuelo. Eso es todo. ¿Qué es lo que he hecho mal?

El inspector cerró el pasaporte y se lo devolvió.

–Usted llegó de Washington hoy. Eso parece estar lo bastante claro, y sus billetes y el sello de entrada en su pasaporte lo confirman. El hotel Meridien confirma su reserva de una noche para hoy.

–Mire, inspector, sigo sin entender por qué me han traído aquí. ¿Sabe dónde puedo encontrar al señor George Lawrence?

–Oh, sí. El señor Lawrence está en el depósito de cadáveres de nuestro hospital general. Al parecer ayer tres hombres se lo llevaron de sus oficinas en un todoterreno alquilado. Anoche devolvieron el todoterreno a la empresa de alquiler y luego se fueron en avión. ¿Estos tres nombres significan algo para usted, señor McBride?

Le tendió una hoja de papel por encima del escritorio. McBride miró los tres nombres, todos ellos falsos, porque era él quien los había proporcionado.

–No, lo siento. No significan nada para mí. ¿Por qué está en el depósito de cadáveres el señor Lawrence?

–Porque este amanecer un hombre que iba a vender verduras al mercado encontró su cadáver. El señor Lawrence estaba muerto en una cuneta, en las afueras de la ciudad. Usted, naturalmente, todavía estaba volando hacia aquí.

–Eso es terrible. No llegué a conocerlo, pero lo siento mucho.

–Sí que es terrible. Nosotros hemos perdido a nuestro piloto de vuelos chárter. El señor Lawrence perdió la vida y, dicho sea de paso, ocho de las uñas de sus dedos. Sus oficinas han quedado destrozadas y los archivos donde figuraban los nombres de sus clientes anteriores han desaparecido. En su opinión, señor McBride, ¿qué podían querer de él sus captores?

–No tengo ni idea.

–Claro, lo había olvidado. Usted no es más que un representante de comercio que está haciendo un breve viaje, ¿verdad? Pues en ese caso le sugiero que regrese a Estados Unidos, señor McBride. Es libre de irse cuando quiera.

–Esa gente son una pandilla de animales –protestó McBride dirigiéndose a Devereaux por la línea protegida que comunicaba la estación de Caracas con Langley.

–Vuelve a casa, Kevin –dijo su superior–. Preguntaré a nuestro amigo del sur qué ha descubierto, suponiendo que haya descubierto algo.

Paul Devereaux contaba desde hacía ya mucho tiempo con un contacto dentro del FBI, y se lo había procurado porque creía que ningún hombre que hiciera la clase de trabajo que él hacía dispondría jamás de suficientes fuentes de información, y que no había muchas probabilidades de que el FBI fuera a compartir con él las gemas que habrían constituido el verdadero amor fraterno.

Había pedido a su contacto que consultara la base de datos del archivo para comprobar qué expedientes había retirado el subdirector (División de Investigación) Colin Fleming desde que había circulado el pedido procedente de las alturas acerca de un muchacho asesinado en Bosnia. Entre los expedientes retirados había uno marcado simplemente como «Vengador».

Kevin McBride llegó la mañana siguiente, agotado después del viaje. Paul Devereaux estaba en su despacho tan temprano y con un aspecto tan impecable como de costumbre.

Le entregó un expediente a su subordinado.

–Es él –dijo–, nuestro intruso. He hablado con nuestro amigo en el sur. Naturalmente, fueron tres de sus matones los que trataron con tan espantosa brutalidad a Lawrence. Y tienes razón. Son unos animales. Pero ahora mismo son unos animales vitales para nosotros. Es una lástima, pero no hay manera de evitarlo. –Golpeó suavemente el expediente con las puntas de los dedos–. Nombre de código, Vengador. Edad, alrededor de cincuenta años. Estatura, constitución... todo está ahí, en el expediente. Hay una breve descripción. En estos momentos se hace pasar por el ciudadano estadounidense Alfred Barnes. Ése fue el hombre que contrató al profundamente infortunado señor Lawrence para que lo llevara a sobrevolar la propiedad de nuestro amigo. Y en los archivos del Departamento de Estado no hay ningún Alfred Barnes que encaje con esa descripción en posesión de un pasaporte estadounidense. Encuéntralo, Kevin, y detenlo. Impide que siga adelante con lo que sea que esté haciendo.

–Espero que no te estés refiriendo a una eliminación.

–No, eso está prohibido. Lo que quiero decir es que lo identifiques. Si utiliza un nombre falso, puede que tenga otros. Encuentra el que intentará utilizar para entrar en San Martín. Luego informa al muy desagradable pero eficiente coronel Moreno, en San Martín. Estoy seguro de que se puede confiar en que haga lo que deba hacerse.

Kevin McBride fue a su despacho para leer el expediente. Ya conocía al jefe de la policía secreta de la República de San Martín. Cualquier oponente del dictador que cayera en sus manos estaba condenado a morir, probablemente muy despacio. McBride estudió el expediente del Vengador con la minuciosa atención que era habitual en él.

A dos estados de distancia, en la ciudad de Nueva York, el pasaporte de Alfred Barnes era arrojado a las llamas. Dexter no tenía ninguna pista o la menor prueba de que lo hubieran visto, pero mientras él y Lawrence estaban sobrevolando el paso en la cadena montañosa, había dado un respingo al ver una cara que alzaba la mirada hacia él, lo bastante cerca del avión para leer el número de la matrícula. Así que, sólo por si acaso, Alfred Barnes dejó de existir.

Una vez hecho eso, Dexter empezó a construir su modelo a escala de la hacienda-fortaleza.

Al otro lado de la ciudad, en la parte baja de Manhattan, la esposa de Nguyen Van Tran se afanaba con su mirada de miope sobre tres nuevos pasaportes.

Era el 3 de agosto de 2001.

23

La voz

Si no está disponible en Nueva York, entonces probablemente no existe. Cal Dexter utilizó los servicios de una carpintería especializada en aserrar todo tipo de madera para crear una mesa provista de caballetes y un tablero de contrachapado de tres centímetros de grosor que casi llenaba toda su sala de estar.

Las tiendas de materiales artísticos le proporcionaron pinturas suficientes para crear el mar y el terreno en diez tonos distintos. Con fieltro verde procedente de los establecimientos en que vendían telas hizo los campos y praderas. Para las casas y los graneros utilizó bloques de madera. En distintos comercios para maquetistas consiguió madera de balsa, cola de acción rápida y un sinfín de distintos diseños de mampostería, puertas y ventanas en miniatura.

La mansión que se alzaba en el extremo de la península fue hecha con todo un surtido de Lego comprado en una gran tienda de juguetes, y el resto del paisaje le correspondió suministrarlo a un establecimiento realmente mágico que se encargaba de atender las necesidades de los entusiastas de los trenes en miniatura.

Las personas que hacen maquetas de tendidos de ferrocarril quieren disponer de paisajes enteros, con colinas y valles, taludes y túneles, granjas y animales pastando. Tres días después, Dexter ya había creado la totalidad de la hacienda a escala. Lo único que no podía ver era aquello que había permanecido oculto a la mirada de su cámara: las trampas para incautos, los obstáculos disimulados, los empleados, las cerraduras de seguridad, las cadenas de las puertas, los efectivos completos del ejército privado, su equipo y todos los interiores.

La lista era bastante larga, y la mayor parte de los interrogantes que había en ella sólo podrían ser resueltos tras días de paciente observación. Aun así, Dexter decidió cuál iba a ser su ruta de entrada, su plan de batalla y su ruta de salida. Después, se lanzó a una orgía de compras.

Botas, ropa para la jungla, cizallas, los binoculares más potentes del mundo, un nuevo teléfono móvil... Cuando acabó de llenarla, su mochila Bergen pesaba casi cuarenta kilos. Después de eso todavía hubo que comprar más cosas. Para algunas de ellas Dexter tuvo que salir del estado e ir a ciertos lugares del país donde las leyes no eran tan estrictas; para otras se vio obligado a sumergirse en los bajos fondos, y finalmente las había que eran completamente legales pero hacían que a uno lo mirasen con un poco de suspicacia. Cuando llegó el 10 de agosto Dexter ya estaba listo, al igual que lo estaban sus primeros documentos de identidad.

–¿Tienes un momento libre, Paul?

La rubicunda cara de agricultor de Kevin McBride asomó por la puerta. Devereaux le hizo un gesto de que entrara. McBride llevaba consigo un mapa a gran escala de la costa norte de Sudamérica, desde el este de Venezuela hasta la Guayana francesa. Lo extendió encima del escritorio y señaló con un dedo el triángulo que había entre los ríos Commini y Maroni y la República de San Martín.

–Supongo que entrará allí siguiendo la ruta terrestre –dijo McBride. Fíjate en la ruta aérea. Ciudad de San Martín no tiene más que un aeropuerto, y es pequeño. Sólo hay dos vuelos al día, y siempre de las líneas aéreas locales, cuyos aviones despegan desde Cayena, al este, o desde Paramaribo, al oeste. –Señaló las capitales de la Guayana francesa y Surinam–. La situación política es tan espantosa que prácticamente ningún hombre de negocios va por allí, y no reciben turistas.

»Nuestro hombre es blanco y de nacionalidad estadounidense, y disponemos de su estatura y su peso aproximados, ambos sacados del expediente y de la descripción que proporcionó ese piloto de vuelos chárter antes de que muriera. Los secuaces del coronel Moreno le habrían echado el guante minutos después de que hubiera desembarcado. Lo realmente importante es que debería contar con un visado válido, y eso significa ir a los únicos dos consulados que existen en San Martín: el de Paramaribo y el de Caracas. No creo que nuestro hombre vaya a probar suerte en el aeropuerto.

–No te lo discuto. Pero aun así Moreno debería mantenerlo vigilado día y noche. Puede que intente utilizar un avión privado –dijo Devereaux.

–Le daré instrucciones. Luego está el tema del mar. Sólo hay un puerto, también en Ciudad de San Martín. Ninguna embarcación turística ha atracado jamás allí, sólo mercantes, y no muchos. Las tripulaciones están formadas por filipinos, malayos o criollos. Si nuestro hombre intentara entrar allí haciéndose pasar por un marinero o un pasajero, llamaría la atención enseguida.

–Podría desembarcar en alta mar y utilizar una lancha neumática con motor fueraborda.

–Es posible, pero antes debería alquilar o comprar esa lancha, ya fuese en la Guayana francesa o en Surinam. También podría desembarcar cerca de la costa desde un carguero, después de sobornar al capitán. Podría llegar a tierra firme desde unos cuarenta kilómetros de distancia y librarse de la lancha pinchándola y dejando que se hundiera. ¿Y después qué?

–Qué, ciertamente... –murmuró Devereaux.

–Me imagino que necesitará una gran cantidad de equipo, que pesará mucho. ¿Dónde desembarca? No hay playas a lo largo de la costa de San Martín, excepto aquí, en la bahía. Pero en esa zona se encuentran las mansiones de los ricos y en agosto está llena de guardaespaldas, vigilantes y perros.

»Aparte de eso, la costa es un amasijo de manglares infestados de serpientes y caimanes. ¿Cómo va a abrirse paso a través de todo eso? Y si consigue llegar a la carretera principal, ¿qué hará a continuación? No creo que sea demasiado factible, ni siquiera para un boina verde.

–¿Podría desembarcar en alta mar justo delante de la península de nuestro amigo?

–No, Paul, no podría hacerlo. La parte que da al mar está formada por acantilados, y las olas rompen contra las rocas. Aun suponiendo que consiguiera trepar por los acantilados con un equipo de escalada, los perros oirían el ruido de los ganchos y caerían sobre él.

–Así que llega allí por vía terrestre. ¿Desde qué extremo?

–Yo diría que desde el oeste –dijo McBride–, procedente de Surinam, en el transbordador que atraviesa el río Commini y lleva directamente al puesto fronterizo de San Martín. Entraría por allí con documentos falsos y en un vehículo de cuatro ruedas.

–Seguiría necesitando un visado de San Martín, Kevin.

–¿Y qué mejor sitio para conseguirlo que allí mismo, en Surinam, en uno de los dos únicos consulados de que disponen? Supongo que Surinam es el lugar lógico para que él adquiera un coche y consiga el visado.

–Bien, ¿cuál es tu plan?

–La embajada de Surinam aquí, en Washington, y el consulado en Miami. Nuestro hombre también necesitará un visado para entrar allí. Quiero poner a los dos sitios en alerta máxima para que retrocedan una semana en el tiempo y a partir de ahora me comuniquen todos los detalles de cada persona que haya solicitado un visado de visitante. Luego comprobaré cada uno con la sección de pasaportes.

–Estás metiendo todos tus huevos dentro de una misma cesta, Kevin.

–En realidad, no. El coronel Moreno y sus Ojos Negros pueden cubrir la frontera oriental, el aeropuerto, los muelles y la costa. Yo prefiero guiarme por mi corazonada: nuestro intruso obrará de la manera más lógica e intentará introducir su equipo en San Martín mediante un coche, procedente de Surinam. Es el punto fronterizo donde hay más actividad.

Devereaux recordó que la policía secreta de San Martín era conocida como los Ojos Negros porque ellos y sus gafas de sol llenaban de terror a todos los habitantes del país.

–De acuerdo, me gusta. Adelante. Pero date prisa.

McBride se había quedado perplejo.

–¿Tenemos un límite de tiempo, jefe?

–Y no sabes lo breve que es, amigo mío.

El puerto de Wilmington, Delaware, es uno de los más grandes y con mayor actividad de la costa Este de Estados Unidos. Situado en lo alto del gran estuario que va desde el río Delaware hasta el Atlántico, tiene kilómetros enteros de aguas bien resguardadas que, aparte de acoger a los grandes transatlánticos oceánicos, ofrecen refugio a miles de pequeños cargueros que recorren la costa.

La compañía Carib Coast Ship and Freight manejaba cargamentos para decenas de aquellos pequeños navíos, y la visita del señor Ronald Proctor no causó ninguna sorpresa. Proctor era afable, encantador y convincente, y su camioneta U-Haul, alquilada en la conocida empresa de recogidas y transportes, había quedado estacionada enfrente, con su carga en la parte de atrás.

El empleado que lo atendió no tuvo ninguna razón para dudar de él, y mucho menos cuando en respuesta a la pregunta: «¿Tiene usted alguna documentación, señor?», Proctor respondió ofreciendo justo lo que se le acababa de pedir.

Su pasaporte no sólo estaba en orden, sino que, además, era un pasaporte diplomático. Las cartas que acompañaba y las órdenes del Departamento de Estado demostraban que Ronald Proctor, diplomático estadounidense, era enviado a la embajada de su país en Paramaribo, Surinam.

–Contamos con una autorización que nos evitaría pagar los costes, claro está, pero con lo aficionada que es mi mujer a coleccionar cosas durante nuestros viajes, me temo que estamos una caja por encima del límite. Seguro que usted ya sabe cómo son las esposas, ¿verdad? Chico, hay que ver lo bien que se les da acumular trastos.

–Cuéntemelo a mí –convino el empleado. Pocas cosas unen tanto a dos hombres que no se conocen de nada como consolarse mutuamente acerca de sus mujeres–. Tenemos un mercante que zarpará con rumbo a Miami, Caracas y Parbo dentro de dos días.

Parbo es como suele llamarse a la capital de Surinam. La entrega fue acordada y pagada. Dos días más tarde la caja iniciaría su viaje por mar, y el duodécimo día se encontraría dentro de un almacén en los muelles de Parbo. Por tratarse de una carga diplomática, estaría exenta de pagar las tasas de aduana cuando el señor Proctor fuera a recogerla.

La embajada de Surinam en Washington está en el número 4301 de Connecticut Avenue, y fue allí donde Kevin McBride enseñó su identificación como veterano de la CIA y se sentó ante el muy impresionado funcionario consular encargado de la sección de visados. Lo más probable era que aquella embajada no fuese precisamente la delegación diplomática con más trabajo de Washington, y un hombre bastaba para tramitar todas las solicitudes de visado.

–Creemos que trafica en drogas y se relaciona con terroristas –dijo el hombre de la CIA–. Hasta el momento todo invita a pensar que es un tipo bastante sospechoso. Su nombre carece de importancia, porque sin duda presentará la solicitud, si es que llega a hacerlo, bajo una identidad falsa. Pero sospechamos que podría tratar de entrar en Surinam para acortar la distancia atravesando Guyana, para reunirse con sus compinches en Venezuela.

–¿Tiene una fotografía suya? –preguntó el funcionario.

–Todavía no, por desgracia –respondió McBride–. Ahí es donde esperamos que usted sea capaz de ayudarnos si él acude aquí. Lo que sí tenemos es su descripción.

Deslizó a través del escritorio una hoja con una breve descripción en dos líneas de un hombre de alrededor de cincuenta años, metro setenta de estatura, robusto y de constitución musculosa, ojos azules y pelo color rubio arena.

McBride salió de allí con las fotocopias de las diecinueve solicitudes de visado para Surinam que habían sido presentadas y concedidas durante la semana anterior. Tres días después, ya se había comprobado que todas correspondían a ciudadanos estadounidenses cuyos antecedentes y fotos de pasaporte archivadas en el Departamento de Estado no mostraban ninguna discrepancia con la documentación presentada al consulado de Surinam.

Si el escurridizo Vengador del expediente que Devereaux le había ordenado que se aprendiera de memoria iba a presentarse en el consulado, aún no lo había hecho.

En realidad McBride había ido al consulado equivocado. Surinam no es grande, y desde luego no es rico. Mantiene abiertos consulados en Washington y Miami, además de uno en Munich (pero no en Berlín) y dos en la antigua potencia colonial, Holanda. Uno está en La Haya, pero el más grande de los dos se encuentra en el número 11 de la calle Cuserstraat, en Amsterdam.

Fue en las oficinas de éste donde la señorita Amelie Dykstra, una holandesa contratada en la ciudad y cuyo sueldo era pagado por el Ministerio de Asuntos Exteriores holandés, le estaba siendo de una gran ayuda al solicitante de visado que se hallaba sentado ante ella.

–¿Es usted británico, señor Nash?

El pasaporte que la señorita Dykstra tenía en la mano mostraba que el señor Henry Nash era británico y que su profesión era la de hombre de negocios.

–¿Cuál es el propósito de su visita a Surinam? –preguntó la señorita Dykstra.

–Mi empresa se dedica a promocionar nuevos destinos que puedan atraer a los turistas, principalmente hoteles que se encuentren situados en la costa –contestó el inglés–. Espero averiguar si existe alguna posibilidad de crear algún nuevo destino en su país, bueno, quiero decir en Surinam, antes de seguir camino hacia Venezuela.

–Debería ir a hablar con la gente del Ministerio de Turismo surinamés –dijo la joven holandesa, que nunca había estado en Surinam.

A juzgar por lo que Cal Dexter había averiguado en sus investigaciones acerca de aquella costa azotada por la malaria, lo más probable era que un ministerio de esas características fuera un ejercicio en el arte de hacer que el optimismo triunfara sobre la realidad.

–Ésa es precisamente mi intención tan pronto como haya llegado allí, mi querida señorita.

Como argumento final, explicó que tenía un último vuelo esperándolo en el aeropuerto de Schipol, y luego entregó sus treinta y cinco florines, obtuvo su visado y se marchó. En realidad, su avión no iba a Londres, sino a Nueva York.

McBride volvió a dirigirse hacia el sur, en esta ocasión a Miami y Surinam. Un coche de San Martín fue a buscarlo al aeropuerto de Parbo y lo condujo hacia el este hasta el sitio por el que se atravesaba el río Commini. Los Ojos Negros que lo escoltaban se limitaron a ir por delante, requisaron el transbordador y no pagaron ningún peaje para cruzar hasta la costa de San Martín.

Durante la travesía, McBride salió del coche para contemplar cómo el espeso líquido marrón iba descendiendo lentamente hacia el mar color aguamarina, pero la nube de mosquitos y el calor asfixiante lo obligaron a regresar al Mercedes y el bienvenido frescor de su aire acondicionado. Los policías secretos enviados por el coronel Moreno se permitieron esbozar gélidas sonrisas ante semejante estupidez. Pero detrás de los cristales negros, los ojos permanecieron inexpresivos.

Luego vinieron sesenta kilómetros por una carretera ex colonial llena de baches y desniveles que iba desde la frontera hasta Ciudad de San Martín. La carretera atravesaba una selva que se prolongaba a ambos lados. En algún lugar, a la izquierda de la carretera, la selva daba paso a los pantanos, que después eran sustituidos a su vez por un amasijo de mangles y, finalmente, por el mar inaccesible. A la derecha la espesa vegetación se alejaba hacia el interior, ascendiendo poco a poco, hasta llegar a la confluencia de los ríos Commini y Maroni, para a partir de ahí adentrarse en Brasil.

Un hombre, pensó McBride, podía perderse allí en cuanto hubiera andado medio kilómetro. De vez en cuando veía que un camión salía de la carretera y se adentraba en la espesura, sin duda con destino a alguna pequeña granja o plantación no muy alejada.

Había una docena de pequeñas aldeas a lo largo del trayecto, y el hombre de Washington se quedó asombrado ante lo distinto que era el tipo étnico de los campesinos de San Martín de aquellos que había sólo una república más atrás. Existía una razón para ello.

Todas las otras potencias coloniales, que estaban conquistando parajes prácticamente deshabitados, tras asentarse en ellos empezaron a buscar trabajadores. Los aborígenes echaron un vistazo a lo que les esperaba y huyeron a la selva.

La mayoría de los terratenientes coloniales importaban esclavos africanos de las propiedades que ya poseían, o comprándolos a lo largo de la costa occidental de África. Los descendientes de aquellos esclavos, cuyos genes por lo general se habían mezclado con los de los indios y los blancos, habían creado las poblaciones modernas. El Imperio español no disponía de fácil acceso a los esclavos negros, pero contaba con millones de peones mexicanos sin tierra, y la distancia entre Yucatán y la Guayana española era mucho más corta.

Los campesinos a los que McBride estaba viendo junto a la carretera a través de las ventanillas del Mercedes habían adquirido el color de una nuez debido al sol; no eran negros, y sin embargo tampoco eran criollos. Todo el contingente laboral de San Martín seguía siendo genéticamente hispano.

Cuando el César de Shakespeare expresó el deseo de tener a su alrededor a hombres que estuviesen muy gordos, presuponía que todos los gordos eran simpáticos y tenían muy buen carácter. No estaba pensando en el coronel Hernán Moreno.

Aquel hombre, al que se atribuía el mérito de mantener al exuberante y aparatosamente condecorado presidente Muñoz dentro del palacio que se alzaba sobre una colina detrás de la capital de aquella última república bananera, estaba más gordo que un sapo. Sin embargo, no tenía nada de simpático, y su carácter no podía ser peor.

Los tormentos a que se sometía a aquellos que el coronel consideraba sediciosos o poseían información sobre éstos eran un tema al que la población sólo aludía en susurros y en los rincones más oscuros.

Se rumoreaba que existía un lugar, allá en el norte, donde se llevaban a cabo las torturas, y que nadie regresaba nunca de él. No era necesario arrojar los cadáveres al mar, como habían hecho los militares argentinos durante la dictadura de Videla, así como tampoco emplear el pico y la pala para enterrarlos. Un cuerpo desnudo sujeto al suelo de la jungla mediante unas cuantas estacas atraería a las llamadas «hormigas de fuego», capaces de hacer con él en una noche lo que a la naturaleza le llevaría meses o años.

El coronel Moreno sabía que el hombre de Langley no tardaría en llegar y optó por ofrecerle un almuerzo en el club náutico. Su restaurante era el mejor de la ciudad, y ciertamente el más exclusivo, y se hallaba ubicado en la base del muro del puerto que daba a un reluciente mar azul. Lo mejor de todo era que allí los vientos marinos por fin conseguían triunfar sobre el hedor de los callejones.

A diferencia del hombre que le pagaba, el jefe de la policía secreta evitaba la ostentación, los uniformes, las medallas y el esplendor barato, y cubría su físico de pingüino con una camisa y traje negros. Si hubiese existido alguna sospecha de nobleza en sus facciones, pensó el hombre de la CIA, el coronel Moreno se habría parecido a Orson Welles hacia el final de su vida. Pero su cara era más propia de Hermann Goering.

Con todo, el dominio que Moreno ejercía sobre el pequeño y empobrecido país era absoluto, y escuchó a McBride sin interrumpirlo en ningún momento. Sabía con toda exactitud cuál era la relación existente entre aquel hombre y el refugiado llegado de Yugoslavia que había buscado un santuario en San Martín y ahora vivía en una envidiable mansión que tanto Moreno como el presidente soñaban con adquirir algún día.

También se hallaba al corriente de la inmensa riqueza del refugiado y del tributo anual que pagaba al presidente Muñoz a cambio de protección, a pesar de que ésta se la proporcionaba él mismo.

Lo que ignoraba era el motivo por el que un alto cargo muy veterano de Washington había decidido reunir al refugiado con el tirano. Pero esa cuestión carecía de importancia. El serbio se había gastado más de cinco millones de dólares en construir su mansión, y otros diez en su propiedad. Pese a los inevitables gastos necesarios para llevar a cabo semejante hazaña, la mitad de ese dinero había sido desembolsado en San Martín, y un sustancial porcentaje del mismo había ido a parar a manos del coronel Moreno.

De una manera mucho más directa, Moreno cobraba unos honorarios a cambio de proporcionar trabajadores esclavos, que se renovaban siempre que era necesario mediante nuevos arrestos. Mientras ningún peón escapara o regresara con vida, el acuerdo era tan lucrativo como carente de riesgos. El hombre de la CIA no tuvo ninguna necesidad de suplicarle su cooperación.

–Si pone un pie en San Martín –dijo Moreno con su voz entrecortada y jadeante–, le echaré el guante. No volverá a verlo, pero le transmitiremos toda la información que le saquemos. Tiene usted mi palabra al respecto.

Durante el viaje de regreso al lugar por donde se cruzaba el río y el avión que lo esperaba en Parbo, McBride pensó en la misión que se había impuesto a sí mismo el cazador de recompensas invisible; pensó en las defensas, y en el precio del fracaso, la muerte a manos del coronel Moreno y sus hombres expertos en provocar dolor. Se estremeció, y no a causa del aire acondicionado.

Gracias a los milagros de la tecnología moderna, Calvin Dexter no necesitaba regresar a Pennington para recoger cualquier mensaje del contestador automático de su despacho. Podía hacerlo desde una cabina pública en Brooklyn, y eso fue lo que hizo el día 15 de agosto.

La mayor parte de los mensajes procedían de voces a las que Dexter iba reconociendo antes de que quien llamaba se identificase. Se trataba de vecinos, clientes y hombres de negocios locales que por lo general querían desearle unas felices vacaciones y preguntarle cuándo volvería a estar sentado detrás de su escritorio.

Fue el penúltimo mensaje el que estuvo a punto de hacer que el auricular se le cayera de la mano y lo obligó a mirar, sin verlo, el tráfico que pasaba velozmente por detrás del cristal de la cabina. Cuando hubo dejado el auricular en su sitio, Dexter estuvo caminando durante una hora tratando de determinar cómo había llegado a suceder, quién había filtrado su nombre y lo que hacía, y, lo más importante de todo, si la voz anónima era la de un amigo o la de alguien que quería traicionarlo.

La persona no se había identificado. Su voz era áspera y monocorde, como si llegara hasta Dexter a través de varias capas de pañuelos de papel. Se había limitado a decir:

–Tenga cuidado, Vengador. Ellos saben que irá allí.

24

El plan

Cuando el profesor Medvers Watson dejó al cónsul surinamés, éste se sentía ligeramente agobiado, hasta el punto de que estuvo a punto de excluir al académico de la lista de solicitantes de visado que iba a remitir a Kevin McBride a una dirección secreta de la ciudad.

–*Callicore maronensis* –respondió el profesor con una gran sonrisa cuando se le preguntó cuál era la razón por la que deseaba visitar Surinam.

El cónsul puso cara de no entender nada. Al ver su perplejidad, el doctor Watson hurgó en su maletín y extrajo la obra maestra de Andrew Neild: *Las mariposas de Venezuela.*

–Han detectado su presencia allí. Es increíble.

Abrió rápidamente el libro de Neild por una página en la que aparecían fotografías en color de mariposas que, a los ojos del cónsul, parecían todas bastante similares, aparte de ligeras variaciones de los dibujos de las alas.

–Se trata de una de las *Limentidinae*, ya sabe –prosiguió el profesor–. Una subfamilia, claro está. Al igual que las *Charaxinae*. Ambas derivan de las *Nymphalidae*, como usted probablemente ya sabrá.

De pronto el cada vez más perplejo cónsul se encontró con que estaba siendo informado sobre el orden, subfamilia, género, especie y subespecie de una mariposa.

–Pero ¿qué es lo que quiere usted hacer con ellas? –preguntó.

El profesor Medvers Watson cerró el libro y respondió:

–Fotografiarlas, mi querido señor. Encontrarlas y fotografiarlas. Ya le he dicho que al parecer ha habido un avistamiento. Hasta ahora la *Agrias narcissus* era prácticamente todo lo rara que puede ser una mariposa en la selva de su país, pero la *Callicore maronensis* es otra historia. Por eso tengo que ir allí de inmediato, antes de la estación de las lluvias, y para eso no falta mucho.

El cónsul contempló el pasaporte estadounidense. Había frecuentes entradas en Venezuela, y otras en Brasil y Guyana. Desdobló la carta con membrete del Smithsonian Institute. El profesor Watson contaba con una entusiasta recomendación del jefe del departamento de entomología, división lepidópteros. El cónsul asintió lentamente con la cabeza. Ciencia, medio ambiente, ecología: ésas eran las cosas que no debían ser menospreciadas o negadas en el mundo moderno. Selló el visado y le entregó el pasaporte.

El profesor Watson no pidió que le devolviera la carta, por lo que ésta se quedó encima del escritorio.

–Bien, buena caza –le dijo el cónsul con un hilo de voz.

Dos días después Kevin McBride entró en el despacho de Paul Devereaux con una amplia sonrisa en el rostro.

–Creo que lo tenemos –dijo.

Puso encima del escritorio un ejemplar del impreso emitido por el consulado de Surinam y que debía ser rellenado por la persona que solicitara un visado. Una foto de pasaporte miraba desde la hoja de papel.

Devereaux leyó rápidamente.

–¿Y bien?

McBride depositó una carta junto al impreso. Devereaux también la leyó.

–¿Y?

–Es un farsante. No existe ningún pasaporte estadounidense a nombre de Medvers Watson. El Departamento de Estado se ha manifestado categórico al respecto. Debería haber escogido un nombre más corriente. Los académicos del Smithsonian nunca han oído hablar de él. Nadie en el mundo de la entomología ha oído hablar jamás de Medvers Watson.

Devereaux contempló la foto del hombre que había tratado de echar a perder su operación encubierta y de esa manera se había convertido, si bien involuntariamente, en su enemigo. Detrás de las gafas, sus ojos recordaban los de un búho, y la perilla que brotaba de la punta del mentón debilitaba la expresión del rostro en vez de fortalecerla.

–Bravo, Kevin. Una estrategia realmente brillante. Pero el caso es que ha funcionado, y naturalmente todo lo que funciona se vuelve brillante. Envía de inmediato cada detalle al coronel Moreno en San Martín, si tienes la bondad. Puede que nuestro hombre actúe con mucha rapidez.

–Y al gobierno de Surinam en Parbo.

–No, a ellos no. No hay ninguna necesidad de ponerlos nerviosos.

–Paul, podrían arrestarlo en cuanto llegue al aeropuerto de Parbo. Los chicos de nuestra embajada confirmarían que el pasaporte es falso, y lo enviarían de regreso en el siguiente avión, escoltado por dos de nuestros marines. Luego lo arrestarían en cuanto pisara tierra y lo meteríamos entre rejas, allí donde no pudiera hacer ningún daño.

–Kevin, escúchame. Sé que es algo terrible y conozco la reputación de Moreno. Pero si nuestro hombre cuenta con un buen fajo de dólares, podría evitar que lo arrestaran en Surinam. Saldría bajo fianza ese mismo día, y luego se esfumaría.

–Pero Paul, Moreno es un animal. No enviarías a las garras de ese tipo ni a tu peor enemigo...

–Y tú no sabes lo importante que es el serbio para todos nosotros. Tampoco sabes nada sobre su paranoia, ni sobre el poco tiempo de que quizá disponga. El serbio tiene que saber que el peligro que lo amenazaba ha quedado totalmente eliminado, o de lo contrario se retirará de aquello para lo cual lo necesito.

–¿Y sigues sin poder contármelo?

–Lo siento, Kevin. No, todavía no.

Su subordinado se encogió de hombros, frustrado pero obediente.

–De acuerdo. Será tu conciencia la que tenga que cargar con ello, no la mía.

Y ése era el problema, pensó Paul Devereaux cuando volvió a estar solo en su despacho mientras contemplaba el espeso follaje verde que se interponía entre él y el Potomac. ¿Podría conseguir que su conciencia aceptase finalmente lo que estaba haciendo? Tendría que conseguirlo. El mal menor, el mayor de los bienes.

El desconocido con el pasaporte falso no tendría una muerte dulce, mientras dormía y sin dolor. Pero había escogido nadar en aguas espantosamente peligrosas, y la decisión de hacerlo había sido suya.

Ese día, el 18 de agosto, Estados Unidos sudaba bajo el calor del verano, y la mitad del país había buscado alivio en mares, ríos, lagos y montañas. En la costa norte de Sudamérica una humedad espantosa procedente de la selva saturada de vapores añadía dos o tres grados más a los treinta y siete que el sol provocaba por sí solo.

En los muelles de Parbo, a quince kilómetros de donde las marrones aguas del río Surinam desembocaban en el mar, el calor era como una manta extendida sobre los almacenes y las dársenas. Los perros callejeros trataban de encontrar la mínima sombra para echarse jadeando hasta el atardecer. Los humanos permanecían sentados frente a ventiladores que se limitaban a remover cansinamente el aire.

Los más insensatos bebían refrescos que no hacían más que intensificar la sed y la deshidratación. Los que ya tenían experiencia preferían el té muy caliente y azucarado, lo que quizá suene como una locura cuando se ignora que los colonialistas ingleses descubrieron hace dos siglos que es el mejor rehidratante posible.

El carguero de mil quinientas toneladas *Tobago Star* subió lentamente por el cauce del río, atracó en la dársena que se le había asignado y esperó a que oscureciese. En la penumbra un poco más fresca entregó su carga, que incluía una caja a nombre del diplomático estadounidense Ronald Proctor. Dicha caja fue a parar a una sección del almacén rodeada por una valla de alambre metálico para esperar a que la recogieran.

Paul Devereaux había pasado años estudiando el terrorismo en general y el del mundo árabe y musulmán, no necesariamente idénticos, en particular.

Ya hacía mucho tiempo que había llegado a la conclusión de que la queja convencional en Occidente, aquella según la cual el terrorismo tenía su origen en la pobreza y la falta de recursos de aquellos a quienes Fanon llamaba «los condenados de la tierra», no era más que una cómoda memez políticamente correcta.

Desde los anarquistas de la Rusia zarista hasta el IRA de 1916, desde el Irgún y la Banda de Stern hasta la EOKA en Chipre, desde la banda Baader-Meinhof en Alemania, el CCC en Bélgica, Action Directe en Francia, las Brigadas Rojas en Italia, la Fracción del Ejército Rojo otra vez en Alemania, el Renko Sekkigun en Japón, pasando por Sendero Luminoso en Perú hasta llegar al IRA moderno en el Ulster o ETA en España, el terrorismo provenía de las mentes de teóricos de clase media crecidos entre comodidades y que habían recibido una buena educación, dotados de una vanidad realmente impresionante y con un gusto muy desarrollado por la autoindulgencia.

Tras estudiarlos a todos, Devereaux llegó a la conclusión de que lo mismo podía decirse de todos sus líderes, aquellos que se habían erigido en campeones de las clases trabajadoras. La verdad era la misma en Oriente Próximo que en la Europa occidental, Sudamérica o el este de Asia. Imad Mugniyah, George Habash, Abu Abbas, Abu Nidal y todos los otros Abus jamás habían tenido que prescindir de una sola comida. La mayoría de ellos tenían títulos universitarios.

De acuerdo con la teoría de Devereaux, todos aquellos que estaban en situación de ordenar a otra persona que pusiera una bomba en un comedor público para luego regocijarse con las imágenes resultantes tenían una cosa en común: poseían una aterradora capacidad para el odio, lo que constituía el «factor previo» genético. Lo primero era el odio; el objetivo podía venir después, y habitualmente lo hacía.

El motivo también ocupaba un lugar secundario con respecto a la capacidad de odiar. Podía tratarse de la revolución bolchevique, la liberación nacional o un millar de variantes de la misma, desde la unión hasta la secesión; podía tratarse de fervor anticapitalista; podía tratarse de exaltación religiosa.

Pero el odio era lo primero, y a continuación la causa, el objetivo, los métodos y, finalmente, el justificarse a uno mismo. Y los «tontos útiles» de Lenin siempre se lo tragaban.

Devereaux estaba absolutamente convencido de que el liderazgo de al-Qaeda seguía dicho modelo. Sus cofundadores eran un millonario de la construcción saudí y un médico cairota. El que su odio a los judíos y los estadounidenses tuviera una base secular o estuviera alimentado por un motivo religioso carecía de importancia. No había absolutamente nada que Estados Unidos o Israel pudieran hacer, excepto la más completa autoaniquilación, para apaciguarlos o satisfacerlos.

En opinión de Devereaux, a ninguno de ellos le importaban un comino los palestinos salvo como justificación y vehículo para sus acciones. Odiaban al país en el que había nacido Devereaux no por lo que hacía, sino por lo que era.

Se acordó del viejo jefe de espías británico sentado a aquella mesa junto a la ventana del Whites mientras los manifestantes de izquierdas pasaban por delante de ella. Además de los habituales socialistas británicos de cabellos blancos como la nieve que nunca habían sido capaces de superar del todo la muerte de Lenin, estaban las chicas y los chicos británicos que algún día se comprarían una casa y votarían a los conservadores, y a continuación los torrentes de estudiantes del Tercer Mundo.

–Nunca os perdonarán, mi querido muchacho –le había dicho el anciano–. Nunca esperéis que lleguen a perdonaros, y así jamás os sentiréis decepcionados. Vuestro país es un motivo de reproche constante. Estados Unidos es rico para con sus pobres, fuerte para con sus débiles, vigoroso para con sus ociosos, emprendedor para con sus reaccionarios, ingenioso para con sus desorientados, decidido para con sus partidarios de la espera, impetuoso para con sus desanimados.

»Lo único que se necesita es que surja un demagogo y grite: "Todo lo que tiene Estados Unidos os lo ha robado a vosotros", y entonces ellos lo creerán. Tal como hacía Calibán en *La tempestad* de Shakespeare, sus fanáticos se miran en el espejo y rugen de rabia ante lo que ven. Esa rabia se convierte en odio, y el odio necesita un objetivo. No es la clase trabajadora del Tercer Mundo la que os odia, sino los seudointelectuales. Si llegaran a perdonaros alguna vez, se condenarían a sí mismos. Hasta el momento su odio carece del armamento necesario. Pero algún día adquirirán ese armamento, y entonces tendréis que luchar o morir. Y no morir por decenas, sino por decenas de millares.

Treinta años después, Devereaux estaba seguro de que el anciano británico no se había equivocado. Después de Somalia, Kenia, Tanzania y Adén, su país se hallaba involucrado en una nueva guerra, y no lo sabía. El que los políticos y el poder también hubieran escondido la cabeza bajo el ala no hacía sino empeorar la tragedia.

El jesuita había solicitado que lo enviaran a primera línea del frente, y lo había conseguido. Ahora tenía que hacer algo con el mando que se le había otorgado, y su respuesta fue el Proyecto Peregrino. Devereaux no tenía ninguna intención de negociar con UBL, y ni siquiera pretendía responder después del siguiente ataque. Su intención era destruir al enemigo de su país antes de que ese ataque llegara a producirse. Para emplear la analogía del padre Xavier, Devereaux pensaba utilizar su lanza antes de que la punta del cuchillo hubiera llegado a estar lo bastante cerca para herir. El problema era: ¿dónde? No más o menos, no «en algún lugar de Afganistán», sino dónde con una precisión de diez metros hacia aquí y diez metros hacia allá, y cuándo con un margen de treinta minutos.

Sabía que se aproximaba un ataque. Todos lo sabían: Dick Clarke en la Casa Blanca, Tom Pickard en los cuarteles generales del FBI, George Tenet un piso por encima de la cabeza de Devereaux en Langley. Todos los rumores que se oían en la calle decían que se estaba preparando «una muy gorda». Lo que ignoraban era dónde, cuándo, qué y cómo, y gracias a todas aquellas insensatas reglas que les prohibían preguntárselo a las personas que llevaban una mala vida, no era demasiado probable que lo averiguasen. A ello había que sumar también la negativa a cotejar todo aquello de que ya disponían.

Paul Devereaux había quedado tan harto de todos ellos que había planeado el Proyecto Peregrino y no le diría a nadie en qué consistía.

En su lectura de las decenas de miles de páginas sobre el terror en general y al-Qaeda en particular, había un tema que se repetía una y otra vez. Los terroristas islámicos no se quedarían satisfechos con que murieran unos cuantos estadounidenses desde Mogadiscio hasta Dar es Salaam. UBL querría que hubiese centenares de miles de muertos. La predicción de aquel británico fallecido ya hacía tanto tiempo estaba convirtiéndose en realidad.

Si pretendía obtener esa cifra de víctimas, el liderazgo de al-Qaeda necesitaría disponer de una tecnología que aún no tenía, pero que llevaba tiempo tratando de adquirir. Devereaux sabía que en el laberinto de cavernas de Afganistán, que no eran simplemente agujeros abiertos en unas cuantas rocas sino auténticos dédalos subterráneos que incluían laboratorios, se habían iniciado experimentos con gases y bacterias. Pero todavía les quedaba por recorrer un considerable camino antes de dominar los métodos para emplearlos como armas de destrucción masiva.

Para al-Qaeda, como para todos los grupos terroristas del mundo, existía una meta de valor incalculable: el material fisionable. Había al menos una docena de esos grupos de asesinos dispuestos a correr los mayores riesgos con tal de conseguir el elemento básico de un artefacto nuclear.

No era necesario que se tratara de un material «limpio». De hecho, cuanto más «sucio» en términos de radiación fuera, mejor. Incluso al nivel en que debían desempeñarse sus científicos, los terroristas sabían que una cantidad suficiente de material fisionable, envuelto en la cantidad adecuada de explosivo plástico, crearía una radiación lo bastante letal para que una ciudad como

Nueva York se volviera inhabitable durante una generación. Y eso sin contar el medio millón de personas a las cuales la radiación mataría por efectos del cáncer.

Había transcurrido una década, y la guerra secreta había sido costosa e intensa. Hasta el momento Occidente, asistido durante los últimos años por Moscú, la había ganado y había sobrevivido. Se habían gastado enormes sumas en comprar cualquier fragmento de plutonio o uranio 235 que se ofreciera en el mercado. Países enteros, antiguas repúblicas soviéticas, habían entregado hasta el último gramo dejado atrás por Moscú, y los términos del Acta Nunn-Lugar habían hecho que los dictadores locales acumularan enormes fortunas. Pero aun así seguía habiendo mucho, demasiado material fisionable que sencillamente había desaparecido.

Poco después de que hubiera constituido su diminuta sección propia dentro de Contraterrorismo en Langley, Paul Devereaux reparó en dos cosas. Una era que cincuenta kilos de uranio 235 con el nivel de pureza necesario para la fabricación de armamento nuclear se hallaba guardado dentro del altamente secreto Instituto Vinca, en el corazón de Belgrado. Tan pronto como cayó Milosevic, Estados Unidos empezó a negociar su adquisición. Una tercera parte de aquel material, es decir, quince kilos, habría bastado para fabricar una bomba.

La otra cosa era que un temible gánster serbio, que había mantenido un tipo de relación muy íntima con la corte de Milosevic, quería salir de allí antes de que el techo se desplomara sobre su cabeza. Necesitaba «cobertura», nuevos documentos de identidad, protección y un lugar en el que ocultarse. Devereaux sabía que aquel lugar nunca podría ser Estados Unidos. Pero una república bananera... Devereaux hizo un trato con aquel gánster y le pidió un precio a cambio. El precio fue su colaboración.

Antes de que el gánster dejara Belgrado, una muestra de uranio 235 del tamaño de la uña del pulgar fue robada del Instituto Vinca. Los registros fueron alterados para mostrar que en realidad lo que había desaparecido eran quince kilos de material fisionable.

Seis meses antes, y tras ser presentado por el traficante de armas Vladimir Bout, el serbio fugitivo había entregado su muestra y pruebas documentales de que poseía los quince kilos restantes.

La muestra había llegado a manos del químico y físico de al-Qaeda, Abu Jabab, otro egipcio fanático y sumamente instruido. Aquello había requerido que Jabab saliera de Afganistán y viajara discretamente a Iraq para conseguir el equipo necesario para someter la muestra a las debidas pruebas.

En Iraq también se estaba llevando a cabo un programa nuclear. Quienes se hallaban al frente de él pretendían obtener uranio 235 lo bastante puro para fabricar armas, pero lo estaban haciendo con métodos lentos y anticuados, con calutrones como los que se habían utilizado el año 1945 en Oak Ridge, Tennessee. La muestra, por lo tanto, causó gran nerviosismo.

Sólo cuatro semanas antes de que se hiciera circular aquel maldito informe compilado por un magnate canadiense concerniente a ese nieto suyo que ya llevaba unos cuantos años muerto, se había sabido que al-Qaeda estaba dispuesta a hacer un trato. Devereaux tuvo que hacer un esfuerzo para permanecer tranquilo.

Para su máquina asesina había querido emplear un avión robot llamado *Depredador*, que volaba a gran altura, pero el aparato se había estrellado justo antes de cruzar la frontera de Afganistán. Sus restos se hallaban de nuevo en Estados Unidos, pero ahora al hasta entonces desarmado avión robot se le estaba acoplando un misil Hellfire. De esa manera, en el futuro, *Depredador* no sólo podría detectar un blanco desde la estratosfera, sino que también podría hacerlo pedazos.

La conversión, sin embargo, requeriría demasiado tiempo. Paul Devereaux remodeló su plan, pero tuvo que retrasar su puesta en práctica para que se instalara un armamento distinto. Sólo cuando por fin estuvieron preparados, el serbio aceptó la invitación de ir a Peshawar, en Pakistán, y reunirse allí con Zawahiri, Atef, Zubaidah y el físico y químico Abu Jabab. Llevaría consigo quince kilos de uranio, pero no dotado del nivel de pureza necesario para hacer armas. Para aquella visita bastaría con el isótopo 238 conocido como «pastel amarillo», un combustible para reactores corrientes que sólo poseía el 3 % de pureza, en lugar del 98 % necesario para la fabricación de armas.

Durante aquella reunión crucial, Zoran Zilic pagaría por todos los favores que se le habían otorgado. Si no lo hacía, una sola llamada telefónica al letal servicio secreto de Pakistán, el ISI, favorable a al-Qaeda, bastaría para acabar con él.

El plan era que Zilic doblara el precio sin previo aviso y amenazara con marcharse si no aceptaban su oferta. En eso Devereaux estaba apostando a que sólo existía un hombre capaz de tomar aquella decisión, y que habría que consultarlo.

A gran distancia de allí, en Afganistán, UBL tendría que responder a aquella llamada telefónica. Muy por encima de él, un satélite escucha conectado con la Agencia Nacional de Seguridad escrutaría la llamada y señalaría su destino, precisándolo hasta localizarlo en un lugar de tres metros por tres metros.

¿Se mantendría a la espera durante el tiempo suficiente el hombre del extremo afgano de la conexión telefónica? ¿Podría contener su curiosidad por saber si acababa de convertirse en el propietario del uranio suficiente para hacer realidad sus sueños más mortíferos?

El submarino nuclear *Columbia* abriría sus escotillas frente a la costa de Baluchistán para lanzar un misil crucero Tomahawk. Mientras volaba, éste sería programado por el sistema de posicionamiento global, el GPS, en combinación con el Cotejo de Contornos del Terreno (CCT) y la Correlación de Cotejo del Área con la Escena Digital (CCAED).

Tres sistemas de navegación lo guiarían hacia ese pequeño espacio de nueve metros cuadrados. Al alcanzarlo, haría saltar por los aires toda la zona, con el móvil y el hombre que esperaba recibir su llamada desde Peshawar incluidos. Para Devereaux el problema se reducía al tiempo. El momento en que Zilic tendría que partir hacia Peshawar, haciendo un alto en el camino cuando pasara por Ras al-Jaimah para recoger al ruso, se aproximaba. Devereaux no podía permitirse el lujo de dejar que Zilic sucumbiera al pánico y se echara atrás, alegando que era un hombre acosado y que por lo tanto el trato quedaba completamente anulado. Vengador tenía que ser detenido y, probablemente, destruido. El mal menor, el mayor de los bienes.

Era el 20 de agosto. Un hombre bajó del avión de pasajeros de la KLM holandesa que iba directamente de Curaçao al aeropuerto de Paramaribo. No se trataba del profesor Medvers Watson, al que un comité de recepción estaba esperando un poco más abajo de la costa.

Ni siquiera era el diplomático estadounidense Ronald Proctor, a quien una caja estaba aguardando en los muelles.

Era el promotor de complejos turísticos británico Henry Nash. Con su visado expedido en Amsterdam, Nash pasó sin la menor dificultad por los servicios de aduanas e inmigración y cogió un taxi para ir a la ciudad. Habría sido tentador alojarse en el Torarica, el mejor hotel de la ciudad. Pero allí podía encontrarse con auténticos británicos, por lo que fue al Krasnopolsky, en la Dominiestraat.

Su habitación quedaba en el último piso y tenía un balcón orientado hacia el este. Cuando salió a echar un vistazo a la ciudad, el sol estaba detrás de él. La altura adicional proporcionaba un atisbo de brisa que haría soportable el crepúsculo. Muy lejos de allí en dirección al este, a poco más de cien kilómetros y al otro lado del río, esperaba la selva de San Martín.

Tercera parte

25

La jungla

Fue el diplomático estadounidense Ronald Proctor quien alquiló el vehículo, pero no en una agencia, sino a un vendedor particular que se anunciaba en el periódico local.

El Cherokee era de segunda mano, pero se hallaba en bastante buen estado, y con algunos retoques que su nuevo propietario, adiestrado en el ejército estadounidense, tenía toda la intención de hacerle, serviría para lo que lo necesitaba.

El trato que hizo con el vendedor fue muy atractivo para éste. Proctor le pagaría diez mil dólares en efectivo. Sólo necesitaría el vehículo por un mes, hasta que su propio todoterreno llegara de Estados Unidos. Si Proctor devolvía el vehículo absolutamente intacto antes de que se cumpliese el plazo, el vendedor le reembolsaría cinco mil dólares.

El vendedor iba a ganar cinco mil dólares en un mes sin necesidad de hacer ningún esfuerzo. Teniendo en cuenta que el hombre que estaba delante de él era un encantador diplomático estadounidense, y que el Cherokee volvería a sus manos al cabo de treinta días, parecía una tontería tomarse la molestia de hacer todo el trámite de cambiar la documentación del vehículo. ¿Para qué alertar al recaudador de impuestos?

Proctor alquiló también el garaje y el cobertizo utilizado como almacén que había detrás del mercado de flores y productos agrícolas. Finalmente fue a los muelles, donde le entregaron la caja. La llevó al garaje, la vació con mucho cuidado y guardó su contenido dentro de dos grandes bolsas de lona. Luego Ronald Proctor dejó de existir.

En Washington, Paul Devereaux estaba consumido por la ansiedad y la curiosidad conforme los días transcurrían lentamente. ¿Dónde estaba aquel hombre? ¿Habría conseguido entrar en Surinam? ¿Iría de camino a su destino?

La manera más cómoda de ceder a la tentación hubiera sido

preguntar directamente a las autoridades de Surinam a través de la embajada estadounidense en Redmonstraat. Pero eso habría despertado la curiosidad. Habrían querido saber por qué lo preguntaba. Entonces habrían despertado de su sopor y habrían empezado a hacer preguntas. El hombre llamado Vengador podía arreglárselas para quedar en libertad y volver a empezar. El serbio, que comenzaba a ponerse un poco paranoico ante la mera idea de tener que ir a Peshawar, podía sucumbir al pánico y anular el trato. Por eso Devereaux se limitó a pasear, acechar y esperar.

El coronel Moreno había avisado al diminuto consulado de San Martín en Paramaribo de que un americano que fingía ser un coleccionista de mariposas quizá fuese a verlos para solicitar un visado. Debían concedérselo de inmediato e informar sin tardanza al coronel.

Pero nadie llamado Medvers Watson apareció. El hombre al que buscaban estaba sentado en la terraza de un café en el centro de Parbo, con sus últimas compras metidas dentro de un saco a su lado. Era el 24 de agosto.

Lo que acababa de comprar procedía de la única tienda de caza y acampada que había en la ciudad, Los Avíos, de la calle Zwarten Hovenbrug. Bajo su identidad de Henry Nash, el hombre de negocios londinense, Dexter no había llevado consigo casi nada que le fuera a ser de utilidad al otro lado de la frontera. Pero con el contenido de la caja del diplomático y lo que había adquirido aquella mañana, no se le ocurría nada que hubiese pasado por alto. De modo que bebió un trago de cerveza Parbo y disfrutó de la última bebida fría que iba a tomar durante algún tiempo.

Los que esperaban fueron recompensados la mañana del 25. La cola en el cruce del río era, como siempre, lenta, y había tantos mosquitos como cabía esperar. Casi todos los que cruzaban eran lugareños que iban en bicicletas, ciclomotores y viejas y oxidadas camionetas cargadas con productos locales.

Sólo había un vehículo moderno en la cola del lado de Surinam, un Cherokee negro a cuyo volante iba un hombre blanco. Éste llevaba una arrugada chaqueta de lino color crema, un sombrero panamá blanco y unas gafas de montura gruesa. Tal como hacían todos los demás, permaneció sentado detrás del volante ahuyentando mosquitos a manotazos. Por fin hizo avanzar el todoterreno unos cuantos metros cuando el transbordador tirado por una cadena aceptó un nuevo cargamento y volvió a atravesar lentamente el Commini.

Pasada una hora, aquel hombre blanco se encontró encima de la cubierta plana de hierro del transbordador, con el freno de mano puesto, y se apeó para contemplar el río. Una vez que hubo llegado a la costa de San Martín, se unió a la cola de seis coches que esperaban en el puerto fronterizo.

En San Martín las autoridades se mostraban bastante más concienzudas, y además parecía haber una cierta tensión entre los doce guardias que hacían corro a su alrededor. La carretera estaba bloqueada por un poste a rayas que había sido colocado encima de dos barriles de petróleo rellenos de hormigón.

En el cobertizo que había a un lado, un funcionario de inmigración estudiaba todos los documentos. Los surinameses que se encontraban allí para visitar a algún pariente o comprar productos que luego venderían en Parbo debían de estar preguntándose a qué venía todo aquello, pero si hay algo que abunde en el Tercer Mundo, son la paciencia y la falta de información. Se sentaron y siguieron esperando. Ya casi había anochecido cuando el Cherokee avanzó lentamente hacia la barrera. Un soldado le hizo señas de que le entregara el pasaporte, lo cogió y lo introdujo por la ventanilla del cobertizo.

El conductor del todoterreno parecía estar bastante nervioso. Sudaba a mares. Evitaba que sus ojos se encontraran con los guardias, mirando fijamente hacia delante. De vez en cuando lanzaba una rápida mirada de soslayo hacia el cobertizo. Fue durante una de esas ojeadas cuando vio que el funcionario de inmigración daba un respingo y se apresuraba a descolgar el teléfono. El conductor no pudo evitar dejarse dominar por el pánico.

El motor rugió súbitamente y el pesado todoterreno negro se lanzó hacia delante, golpeó con el espejo lateral a un soldado, arrojándolo a la cuneta, despidió por los aires el poste a rayas, describió una frenética curva para esquivar a los camiones que tenía delante y se alejó hacia la penumbra.

Detrás del Cherokee, todo era caos. Una parte del poste le había dado en la cara a un oficial del ejército al volar por los aires.

El funcionario de inmigración salió gritando de su cobertizo, agitando un pasaporte estadounidense a nombre del profesor Medvers Watson.

Dos de los matones de la policía secreta del coronel Moreno, que se habían mantenido de pie detrás del funcionario de inmigración dentro del cobertizo, salieron corriendo con las pistolas desenfundadas. Uno de ellos volvió a entrar y se puso a parlotear por teléfono con la capital, a sesenta kilómetros de allí, hacia el este.

Galvanizados por el oficial del ejército que se sujetaba la nariz rota, los doce soldados subieron a toda prisa al camión pintado de color verde oliva e iniciaron la persecución. Los policías de la secreta corrieron a su Land Rover azul y los imitaron. Pero el Cherokee ya había desaparecido después de doblar dos esquinas.

En Langley, Kevin McBride vio parpadear la luz del teléfono que estaba sobre su escritorio y tenía línea directa con el despacho del coronel Moreno en Ciudad de San Martín.

Respondió a la llamada, escuchó con gran atención, tomó nota de lo que se le decía, formuló unas cuantas preguntas y volvió a tomar notas. Después fue a ver a Paul Devereaux.

–Lo han cogido –anunció.

–¿Se encuentra bajo custodia?

–Casi. Tal como pensé que haría, trató de entrar por el río, desde Surinam. Debió de darse cuenta del súbito interés que despertaba su pasaporte, o quizá los guardias armaran demasiado jaleo. Fuera por lo que fuese, el caso es que atravesó la barrera y se alejó zumbando. El coronel Moreno dice que no irá a ninguna parte. Hay selva a ambos lados, y patrullas en los caminos. Augura que por la mañana lo habrán cogido.

–Pobre hombre –dijo Devereaux–. Realmente debería haberse quedado en casa.

El coronel Moreno había pecado de exceso de optimismo. Hicieron falta dos días. De hecho, quien dio el aviso fue un granjero que vivía cinco kilómetros más arriba de allí, junto a un sendero que nacía hacia la derecha de la carretera y se adentraba en la espesura.

El granjero dijo que recordaba haber oído el ruido de un motor muy potente que pasó junto a su casa la tarde anterior, y su esposa había visto que un vehículo todoterreno muy grande y casi nuevo subía por el sendero.

Naturalmente, el hombre dio por sentado que se trataba de un vehículo del gobierno, dado que ningún granjero o trampero soñaría jamás con estar en condiciones de comprar uno semejante. Sólo cuando a la noche siguiente comprobó que el vehículo no volvía por donde había venido, el granjero bajó hasta la carretera principal. Allí encontró a una patrulla y se lo contó todo.

Los soldados dieron con el Cherokee. Había recorrido un kilómetro y medio más después de pasar junto a la choza del granjero cuando de pronto, tratando de adentrarse en la selva, se había metido en un barranco y había quedado clavado allí formando un ángulo de cuarenta y cinco grados. Unos surcos profundos indicaban el sitio en el que el conductor fugado había intentado salir del barranco forzando el motor, pero su pánico sólo había servido para empeorar las cosas. Hizo falta una grúa traída de la ciudad para sacar el cuatro por cuatro de aquel agujero.

El coronel Moreno fue allí en persona. Examinó la tierra removida, los arbustos destrozados y las lianas partidas.

–Rastreadores –dijo–. Traed a los perros. El Cherokee y todo lo que hay dentro de él, a mi despacho. Ahora mismo.

Pero cayó la oscuridad. Los rastreadores eran personas sencillas, incapaces de hacer frente a las tinieblas cuando los espíritus del bosque andaban sueltos. Empezaron a trabajar a la mañana siguiente en cuanto amaneció, y al mediodía dieron con la presa que andaban buscando.

Uno de los hombres de Moreno iba con ellos y tenía un móvil. Moreno contestó a la llamada en su despacho. Treinta minutos después Kevin McBride entraba en el despacho de Devereaux.

–Lo han encontrado. Está muerto.

Devereaux echó un vistazo a su calendario de mesa. La fecha era el 27 de agosto.

–Creo que deberías ir allí –dijo.

McBride gimió.

–Es un viaje infernal, Paul. Hay que atravesar el maldito Caribe.

–Autorizaré el uso de un avión de la Compañía. Para mañana a la hora del desayuno ya deberías haber llegado. Yo no soy el único que necesita estar seguro de que todo este condenado asunto ha terminado para siempre. Zilic también tiene que creerlo. Ve allá abajo, Kevin. Convéncenos a ambos.

El hombre al que Langley sólo conocía por su nombre en código de Vengador había detectado el sendero que partía de la carretera principal al sobrevolar la región en el Piper. Era uno más entre una docena que salían de aquella carretera, entre el río y la capital, que quedaba a unos sesenta kilómetros hacia el este. Cada camino servía como vía de comunicación a una o dos pequeñas plantaciones o granjas, más allá de las cuales se desvanecían hasta desaparecer por completo.

En aquel momento no se le había ocurrido fotografiarlos, ya que reservaba toda su película para la hacienda de El Punto. Pero se acordaba de ellos. Y durante el vuelo de regreso con Lawrence, el piloto condenado a morir, había vuelto a verlos.

Se decidió por el tercero a partir del río. Dexter les llevaba medio kilómetro de ventaja a sus perseguidores cuando redujo la velocidad para no dejar huellas visibles, y metió el Cherokee por el sendero. Tras doblar una curva, y con el motor apagado, oyó el atronador paso de sus perseguidores.

El trayecto hasta la granja resultó fácil, pero después el sendero se volvía cada vez más impenetrable. Dexter se internó otro kilómetro y medio en la selva, se apeó, caminó hacia delante en medio de la oscuridad, encontró un barranco y estrelló el Cherokee en el fondo.

Dejó allí lo que pretendía que encontrasen los rastreadores y cogió el resto. Pesaba mucho. El calor, incluso durante la noche, era opresivo. La noción de que de noche la selva es un lugar silencioso es falsa. En ella se oyen graznidos, crujidos, rugidos, pero no se ve ningún espíritu.

Usando su brújula y su linterna, Dexter caminó hacia el oeste y después hacia el sur durante más de un kilómetro, abriendo una especie de vereda con su machete.

En un momento dado se detuvo, dejó el rastro de lo que quería que encontraran sus perseguidores, y cargado tan sólo con la mochila y lo poco que en ella quedaba, la cantimplora, la linterna y un segundo machete, siguió adelante hacia la orilla del Commini.

Llegó al río al amanecer, bastante arriba del puerto fronterizo. La delgada balsa neumática no era lo que él hubiese elegido para atravesar la corriente, pero sirvió de todos modos. Acostado sobre la lona azul, Dexter utilizó las manos a modo de remos. Tuvo que sacarlas a toda prisa del agua cuando una serpiente con todo el aspecto de ser venenosa pasó deslizándose por su lado. Un ojo vidrioso y sin párpados contempló a Dexter desde unos cuantos centímetros de distancia, pero la serpiente se alejó.

Tras una hora de remar y dejarse llevar de vez en cuando por la corriente, llegó a la orilla de Surinam. Deshinchó la balsa con un machetazo y la dejó abandonada. Ya era media mañana cuando la figura sucia y empapada, cubierta de picaduras de mosquito y con unas cuantas sanguijuelas colgando de ella, llegó trastabillando a la carretera que llevaba a Parbo.

Cuando llevaba recorridos unos diez kilómetros, un hombre que transportaba sandías en su camioneta lo dejó subir a la trasera y lo llevó hasta la capital, distante ochenta kilómetros.

Hasta las almas bondadosas del Krasnopolsky se habrían asombrado ante la visión de aquel hombre de negocios inglés regresando en semejante estado, por lo que Dexter se cambió en el cobertizo, utilizó el lavabo del garaje y un encendedor de gas para quitarse las sanguijuelas quemándolas, y después volvió a su hotel para almorzar un bistec con patatas fritas más varias botellas de cervezas Parbo. Luego durmió.

A nueve mil metros por encima del suelo, el reactor Lear de la Compañía descendía por la costa oriental de Estados Unidos llevando como único pasajero a Kevin McBride.

–Éste –murmuró McBride, pensativo– es un medio de transporte al que con esfuerzo podría llegar a acostumbrarme.

Repostaron dos veces; una en la ultrasecreta base aérea de Eglin, al norte de Florida, y la otra en Barbados. Al llegar al aeropuerto de Ciudad de San Martín había un coche esperando para llevar al hombre de la CIA hasta la sede de la policía secreta del coronel Moreno, ubicada en medio de un palmeral que había a las afueras de la ciudad.

El gordo coronel recibió a su visitante en su despacho con una botella de whisky en señal de bienvenida.

–Me parece que es un poco temprano para mí, coronel –dijo McBride.

–Tonterías, amigo mío. Nunca es demasiado temprano para hacer un brindis. Vamos, yo me encargaré de proponerlo. Muerte a nuestros enemigos.

Bebieron, aunque a aquella hora y con aquel calor McBride hubiese preferido una taza de café.

–¿Qué es lo que tiene para mí, coronel?

–Una pequeña exposición. Será mejor que se la enseñe.

Al lado del despacho había una sala de conferencias acondicionada para acoger la horrenda «exposición» del coronel. La larga mesa central estaba cubierta por un paño blanco que ocultaba algo. Junto a las paredes había cuatro mesas más con una serie de distintos objetos. Moreno se acercó a una de las mesas más pequeñas y él lo siguió.

–Ya le dije que al principio nuestro amigo el señor Watson se dejó llevar por el pánico –dijo el coronel–. Fue por la carretera principal, se metió por un sendero lateral y trató de encontrar una escapatoria a través de la selva, por imposible que parezca. Su todoterreno acabó en el fondo de un barranco, y no consiguió sacarlo de allí. Ahora el vehículo se encuentra en el patio, debajo de estas ventanas. Aquí hay una parte de lo que el señor Watson dejó abandonado en su interior.

Sobre la Mesa Uno había unas botas, unas cuantas ollas, una mosquitera, repelente de insectos y tabletas para purificar el agua.

En la Mesa Dos había una tienda de campaña, estacas, una linterna, una lona colocada encima de un trípode y varios artículos de aseo.

–Es lo que cualquiera llevaría en una acampada normal –observó McBride.

–Tiene toda la razón, amigo mío. Obviamente ese hombre pensaba que iba a pasar algún tiempo escondido en la selva, probablemente preparando una emboscada para su objetivo en la carretera que sale de El Punto. Pero ese objetivo casi nunca toma esa carretera, y cuando lo hace va en una limusina blindada. Este asesino no era muy bueno en su oficio. Con todo, cuando abandonó su equipo, también abandonó esto. Demasiado pesado, quizá.

En la Mesa Tres, el coronel apartó una sábana revelando un Remington 3006, con una enorme mira telescópica Rhino y una caja de cartuchos. El Remington, un rifle de caza que podía adquirirse en cualquier tienda de armas de Estados Unidos, podía volarle la cabeza a una persona desde una distancia considerable.

–Bien –explicó el coronel, disfrutando con su dominio de la lista de descubrimientos–, una vez llegado a ese punto, su hombre dejó el vehículo y el ochenta por ciento de su equipo. Luego se alejó a pie, probablemente con la intención de dirigirse hacia el río. Pero no es un cazador acostumbrado a la selva. ¿Que cómo lo sé? No dispone de brújula. A los trescientos metros ya se había perdido. Se dirigió hacia el sur adentrándose cada vez más en la selva en vez de seguir hacia el oeste, donde está el río. Cuando lo encontramos, todo esto estaba esparcido a su alrededor.

En la última mesa había una cantimplora vacía, un sombrero, un machete y una linterna. También había unas botas de combate de suela muy resistente, los restos de unos pantalones y una camisa de camuflaje, además de un cinturón de cuero con hebilla de bronce y una funda para cuchillo todavía sujetos a aquél.

–¿Eso era todo lo que llevaba consigo cuando dieron con él?

–Eso era todo lo que llevaba consigo cuando murió. El pánico hizo que abandonara aquello de lo que no debería haberse separado, y me estoy refiriendo a su rifle. Podría haberse defendido al final.

–Así que sus hombres lo alcanzaron y lo mataron, ¿verdad?

El coronel Moreno alzó las manos con las palmas hacia delante, en ademán de sorpresa.

–¿Nosotros? ¿Dispararle? ¿A un hombre desarmado? Por supuesto que no, lo queríamos vivo. No, no. El señor Watson ya estaba muerto desde la medianoche del día en que huyó. Quienes no conocen la selva nunca deberían aventurarse en ella, y mucho menos por la noche y sin llevar el equipo apropiado. Es una combinación que siempre resulta mortal. Mire.

Con un ademán melodramático, el coronel Moreno apartó la sábana de la mesa del centro. El esqueleto había sido transportado desde la selva dentro de una bolsa para cadáveres, con los pies todavía metidos en las botas y los harapos alrededor de los huesos. Fue necesario llamar a un médico del hospital para que volviera a colocar los huesos en el orden correcto.

El muerto, o lo que quedaba de él, había perdido su piel y su carne.

–La clave de lo que ocurrió se encuentra aquí –dijo el coronel Moreno, tocando un punto del esqueleto con el dedo índice.

El fémur derecho aparecía limpiamente partido por el medio.

–A partir de esto podemos deducir lo que ocurrió, amigo mío. Nuestro hombre sucumbió al pánico y echó a correr. Sin brújula y con la única ayuda de la linterna. Consiguió alejarse poco más de un kilómetro del todoterreno, que había quedado atascado en el fondo del barranco. Entonces tropezó con una raíz, un tocón oculto, una liana. Oyó un chasquido. Cayó al suelo. Se había roto una pierna.

»Y ahora veamos: nuestro hombre no puede correr, no puede caminar y ni siquiera puede arrastrarse. Sin un arma que le permita pedir auxilio con unos cuantos disparos. Lo único que puede hacer es gritar, pero ¿de qué va a servirle? ¿Sabe usted que en la selva hay jaguares?

»Así es. No muchos, pero si unos setenta kilos de carne fresca insisten en gritar hasta quedar afónicos, entonces lo más probable es que un jaguar acabe por encontrarlos. Eso fue lo que ocurrió. Los miembros estaban desperdigados en un pequeño claro.

»Ahí fuera hay un auténtico surtido. El mapache come carne fresca, al igual que los pumas y el coatí. La luz del día hará que los buitres sobrevuelen la selva. ¿Ha visto alguna vez lo que le hacen esos buitres a un cadáver? ¿No? Le aseguro que no se trata de un espectáculo agradable, pero son muy concienzudos. Una vez que se marchan, es el turno de las hormigas de fuego.

»Sé algunas cosas sobre las hormigas de fuego, las limpiadoras más fantásticas que hay en la naturaleza. Encontramos el hormiguero a unos cincuenta metros de los restos. ¿Sabía que las hormigas de fuego siempre dejan fuera del nido a unas cuantas exploradoras? No pueden ver, pero su sentido del olfato es asombroso, y naturalmente pasadas veinte horas el señor Watson tenía que haber olido horrores. ¿Suficiente?

–Sí, ya he tenido suficiente –repuso McBride. Quizá fuera temprano, pero de pronto le apeteció un segundo whisky.

Cuando hubieron regresado al despacho del coronel, los policías de la secreta pusieron encima de la mesa algunos objetos más pequeños. Un reloj de acero, con las letras «MW» grabadas en la parte de atrás de la caja. Un anillo de sello, sin inscripción.

–No había ninguna cartera –dijo el coronel–. Si estaba hecha de cuero, alguno de los depredadores debió de llevársela. Pero dentro de una de las botas, todavía intacto, encontramos esto.

Era un pasaporte estadounidense expedido a nombre de Medvers Watson, de profesión científico. Su cara era la misma que McBride había visto antes contemplándolo desde la solicitud de visado: gafas, perilla, expresión ligeramente indefensa.

El hombre de la CIA pensó, muy acertadamente, que nadie volvería a ver nunca a Medvers Watson.

–¿Puedo hablar con mi superior en Washington?

–Como si estuviera en su casa, se lo ruego –dijo el coronel Moreno–. Lo dejaré a solas.

McBride sacó su ordenador portátil del maletín y se puso en comunicación con Paul Devereaux, tecleando una secuencia de números que mantendría a salvo la conversación de oídos indiscretos. Con su móvil conectado al ordenador, esperó hasta que Devereaux respondió a la llamada.

Le resumió a su superior lo que le había contado el coronel Moreno, y lo que él había visto con sus propios ojos. Tras un breve silencio, Devereaux dijo:

–Quiero que vuelvas a casa.

–De acuerdo.

–Moreno puede quedarse con todos los juguetes, el rifle incluido. Pero quiero ese pasaporte. Oh, y algo más.

McBride escuchó.

–¿Que quieres... qué?

–Hazlo, Kevin. Y que tengas un buen viaje.

McBride le dijo al coronel lo que le habían ordenado que le dijese. El jefe de la policía secreta se encogió de hombros.

–Qué visita tan corta. Debería quedarse aquí unos cuantos días. ¿Le apetece almorzar langosta en mi yate? ¿No? Oh, bueno... el pasaporte, por supuesto. Y el resto...

Volvió a encogerse de hombros.

–Si ése es su deseo, puede llevárselos todos.

–Me han dicho que con uno bastará.

26

La treta

McBride llegó a Washington el 29 de agosto. Ese mismo día, en Paramaribo, el señor Henry Nash, cuyo pasaporte había sido expedido por el secretario de Estado de Su Majestad para Asuntos Exteriores y de la Commonwealth, por otorgarle su título completo, entró en el consulado de la República de San Martín y pidió un visado.

No tuvo ningún problema. El cónsul, sentado en el pequeño despacho, sabía que unos días antes había habido un pequeño incidente cuando un prófugo de la justicia intentó entrar en su país, pero la alarma había sido anulada poco después. El hombre estaba muerto. Expidió el visado de entrada.

Eso era lo malo que tenía el mes de agosto. Uno nunca podía conseguir que le resolvieran un problema urgente, ni siquiera en Washington, y aun cuando se llamara Paul Devereaux. La excusa siempre era la misma: «Lo siento, señor, está de vacaciones. Volverá la semana que viene». Y así fue como el mes de agosto finalmente desembocó en septiembre.

El 3 de septiembre Devereaux recibió la primera de las dos respuestas que estaba buscando.

–Probablemente sea la mejor falsificación que hemos visto nunca –dijo el hombre de la división de pasaportes del Departamento de Estado–. En realidad es auténtico, y lo imprimimos nosotros, pero alguien quitó dos páginas y las reemplazó por otras dos procedentes de otro pasaporte. Se trata de las páginas en las que figuran la foto y el nombre de Medvers Watson. Que nosotros sepamos, esa persona no existe. Este número de pasaporte nunca ha sido expedido.

–¿Es lo bastante buena la falsificación para que alguien pueda salir y entrar de Estados Unidos presentándolo?

–Salir, sí –respondió el experto–, pues el pasaporte sólo sería examinado por el personal del aeropuerto, que no consultaría ninguna base de datos. Pero entrar... Eso ya sería un problema en el caso de que el funcionario correspondiente decidiera comprobar el número en la base de datos. El ordenador le revelaría que ese número no existe.

–¿Puedo recuperar el pasaporte?

–Lo siento, señor Devereaux. Nos gustaría mucho ayudarlo, pero ahora esta obra maestra irá a parar a nuestro Museo Negro. Son muchos los que querrán estudiar esta preciosidad.

Por otra parte, seguía sin respuesta de la Unidad de Patología Forense de Bethesda, el hospital en el que Devereaux disponía de unos cuantos contactos.

El día 4 el señor Henry Nash, al volante de un pequeño automóvil alquilado, y llevando consigo una bolsa de viaje llena de ropa de verano y objetos de aseo, pasaporte británico en mano y dentro del mismo el visado de San Martín, subió al transbordador en el cruce fronterizo del río Commini.

Su acento británico quizá no hubiera dado el pego en Oxford o Cambridge, pero entre los surinameses, que hablaban holandés, y, suponía él, entre los sanmartinenses, que hablaban español, no habría ningún problema. Y no lo hubo.

El Vengador contempló por última vez el río de aguas marrones que fluía bajo sus pies y juró que sería un hombre muy feliz si nunca volvía a ver aquel maldito lugar.

En el lado de San Martín, el poste a rayas había desaparecido, al igual que lo habían hecho la policía secreta y los soldados. El puerto fronterizo había recuperado su monotonía habitual. Dexter se apeó, pasó su pasaporte por la ventanilla lateral de la garita, esbozó una sonrisa y se abanicó mientras esperaba.

Salir a correr hiciera el tiempo que hiciese le había proporcionado un ligero bronceado, que dos semanas en los trópicos habían intensificado. Su cabello rubio había sido objeto de las atenciones de un barbero en Paramaribo y ahora parecía negro de tan oscuro, pero eso sencillamente se correspondía con la descripción del señor Nash de Londres.

El examen del maletero de su coche y su maleta no fue más que una rápida formalidad. Dexter devolvió el pasaporte al bolsillo superior de su camisa y se alejó por la carretera que conducía a la capital.

En el tercer sendero a la derecha, comprobó que nadie lo observaba y volvió a internarse en la selva. A medio camino de la granja se detuvo e hizo girar el coche en la dirección opuesta. No le llevó mucho tiempo localizar el árbol gigantesco. La gruesa y negra liana seguía profundamente metida en el corte que Dexter había hecho en el tronco una semana antes.

Mientras iba sacando la liana, la mochila Bergen camuflada bajó de entre las ramas donde había permanecido oculta. Contenía todo aquello que Dexter suponía que iba a necesitar para pasar varios días agazapado en lo alto de la cordillera que se alzaba sobre la hacienda del serbio fugitivo, y para su descenso a la fortaleza.

El funcionario del puesto fronterizo no había prestado ninguna atención al bidón de plástico de diez litros que llevaba en el maletero. Cuando Dexter explicó que se trataba de agua, el hombre se limitó a asentir y cerró el maletero. El peso del bidón y la Bergen habrían obligado incluso a un triatleta a llegar al límite de su capacidad para escalar montañas, pero dos litros al día serían vitales.

El cazador de hombres cruzó la capital en su coche, dejó atrás el palmeral, en medio del que se hallaba el edificio donde estaba el coronel Moreno, y siguió camino hacia el este. Entró en el pueblecito de La Bahía a la hora de la siesta, cuando todo el mundo estaba descansando.

Había cambiado las matrículas del coche por unas de San Martín. Dexter sabía que la mejor forma de pasar inadvertido era confundirse con el entorno. Dejó el coche en el aparcamiento público, cogió la Bergen y echó a andar hacia el este hasta salir de la ciudad, como un mochilero más.

Oscureció. Dexter vio alzarse delante de él la cúspide de la cordillera que separaba la hacienda de la selva que la rodeaba. Allí donde la carretera describía una curva para ir hacia el interior, rodeando las montañas y siguiendo hasta el Maroni y la frontera con la Guayana francesa, salió de ella y empezó a trepar.

Vio el estrecho sendero que bajaba serpenteando desde el paso entre las montañas, y fue alejándose de él siguiendo una trayectoria angular en dirección a un pico que había seleccionado a partir de las fotografías tomadas desde el Piper. Cuando hubo oscurecido demasiado para que fuera posible continuar, Dexter dejó su Bergen en el suelo, cenó unas cuantas raciones de alto contenido energético, bebió una taza de la preciosa agua, se apoyó en la mochila y durmió.

En las tiendas de artículos de acampada de Nueva York había rechazado las raciones de comida listas para el consumo del ejército estadounidense, pues recordaba que en la guerra del Golfo los soldados se quejaban de lo malas que eran. Así pues, Dexter preparó sus propios concentrados, que incluían carne de buey, pasas, frutos secos y dextrosa. Sus deposiciones tendrían el tamaño de las de un conejo, pero de ese modo conservaría las fuerzas para cuando las necesitara.

Despertó antes de que amaneciera, volvió a comer algo, tomó otro sorbo de agua y siguió subiendo. Mientras ascendía, miró hacia abajo y a través de un hueco entre los árboles vio el techo de la caseta de guardia en el collado que discurría muy por debajo de él.

Alcanzó la cumbre antes de que despuntara el día. Dexter salió del bosque a unos doscientos metros de donde quería llegar, por lo que inició un sigiloso avance lateral hasta que encontró el punto indicado en la fotografía.

Su ojo para el terreno no le había fallado. Había una ligera hondonada en la línea de la cúspide, oculta por los últimos vestigios de vegetación. Con la camisa de camuflaje y el sombrero para la selva, la cara pintada y binoculares de color verde oliva, permaneció inmóvil bajo el follaje. Nadie podría verlo desde la fortaleza.

Cuando necesitara tomarse un descanso, retrocedería arrastrándose hasta abandonar la cúspide y volvería a ponerse de pie. Montó el pequeño campamento que sería su hogar durante cuatro días como máximo, se pintó de nuevo la cara y se arrastró hasta su escondite. El sol teñía de rosa las junglas que cubrían la Guayana francesa, y los primeros rayos se deslizaron sobre la península de abajo. El Punto, un diente de tiburón que se clavaba en el mar reluciente, se extendía ante Dexter como el modelo a escala que había engalanado durante unos días la sala de estar de su apartamento de Brooklyn. De abajo llegó un sordo estruendo metálico cuando alguien golpeó con una barra de hierro un trozo de riel colgado. Ya era hora de que los trabajadores a los que se obligaba a cultivar la hacienda se levantaran.

Hasta el 4 de septiembre el amigo del Departamento de Patología Forense de Bethesda con el que Paul Devereaux había hablado no lo llamó.

–¿A qué demonios te dedicas, Paul?

–Dímelo tú.

–A profanar tumbas, a juzgar por el aspecto que tiene.

–Cuéntamelo todo, Gary. ¿De qué se trata?

–Bueno, es un fémur, desde luego, correspondiente a la pierna derecha, con una fractura limpia en la sección central, sin astillas.

–¿Producto de una caída?

–No a menos que la caída llevara aparejado un borde afilado y un martillo.

–Estás haciendo realidad mis peores temores, Gary. Continúa.

–Bueno, está claro que el hueso procede de un esqueleto de los que se adquieren en cualquier tienda de suministros médicos para que los utilicen los estudiantes. Tendrá unos cincuenta años. El hueso fue roto hace poco de un golpe seco, probablemente después de colocarlo encima de un banco. ¿Te he alegrado el día?

–No, acabas de estropeármelo. Pero de todas maneras te debo una.

Como hacía con todas sus llamadas, Devereaux la había grabado. Cuando Kevin McBride escuchó la grabación, se quedó boquiabierto.

–Santo Dios.

–Espero por el bien de tu alma inmortal que Él te esté oyendo, Kevin. La has cagado. Todo ha sido un engaño. Ese hombre nunca murió. Montó el maldito episodio, engañó a Moreno y luego Moreno te convenció. Está vivo. Lo cual significa que volverá allí, o que ya ha vuelto. Kevin, esto es una emergencia de primera categoría. Quiero que el avión de la Compañía despegue dentro de una hora, y te quiero a bordo de él.

»Entretanto, informaré personalmente al coronel Moreno de lo ocurrido. Cuando llegues allí, Moreno estará comprobando hasta la última posibilidad que ese maldito Vengador haya regresado o esté en camino. Y ahora, vete.

El 5 de septiembre, Kevin McBride volvía a estar ante el coronel Moreno. Cualquier signo de amable afabilidad que éste pudiera haber demostrado en la ocasión anterior se había esfumado. Su cara de sapo estaba roja de ira.

–Ese hombre es muy listo, amigo mío. Usted no me lo dijo. De acuerdo, me ha engañado una vez. No volverá a hacerlo. Mire.

Desde la irrupción del profesor Medvers Watson en el puerto fronterizo, el jefe de la policía secreta había comprobado la identidad de todos aquellos que habían entrado en la República de San Martín.

Tres pescadores llegados de San Pablo de Maroni en el lado francés habían sido remolcados hasta el puerto deportivo de San Martín luego de que el motor de su barca se hubiera averiado en alta mar. En ese momento se encontraban detenidos, lo que no les hacía ninguna gracia.

Otras cuatro personas habían entrado procedentes de Surinam. Un grupo de técnicos franceses de la base espacial de Kourou, en la Guayana francesa, había cruzado el río Maroni en busca de sexo barato, y se hallaban disfrutando de una estancia todavía más barata en la cárcel.

De los cuatro procedentes de Surinam, uno era español y dos holandeses. Sus pasaportes habían sido confiscados. El coronel Moreno los puso encima de su escritorio.

–¿Cuál de ellos es falso? –preguntó.

Ocho franceses, un holandés, un español. Faltaba uno.

–¿Quién era el otro que venía de Surinam?

–Un inglés. No conseguimos dar con él.

–¿Detalles?

El coronel estudió una hoja con los datos procedentes de los archivos del consulado de San Martín en Parbo y el puesto fronterizo en el río Commini.

–Se trata de un tal Henry Nash. Pasaporte en orden, visado en orden. Ningún equipaje excepto algo de ropa de verano. Conducía un coche pequeño, alquilado, nada apropiado para internarse en la selva. Con ese coche no puede salir de la carretera principal o de la capital. Llegó aquí el cuatro, hace dos días.

–¿Se hospedó en algún hotel?

–En nuestro consulado en Parbo dijo que se alojaría en la ciudad, en el hotel Camino Real. Tenía una reserva, enviada por fax desde el Krasnopolsky, en Parbo. Nunca llegó a registrarse.

–Parece sospechoso.

–El coche también ha desaparecido. Ningún vehículo extranjero pasa inadvertido en San Martín, pero no hemos dado con él. Y sin embargo no ha podido salir de la carretera principal. Por lo tanto, debe de estar en algún lugar del campo, lo que significa que tuvo que contar con la ayuda de alguien, un amigo, colega o empleado. Estamos investigando.

McBride contempló el montón de pasaportes extranjeros.

–Sólo sus propias embajadas podrían verificar si son falsos o auténticos, y las embajadas están en Surinam. Deberá enviar a uno de sus hombres, coronel.

El coronel Moreno asintió con expresión sombría. Se enorgullecía de ejercer un control absoluto sobre la pequeña dictadura de San Martín, y algo había ido mal.

–¿Ustedes los americanos ya han informado a nuestro huésped serbio?

–No –respondió McBride–. ¿Y usted?

–Todavía no.

Los dos hombres tenían buenas razones para ello. Para el presidente Muñoz, aquel serbio que había llegado a San Martín en busca de asilo resultaba extremadamente lucrativo. Moreno no quería ser el causante de que Zoran Zilic se marchara del país llevándose su fortuna con él.

Para McBride era una cuestión de órdenes. Él no lo sabía, pero Devereaux temía que Zoran Zilic se dejara dominar por el pánico y se negara a volar hasta Peshawar para encontrarse con el jefe de al-Qaeda. Tarde o temprano alguien tendría que encontrar al cazador de hombres o decírselo a Zilic.

–Le ruego que me mantenga informado, coronel –pidió mientras se disponía a marcharse–. Me alojaré en el Camino Real. Parece que tienen una habitación disponible.

–Hay una cosa que no acabo de entender, señor –dijo Moreno.

McBride, que estaba a punto de abrir la puerta, se volvió hacia él.

–¿Sí?

–Ese hombre, Medvers Watson... Trató de entrar en el país sin un visado.

–¿Y?

–Que tenía que saber que para entrar en San Martín se necesita visado. Ni siquiera se molestó en tratar de conseguirlo.

–Tiene usted razón –reconoció McBride–. Eso es bastante extraño.

–Entonces yo me pregunto, como policía que soy, ¿por qué? ¿Y sabe usted qué es lo que responde, señor?

–Dígamelo.

–Respondo que Medvers Watson no tenía ninguna intención de entrar legalmente, y que por eso no se dejó dominar por el pánico. Porque tenía intención de hacer exactamente lo que hizo. Watson quería fingir su propia muerte y regresar a Surinam, para luego volver discretamente.

–Tiene sentido –admitió McBride.

–Y luego me digo a mí mismo que Watson sabía que lo estábamos esperando. Pero ¿cómo lo sabía?

McBride sintió que se le revolvía el estómago ante las implicaciones del razonamiento de Moreno.

Mientras tanto, invisible entre la vegetación que cubría la ladera de la montaña, el cazador observaba, tomaba notas y esperaba. Esperaba a que llegase la hora.

27

La vigilia

Dexter no pudo evitar sentirse impresionado mientras contemplaba lo que una combinación de la naturaleza, el ingenio y el dinero habían conseguido en la península que se extendía a los pies de la cordillera. Si no hubiese sido porque todo había dependido de la labor de unos hombres a los que se obligaba a trabajar como esclavos, habría resultado admirable.

El triángulo que se internaba en el mar era más grande de lo que Dexter había imaginado en el modelo a escala.

La base, que en ese instante estaba contemplando desde su escondite en lo alto de la montaña, debía de medir unos cinco kilómetros de un extremo a otro. Tal como habían revelado las fotografías aéreas tomadas por Dexter, en cada uno de los extremos la cordillera descendía hasta el agua en una serie de acantilados verticales.

Dexter estimó que los lados de aquel triángulo isósceles medirían también unos cinco kilómetros, lo que daba como resultado una superficie de terreno de poco más de quince kilómetros cuadrados. El área se encontraba dividida en cuatro partes, cada una de las cuales cumplía una función distinta.

Debajo de él, en la base de la cordillera, estaban la pista de aterrizaje y la aldea de los trabajadores. A trescientos metros del acantilado, una valla metálica de tres metros y medio de altura coronada de alambre de espino se extendía de un extremo al otro de la propiedad. Bajo la creciente claridad del día, Dexter observó a través de sus binoculares que allí donde se encontraba con el mar la valla sobresalía por encima del acantilado y terminaba en un amasijo de rollos de alambre de espino. No había manera de deslizarse por el final de la valla, ni de pasar por encima de ella.

Dos terceras partes de la franja de terreno que había entre la cordillera y la valla estaban dedicadas a la pista de aterrizaje. Debajo de él, y flanqueando la pista, había un solo hangar de grandes dimensiones, un área de mantenimiento y una hilera de construcciones más pequeñas que debían de ser talleres y depósitos de combustible. En dirección al extremo más alejado, y lo bastante cerca del mar para recibir la brisa más fresca, había media docena de pequeñas casas, probablemente, supuso Dexter, para los operarios y el personal de mantenimiento del campo.

La única manera de entrar y salir de allí era a través de una puerta de acero instalada en la valla. No había ninguna caseta de guardia cerca de la puerta, pero un par de varillas visibles, y las ruedas que había por debajo del borde, indicaban que la puerta se abría y cerraba mediante algún tipo de dispositivo electrónico. A las seis y media, nada se movía en la pista de aterrizaje ni en torno a ella.

El otro tercio del terreno estaba dedicado a la aldea, separada de la pista por otra valla, que se extendía hacia fuera a partir de la cordillera. También se encontraba coronada de alambre de espino. Estaba claro que a los campesinos no se les permitía entrar en el campo de aviación ni acercarse a él.

El estruendo metálico de la barra de hierro al chocar contra el riel colgado finalizó al cabo de un minuto, y la aldea cobró vida. Dexter observó que las primeras figuras, vestidas con pantalones y camisas de un blanco descolorido y calzadas con alpargatas de suela de esparto, iban saliendo de las diminutas cabañas y se encaminaban hacia los aseos comunales. Cuando todas se hubieron reunido, Dexter calculó que habría unos mil doscientos trabajadores.

Era evidente que había un personal que se ocupaba de la aldea y dejaba para los otros las tareas agrícolas. Dexter los vio trabajar en las cocinas expuestas a la intemperie, preparando un desayuno a base de pan y gachas. Debajo de unos cobertizos hechos con hojas de palmera para protegerse del intenso sol y las lluvias ocasionales, había unas largas mesas y bancos.

Una segunda señal con la barra de hierro hizo que los trabajadores cogieran escudillas y barras de pan partidas por la mitad y se sentaran a comer. No había huertos, tiendas, mujeres, niños ni escuela. Aquello no era una auténtica aldea, sino un campo de trabajos forzados. Los únicos edificios eran los que parecían ser una tienda de provisiones, otra vendía ropa, y la iglesia, junto a la cual se veía lo que debía de ser la casa del sacerdote. Todo era funcional, un lugar donde trabajar, comer, dormir, rezar pidiendo ser liberado, y nada más.

Si el campo de aviación era un rectángulo atrapado entre la cordillera, la valla y el mar, la aldea se encontraba igualmente encerrada. Pero en este caso existía una diferencia. Un sendero lleno de baches bajaba zigzagueando desde el único paso que había en la pequeña cordillera; era el único y solitario acceso por tierra al resto de la República de San Martín. Saltaba a la vista que no era una ruta apropiada para camiones pesados, y Dexter se preguntó cómo tendría lugar el reaprovisionamiento de artículos esenciales como la gasolina y el combustible para los motores diésel y de avión. Cuando la visibilidad hubo crecido un poco, pudo descubrirlo.

En el límite de su campo de visión, y medio oculta por la niebla matinal, se hallaba la tercera porción de la propiedad, el recinto amurallado que ocupaba el final de la península. Dexter sabía por sus fotografías aéreas que contenía la magnífica mansión blanca en la que vivía el antiguo gánster serbio; media docena de casas para los invitados y el personal de mayor categoría; jardines con arriates, matorrales y extensiones de césped impecablemente recortado, y a lo largo del lado interior del muro protector de cuatro metros de alto, una serie de casitas y almacenes para el personal doméstico, la ropa, la comida y la bebida.

En las fotografías y el modelo a escala que había hecho Dexter, el enorme muro también iba de un extremo del acantilado al otro, y en aquel punto la propiedad quedaba a unos quince metros por encima del mar.

En el centro del muro había una solitaria pero enorme puerta de doble panel hacia la que conducía un camino de cemento. Al otro lado se veía una caseta desde la cual se controlaba el mecanismo de apertura de la puerta. A lo largo de la cara interior de la pared discurría un parapeto en el que se apostaban los guardias armados.

La extensión de terreno que había entre la valla metálica situada debajo de Dexter y el muro que se alzaba a unos cinco kilómetros de distancia se hallaba ocupada por la granja. Cuando la claridad se lo permitió, Dexter confirmó lo que le habían dicho sus fotografías: la granja producía casi todo aquello que podía necesitar la comunidad que vivía dentro de la fortaleza. Había rebaños de bueyes y ovejas pastando en los campos, y cobertizos que sin duda contendrían cerdos y aves de corral.

Había también muchos campos en los que se cultivaban cereales, legumbres y tubérculos. Los numerosos huertos repletos de árboles frutales producían diez clases distintas de fruta, y había varias hectáreas sembradas de hortalizas y verduras, expuestas a los elementos o debajo de largas cúpulas de politeno. Dexter supuso que la granja produciría todas las clases concebibles de hortalizas y frutas, además de carne, mantequilla, huevos, queso, aceite, pan y áspero vino tinto.

Los campos y los huertos estaban llenos de graneros y establos, cobertizos para la maquinaria e instalaciones destinadas a sacrificar los animales, moler los cereales, hornear el pan y prensar las uvas.

A la derecha de Dexter y cerca de donde terminaba el acantilado, pero todavía dentro de la granja, había una serie de pequeños barracones para los guardias, una docena de chalets destinados a los superiores de éstos y dos o tres economatos.

A su izquierda, siguiendo el acantilado y también dentro de la granja, había tres grandes almacenes y un reluciente depósito de aluminio para el combustible. Al lado del acantilado había dos grandes grúas o cabrias. Aquello resolvía un problema: los cargamentos más pesados llegaban por mar y eran izados o bombeados desde el carguero hasta los almacenes que se alzaban a diez metros de la cubierta de la embarcación.

Los peones terminaron su desayuno y se produjo un nuevo estrépito metálico. Esta vez ocurrieron varias cosas.

De los barracones que había a la derecha, salieron guardias uniformados. Uno se llevó a los labios un silbato que no produjo sonido alguno. Dexter no oyó nada, pero una docena de dobermans aparecieron procedentes de la granja en respuesta a la llamada y entraron en su recinto vallado próximo a los barracones. Saltaba a la vista que llevaban veinticuatro horas sin comer, porque se lanzaron sobre los platos llenos de carne cruda que les habían puesto allí y se comieron hasta el último trozo.

Dexter supo entonces lo que sucedía cuando se ponía el sol. Una vez que el último esclavo y miembro del personal quedaba recluido dentro de su respectivo recinto, los perros eran liberados para que recorrieran las tierras de labor. Los dobermans debían de haber sido adiestrados para que dejaran en paz a las ovejas, los terneros y los cerdos, pero cualquier ladrón que se adentrase en la propiedad no tendría ninguna posibilidad de sobrevivir. Había demasiados perros para que un hombre solo pudiera hacerles frente. Entrar de noche era imposible.

Dexter se hallaba tan oculto en la espesura que cualquiera que alzase la vista hacia lo alto de la cordillera no vería ningún destello del sol reflejándose en los cristales de sus binoculares ni divisaría al hombre camuflado que permanecía inmóvil allí arriba.

A las seis y media, cuando la granja estaba lista para recibirlos, el estruendo metálico llamó al trabajo a los peones. Éstos fueron desfilando hacia la gran puerta que separaba la aldea de la granja.

Aquella puerta era mucho más complicada que la que separaba el campo de aviación de la propiedad. Se abría hacia dentro, y más allá de ella había cinco guardias sentados delante de sus respectivas mesas. Unos cuantos más esperaban de pie junto a sus compañeros. Los peones formaron cinco columnas.

A una orden, las columnas empezaron a avanzar lentamente. El peón que encabezaba cada una de ellas se detenía ante la mesa correspondiente para tender hacia el guardia una placa de metal, semejante a la de los perros, que llevaba colgada del cuello. El guardia comprobaba el número de la placa introduciéndolo en una base de datos.

Cada trabajador debía de tener asignada su columna, según el número de la placa, porque después de que cada uno hubiera pasado por las mesas se presentaba ante un capataz que esperaba más allá de éstas. Luego eran conducidos en grupos de unos cien, pasaban por los cobertizos para las herramientas que había junto al camino principal, y se dirigían a trabajar.

Unos iban a los campos de labranza y otros hacia los huertos, mientras que algunos se dedicaban a cuidar de los animales, o se encaminaban hacia el molino, el matadero o el viñedo. La gigantesca granja fue cobrando vida ante los ojos de Dexter. Pero la seguridad no se relajaba ni por un instante. Cuando la aldea finalmente hubo quedado vacía, la puerta doble volvió a cerrarse y cada hombre se dirigió al puesto que le correspondía, Dexter se concentró en las medidas de seguridad y buscó el modo de entrar en aquel lugar.

Fue hacia media mañana cuando el coronel Moreno tuvo noticias de los dos emisarios a los que había enviado con los pasaportes extranjeros.

En Cayena, capital de la Guayana francesa, las autoridades no se mostraron nada complacidas al saber que tres inocentes pescadores habían sido detenidos por el crimen de sufrir una avería en alta mar, al igual que tampoco les gustó nada que cinco técnicos hubieran sido detenidos sin que existiese una buena razón para ello. Los ocho pasaportes franceses fueron declarados auténticos y se presentó una petición urgente exigiendo que sus propietarios fueran puestos en libertad de inmediato y enviados a casa.

En Paramaribo, la embajada holandesa se expresó del mismo modo acerca de sus dos conciudadanos. Los pasaportes eran auténticos, los visados estaban en orden, ¿cuál era el problema?

La embajada española estaba cerrada, pero el hombre de la CIA le había asegurado al coronel Moreno que el fugitivo medía un metro setenta de estatura, mientras que el español al que habían detenido medía más de un metro con ochenta. Aquello sólo dejaba al desaparecido señor Henry Nash, de Londres.

El jefe de la policía secreta ordenó a su hombre en Cayena que regresara a San Martín, y al hombre de Parbo que visitara cada agencia de alquiler de coches para averiguar qué clase de vehículo había alquilado el londinense y cuál era su número de matrícula.

Mediada la mañana ya hacía un calor intenso en las montañas. Un lagarto con una tiesa cresta rojiza se deslizó por unas piedras sobre las que se podría haber freído un huevo, se detuvo a pocos centímetros del observador inmóvil, pero no detectó ninguna amenaza y prosiguió su camino. Había actividad junto a las grúas del acantilado.

Cuatro hombres jóvenes y musculosos llevaron una patrullera de casco de aluminio y nueve metros de eslora hasta la trasera de un Land Rover, empujaron la plataforma con ruedas sobre la que reposaba y la subieron a él. Después el Land Rover llevó la patrullera hasta un surtidor de gasolina, donde le llenaron el depósito. Podría haber pasado por una embarcación de recreo si no hubiese sido por la ametralladora Browning del calibre 30 montada en un soporte colocado sobre el combés.

Cuando la embarcación estuvo lista para hacerse a la mar, fue remolcada hasta ubicarla debajo de una de las grúas. Cuatro gruesas bandas suspendidas de un armazón rectangular que terminaban en otras tantas calzas de hierro fueron sujetadas a unos salientes del casco de la embarcación. La tripulación subió a bordo de la patrullera y ésta fue izada de la explanada de cemento y depositada en las aguas del océano. Dexter la vio perderse de vista.

Unos minutos después, volvió a verla en el mar. Los hombres que iban a bordo subieron a la embarcación dos nasas para peces y cinco para langostas y vaciaron su contenido, después de lo cual volvieron a cebar las nasas, las echaron al mar y reanudaron su patrulla.

Dexter ya había reparado en que todo lo que había ante él quedaría reducido a ruinas si no contaba con los elementos esenciales. Uno era la gasolina que hacía funcionar la planta generadora situada detrás del almacén del muelle. Dicha planta proporcionaba la electricidad que a su vez hacía funcionar cada una de las maquinarias y motores que había dentro de la propiedad, desde el sistema de apertura de la puerta hasta los taladros, pasando por las lámparas que había encima de las mesillas de noche.

El otro elemento fundamental era el agua, agua limpia, pura y fresca en cantidades ilimitadas. Procedía de aquel torrente que Dexter había visto por primera vez en las fotografías aéreas.

En ese momento el torrente se encontraba debajo de él y ligeramente a su izquierda. Emergía burbujeando de la ladera de la montaña, adonde había llegado desde algún lugar perdido en las profundidades de la selva.

El agua salía a la superficie a unos seis metros por encima de la península y caía por varios riscos para luego entrar en un canal de hormigón construido para tal fin. A partir de ese punto, el hombre se había hecho cargo de la labor de la naturaleza.

Para llegar a la granja, el agua tenía que salvar el camino que discurría por debajo de Dexter. Lo hacia mediante un sifón. En cuanto volvía a aparecer al otro lado del camino, el agua, ya canalizada, pasaba por debajo de la valla. A Dexter no le cupo ninguna duda de que allí también debía de haber una reja impenetrable. Sin ella, cualquiera hubiese podido meterse en el torrente para entrar en el campo de aviación, pasar por debajo de la valla y utilizar la corriente para eludir a los perros guardianes. Quienquiera que hubiese diseñado las defensas no habría permitido que semejante cosa sucediera.

Al mediar la mañana ocurrieron dos cosas justo debajo del nido de águila de Dexter. El Hawker 1000 fue remolcado fuera del hangar y dejado al sol. Dexter temió que el serbio se dispusiera a utilizarlo, pero el avión sólo había sido sacado del hangar para dejar un poco de espacio libre. A continuación, apareció un pequeño helicóptero similar a los que utiliza la policía de tráfico. Podía quedar suspendido a escasos centímetros de una pared rocosa en el caso de que fuera necesario, y Dexter tendría que seguir siendo invisible para evitar que quien lo tripulase detectase su presencia. Pero el helicóptero permaneció donde estaba, con los rotores plegados, mientras los mecánicos echaban un vistazo al motor.

A continuación, un pequeño todoterreno provisto de unas ruedas enormes se acercó procedente de la granja y se detuvo ante la puerta. El hombre que lo conducía la abrió accionando un mando a distancia, entró, saludó con un alegre ademán a los mecánicos que se estaban ocupando del helicóptero y se dirigió hasta el punto en que el torrente pasaba por debajo de Dexter.

Una vez allí detuvo el vehículo, se apeó, cogió de la trasera una cesta de mimbre y bajó los ojos hacia la corriente. Luego arrojó dentro de ella varias gallinas desplumadas. Hizo aquello en el tramo del torrente anterior al camino. Después atravesó la explanada de cemento y volvió a mirar dentro de la corriente. Las gallinas tenían que haber sido arrastradas por las aguas hasta chocar contra la reja.

Lo que quiera que hubiese en aquellas aguas entre la cordillera y la reja, comía carne. A Dexter se le ocurrió que sólo podía tratarse de pirañas. Si eran capaces de comer gallinas, entonces también podían comer nadadores. Ahora daba igual que el agua tocara el techo durante un tramo más largo del que Dexter podía llegar a recorrer sin respirar, porque aquella parte del torrente era un estanque de trescientos metros de longitud infestado de pirañas.

Después de la valla metálica, el torrente seguía su curso a través de la propiedad alimentando una reluciente tracería de canales de irrigación. Otros conductos subterráneos se encargarían de desviar una parte del agua hacia la aldea de los trabajadores, las casas, los barracones y la mansión principal.

El curso de agua trazaba a continuación una nueva curva y se dirigía hacia el extremo del camino que terminaba en la granja, para desde allí precipitarse hacia el mar.

A primera hora de la tarde el calor se extendía sobre la tierra como una enorme, pesada y sofocante manta. En la granja, los peones habían estado trabajando desde las siete hasta las doce. A esa hora se les permitió buscar un poco de sombra y comer lo que habían llevado en sus pequeñas bolsas de algodón. Después de eso harían la siesta hasta las cuatro y volverían al trabajo, hasta las siete de la tarde.

Dexter siguió donde estaba, jadeando y empapado en sudor mientras envidiaba a la salamandra que se cocía sobre una roca a un metro de distancia de él, inmune al calor. La tentación de beber litros enteros de la preciosa agua para obtener un poco de alivio era muy grande, pero sabía que debía racionarla si no quería deshidratarse más tarde.

A las cuatro, el estrépito de la barra de hierro anunció a los trabajadores que volvieran a los campos y los graneros. Dexter se arrastró cautelosamente hasta el borde de la cumbre y vio que las diminutas figuras vestidas con pantalones y camisas de algodón, que protegían sus rostros, marrones como nueces, bajo sombreros de paja, volvían a empuñar sus picos y sus azadones para mantener la granja libre de malas hierbas.

Una camioneta de aspecto bastante maltrecho apareció a la izquierda de Dexter, se dirigió hacia el espacio que se extendía entre las grúas y se detuvo con la trasera hacia el mar. Un peón que vestía un mono manchado de sangre extendió una larga canaleja metálica, la sujetó a la compuerta de la camioneta y empezó a echar algo dentro, empujándolo con una horca. Lo que quiera que fuese aquello se deslizó por el conducto y cayó al mar. Dexter ajustó el enfoque de sus binoculares. El siguiente empujón con la horca reveló de qué se trataba. Era una piel negra, con una cabeza de toro todavía unida a ella.

Mientras examinaba las fotografías en Nueva York, a Dexter le había sorprendido que incluso disponiendo de los acantilados, no se hubiese hecho ningún intento de crear un acceso a aquel precioso mar azul. No había ninguna escalera labrada en la roca, ninguna plataforma para zambullirse, ninguna balsa de madera amarrada, ningún embarcadero. Mientras veía caer los despojos al mar, Dexter comprendió el motivo. Alrededor de la península las aguas debían de estar infestadas de tiburones. A menos que se tratara de un pez, cualquier cosa que nadase por allí sólo conseguiría sobrevivir unos minutos.

Aproximadamente a esa misma hora, el coronel Moreno recibía en su móvil una llamada procedente de su hombre en Surinam. El inglés, Nash, había alquilado su coche en una pequeña empresa privada local, motivo por el que había resultado difícil seguirle la pista. Pero por fin lo había conseguido. Nash había alquilado un Ford Compact. El hombre dictó el número de la matrícula.

El jefe de la policía secreta dio nuevas órdenes para la mañana siguiente. Debía examinarse cada aparcamiento, cada garaje, cada camino y cada sendero en busca de un Ford Compact con aquel número de matrícula surinamés. Luego se lo pensó unos instantes y alteró las órdenes. Había que buscar cualquier Ford con cualquier número de matrícula, y la búsqueda tenía que empezar al amanecer.

En los trópicos, el crepúsculo y la oscuridad siempre llegan con una sorprendente rapidez. Hacía una hora que el sol había quedado detrás de la espalda de Dexter, lo que por fin le proporcionó un poco de alivio. Los trabajadores volvían a sus casas, arrastrando cansinamente los pies. Entregaron sus herramientas, formaron cinco columnas de unos doscientos hombres cada una, y entraron por la puerta doble.

A continuación, regresaron a la aldea para reunirse con los doscientos hombres que no habían ido a los campos. En las casas y los barracones se encendieron las primeras luces. En el extremo más alejado del triángulo, un súbito resplandor blanco reveló el lugar donde acababa de iluminarse la mansión del serbio.

Los mecánicos del campo de aviación recogieron sus cosas y subieron a sus ciclomotores para ir a las casas que se alzaban al final de la pista. Cuando todo hubo quedado cerrado y asegurado, los dobermans fueron puestos en libertad, el mundo dijo adiós al 6 de septiembre, y el cazador de hombres se preparó para bajar de la cumbre de la montaña.

28

El visitante

En un día de incesante vigilancia el Vengador había reparado en dos cosas acerca de la escarpadura que no aparecían en sus fotografías. Una era que la pared no parecía excesivamente empinada. De hecho resultaba perfectamente escalable hasta unos treinta metros por encima del nivel del suelo, a partir de lo cual caía a pico. Pero Dexter contaba con una cuerda que superaba esa longitud.

La otra era que la inexistencia de hierbajos y matorrales se debía a la acción del hombre, no de la naturaleza. Al preparar las defensas, alguien había hecho que unas cuantas cuadrillas de trabajadores arrancaran hasta el último tallo y arbusto de la ladera, de manera que nada ni nadie pudiera ocultarse en el follaje.

Los árboles más jóvenes habían sido arrancados de raíz, y los más resistentes habían sido serrados. Los tocones de éstos formaban centenares de puntos de apoyo para las manos y los pies de un escalador.

A la luz del día semejante escalador habría sido visible, pero no así en la oscuridad.

A las diez de la noche salió la luna, proyectando la claridad necesaria para que el escalador pudiera moverse sin ser visible sobre la pared de pizarra. Ahora sólo haría falta ser muy cuidadoso para no provocar la caída de alguna piedra. Pasando de un tocón a otro, Dexter inició su descenso hacia el campo de aviación que había debajo.

Cuando la ladera se volvió demasiado empinada para descender por ella, Dexter utilizó la cuerda que se había enrollado alrededor de los hombros para descolgarse durante el resto del trayecto.

Pasó tres horas en el campo de aviación. Hacía unos años otro de sus «clientes» de las Tumbas de Nueva York le había enseñado el caballeresco arte de forzar cerraduras, y el juego de ganzúas que Dexter había llevado consigo era obra de un auténtico maestro en el oficio.

El único candado que no forzó fue el del hangar. Las dobles puertas habrían hecho mucho ruido al abrirlas. Había una puerta más pequeña a un lado, con una cerradura del tipo Yale, y a Dexter no le costó más de treinta segundos forzarla.

Hace falta un buen mecánico para reparar un helicóptero, y uno todavía mejor para sabotearlo de manera que un buen mecánico no pueda encontrar el fallo y repararlo, o darse cuenta siquiera de dónde se encuentra éste.

El mecánico que empleaba el serbio para que se ocupara de su helicóptero era bueno, pero Dexter era mejor. Cuando estuvo delante del aparato advirtió que se trataba de un EC 120 Eurocopter, la versión con un solo motor del EC 135 bimotor. En la parte delantera, el helicóptero tenía una gran burbuja hecha de perspex que proporcionaba una excelente visibilidad tanto hacia los lados como hacia arriba y hacia abajo al piloto y al hombre que fuera junto a él; aparte de éstos todavía quedaba espacio para tres pasajeros más sentados detrás de ellos.

Dexter no se concentró en el mecanismo del rotor principal sino en el del rotor de cola, que era bastante más pequeño. Si ese mecanismo no funcionaba adecuadamente, el helicóptero era incapaz de elevarse. Cuando Dexter hubo terminado con él, sin duda funcionaría mal y la avería resultaría muy difícil de reparar.

La puerta del Hawker 1000 estaba abierta, por lo que Dexter tuvo ocasión de inspeccionar el interior y asegurarse de que el pequeño reactor no había sido sometido a ninguna modificación de importancia.

Dexter salió del hangar asegurándose de dejar bien cerrada la puerta, entró en el almacén de los mecánicos y cogió de allí lo que necesitaba, pero sin dejar ningún rastro. Finalmente, subió hasta el extremo opuesto del camino, cerca de las casas y pasó su última hora allí. Por la mañana, uno de los mecánicos descubriría con disgusto que alguien había tomado prestada su bicicleta del lugar donde la había dejado apoyada, la noche anterior, en la valla de atrás.

Cuando hubo hecho todo lo que se había propuesto, Dexter cogió su cuerda de escalada y trepó de regreso hasta el sólido tocón al que la había atado. Una vez que hubo dejado éste atrás, subió lentamente hasta su nido de águila. Dexter estaba empapado en sudor, pero se consoló pensando que el olor corporal era una cosa que nadie iba a notar en aquella parte del mundo. Para rehidratarse, se permitió beber medio litro de agua, comprobó el nivel del líquido restante y durmió. La alarma de su reloj de pulsera lo despertó a las seis de la mañana, poco antes de que la barra de hierro volviera a chocar con el trozo de riel.

A las siete, Paul Devereaux despertó a McBride en su habitación del hotel Camino Real.

–¿Ha habido alguna novedad? –preguntó el primero desde Washington.

–Ninguna –respondió McBride–. Parece bastante seguro que regresó haciéndose pasar por un inglés, Henry Nash, promotor de complejos turísticos. Luego se esfumó. Su coche ha sido identificado como un Ford Compact alquilado en Surinam. Moreno se dispone a buscarlo por todo el país. Debería haber noticias en algún momento del día de hoy.

Siguió un largo silencio por parte del jefe de Contraterrorismo, todavía sentado, con el albornoz puesto, en la sala de su casa de Alexandria, Virginia, a la que había bajado a desayunar antes de partir hacia Langley.

–No es suficiente –dijo Devereaux al fin–. Tendré que alertar a nuestro amigo. No va a ser una llamada fácil, así que esperaré hasta que sean las diez. Si antes de esa hora te enteras de que lo han capturado o de que están por hacerlo, llámame de inmediato.

–Así lo haré –dijo McBride.

No se produjo ninguna novedad. A las diez, Devereaux efectuó su llamada. El serbio, que estaba en la piscina, tardó diez minutos en llegar a la pequeña habitación en el sótano de su mansión, donde se encontraba el moderno y complejo equipo de comunicaciones.

A las diez y media, el Vengador detectó un súbito estallido de actividad en la propiedad que había debajo de él. Varios vehículos todoterreno se alejaron rápidamente de la mansión, dejando estelas de polvo tras ellos. A continuación sacaron el EC 120 del hangar y extendieron sus rotores.

«Al parecer alguien ha encendido la mecha», murmuró Dexter para sí.

La tripulación del helicóptero se acercó en dos pequeños todoterrenos. Unos minutos después se hallaban sentados a los controles y los grandes rotores empezaron a girar lentamente. El motor cobró vida, y el ritmo de giro de los rotores se incrementó rápidamente hasta alcanzar la velocidad de calentamiento.

El rotor de cola, vital para evitar que el aparato empezase a rodar enloquecidamente sobre su propio eje, también giraba con un suave zumbido. De pronto, hubo un chirrido metálico, se oyó el sonido de un engranaje al partirse y el rotor se detuvo. Un mecánico hizo frenéticas señas a los dos hombres sentados a los controles y se pasó la mano por la garganta.

El piloto apagó los motores, y una vez que el rotor principal se hubo detenido, él y su compañero bajaron del aparato. Se formó un grupo alrededor de la cola; quienes lo componían alzaban la mirada hacia el rotor averiado.

Varios guardias uniformados salieron de la aldea y se pusieron a registrar las cabañas, los almacenes y hasta la iglesia. Otros, repartidos en grupos de cuatro, recorrieron la propiedad para avisar a los capataces de que debían mantener los ojos bien abiertos en busca de cualquier intruso. No había ninguno. Las señales que hubiese podido haber ocho horas antes habían quedado perfectamente borradas.

Dexter calculó que los guardias uniformados debían de ser un centenar, incluidos los doce del campo de aviación. Si a eso se le sumaban los mil doscientos trabajadores, el personal de seguridad complementario, el personal doméstico que se encontraba dentro de la mansión, así como unos veinte técnicos más en la planta generadora y los distintos talleres de reparaciones, Dexter podía hacerse una idea bastante aproximada de a cuántos hombres se enfrentaba. Y aún no había visto la mansión propiamente dicha, donde las medidas de seguridad serían extraordinarias.

Unos instantes antes del mediodía, Paul Devereaux llamó a su hombre en el ojo del huracán.

–Kevin, tienes que hacerle una visita a nuestro amigo –le dijo–. He hablado con él. Está realmente fuera de sí. Nunca insistiré lo suficiente en que es vital que ese desgraciado desempeñe su papel dentro del Proyecto Peregrino. No debe echarse atrás. Algún día podré contarte lo importante que es. Por el momento, quiero que no te separes de él hasta que hayan capturado y neutralizado al intruso. Parece ser que el helicóptero de nuestro amigo ha sufrido una avería. Pídele al coronel Moreno que te proporcione un todoterreno y llámame en cuanto hayas llegado allí.

Al mediodía, Dexter vio que una pequeña embarcación de carga se acercaba a los acantilados. Se detuvo a poca distancia de las rocas, y de ella empezaron a bajar cajas, que fueron izadas de la cubierta y las bodegas y depositadas en la explanada de cemento donde las esperaban unos cuantos camiones de plataforma plana. Obviamente, se trataba de un cargamento de todo aquello que la fortaleza no llegaba a producir.

Lo último que se descargó fue un depósito de cuatro mil quinientos litros de combustible de un tamaño similar al de un camión cisterna. Bajaron un depósito vacío a la cubierta de la embarcación, que se alejó por el océano azul dejando una estela de humo en el aire.

Acababa de dar la una cuando, debajo de Dexter y a su derecha, un todoterreno bajó por el camino que llevaba a la aldea después de detenerse en la garita de la guardia. El vehículo lucía los emblemas de la policía de San Martín, y en él sólo iban el conductor y un hombre sentado a su lado.

El Land Rover atravesó la aldea, llegó a las puertas de la valla y se detuvo ante ellas. El policía que conducía bajó para mostrar su identificación a los guardias que custodiaban la puerta. Éstos hicieron una llamada telefónica, presumiblemente a la mansión, para que se autorizase la entrada.

Mientras tanto, el hombre que ocupaba el asiento del acompañante se apeó también y miró alrededor con curiosidad. A continuación, se volvió para contemplar la montaña de la que acababa de descender. Unos binoculares, muy por encima de él, se centraron en su cara.

Al igual que le había ocurrido antes al hombre que permanecía invisible en la cumbre, observándolo, Kevin McBride quedó impresionado. Llevaba dos años metido en el Proyecto Peregrino junto a Paul Devereaux, desde el primer contacto con el serbio y su reclutamiento. McBride había visto los expedientes y creía saber todo lo que había que saber acerca de Zoran Zilic, pero no lo conocía en persona. Devereaux siempre se había reservado para sí ese dudoso placer.

El todoterreno que lucía los emblemas azules de la policía de San Martín avanzó hacia el muro que rodeaba el recinto, el cual parecía más alto conforme se acercaban a él.

Una puertecita se abrió en la verja y un hombre corpulento que vestía pantalones deportivos y una camisa azul de algodón salió por ella. La camisa abultaba a la altura de la cintura, y había una buena razón para ello. Ocultaba una Glock de 9 mm. McBride reconoció en aquel hombre a Kulac, la única persona a la que el gánster serbio se había llevado consigo desde Belgrado, su guardaespaldas permanente.

Kulac fue hacia la portezuela del lado del acompañanate y llamó a McBride con un ademán. Llevaba dos años lejos de casa, pero sólo hablaba serbocroata.

–Muchas gracias. Adiós –le dijo McBride al conductor en español. El hombre asintió, impaciente por volver a la capital.

Detrás de las gigantescas puertas de madera, hechas con vigas del tamaño de vagones de tren y accionadas mediante un complejo sistema mecánico, había una mesa. McBride fue expertamente cacheado en busca de armas y luego tuvo que esperar a que inspeccionaran su bolso. Un mayordomo vestido con un impecable uniforme blanco perfectamente almidonado descendió de una terraza y aguardó hasta que se hubieron terminado todas las medidas de prevención.

Kulac expresó su satisfacción mediante un gruñido. El mayordomo cogió el bolso de viaje y comenzó a subir los escalones, seguido del guardaespaldas y McBride, quien tuvo su primera auténtica perspectiva de la mansión.

Tenía tres pisos de altura y se hallaba rodeada por grandes extensiones de césped. En la lejanía, dos peones con camisa blanca estaban concentrados en las labores de jardinería. La casa recordaba bastante a las residencias más lujosas que había a lo largo de las costas francesa, italiana y croata; cada habitación de los pisos superiores contaba con su propio balcón pero estaba protegida del calor mediante postigos de acero.

El patio embaldosado en que se hallaban debía de quedar a un par de metros por encima de la base de la entrada por la que habían accedido a él, pero por debajo del muro de protección. La cordillera por la que McBride había venido se alzaba más allá del muro, pero ningún francotirador apostado en los alrededores podría disparar por encima del muro contra alguien que estuviera en la terraza.

En el centro del patio había una reluciente piscina azul; una gran mesa de mármol blanco de Carrara sostenida por soportes de piedra que había junto a ella ya estaba puesta para el almuerzo. La plata y el cristal destellaban.

Unos cuantos sillones colocados a un lado rodeaban otra mesa sobre la cual, en una gran cubitera, se enfriaba una botella de Dom Perignon. El mayordomo indicó con un gesto a McBride que se sentara. El guardaespaldas permaneció de pie y alerta. Un hombre que llevaba pantalones deportivos blancos y una camisa de seda color crema se acercó a ellos desde el lado de la mansión en el que había más sombra.

McBride apenas reconoció al hombre que antaño había sido Zoran Zilic, matón de las bandas del distrito de Zemun, Belgrado, ejecutor a sueldo para una docena de organizaciones de los bajos fondos en Alemania y Suecia, criminal de guerra, tratante de blancas, traficante de drogas y de armas, depredador del tesoro yugoslavo y, finalmente, fugitivo de la justicia.

Su rostro apenas guardaba parecido con el que figuraba en el expediente de la CIA. La primavera anterior, unos cirujanos suizos habían hecho un buen trabajo. La palidez báltica había sido sustituida por un bronceado tropical, y sólo las finas líneas blancas de las cicatrices seguían negándose a oscurecer.

Pero McBride sabía que las orejas, al igual que las huellas dactilares, son totalmente características de cada ser humano y que, a menos que intervenga la cirugía, nunca cambian. Las orejas de Zilic no habían variado, como tampoco lo habían hecho sus huellas dactilares, y cuando se dieron la mano, McBride reparó en la mirada de animal salvaje de sus ojos de color avellana.

Zilic se sentó a la mesa de mármol y señaló con la cabeza el único otro asiento vacante. McBride lo ocupó, y acto seguido se produjo un rápido intercambio de palabras en serbocroata entre Zilic y el guardaespaldas. Éste se marchó a comer a algún otro sitio.

Una muchacha de San Martín, muy joven y guapa con su uniforme azul de doncella, sirvió dos copas de champán. Zilic no propuso ningún brindis. Estudió el líquido ambarino y luego lo bebió de un trago.

–El hombre –dijo, hablando en un inglés bastante bueno, aunque no impecable–. ¿Quién es?

–No lo sabemos con exactitud. Se trata de un contratista privado que cuida mucho el secreto. Sólo se lo conoce por el nombre en clave que él mismo ha escogido.

–¿Y cuál es ese nombre?

–El Vengador.

El serbio reflexionó pensando en aquella palabra durante unos instantes y luego se encogió de hombros. Otras dos muchachas empezaron a servir la comida. Había tartaletas de huevos de codorniz y espárragos con mantequilla fundida.

–¿Todo hecho en la propiedad? –preguntó McBride.

Zilic asintió.

–Pan, verduras, huevos, leche, aceite de oliva, uvas... –dijo McBride–. Vi todo eso mientras veníamos hacia aquí.

El serbio volvió a asentir y preguntó:

–¿Por qué anda tras de mí ese hombre?

McBride no respondió de inmediato. Si daba la verdadera razón, Zilic quizá decidiese que no tenía ningún sentido seguir cooperando con Estados Unidos o cualquier representante de éste, porque de todas formas nunca lo perdonarían. La misión que Devereaux le había encomendado era la de mantener a aquel ser aborrecible dentro del equipo de Peregrino.

–No lo sabemos –contestó finalmente–. Alguien lo ha contratado. Quizá se trate de algún antiguo enemigo de Yugoslavia.

Zilic se lo pensó y luego meneó la cabeza.

–¿Y por qué ha esperado usted tanto tiempo para venir a verme, señor McBride?

–No sabíamos nada de ese hombre hasta que usted se quejó de que un avión había estado sobrevolando su propiedad y tomando fotografías. Consiguió su número de matrícula, lo cual estuvo muy bien. Luego envió hombres a Guyana para que intervinieran. El señor Devereaux pensó que podríamos localizar al intruso, identificarlo y detenerlo. Pero consiguió escabullirse.

Las langostas frías venían acompañadas con mayonesa, hecha también a base de productos locales. Para completar la comida había uvas moscatel y melocotones, así como un café bastante fuerte. El mayordomo ofreció puros Cohiba y esperó a que los dos hombres los encendieran antes de marcharse. El serbio parecía estar absorto en sus pensamientos.

Las tres guapas criadas que los habían atendido esperaban junto a la pared de la casa. Zilic se volvió en su asiento, señaló a una y chasqueó los dedos. La chica palideció, pero dio media vuelta y entró en la casa, presumiblemente a prepararse para la llegada de su señor.

–Siempre echo una siesta a esta hora –dijo el serbio–. Es una costumbre local, y realmente excelente. Antes de que me vaya, le diré una cosa. Diseñé esta fortaleza junto con el comandante Van Rensberg, a quien conocerá dentro de unos momentos. Probablemente sea el lugar más seguro que existe sobre la faz de la tierra.

»No creo que su mercenario consiga entrar nunca aquí; pero si lo hace, no saldrá con vida. Nuestros sistemas de seguridad ya han sido puestos a prueba. Ese hombre tal vez se les haya escapado, pero nunca logrará acercarse a mí. Mientras yo descanso un rato, Van Rensberg le enseñará la propiedad. Luego usted podrá ir a decirle al señor Devereaux que esta crisis ha terminado. Hasta luego.

Zilic se levantó y se alejó. McBride no se movió de su asiento. La pequeña puerta de la entrada principal se abrió y un hombre subió por el tramo de escalera que conducía a la terraza. McBride sabía de quién se trataba por los expedientes, pero fingió que no lo conocía.

Adriaan van Rensberg también tenía toda una historia a sus espaldas. Durante el período en que el Partido Nacional y su política de apartheid rigieron Sudáfrica, Van Rensberg había trabajado en el temido Departamento de Seguridad del Estado, en cuya jerarquía había ido ascendiendo gracias a la concienzuda atención que dedicaba a las formas más extremas de las brutalidades practicadas por aquel organismo gubernamental.

Después de la llegada al poder de Nelson Mandela, Van Rensberg se había unido al partido de extrema derecha AWB, que dirigía Eugène Terre'Blanche. Cuando dicho partido se derrumbó, pensó que sería más prudente huir del país. Tras pasar varios años ofreciendo sus servicios como experto en seguridad a varios grupos fascistas europeos, Van Rensberg atrajo la atención de Zoran Zilic, quien lo contrató para que concibiera, diseñara, construyera y estuviera al frente de la fortaleza de El Punto.

A diferencia del coronel Moreno, el sudafricano no era gordo, sino musculoso y corpulento. El pliegue que formaba su estómago al doblarse sobre el grueso cinturón de cuero era lo único que traicionaba una considerable afición a la cerveza.

McBride observó que Van Rensberg llevaba un uniforme apropiado para las funciones que desempeñaba en El Punto, consistente en camisa y pantalones de camuflaje, botas militares, sombrero de piel de leopardo y una serie de aparatosas insignias.

–¿El señor McBride? ¿El caballero estadounidense?

–Ése soy yo, amigo.

–Comandante Van Rensberg, jefe de seguridad. He recibido instrucciones de enseñarle la propiedad. ¿Le parece bien mañana por la mañana, a las ocho y media?

Uno de los policías encontró el Ford en el aparcamiento del complejo turístico de La Bahía. La matrícula era local, pero había sido falsificada en algún garaje. El manual que se hallaba dentro de la guantera estaba escrito en holandés, la lengua oficial de Surinam.

Mucho más tarde alguien recordaría haber visto a un mochilero cargado con una gran Bergen hecha de tela de camuflaje, alejándose a pie del complejo turístico. Iba hacia el este. El coronel Moreno ordenó al ejército de San Martín y a toda su fuerza policial que regresaran a los cuarteles. Por la mañana, dijo, subirían a la cordillera y peinarían todo el terreno, desde el camino hasta la cumbre.

29
El recorrido

Era el segundo atardecer que Dexter presenciaba desde su escondite en la cumbre de la montaña, y sería el último.

Inmóvil, observó que las últimas luces se iban apagando en las ventanas de la península, y se preparó para entrar en acción. Allá abajo se levantaban y se iban a dormir temprano. Para Dexter habría, una vez más, muy poco tiempo de sueño.

Se dio un banquete con sus últimas raciones, consumiendo los minerales, vitaminas, fibra y azúcar de dos días. También dio cuenta de toda el agua que le quedaba, proporcionando así a su cuerpo reservas suficientes para las siguientes veinticuatro horas. Podía abandonar la voluminosa mochila Bergen, la mosquitera y la capa para la lluvia. Lo que necesitaba, o lo llevaba consigo o lo había robado la noche anterior, y todo ello cabía en una mochila bastante más pequeña que la Bergen. La cuerda enrollada en bandolera sería lo único que seguiría haciendo un bulto considerable, y tendría que esconderla allí donde no pudiesen encontrarla.

Ya era más de medianoche cuando Dexter intentó eliminar todo rastro de su campamento y se fue de allí.

Borrando con una rama las huellas que iban dejando sus pies, fue bajando lentamente hacia su derecha hasta que se encontró más encima de la aldea de los trabajadores que del campo de aviación. Para ello tuvo que recorrer unos ochocientos metros, lo que le llevó una hora. Pero había calculado bien. La pálida luna ascendió en el cielo. El sudor empezó a empapar nuevamente sus ropas.

Descendió por la escarpadura muy despacio y con mucho cuidado, afirmándose en los tocones hasta que necesitó recurrir a la cuerda de escalada. Esta vez tuvo que doblarla y luego pasar la lazada por encima de un tocón lo bastante liso para que la cuerda no quedase enganchada cuando tirara desde abajo.

Luego se descolgó poco a poco por el resto de la pendiente, evitando los saltos para no provocar el desprendimiento de guijarros y limitándose a caminar hacia atrás, paso a paso, hasta que llegó a la hendidura que había entre los acantilados y la parte de atrás de la iglesia. Dexter esperaba que el sacerdote tuviera el sueño profundo, porque en ese momento se encontraba a escasos metros de su casa.

Tiró suavemente de un extremo de la cuerda doble. El otro tramo de ésta resbaló sobre el tocón que había en lo alto de la pared rocosa y finalmente terminó cayendo alrededor de él. Dexter la enrolló, se la colgó al hombro y abandonó las sombras de la iglesia.

Las letrinas eran comunales y para un solo sexo. No había mujeres en el campo de trabajo. Dexter había observado desde arriba a los hombres mientras llevaban a cabo sus abluciones. La base de la letrina era una larga trinchera cubierta por tablas que servían para enmascarar el inevitable hedor, o al menos lo peor de él. En las tablas había agujeros circulares cubiertos por tapas redondas. No existía ninguna concesión al pudor. Dexter respiró hondo, retuvo el aire en los pulmones, levantó una de las tapas y dejó caer dentro la cuerda enrollada. Con un poco de suerte desaparecería para siempre, incluso en el caso de que la buscaran, lo cual era extremadamente improbable.

Las cabañas dentro de las que vivían y dormían los trabajadores se reducían a pequeños cubos no mucho más grandes que una celda policial, pero al menos eran individuales. Estaban alineadas en filas de cincuenta cabañas enfrentadas con otras cincuenta y formando una calle. Cada grupo de cien cabañas se extendía hacia fuera desde un camino principal, y Dexter estaba en lo que pareció ser la zona residencial.

El camino principal conducía a la plaza, que se hallaba flanqueada por los lavaderos, las cocinas y los cobertizos bajo los que se comía. Evitando la tenue luz de la luna que bañaba la plaza, y manteniéndose pegado en todo momento a las sombras de los edificios, Dexter volvió a la iglesia. La cerradura de la puerta principal no lo entretuvo más de unos minutos.

La iglesia era sencilla, teniendo en cuenta lo que pueden llegar a ser las iglesias, pero para aquellos que dirigían el campo de trabajos forzados constituía una precaución muy sensata destinada a proporcionar una válvula de escape en un país profundamente católico. Dexter se preguntó cómo se las arreglaría el sacerdote para hacer casar su trabajo con su credo.

Encontró lo que quería detrás del altar y a un lado, dentro de la sacristía. Dejó abierta la puerta principal y volvió a las hileras de cabañas donde los trabajadores disfrutaban de sus escasas horas de reposo.

Desde su punto de observación en la cumbre había memorizado la situación de la cabaña a la que quería ir. Había visto salir de ella al hombre para dirigirse a desayunar. Era la quinta cabaña hacia abajo, en el lado izquierdo de la tercera calle que partía del camino principal después de la plaza.

No había cerradura, sino un simple pestillo de madera. Dexter entró en la cabaña y se quedó inmóvil para que sus ojos se acostumbraran a la casi completa oscuridad.

La figura acurrucada sobre el jergón siguió roncando. Tres minutos después, Dexter logró distinguir el bulto que yacía bajo la tosca manta. Se agachó para sacar algo de su mochila y luego se acercó al jergón. El olor dulzón del cloroformo subió hacia él desde el paño empapado que llevaba en la mano.

El peón gruñó una vez, se debatió débilmente durante unos segundos, y por fin se sumió en un sueño más profundo. Dexter no apartó el paño, para asegurarse de que el hombre permanecía inconsciente durante horas. Cuando estuvo preparado, se lo cargó al hombro y regresó silenciosamente a la iglesia por donde había llegado.

Volvió a detenerse junto a la entrada del templo y aguzó el oído para averiguar si había perturbado el sueño de alguien, pero la aldea siguió durmiendo. A continuación, se dirigió a la sacristía y allí, utilizando precinto de embalar, ató al peón por los tobillos y las muñecas y lo amordazó, con cuidado de no taparle la nariz, a fin de que pudiera respirar.

Mientras volvía a cerrar la puerta de la iglesia, Dexter leyó con satisfacción el aviso que habían colocado en el tablero contiguo, y que constituía una inesperada ayuda de la suerte.

Una vez dentro de la cabaña vacía, se arriesgó a encender un bolígrafo-linterna para examinar las posesiones del trabajador. No eran muchas. En una pared había un retrato de la Virgen, y, metida en el marco, una foto ya bastante descolorida de una mujer joven que estaba sonriendo. ¿Sería la prometida, la hermana o la hija del peón? Cuando lo vio a través de sus potentes binoculares, el hombre le había parecido de su misma edad, pero tal vez fuese más joven. Quienes caían en las garras del sistema penal del coronel Moreno y eran enviados a El Punto debían de envejecer muy deprisa. Pero Dexter lo había escogido porque eran de la misma estatura y constitución.

No había ningún otro adorno en las paredes, sólo ganchos de los que colgaban dos juegos de ropa de trabajo, ambos idénticos: pantalones y camisa de algodón basto. En el suelo había un par de alpargatas con suela de esparto, sucias y ya muy usadas, pero resistentes y fiables. Aparte de eso, un sombrero de paja trenzada completaba el atuendo laboral. También había una bolsa de lona que se cerraba mediante un cordel y que servía para llevar el almuerzo a la plantación. Dexter apagó su pequeña linterna y consultó su reloj: pasaban cinco minutos de las cuatro.

Se quitó la ropa hasta quedar en calzoncillos, seleccionó las cosas que llevaría consigo, las envolvió con su camiseta empapada en sudor y las guardó en la bolsa del almuerzo. El resto lo metió en la mochila y se deshizo de ésta en una segunda visita a las letrinas. Luego esperó a que sonara la barra de hierro.

El ruido llegó, como siempre, a las seis y media, cuando el cielo comenzaba a clarear hacia el este. El guardia que se hallaba al otro lado de las dobles puertas de la valla siguió aporreando el trozo de riel. La aldea empezó a cobrar vida.

Dexter no se unió a los que corrían hacia las letrinas y los lavaderos y confió en que nadie se diera cuenta de su ausencia. Pasados veinte minutos, atisbando por una rendija entre los tableros de la puerta, vio que su callejón volvía a hallarse vacío. Con la cabeza inclinada y el sombrero sobre los ojos, fue sigilosamente a las letrinas. No era más que una figura ataviada con sandalias, pantalones y camisa entre un millar más de ellas.

Permaneció agazapado encima de uno de los agujeros mientras los demás tomaban su desayuno. Sólo cuando los trabajadores fueron convocados ante la puerta se unió a la hilera que le correspondía.

Los cinco supervisores se sentaron a sus mesas, examinaron las placas metálicas, introdujeron en la base de datos el número de quienes iban a ser admitidos aquella mañana, así como a qué cuadrilla de trabajo eran asignados, y luego indicaron al trabajador que pasara para reunirse con su capataz, ir en busca de las herramientas y comenzar con la jornada laboral.

Dexter llegó a la mesa, tendió su placa sosteniéndola entre el pulgar y el índice tal como hacían los demás, se inclinó hacia delante y tosió. El guardia se apresuró a volver el rostro, comprobó el número de la placa y lo despidió con un ademán. Lo último que quería aquel hombre era oler el aliento a chiles del peón. Dexter fue a recoger su azadón y comenzó a quitar las malas hierbas de los huertos de aguacates, que era la tarea que le habían asignado.

A las siete y media, Kevin McBride desayunó solo en la terraza. La granada, los huevos, la tostada y la mermelada de moras no habrían desentonado en ningún hotel de cinco estrellas. El serbio se reunió con él a las ocho y cuarto.

–Me parece que lo mejor será que vaya haciendo su equipaje –le dijo–. Cuando haya visto todo lo que le mostrará el comandante Van Rensberg, espero que esté de acuerdo conmigo en que este mercenario tiene una posibilidad entre cien de llegar aquí, y ni siquiera eso de acercarse a mí o salir de la fortaleza. Su estancia aquí ya no tiene ningún sentido, McBride. Puede decirle al señor Devereaux que completaré mi parte de nuestro acuerdo, tal como convinimos, a finales de mes.

A las ocho y media, McBride dejó su bolsa de viaje en la trasera del jeep de Van Rensberg y ocupó el asiento del acompañante.

–Bueno, ¿qué le apetece ver? –preguntó el sudafricano.

–Me han dicho que es prácticamente imposible que un intruso entre aquí. ¿Puede explicarme por qué?

–Mire, señor McBride, cuando diseñé todo esto lo que hice fue crear dos cosas. En primer lugar, un paraíso de tierras de cultivo que se autoabastece casi por completo. En segundo lugar, una fortaleza, un santuario, un refugio dentro del que uno se encuentra a salvo prácticamente de cualquier amenaza.

»Claro que si está hablando de una operación militar a gran escala, con paracaidistas y vehículos blindados, por supuesto que la fortaleza podría ser tomada. Pero ¿un mercenario, actuando solo? Imposible.

–¿Qué me dice si llegase por el mar?

–Permítame enseñarle algo. –Van Rensberg quitó el freno de mano y partieron, dejando tras de sí una estela de polvo. El sudafricano detuvo el jeep junto al borde de un acantilado y mientras se apeaba, dijo–: Usted mismo podrá verlo desde aquí. Toda la propiedad se encuentra rodeada por el mar, que en ningún punto tiene menos de seis metros de profundidad y alcanza los quince en la mayoría de sitios. Un sistema de radares marítimos, camuflado como una serie de antenas para captar las emisiones de televisión por vía satélite, nos advierte de la presencia de cualquier cosa que se aproxime por el mar.

–¿Con qué medios de interceptación cuentan?

–Dos patrulleras muy rápidas, una de las cuales está continuamente en el mar. Hay una zona de exclusión de un kilómetro y medio en torno a la península. Sólo se permite pasar al carguero que viene regularmente para traernos suministros.

–¿Y si se acercasen por debajo del agua? ¿Disponen de fuerzas especiales anfibias?

Van Rensberg resopló despectivamente.

Cogió su walkie-talkie y se comunicó con el matadero. La cita fue acordada al otro extremo de la propiedad, cerca de las grúas. McBride vio que un cubo lleno de despojos bajaba por el conducto y caía al mar casi diez metros más abajo.

Durante varios segundos no hubo ninguna reacción. Entonces la primera aleta en forma de cimitarra hendió la superficie del mar, y en menos de un minuto se produjo un auténtico frenesí.

–Aquí comemos bien –dijo Van Rensberg entre risas–. Bistecs, filetes... carne en abundancia. El hombre para el que trabajo no come carne, pero los guardias sí. A muchos nos encanta disfrutar de un buen *braai*.

–¿Y?

–Cuando un animal, ya sea un cordero, una cabra, un cerdo o una vaca, es sacrificado, y eso es algo que se hace aproximadamente una vez a la semana, los despojos, incluida la sangre, son arrojados al mar, que está infestado de tiburones. El mes pasado uno de mis hombres se cayó por la borda. La embarcación viró de inmediato para ir a recogerlo. Sólo tardaron treinta segundos en llegar hasta él, pero ya era demasiado tarde.

–¿No salió del agua?

–La mayor parte de él, sí, pero no así sus piernas. Murió dos días después.

–¿Hubo un entierro?

–Tuvo lugar ahí fuera.

–De modo que los tiburones lo pillaron después de todo.

–Aquí nadie comete errores. No con Adriaan van Rensberg a cargo de todo.

–¿Qué me dice de llegar por las montañas, como hice yo ayer?

Por toda respuesta, Van Rensberg le tendió unos prismáticos.

–Eche un vistazo. Si alguien descendiese por los acantilados sería descubierto en cuestión de segundos.

–¿Y si lo hiciera de noche?

–En ese caso, tal vez. Pero el intruso se encontraría fuera del alambre de espino, a casi cuatro kilómetros de la mansión, y más allá del muro. También lo descubriríamos y... nos ocuparíamos de él.

–¿Y qué me dice del torrente que vi? Alguien podría entrar siguiendo su curso.

–Muy buena idea, señor McBride. Permítame enseñarle el torrente.

Van Rensberg condujo el jeep hasta el campo de aviación, entró utilizando su propio mando a distancia para abrir la puerta de valla metálica y siguió adelante hasta llegar al sitio en que el torrente pasaba por debajo del camino. Los dos hombres se apearon. Un largo tramo del torrente quedaba expuesto entre el camino y la valla. Las límpidas aguas se deslizaban suavemente sobre las hierbas y las algas que cubrían el fondo.

–¿Ve usted algo? –preguntó Van Rensberg.

–No –respondió McBride.

–Se han puesto al fresco, allá, debajo del camino.

Saltaba a la vista que el sudafricano estaba disfrutando. Cogió un trozo de carne que llevaba en el jeep y lo arrojó al agua, que pareció hervir de repente. McBride vio surgir de la sombra a las pirañas, y el trozo de carne, del tamaño de un paquete de cigarrillos, quedó hecho pedazos por una miríada de dientes afilados como agujas.

–¿Ha tenido suficiente? –dijo Van Rensberg–. Ahora le enseñaré cómo utilizamos el suministro de agua sin que las medidas de seguridad se resientan por ello. Venga conmigo.

De regreso a las tierras de cultivo, Van Rensberg fue siguiendo el torrente durante la mayor parte de su serpenteante curso a través del terreno. En una docena de lugares, se habían abierto compuertas para regar distintas parcelas o llenar diferentes estanques de almacenamiento, pero siempre se trataba de callejones sin salida.

El cauce principal se curvaba en una y otra dirección, pero finalmente terminaba volviendo al acantilado, cerca del camino pero al otro lado de la valla. A partir de aquel punto la corriente era cada vez más rápida y terminaba precipitándose al mar desde lo alto del acantilado.

–Hice que enterraran un buen tramo de pinchos metálicos justo donde termina el acantilado –explicó Van Rensberg–. Quienquiera que intente pasar nadando se verá arrastrado por la corriente y será empujado hacia delante, entre lisas paredes de cemento que desembocan en el mar. Después de pasar por encima de los pinchos, el infortunado nadador entrará en el mar sangrando abundantemente. Y entonces, ¿qué le ocurrirá? Pues que se encontrará con los tiburones, por supuesto.

–¿Y por la noche?

–Ah, ¿no ha visto los perros? Tenemos una jauría de doce dobermans, y son letales. Han sido adiestrados para no tocar a nadie que lleve el uniforme de los guardias, y a una docena de miembros del personal superior sin importar la ropa que lleven. Es una cuestión de olor personal.

»Los soltamos en cuanto se pone el sol. A partir de entonces, cualquier peón y desconocido tiene que permanecer fuera de la valla, o de lo contrario sólo sobrevivirá los minutos que los perros tarden en dar con él. De modo que ahora dígame qué va a hacer ese mercenario suyo.

–No tengo ni idea –respondió McBride–. Si tiene un poco de sentido común, supongo que a estas alturas ya se habrá marchado.

Van Rensberg soltó una carcajada.

–Lo cual sería muy sensato por su parte –dijo–. En mi viejo país, allá en la franja de Caprivi, creamos un campamento para los *mundts* cuando empezaron a causar un montón de problemas en las poblaciones. Yo estaba al mando. ¿Y sabe usted una cosa, señor de la CIA? Nunca perdí a un solo *kaffir*. Ni a uno solo, créame. Con lo cual quiero decir que no hubo fugas. Nunca.

–Impresionante.

–¿Y sabe qué era lo que utilizaba? ¿Minas terrestres? No. ¿Reflectores? Tampoco. Lo que utilizaba eran dos anillos concéntricos de valla metálica enterrados a dos metros de profundidad y con alambre de espino en la parte superior, y animales salvajes entre los anillos. Cocodrilos en el agua, leones en los pastizales. Se entraba y salía a través de un túnel. Me encanta la Madre Naturaleza. –Van Rensberg consultó su reloj–. Las once en punto. Lo llevaré hasta la caseta de la guardia que tenemos en el paso. La policía de San Martín enviará un jeep para que lo recoja y lo lleve de regreso al hotel.

Emprendieron el camino hacia la puerta que daba acceso a la aldea, cuando el walkie-talkie del sudafricano emitió una señal. Van Rensberg escuchó el mensaje transmitido por el operador de radio que estaba de turno en el sótano que había bajo la mansión. Lo que oyó le complació. Cortó la comunicación y señaló hacia lo alto de las montañas.

–Esta mañana los hombres del coronel Moreno peinaron la selva –dijo–, desde el camino hasta las cumbres. Han encontrado signos del campamento de su mercenario, y estaba abandonado. Sí, puede que tenga usted razón. Me parece que ha visto suficiente y se ha asustado.

McBride divisó en la lejanía la gran puerta doble y, más allá, las blancas construcciones de la aldea.

–Hábleme de los trabajadores, comandante.

–¿Qué pasa con ellos?

–¿Cuántos hay? ¿Cómo los consiguen?

–Tenemos unos mil doscientos. Todos son delincuentes que están cumpliendo sus condenas. Y ahora no se le ocurra dárselas de santo conmigo, señor McBride. En Estados Unidos tienen granjas-prisión, ¿verdad? Bueno, pues esto es una granja-prisión. Habida cuenta de las circunstancias, la verdad es que los tratamos bastante bien.

–¿Vuelven a casa cuando han cumplido sus condenas?

–No, no vuelven –respondió Van Rensberg.

El billete sólo era de ida, pensó McBride, por cortesía del coronel Moreno y el comandante Van Rensberg. Una condena de por vida. ¿Por qué delitos? ¿Tirar basura en la calle? ¿Vagancia? Moreno siempre tendría que hacer frente a las exigencias de Zilic asegurándose de que hubiera suficientes trabajadores.

–¿Y qué me dice de los guardias y el personal que hay en la mansión?

–Eso es distinto. El resto somos empleados que cobramos un sueldo a cambio de hacer nuestro trabajo. Todos vivimos dentro de los muros de la mansión. Cuando el hombre para el que trabajamos está en ella, entonces todo el mundo permanece dentro. Sólo los guardias uniformados y unos cuantos altos cargos como yo pueden ir más allá del muro. Los que se encargan de limpiar la piscina, los jardineros, los camareros, las doncellas... todos viven dentro de los muros. Los peones lo hacen en su pequeña aldea.

–¿Sin mujeres, sin niños?

–No. Esos hombres no están aquí para tener descendencia. Pero sí que hay una iglesia, cuyo sacerdote sólo predica la obediencia absoluta.

El comandante se abstuvo de mencionar que en ausencia de obediencia él mantenía en vigor el uso del *sjambok*, su látigo hecho con piel de rinoceronte, como en los viejos tiempos.

–Y alguien procedente de fuera ¿no podría entrar en la residencia fingiendo que es un empleado? –preguntó McBride.

–No. Cada tarde el administrador que va a la aldea se encarga de seleccionar a los trabajadores para el día siguiente. Los que han sido seleccionados se presentan ante la puerta principal en cuanto sale el sol, después de haber desayunado. Son comprobados uno por uno, y sólo se admite a los designados. Ni uno más.

–¿Cuántos hombres pasan por allí?

–Alrededor de un millar al día. Doscientos, con conocimientos técnicos, son asignados a los talleres de reparaciones, el molino, el horno del pan, el matadero, el cobertizo de los tractores. Los otros ochocientos se encargan de cortar la madera y cultivar la tierra. Y cada día se quedan aquí alrededor de unos doscientos hombres: los que están realmente enfermos, los que se encargan de recoger la basura y los cocineros.

–Me parece que le creo, comandante –reconoció McBride–. Ese mercenario no tiene ninguna posibilidad, ¿verdad?

–Ya se lo había dicho. Se ha asustado y ha salido corriendo.

Apenas había terminado de hablar cuando el walkie-talkie volvió a emitir un chasquido. Mientras el comandante escuchaba el informe, su frente fue llenándose de arrugas.

–¿Qué clase de problema? Bueno, dígale que se calme. Dentro de cinco minutos estaré allí. –Cortó la comunicación y, mirando a McBride, dijo–: El padre Vicente, en la iglesia. Al parecer le ha dado una especie de ataque de pánico. Bien, ahora tendré que pasar por allí mientras vamos de camino a las montañas. Estoy seguro de que sólo serán unos minutos.

Dejaron atrás una hilera de peones que desfilaba lentamente a su izquierda, con las doloridas espaldas encorvadas bajo el peso de los picos y los azadones. Unas cuantas cabezas se alzaron por un instante para ver pasar al vehículo dentro del que iba el hombre que ejercía un poder de vida y muerte sobre ellos. Sus rostros eran flacos y sus ojos marrones como el café bajo el ala de los sombreros de paja. Pero un par de aquellos ojos eran azules.

30

El engaño

El sacerdote, un hombrecillo bajito y rechoncho de ojos porcinos que vestía una sotana blanca no excesivamente limpia, estaba dando nerviosos brincos en lo alto del tramo de escalones de la iglesia. Se trataba del padre Vicente, pastor de los infortunados peones que trabajaban para Zilic.

El español de Van Rensberg era extremadamente básico, y habitualmente sólo lo empleaba para dar órdenes. El inglés del sacerdote tampoco era gran cosa.

–Venga usted enseguida, comandante –dijo el padre Vicente mientras entraba corriendo en la iglesia.

McBride y Van Rensberg bajaron del jeep, subieron los escalones a la carrera y entraron en la iglesia.

El padre Vicente fue rápidamente por el pasillo central, dejó atrás el altar y entró en la sacristía. Era una habitación minúscula en la que había un armario atornillado a la pared que contenía las vestimentas sacerdotales. El padre Vicente abrió la puerta con ademán melodramático y exclamó:

–¡Miren!

El sudafricano y McBride miraron. El peón seguía exactamente como lo había encontrado el cura, que no había hecho ningún intento de liberarlo de sus ataduras. Estaba firmemente atado por las muñecas y los tobillos y amordazado con una ancha cinta de embalar. Farfullaba y se debatía, pero en cuanto vio a Van Rensberg, una expresión de pánico apareció en sus ojos.

El sudafricano se inclinó sobre él y le arrancó la mordaza sin mayores ceremonias.

–¿Qué demonios está haciendo aquí?

El trabajador, aterrorizado, balbuceó alguna clase de explicación.

–Dice que no lo sabe –intervino el sacerdote encogiéndose de hombros–. Dice que anoche se fue a dormir y que hoy ha despertado aquí dentro. Tiene un terrible dolor de cabeza y no recuerda nada más.

El hombre sólo llevaba puestos unos sucios pantalones cortos. El sudafricano lo agarró por los brazos y lo levantó con un brusco tirón.

–Vayamos por partes, comandante –dijo McBride en voz baja–. ¿Qué le parece si empezamos por averiguar su nombre?

–Se llama Ramón –dijo el padre Vicente.

–¿Ramón qué?

El sacerdote se encogió de hombros. Tenía más de mil parroquianos, y nadie podía pretender que conociera el apellido de todos.

–¿De qué cabaña viene? –preguntó McBride.

Hubo otro rápido intercambio de palabras en español. McBride podía leer el español, pero el dialecto de San Martín no se parecía en nada al castellano.

–Su cabaña queda a unos trescientos metros de aquí –explicó el sacerdote.

–¿Vamos a echar un vistazo? –propuso McBride.

Sacó una navaja de uno de sus bolsillos y cortó la cinta de embalar que sujetaba las muñecas y los tobillos de Ramón. El intimidado trabajador condujo al comandante y al hombre de la CIA hasta la calle donde estaba su cabaña, señaló la puerta y dio un paso atrás.

Van Rensberg entró, seguido por McBride. Todo lo que encontraron de interés fue un trozo de tela debajo de la cama. McBride lo olisqueó y se lo tendió al comandante, que también se lo llevó a la nariz.

–Cloroformo –dijo McBride–. Lo narcotizaron mientras estaba durmiendo. Probablemente no llegó a sentir nada. Despertó para encontrarse atado de pies y manos y encerrado en un armario. No está mintiendo, sólo se encuentra confuso y aterrorizado.

–¿Y para qué demonios le hicieron eso?

–¿Verdad que antes me dijo que cada hombre lleva una placa metálica cuyo número es comprobado cuando pasa por la puerta para ir a trabajar?

–Sí. ¿Por qué?

–Ramón no lleva esa placa, y tampoco está aquí, tirada en el suelo. Me parece que un impostor ha conseguido colarse.

Las palabras de McBride surtieron efecto de inmediato. Van Rensberg regresó rápidamente al Land Rover estacionado en la plaza y cogió el walkie-talkie.

–Esto es una emergencia –le dijo al operador de radio que respondió a su llamada–. Hagan sonar ahora mismo las alarmas. Sellen la puerta de la mansión y que nadie entre o salga excepto yo. Luego utilicen el sistema de megafonía para ordenar a los guardias que, estén de servicio o no, se presenten ante mí en la puerta principal.

Unos segundos después el sonido gimoteante de la sirena se esparció sobre la península. Se oyó en campos y graneros, en huertos y cobertizos, en porquerizas y plantaciones.

Quienes se encontraban en aquellos lugares levantaron la cabeza de lo que estaban haciendo para mirar hacia la puerta principal. Cuando se hubo conseguido la atención de todos, se oyó la voz del operador de radio.

–«Que todos los guardias vayan a la puerta principal –dijo–. Repito, que todos los guardias vayan a la puerta principal. A paso ligero.»

Había más de sesenta guardias realizando el turno de día; el resto estaban libres de servicio y se encontraban en sus barracones. Desde los campos, conduciendo motos de cuatro ruedas desde los lugares más alejados o corriendo desde los barracones que se alzaban a medio kilómetro de la puerta principal, los guardias se apresuraron en respuesta a la emergencia.

Van Rensberg salió dando marcha atrás en su todoterreno y los esperó, subido al capó y con el megáfono en la mano.

–No se trata de un fugitivo –dijo cuando los guardias se hubieron reunido ante él–, sino de un intruso. Se hace pasar por un peón. Las mismas ropas, las mismas sandalias, el mismo sombrero... Incluso tiene una placa de identificación que ha robado. Los del turno de día: reúnan a todos los trabajadores y tráiganlos aquí. No quiero excepciones. Los que estaban libres de servicio, que registren cada establo, granero, cobertizo y taller. Luego ciérrenlo todo y monten guardia. Utilicen sus walkie-talkies para permanecer en contacto con los jefes de pelotón. Que los suboficiales se mantengan en contacto conmigo. Y ahora, a trabajar. Cualquier prisionero que eche a correr deberá ser abatido a tiros. Ya pueden irse.

Los cien hombres empezaron a desplegarse por toda la propiedad. Tenían que cubrir la zona central, desde la valla metálica que separaba la aldea y el campo de aviación de las tierras de cultivo hasta el muro de la mansión. Era una extensión de terreno muy grande, demasiado incluso para cien hombres, y recorrerla en su totalidad requeriría varias horas.

Van Rensberg había olvidado que McBride debía marcharse. Ocupado con sus propios planes, dejó de prestar atención al hombre de la CIA, que se sentó y empezó a reflexionar, cada vez más perplejo.

Al lado de la puerta de la iglesia había un aviso que rezaba: EXEQUIAS POR NUESTRO HERMANO PEDRO HERNÁNDEZ. ONCE DE LA MAÑANA.

A pesar de que le costaba leer el español, entendió su contenido, y se preguntó si el cazador de hombres no lo habría leído también. Lo más razonable era pensar que el sacerdote no entraría en la sacristía hasta el domingo, pero ese día las circunstancias eran muy distintas. Cuando faltaran exactamente diez minutos para las once, el padre Vicente abriría el armario de la sacristía y descubriría al prisionero.

¿Por qué no dejarlo en algún otro sitio? ¿Por qué no atarlo con un poco de precinto a su propio jergón allí donde nadie lo encontraría hasta la puesta de sol, o ni siquiera entonces?

McBride encontró al comandante hablando por el walkie-talkie con los mecánicos del campo de aviación.

–¿Qué le pasa? A la mierda con el rotor de cola. Necesito que vuelva a volar, así que dense prisa.

Cortó la comunicación, se volvió hacia McBride, lo miró fijamente y dijo:

–Su compatriota cometió un error, eso es todo. Y ese error va a salirle muy caro, porque ahora va a costarle la vida.

Transcurrió una hora. Aunque no disponía de unos prismáticos, McBride vio que las primeras columnas de trabajadores regresaban a marchas forzadas hacia las puertas dobles de la aldea. Los guardias gritaban órdenes. Ya era mediodía, y el calor golpeaba con la fuerza de un martillo.

Delante de las puertas, el número de hombres aumentaba por momentos. El parloteo de la radio no cesaba ni un solo instante, a medida que un sector de la propiedad tras otro era declarado vacío de trabajadores y se comunicaba que sus edificios habían sido registrados.

A la una y media dio comienzo la comprobación de los números de las placas. Van Rensberg ordenó que los cinco guardias encargados de ello ocuparan sus puestos detrás de las mesas y fueran haciendo pasar a los trabajadores, uno tras otro, a razón de doscientos por columna.

Normalmente los hombres hacían su trabajo al alba o al atardecer, cuando no hacía tanto calor, pero ahora éste era sofocante. Dos o tres peones se desmayaron y fueron auxiliados por sus compañeros. Se comprobó el número de cada placa para asegurarse de que correspondía al mismo trabajador que la portaba aquella mañana. Cuando el último peón echó a andar con paso vacilante hacia la aldea, el descanso, la sombra y el agua, el encargado de las comprobaciones asintió.

–Falta uno –anunció.

Van Rensberg se acercó a él y miró por encima de su hombro.

–Es el número cinco-tres-uno-cero-ocho.

–¿Nombre? –preguntó el comandante.

–Ramón Gutiérrez.

–Suelten a los perros.

Van Rensberg fue hacia McBride.

–A estas alturas cada técnico debe de estar dentro, custodiado y a buen recaudo –dijo–. Los perros nunca tocarán a mis hombres, eso usted ya lo sabe. Reconocen el uniforme. Eso deja a un solo hombre ahí fuera, un desconocido que viste pantalones y una holgada camisa de algodón, y tiene el olor equivocado. Para los dobermans eso es como oír la campana del almuerzo. Aunque se suba a un árbol o se meta en un estanque, los perros lo encontrarán. Entonces lo rodearán y ladrarán hasta que vengan sus cuidadores. Le doy a ese mercenario media hora para subirse a un árbol y entregarse, o morir.

El hombre al que buscaba se hallaba en la zona central de la propiedad, corriendo ágilmente entre hileras de maíz que llegaban hasta más arriba de su cabeza. Se guiaba por el sol y las cimas de las montañas.

La mañana todavía no estaba tan avanzada, y le había llevado dos horas alcanzar el muro que rodeaba la mansión. Había tenido que eludir a los otros grupos de trabajadores y a los guardias. Todavía estaba evitando tropezarse con alguien.

Llegó a un camino que discurría a través del maizal, se tendió boca abajo en el suelo y miró. Sendero abajo, dos guardias se alejaban en una moto de cuatro ruedas en dirección a la puerta principal. Dexter esperó hasta que hubieron doblado un recodo, y luego cruzó rápidamente el camino y se internó en un melocotonar. Había estudiado muy bien la zona desde su posición en la cima de la montaña y conocía una ruta que lo llevaría al lugar al que quería ir sin necesidad de cruzar ni una sola plantación que no ocultara su presencia.

Llevaba puesto el resistente reloj para submarinistas, así como el cinturón y, asegurado a la espalda para que no constituyese un estorbo pero aun así al alcance de su mano, el cuchillo. El vendaje, el yeso pegajoso y lo demás estaban dentro de la bolsa plana que formaba parte del cinturón. Todo eso lo llevaba consigo por la mañana, dentro de la bolsa para el almuerzo o debajo de los calzoncillos.

Dexter volvió a comprobar la situación de las montañas, se desvió unos cuantos grados de la ruta que había estado siguiendo y se detuvo, ladeando la cabeza hasta que oyó el gorgoteo del agua fluyendo delante de él. Llegó al borde del torrente, retrocedió unos quince metros y luego se desnudó, a excepción de los calzoncillos y el cinturón con el cuchillo.

A través de la vegetación, y a pesar del calor que le embotaba la mente, oyó el ladrido de los perros que corrían hacia él. La suave brisa que soplaba desde el mar llevaría su olor hasta ellos en cuestión de minutos.

Dexter trabajó cuidadosamente pero deprisa, hasta que se sintió satisfecho de su labor. Después se encaminó hacia el torrente con sigilo, se metió en sus frescas aguas y dejó que la corriente lo arrastrara en dirección al campo de aviación y el acantilado.

A pesar de que se consideraba a salvo de los dobermans, Van Rensberg había subido todas las ventanillas mientras conducía lentamente por una de las avenidas principales que partían de la puerta situada en el centro de la propiedad.

Lo seguía el ayudante del jefe de los cuidadores de los perros, al volante de un camión en cuya trasera había una gran jaula de alambre de acero. Su superior iba sentado junto a Van Rensberg en el Land Rover, con la cabeza asomada por la ventanilla. Fue él quien advirtió que sus perros dejaban de gruñir para soltar gañidos llenos de excitación.

–¡Han encontrado algo! –exclamó.

Van Rensberg sonrió.

–¿Dónde?

–Por allí.

McBride se encogió en el asiento trasero, feliz de estar dentro del Land Rover Defender. Los perros asesinos no le gustaban nada, y para él doce eran una docena de más.

Los dobermans en efecto habían encontrado algo, pero sus gañidos se debían más al dolor que a la excitación. El sudafricano topó con la jauría después de haber doblado la esquina de un melocotonar. Los perros formaban corro en el centro del camino, en torno a un amasijo de ropas ensangrentadas.

–¡Métalos en el camión! –gritó Van Rensberg.

El jefe de los cuidadores bajó del Land Rover, cerró la puerta y llamó a su jauría con un silbido. Sin protestar, pero todavía ladrando, los dobermans entraron en la jaula que había en la trasera del camión. Sólo cuando estuvieron encerrados en ella, Van Rensberg y McBride bajaron del todoterreno.

–Bien, conque aquí es donde lo han atrapado –manifestó Van Rensberg.

El cuidador, todavía perplejo por la conducta de su jauría, recogió del suelo la camisa de algodón manchada de sangre y se la llevó a la nariz. Apartó la cara de ella de inmediato.

–¡Maldito desgraciado! –gritó–. Polvo de chiles, polvo de chiles verdes bien triturados... Hay tanto polvo que la camisa está tiesa. No me extraña que los pobres animales estén aullando de esa manera. Les duele.

–¿Cuándo estarán en condiciones de reemprender la búsqueda?

–Hoy no, y puede que mañana tampoco.

Encontraron los pantalones de algodón, también impregnados con polvo de chiles, y el sombrero de paja, y hasta las alpargatas. Pero no había cuerpo ni huesos, nada aparte de las manchas de sangre en la camisa.

–¿De dónde procede esa sangre? –le preguntó Van Rensberg al cuidador.

–Se hizo un corte con un cuchillo y manchó la camisa con su propia sangre. Sabía que eso enloquecería a los perros. La sangre humana siempre tiene ese efecto cuando están dispuestos a matar. De esa manera olerían la sangre, empezarían a morder la camisa y aspirarían el chile. No volveremos a tener perros rastreadores hasta mañana.

Van Rensberg contó las prendas y dijo:

–Ahora estamos buscando a alguien que va por ahí completamente desnudo.

–Puede que no –intervino McBride.

El sudafricano había equipado a sus hombres de acuerdo con criterios militares. Todos llevaban el mismo uniforme, con los pantalones color caqui remetidos en unas botas de combate que les llegaban a la mitad de la pantorrilla, un grueso cinturón de cuero con hebilla, y camisa de camuflaje de mangas cortas.

Los cabos llevaban un galón invertido y los sargentos dos, mientras que los cuatro suboficiales lucían estrellas hechas de tela.

Enganchada en un matorral espinoso, cerca de un lugar en el sendero donde era evidente que había tenido lugar una lucha, McBride encontró una charretera arrancada de una camisa. No tenía estrellas.

–No creo que nuestro hombre vaya desnudo –dijo–. Me parece que lleva una camisa de camuflaje, con una charretera de menos, unos pantalones color caqui y botas de combate. Por no mencionar un sombrero igual que el suyo, comandante.

Van Rensberg enrojeció. Dos largos surcos en el suelo indicaban que un par de talones habían sido arrastrados, a través de la larga hierba, hasta el final del sendero, donde estaba el torrente.

–Arroje un cuerpo ahí dentro –masculló el comandante–, y a estas alturas ya habrá caído al mar por el borde del acantilado.

«Y todos sabemos lo mucho que quiere usted a sus tiburones», pensó McBride; pero no dijo nada.

Van Rensberg por fin estaba empezando a comprender que se hallaba metido en un buen apuro. En algún lugar de la fortaleza, con acceso a armamento y a una moto todoterreno, había un mercenario que había sido contratado, daba por sentado, para volarle la cabeza al hombre que le pagaba. El comandante masculló algo en afrikaans, y no se trató de nada agradable. Luego cogió el walkie-talkie y ordenó:

–Quiero que se presenten en la mansión veinte guardias que no hayan estado de servicio. Aparte de ellos, no dejen entrar a nadie que no sea yo. También quiero que vayan completamente armados y que se dispersen de inmediato por los alrededores de la mansión. Y quiero que hagan todo eso ahora mismo.

Acto seguido regresaron a campo traviesa a la mansión amurallada que se alzaba al final de la península.

Eran las cuatro menos cuarto.

31

El golpe

Después de soportar los abrasadores rayos del sol sobre la piel desnuda, las aguas del torrente eran como un bálsamo. Pero se trataba de unas aguas peligrosas, porque corrían cada vez más rápido a medida que se precipitaban hacia el mar fluyendo entre paredes de cemento.

En el lugar por donde Dexter había saltado al torrente todavía le hubiese sido posible escalar el otro lado. Pero se encontraba demasiado alejado del sitio en el que necesitaba estar y oía a los perros en la lejanía. Además, desde lo alto de la montaña había visto el árbol que aparecía en las fotografías aéreas.

Entre las cosas que había llevado y aún no había utilizado se encontraba un rezón plegable y seis metros de sólido cable trenzado con hebras de bramante. Mientras la corriente lo arrastraba siguiendo un curso tortuoso y lleno de curvas, Dexter extendió las tres uñas del rezón y pasó en torno a su muñeca izquierda el cable que había enrollado previamente.

En un recodo del torrente vio el árbol alzándose ante él. Crecía en la orilla, en el lado del cauce que daba al campo de aviación, y dos gruesas ramas se extendían por encima de las aguas. Cuando estuvo un poco más cerca, Dexter sacó medio cuerpo del torrente y lanzó el rezón por encima de su cabeza.

Oyó el ruido de las uñas del rezón enganchándose en las ramas, y al pasar por debajo del árbol sintió un dolor en la articulación del brazo derecho y un fuerte tirón que hizo que la corriente dejara de arrastrarlo.

Tirando del cable, Dexter se acercó poco a poco a la orilla y sacó el torso del torrente. La presión del agua disminuyó, limitándose a sus piernas. Dexter tendió la mano libre, se aferró a la hierba y se impulsó hacia delante hasta alcanzar tierra firme.

El rezón había desaparecido entre las ramas. Dexter se limitó a estirar el brazo hacia arriba tanto como pudo y cortó el cable con su cuchillo. Sabía que se encontraba a unos cien metros de la sección de valla del campo de aviación que había cortado cuarenta horas antes. Lo único que podía hacer ahora era arrastrarse. Calculó que los perros más próximos debían de estar a un kilómetro y medio de distancia y al otro lado del torrente. Encontrarían los puentes, pero para eso aún faltaba.

Dos noches antes, en medio de la oscuridad, Dexter había cortado una sección vertical y luego otra en horizontal de la valla metálica que rodeaba el campo de aviación, pero había dejado intacto un hilo para mantener la tensión en la valla. Había escondido las cizallas entre la alta hierba cercana a aquélla, y fue allí donde las encontró.

Había vuelto a atar los dos cortes con cable de plástico verde. Le llevó menos de un minuto dejar sueltos los cortes de nuevo; oyó un suave tañido metálico cuando cortó el hilo que mantenía la tensión, y se arrastró a través de la abertura. Todavía tumbado sobre el vientre, se volvió y ató otra vez los trozos de valla metálica que había cortado. Desde una distancia de diez metros nadie advertiría que estaban seccionados.

En el lado que daba a las tierras de cultivo, los peones cortaban heno para forraje, pero a los lados del camino la hierba alcanzaba un palmo de altura. Dexter encontró la bicicleta y las otras cosas que había robado, se vistió para que no lo quemara el sol, y se tendió en el suelo a esperar. Poco después oyó, al otro lado de la valla, que los perros encontraban las ropas ensangrentadas, aproximadamente a un kilómetro y medio de allí.

Cuando Van Rensberg, al volante de su Land Rover, llegó a la puerta de la mansión, los guardias de refuerzo ya se encontraban en sus puestos. Un camión se detuvo ante la puerta y los hombres que iban en él saltaron al suelo, fuertemente armados con fusiles de asalto M-16. El joven oficial que iba al mando dispuso a sus hombres en columnas mientras las puertas de roble se abrían girando sobre sus goznes. Las columnas entraron por ellas a paso ligero y se dispersaron rápidamente por todo el recinto ajardinado. Van Rensberg los siguió y las puertas se cerraron.

Los escalones que conducían a la terraza se alzaban ante ellos, pero el sudafricano fue hacia la derecha, rodeando la terraza. McBride vio unas cuantas entradas en el nivel inferior y las puertas, accionadas eléctricamente, de tres garajes subterráneos.

El mayordomo estaba esperando. Los condujo al interior por un pasillo, dejaron atrás unas puertas que llevaban a los garajes, subieron por un tramo de escalones y llegaron a la zona principal de la mansión.

El serbio estaba en la biblioteca. Aunque el sol de última hora de la tarde calentaba con suavidad, Zoran Zilic había preferido permanecer oculto. Estaba sentado a una mesa de conferencias delante de una taza de café. Señaló los asientos a sus dos invitados. Su guardaespaldas, Kulac, permanecía de pie al fondo de la estancia, alerta, apoyado contra una pared llena de primeras ediciones aún sin leer.

–Deme su informe –dijo Zilic sin ninguna ceremonia.

Van Rensberg tuvo que hacer su humillante confesión de que alguien, actuando en solitario, se había introducido en la fortaleza, haciéndose pasar por un trabajador, había burlado a los perros, había matado a un guardia y, tras ponerse su uniforme, había arrojado el cuerpo a las veloces aguas del torrente.

–¿Dónde se encuentra ese hombre ahora?

–Entre el muro que rodea la mansión y la valla que protege la aldea y el campo de aviación, señor.

–¿Y qué piensa hacer usted al respecto?

–Llamaré a todos cuantos están a mis órdenes y comprobaré su identidad.

–*Quis custodiet ipsos custodes?* –preguntó McBride. Zilic y Van Rensberg lo miraron sin comprender–. Disculpen. ¿Quién guarda a los guardianes? En otras palabras, ¿quién comprobará la identidad de los que hagan la comprobación? ¿Cómo sabrán que la voz que los conoce a través de la radio no está mintiendo?

Se produjo un silencio.

–En eso tiene razón –dijo finalmente Van Rensberg–. Habrá que ordenarles que vayan a los barracones para que sus superiores comprueben que realmente son ellos. ¿Puedo ir al sótano de la radio para dar las órdenes?

Zilic lo despidió con un gesto de la cabeza.

La comprobación requirió una hora. Al otro lado de las ventanas, el sol se ponía rápidamente sobre las montañas. Van Rensberg regresó.

–Todos los hombres se han presentado en los barracones. Sus oficiales han identificado a los ochenta. Eso significa que el intruso todavía está en algún lugar, ahí fuera.

–O a este lado del muro –sugirió McBride–. Su quinto destacamento es el que está patrullando la mansión.

Zilic se volvió hacia su jefe de seguridad.

–¿Ordenó que veinte de ellos entraran aquí sin que se comprobara su identidad? –preguntó con voz gélida.

–Por supuesto que no, señor. Esos hombres pertenecen al destacamento de élite, al mando de Janni Duplessis. Si hubiera habido una sola cara extraña entre ellos, Duplessis se habría dado cuenta de inmediato.

–Que venga aquí –ordenó el serbio.

Unos minutos después el joven sudafricano apareció en la puerta de la biblioteca y se cuadró.

–Teniente Duplessis, ¿ha obedecido mi orden de que escogiera a veinte hombres, incluido usted mismo, y los trajera aquí en camión hace dos horas?

–Sí, señor.

–¿Conoce de vista a cada uno de ellos?

–Sí, señor.

–Discúlpeme, pero cuando entraron por la puerta, ¿cuál era su formación de marcha? –preguntó McBride.

–Yo iba delante, seguido por el sargento Gray. Luego venían los hombres, en tres columnas de seis hombres cada una. En total eran dieciocho hombres.

–Diecinueve –lo corrigió McBride–. Se olvida del que cerraba la marcha.

En el silencio que siguió, el reloj que había encima de la chimenea pareció volverse molestamente ruidoso.

–¿A qué hombre se refiere? –murmuró Van Rensberg.

–No me malinterpreten –dijo McBride–. Podría haberme confundido. Vi que un hombre que hacía el número diecinueve salía de detrás del camión y entraba por la puerta a paso ligero. Llevaba el mismo uniforme, y no le di mayor importancia.

En ese momento el reloj dio las seis y la primera bomba hizo explosión.

Eran del tamaño de una pelota de golf y completamente inofensivas; más parecían petardos que armas. Cada una de ellas disponía de un mecanismo de relojería que había sido ajustado para activarse en cuanto hubieran transcurrido ocho horas, y el Vengador había lanzado todas las bombas por encima del muro alrededor de las diez de la mañana. Gracias a las fotografías aéreas sabía exactamente dónde estaban los matorrales más frondosos del recinto ajardinado que rodeaba la casa, y en sus años de juventud había sido un buen lanzador de béisbol. A pesar de que en realidad las pequeñas bombas eran casi inofensivas, al detonar producían un sonido notablemente similar al del disparo de un rifle de alto calibre.

En la biblioteca alguien gritó: «¡Pónganse a cubierto!», y los cinco veteranos se tiraron al suelo. Kulac rodó sobre sí mismo y se incorporó rápidamente para luego permanecer inclinado sobre su jefe con el arma desenfundada. Uno de los guardias, creyendo que acababa de localizar al tirador, devolvió el fuego.

Dos pequeñas bombas más explotaron y los disparos se intensificaron. Una ventana quedó hecha añicos. Kulac abrió el fuego contra la oscuridad del exterior.

Zilic ya había tenido suficiente. Manteniéndose agazapado, salió corriendo por la puerta que había al fondo de la biblioteca, fue por el pasillo y bajó los escalones que conducían al sótano. McBride lo imitó, seguido de Kulac, que cubría la retaguardia.

La sala de radiotransmisión se encontraba al final del pasillo inferior. Cuando el hombre para el que trabajaba entró corriendo en la sala, el operador estaba intentando hacer frente al alud de gritos y chillidos que llegaban hasta él por la frecuencia de los walkie-talkies de los guardias.

–Quiero que la persona que habla se identifique ahora mismo. ¿Quién es usted? ¿Qué está pasando? –gritaba.

Nadie le prestó atención mientras el tiroteo en la oscuridad se intensificaba. Zilic extendió la mano hacia la consola y accionó un interruptor. Se hizo el silencio.

–Que alerten al campo de aviación. Todos los pilotos, todo el personal de tierra. Quiero mi helicóptero, ahora mismo.

–Todavía está fuera de servicio. Mañana lo tendrá listo. Llevan dos días trabajando en él.

–Pues entonces el Hawker.

–¿Ahora, señor?

–Ahora. No mañana, ni dentro de una hora. Ya.

El estrépito de disparos en la lejanía hizo que el hombre oculto entre la hierba se pusiera de rodillas. Era ese momento del crepúsculo que precede a la oscuridad absoluta, cuando los ojos engañan y las sombras se convierten en amenazas. El hombre levantó la bicicleta, metió la caja de herramientas en la cesta delantera, pedaleó por el camino hasta la base de la escarpadura y empezó a recorrer los dos kilómetros que lo separaban de los hangares del otro extremo. El mono de mecánico con el logotipo «Z» de la Corporación Zeta en la espalda pasaba completamente inadvertido en el crepúsculo, y cuando empezaba a sonar la sirena de alarma nadie se fijaría en él durante al menos treinta minutos.

El serbio se volvió hacia McBride.

–Aquí es donde nuestros caminos se separan –le dijo–. Me temo que tendrá que regresar a Washington por sus propios medios. Este problema será resuelto, y yo me buscaré un nuevo jefe de seguridad. Puede decirle al señor Devereaux que no me echaré atrás en nuestro trato, pero por el momento tengo intención de pasar los próximos días disfrutando de la hospitalidad de unos amigos que viven en los Emiratos.

El garaje quedaba al final del pasillo del sótano, y allí aguardaba el Mercedes blindado. Kulac se puso al volante y su jefe se sentó en el asiento trasero. McBride se quedó en el garaje sin saber qué hacer mientras la puerta subía hacia el techo y la limusina pasaba rápidamente por debajo de ella, cruzaba la pequeña extensión de gravilla y salía por las puertas todavía abiertas del muro.

Cuando el Mercedes se detuvo ante él, el hangar estaba brillantemente iluminado. El pequeño tractor fue enganchado al bastidor de la rueda de proa del Hawker 1000 para remolcarlo hasta la pista.

Un mecánico cerró y aseguró la última trampilla sobre los motores; soltó la grúa y apartó el pequeño andamio del fuselaje. En la cabina iluminada, el capitán Stepanovic y su joven copiloto francés comprobaban el instrumental utilizando la energía de la unidad auxiliar.

Zilic y Kulac miraban desde la protección del coche. Cuando el Hawker estuvo fuera del hangar, su portezuela se abrió y unos peldaños salieron del fuselaje con un siseo; el copiloto apareció en el hueco.

Kulac bajó del coche, atravesó los escasos metros que lo separaban del avión, subió corriendo la escalerilla y entró en la suntuosa cabina. Volvió la cabeza hacia la izquierda y le echó un vistazo a la puerta cerrada de la cubierta de vuelo. Dos zancadas lo llevaron a los lavabos que había al fondo del aparato. Comprobó que estaban vacíos, regresó a la puerta de la cabina y llamó a su jefe con un gesto de la mano. El serbio bajó del coche y corrió hacia la escalerilla. Cuando estuvo dentro del avión, la puerta se cerró dejándolos confinados en el seguro y cómodo interior del Hawker.

Fuera, dos hombres se pusieron auriculares para protegerse los oídos. Uno encendió el acumulador portátil y el capitán Stepanovic puso en marcha los motores. Los dos Pratt and Whitney 305 empezaron a girar, gimiendo suavemente en los primeros momentos para luego pasar a aullar.

El segundo hombre se colocó delante del avión donde el piloto pudiera verlo, con una barra de neón encendida en cada mano. Guió al Hawker hasta el inicio de la pista.

El capitán Stepanovic alineó su aparato, comprobó los frenos por última vez, los soltó y dio energía a ambas turbinas.

El Hawker empezó a rodar por la pista, cada vez más deprisa. A un lado, los reflectores colocados alrededor de la mansión se encendieron, contribuyendo a aumentar el caos. La proa del avión se elevó hacia el mar, en dirección al norte, mientras la cordillera desfilaba como una exhalación a su izquierda. Los dos motores gemelos levantaron al Hawker de la pista, el tenue rumor de las ruedas cesó, las construcciones que había junto al borde del acantilado pasaron a quedar situadas debajo de la proa y el Hawker comenzó a sobrevolar el mar iluminado por la luna.

El capitán Stepanovic subió el tren de aterrizaje, le pasó los controles al francés y se dispuso a preparar el plan de vuelo y el curso a seguir. La primera escala sería en las Azores, donde repostarían. Ya había volado varias veces a los Emiratos Árabes Unidos, pero nunca con sólo treinta minutos de preaviso para hacer los preparativos. El Hawker se inclinó hacia estribor en dirección nordeste y alcanzó una altitud de tres mil metros.

Al igual que la mayor parte de los reactores de su tipo, el Hawker 1000 cuenta con unos pequeños pero lujosos lavabos, situados inmediatamente antes de la cola, que ocupan todo el ancho del casco. En algunos modelos, la pared trasera es un tabique abatible que da acceso a un cubículo todavía más pequeño que sirve para guardar el equipaje ligero. Kulac había inspeccionado los lavabos, pero no aquella pequeña bodega.

Cuando llevaban cinco minutos de vuelo, el hombre del mono de mecánico que se había acurrucado en el cubículo que había detrás de los lavabos desplazó hacia un lado el tabique y entró en éstos. Cogió la Sig Sauer de 9 mm de la caja de herramientas, volvió a comprobar el mecanismo, quitó el seguro y salió al salón. Los dos hombres sentados en los sillones de cuero enfrentados lo miraron en silencio.

–Nunca se atreverá a usarla –dijo el serbio–. Atravesaría el casco y todos seríamos aspirados por la succión.

–Los proyectiles han sido alterados –dijo el Vengador sin inmutarse–. Ahora sólo contienen un cuarto de la carga. Eso basta para matarlo, pero no llegarán a atravesar el casco. Dígale a su gorila que quiero ver cómo deja su arma en el suelo, sujetándola con el pulgar y el índice.

Siguió un breve intercambio de palabras en serbocroata. Con el rostro oscurecido por la rabia, el guardaespaldas sacó su Glock de la sobaquera y la dejó sobre la moqueta.

–Mándela hacia mí de una patada –ordenó Dexter.

Zilic obedeció.

–Y el arma que lleva en el tobillo.

Sujeta en el tobillo izquierdo con cinta adhesiva, Kulac llevaba debajo del calcetín una pistola más pequeña para casos de emergencia. También fue alejada de una patada. El Vengador se sacó del bolsillo unas esposas y las arrojó al suelo.

–El tobillo izquierdo de su acompañante. Hágalo usted mismo. Manténgase visible durante todo el tiempo o perderá una rótula. Tengo muy buena puntería.

–Un millón de dólares –dijo el serbio.

–Haga lo que le he dicho –ordenó Dexter.

–En efectivo, a ingresar en el banco que usted quiera.

–Se me está agotando la paciencia.

La esposa se cerró con un chasquido.

–Más apretada –dijo Dexter.

Kulac torció el gesto cuando el metal le mordió la carne.

–Alrededor del soporte del sillón, y a la muñeca derecha.

–Diez millones. Es usted un idiota si no acepta.

La respuesta fue un segundo par de esposas.

–Muñeca izquierda, a través de la cadena de la de su amigo, y luego la muñeca derecha. Atrás. Manténgase dentro de mi campo de visión si no quiere despedirse de su rodilla.

Zilic y Kulac se quedaron inmóviles en el suelo, el uno junto al otro, unidos entre sí y al soporte que unía el sillón con el suelo, que Dexter confiaba fuese lo bastante sólido para resistir los tirones del gigantesco guardaespaldas.

Evitando pasar lo bastante cerca de ellos para que trataran de agarrarlo, Dexter fue hacia la puerta de la cabina. El capitán supuso que quien estaba abriéndola era el propietario del avión, que quería preguntarle cómo iba todo. El cañón de la Glock le rozó la sien.

–El capitán Stepanovic, ¿verdad? –dijo una voz.

Washington Lee, que había interceptado el correo electrónico enviado desde Wichita, le había informado de su nombre.

–No tengo nada contra usted –añadió Dexter–. Usted y su amigo aquí presente son profesionales. Yo también lo soy. Hagamos que las cosas sigan de esa manera. Los profesionales nunca hacen estupideces si pueden evitarlo. ¿Está usted de acuerdo conmigo?

El capitán asintió. Trató de mirar más allá de Dexter, hacia el interior de la cabina.

–El propietario del avión y su guardaespaldas están desarmados y esposados al fuselaje. Nadie vendrá a ayudarlos. Le ruego que haga lo que le indique.

–¿Qué es lo que quiere?

–Altere el curso. –El Vengador echó un vistazo al sistema electrónico de los instrumentos de vuelo que estaba situado justo encima de los mandos–. Le sugiero que fije un curso de tres-uno-cinco grados guiándose por la brújula. Eso debería bastar para que llegásemos a donde quiero ir. Evite acercarse al extremo oriental de Cuba, dado que no tenemos ningún plan de vuelo.

–¿Destino final?

–Key West, Florida.

–¿Estados Unidos?

–La tierra de mis padres –dijo Dexter.

32
La entrega

Dexter había memorizado la ruta de San Martín a Key West, pero no había ninguna necesidad de que lo hubiese hecho. Los sistemas de vuelo del Hawker eran tan fáciles de entender que incluso una persona que no supiera pilotar podía seguir las indicaciones de la pantalla de cristal líquido que mostraba el curso.

Se encontraban a unos cuarenta minutos de vuelo de la costa cuando Dexter vio que el borroso manchón de las luces de Granada pasaba por debajo del ala de estribor. Tras otras dos horas de trayecto por encima de las aguas, tomaron tierra en la costa sur de la República Dominicana.

Al cabo de dos horas más, entre la costa de Cuba y la mayor isla de las Bahamas, Andros, Dexter se inclinó hacia delante y rozó suavemente la oreja del francés con la punta del cañón de su automática.

–Desconecte el comunicador.

El copiloto miró al yugoslavo, que se encogió de hombros y asintió. El copiloto hizo lo que Dexter ordenaba. Con aquel sistema, diseñado para emitir incesantemente una señal de identificación, desconectado, el Hawker quedó reducido a un puntito en cualquier pantalla de radar. Para cualquiera que no estuviera pendiente de él, el Hawker había dejado de existir. Pero también había anunciado que era un intruso sospechoso.

Al sur de Florida, y prolongándose por encima del mar hasta una gran distancia de ella, se encuentra la Zona de Identificación de la Defensa Aérea, concebida para proteger el flanco sudeste de Estados Unidos de la incesante guerra llevada a cabo por los traficantes que intentan introducir droga en el país. Cualquier persona que entre en el sector sin disponer de un plan de vuelo se encontrará muy pronto en serios problemas.

–Baje hasta cien metros por encima del mar –dijo Dexter–. Descienda, de inmediato. Apague las luces de navegación y las de la cabina.

–Eso es volar muy bajo –dijo el piloto mientras la proa del

Hawker empezaba a descender a través de la cota de los nueve mil metros de altitud. El avión quedó sumido en la oscuridad.

–Imagínese que es el Adriático. Usted ya ha hecho esto antes.

Era cierto. Como piloto de caza en las fuerzas aéreas yugoslavas, el coronel Stepanovic había mandado ataques contra la costa de Croacia hasta bastante por debajo de los cien metros de altitud a fin de eludir la detección de los radares. Con todo, tenía cierta parte de razón en lo que había dicho.

El mar iluminado por la luna tiene efectos hipnóticos. Puede incitar al piloto que está volando bajo a descender cada vez más, hasta que roza la superficie de las olas y se hunde en el agua. Por debajo de los ciento cincuenta metros de altitud, los altímetros tienen que ser tremendamente precisos y han de ser comprobados constantemente. El Hawker se niveló a los ciento veinte metros de altitud cuando se encontraban a ciento cincuenta kilómetros al sudeste de Islamorada, y siguió por el canal de Santaren en dirección a los cayos de Florida. Recorrer aquellos últimos ciento cincuenta kilómetros tan cerca del nivel del mar casi engañó al radar.

–Aeropuerto de Key West, pista Dos-Siete –dijo Dexter.

Había estudiado la disposición del lugar donde pensaba tomar tierra. El aeropuerto de Key West va de este a oeste, y ésa era la dirección de su pista principal. Todos los edificios se encuentran situados en el extremo este. Tomar tierra yendo hacia el oeste colocaría la extensión de la pista entre el Hawker y los vehículos que estarían acercándose rápidamente a él. Pista Dos-Siete significaba enfilar el avión hacia la lectura 270 de la brújula, es decir hacia el oeste.

Se encontraban a ochenta kilómetros del lugar en el que tomarían tierra cuando fueron detectados. A unos cuarenta kilómetros al norte de Key West está Cayo Cudjoe; allí hay un enorme globo cautivo que flota a seis mil metros de distancia del suelo. Allí donde la inmensa mayoría de los radares costeros miran hacia arriba y hacia fuera, aquel globo cautivo mira hacia abajo. Sus radares pueden detectar a cualquier avión que intente escabullirse.

Hasta los globos cautivos necesitan que se los revise de vez en cuando, y el de Cudjoe es bajado a tierra a intervalos aleatorios que nunca son anunciados. La casualidad había querido que aquella tarde el globo estuviera ascendiendo. Se encontraba a tres mil metros de altitud cuando vio surgir al Hawker del negro mar, con el comunicador desconectado y sin ningún plan de vuelo.

Unos segundos después, dos F-16 despegaban de la base que la Fuerza Aérea tiene en Pensacola. Ascendiendo rápidamente y rompiendo la barrera del sonido, los dos Halcones Luchadores adoptaron su formación habitual y pusieron rumbo hacia el sur en dirección al último de los cayos. A cuarenta kilómetros de ellos, el capitán Stepanovic había reducido la velocidad a doscientos nudos y estaba empezando a nivelar. Las luces de los cayos Cudjoe y Sugarloaf parpadeaban a estribor. Los radares de vigilancia inferior de los F-16 captaron la presencia del intruso y los pilotos alteraron su curso una fracción para aproximarse desde atrás, a más de mil nudos por hora.

El azar quiso que George Tanner estuviera aquella noche en Key West como controlador de vuelos, y unos minutos después de cerrar el aeropuerto se dio la alarma. La posición del intruso indicaba que intentaba aterrizar, que era lo más inteligente que se podía hacer teniendo en cuenta las circunstancias. Una vez que han sido interceptados por los cazas, a los intrusos que llegan con las luces apagadas y el comunicador desconectado se les advierte que deben hacer lo que se les diga y tomar tierra allí donde se les indique. No hay segundas advertencias: la guerra contra los traficantes de droga es algo demasiado serio para andarse con juegos.

Con todo, es posible que un avión en esa situación esté sufriendo una emergencia, y merece que se le dé una oportunidad de tomar tierra. La luz siguió encendida. A treinta y cinco kilómetros de allí, los tripulantes del Hawker vieron las luces de la pista reluciendo ante ellos. Muy por encima y detrás de ellos, los F-16 empezaron a descender mientras accionaban sus frenos de aire. Para aquellos cazas, doscientos nudos casi era una velocidad de aterrizaje.

Los F-16 localizaron al Hawker por el resplandor rojizo de las emanaciones de las turbinas que flanqueaban su cola cuando todavía le faltaban por recorrer unos quince kilómetros para aterrizar. Antes de que la tripulación del Hawker se diese cuenta de lo que estaba ocurriendo, los mortíferos cazas ya lo estaban flanqueando.

–Birreactor no identificado, mire hacia delante y tome tierra. He dicho que mire hacia delante y tome tierra –dijo una voz en el oído del capitán.

El tren de aterrizaje salió del fuselaje, el alerón se colocó a un tercio y el Hawker se dispuso a aterrizar. La estación aérea naval de Cayo Chica desfiló rápidamente a su derecha. Las ruedas principales del Hawker buscaron las marcas de toma de tierra, encontraron el cemento y se posaron en territorio de Estados Unidos.

Durante la última hora Dexter había llevado colocados los auriculares de recambio y había mantenido el micrófono delante de su boca. Cuando las ruedas del tren de aterrizaje entraron en contacto con la pista, pulsó el botón de transmitir.

–Reactor Hawker no identificado a torre de Key West, ¿me reciben?

La voz de George Tanner resonó claramente en sus oídos.

–Recibido y entendido.

–Torre, dentro de este avión viaja un criminal de guerra responsable de la muerte de un ciudadano estadounidense en los Balcanes. Se encuentra esposado a su asiento. Le ruego que informe al jefe de policía para que se encargue de custodiarlo y espere la llegada de los federales.

Luego cortó la conexión sin esperar respuesta y se volvió hacia el capitán Stepanovic.

–Vaya hasta el final de la pista, deténgase allí y los dejaré ir –dijo Dexter, poniéndose de pie y guardándose el arma en el bolsillo.

Detrás del Hawker, los camiones del servicio de emergencia ya estaban saliendo de los edificios del aeropuerto y venían hacia ellos.

–Abra la puerta, por favor –pidió Dexter.

Salió de la cubierta de vuelo y volvió a pasar por la cabina en el instante en que se encendían las luces. Los dos prisioneros parpadearon bajo la súbita claridad. A través de la puerta abierta, Dexter vio los camiones que se acercaban rápidamente. El destellar de las luces rojas y azules indicaba la presencia de coches de la policía. Las sirenas todavía sonaban lejanas, pero se estaban aproximando.

–¿Dónde estamos? –preguntó Zoran Zilic.

–En Key West –respondió Dexter.

–¿Por qué?

–¿Se acuerda de un prado en Bosnia, durante la primavera de 1995? ¿Se acuerda de un muchacho estadounidense que suplicaba por su vida? Pues bien, amigo, todo esto es... –señaló hacia fuera con un movimiento de la mano– un regalo del abuelo del muchacho.

Bajó por la escalerilla y fue hasta el montante del tren de aterrizaje de proa. De dos balazos hizo estallar los neumáticos. La valla divisoria estaba a seis metros de allí. El mono oscuro de mecánico no tardó en perderse entre la negrura cuando Dexter saltó la valla y se alejó entre los manglares.

Las luces del aeropuerto se fueron atenuando a sus espaldas mientras se internaba en la arboleda; pero enseguida empezó a distinguir los centelleos de los faros de coches y camiones en la carretera que discurría más allá del pantano. Dexter sacó de su bolsillo un móvil y marcó un número. Muy lejos de allí, en Windsor, Ontario, un hombre contestó a la llamada.

–¿Señor Edmond?

–El mismo.

–El paquete de Belgrado que usted había encargado acaba de llegar al aeropuerto de Key West, Florida.

No dijo nada más, y apenas oyó el grito que sonó al otro extremo de la línea antes de cortar la conexión. Sólo para asegurarse, arrojó el móvil a las aguas pantanosas que había junto a la carretera, en las que se hundió para siempre.

Diez minutos más tarde un senador vio interrumpida su cena en Washington, y, antes de que hubiera transcurrido una hora, dos agentes de la delegación del Servicio Federal Aéreo de Marshals en Miami se dirigían hacia el sur.

Antes de que los *marshals* hubieran terminado de atravesar Islamorada, un camionero que iba en dirección al norte y acababa de salir de Key West vio una figura solitaria en la cuneta de la US1. Al ver el mono creyó que se trataba de un colega al que su vehículo había dejado tirado. Se detuvo.

–Voy hasta Marathon –dijo desde la cabina–. ¿Le sirve de algo?

–Marathon me irá estupendamente –respondió el hombre.

Faltaban veinte minutos para que fuera medianoche.

Kevin McBride necesitó la totalidad del día 9 para encontrar el camino de regreso a casa. El comandante Van Rensberg, que todavía estaba tratando de encontrar al impostor desaparecido y se consolaba pensando que al menos el hombre que le pagaba el sueldo estaba a salvo, le proporcionó al hombre de la CIA un medio de transporte hasta la capital. El coronel Moreno le consiguió un pasaje desde el aeropuerto de Paramaribo. Un vuelo de la KLM lo llevó a la isla de Curaçao. Allí logró una conexión con el Aeropuerto Internacional de Miami, y de ahí el puente aéreo a Washington. McBride llegó muy tarde, y agotado. El lunes por la mañana, bastante temprano, entró en el despacho de Paul Devereaux. Éste estaba pálido y parecía haber envejecido considerablemente. Le señaló un asiento a McBride y empujó con gesto cansado una hoja a través del escritorio.

Los buenos reporteros hacen todo lo posible para tener un contacto en las fuerzas de policía de su área. Estarían locos si no lo hicieran, y el corresponsal del *Miami Herald* en Key West no era una excepción. Los acontecimientos del sábado por la noche le fueron filtrados por amigos de la policía de Key West el mediodía del domingo, y su artículo llegó con tiempo más que suficiente para aparecer en la edición del lunes. Lo que Devereaux se encontró encima de su escritorio aquel lunes por la mañana era una sinopsis de dicho artículo.

La historia de Zilic, de quien se sospechaba era un criminal de masas y había sido detenido dentro de su propio reactor privado después de un aterrizaje de emergencia en el aeropuerto internacional de Key West, ocupaba el tercer titular de la primera página.

–Santo Dios –murmuró McBride mientras leía–. Creíamos que había huido.

–No. Parece ser que su avión fue secuestrado en vuelo –dijo Devereaux–. ¿Sabes lo que significa esto, Kevin? No, por supuesto que no lo sabes... Y la culpa de que no lo sepas es mía, claro está. Debería habértelo explicado. El Proyecto Peregrino ha muerto, y dos años enteros de trabajo han ido a parar al fondo del río Swanee. No puedo seguir adelante sin ese hombre.

Devereaux procedió a explicar a McBride los detalles de la conspiración que había concebido para hacer realidad la operación antiterrorista más grande del siglo.

–¿Cuándo tenía que volar a Karachi para acudir a esa reunión en Peshawar? –preguntó McBride.

–El día veinte. Yo necesitaba esos diez días adicionales –respondió Devereaux. Se levantó, fue hasta la ventana y se puso a contemplar los árboles, de espaldas a su subordinado–. Llevo aquí desde el amanecer, después de que una llamada telefónica me despertase con la noticia. No dejo de preguntarme cómo lo consiguió ese maldito Vengador, que ojalá arda en el infierno.

McBride guardó silencio; era su modo de expresar su solidaridad hacia aquel hombre.

–No tiene un pelo de estúpido, Kevin –prosiguió Devereaux–. Me niego a admitir que un estúpido haya sido capaz de vencerme de esa manera. Es listo, mucho más listo de lo que yo jamás hubiera imaginado... Siempre ha estado un paso por delante de mí. Tenía que saber que se estaba enfrentando a mí. Sólo un hombre pudo habérselo contado. ¿Y sabes quién era ese hombre, Kevin?

–Ni idea, Paul.

–Un bastardo santurrón del FBI llamado Colin Fleming. Pero aun así, ¿cómo se las arregló para vencerme en mi propio juego? Tuvo que adivinar que solicitaríamos la cooperación de la embajada de Surinam en Washington. Así que se inventó a ese tal profesor Medvers Watson, el as de los cazadores de mariposas. Un nombre ficticio, un mero señuelo, naturalmente... Tendría que haberme dado cuenta, Kevin. El profesor era un fraude y había sido concebido con la intención de que lo descubrieran. Hace dos días tuve noticias de nuestra gente en Surinam. ¿Sabes qué me dijeron?

–No, Paul.

–Que Henry Nash había obtenido su visado en Amsterdam. Nunca se nos ocurrió pensar en Amsterdam. Qué bastardo más astuto... Así que Medvers Watson entró en la República de San Martín y murió en la selva. Tal como se había pretendido que ocurriera, y eso le proporcionó a nuestro hombre seis días mientras nosotros demostrábamos que todo había sido un ardid. A esas alturas él ya estaba dentro y observaba la fortaleza de Zilic desde lo alto de una montaña. Entonces fue cuando tú entraste en escena.

–Pero a mí también se me escapó, Paul.

–Sólo porque ese sudafricano idiota se negó a escucharte. Por supuesto que ese peón cloroformizado tenía que ser descubierto a media mañana. Por supuesto que había que dar la alarma. Para que soltaran a los perros, claro está. Para permitir que surtiera efecto el tercer ardid, cuando todo el mundo dio por sentado que ese hombre había matado a un guardia y había ocupado su lugar.

–Pero en eso yo también estaba equivocado, Paul. Te juro que me pareció ver que un guardia de más entraba corriendo en el recinto de la mansión a la hora del crepúsculo. Al parecer nunca existió ese guardia, porque al amanecer ya se habían cerciorado de que no sobraba ningún hombre.

–Para entonces ya era demasiado tarde. Nuestro hombre había secuestrado el avión en pleno vuelo. –Devereaux se apartó de la ventana, fue hacia McBride y le tendió la mano–. Todos nos hemos equivocado, Kevin. Él ganó y yo perdí. Pero te agradezco lo que hiciste y lo que intentaste hacer. En cuanto a Colin Fleming, ese bastardo al que le encanta dar lecciones de moral y que previno a nuestro hombre, me ocuparé de él a su debido tiempo. Por el momento, tendremos que volver a empezar partiendo de cero. UBL sigue en libertad, urdiendo sus conspiraciones y haciendo sus planes... Quiero que todo el equipo esté aquí mañana a las ocho. Café y bollos, ¿de acuerdo? Veremos las noticias de la CNN y luego tendremos una larga sesión de trabajo: autopsia y planes para el futuro, qué rumbo vamos a tomar a partir de ahora...

McBride se puso en pie para marcharse.

–¿Sabes una cosa, Kevin? –dijo Devereaux en el momento en que su subordinado ya estaba llegando a la puerta–. Si hay algo que he aprendido después de treinta años en la Agencia, es esto: existen ciertos niveles de lealtad que nos obligan a ir más allá de lo que exige el deber.

EPÍLOGO

La lealtad

Kevin McBride fue por el pasillo y entró en el servicio de directivos. Se sentía agotado; días de viajar, de preocuparse, de no dormir, lo habían dejado exhausto.

Contempló su rostro cansado en el espejo que había encima de los lavabos y se preguntó a qué habría venido la última observación de Devereaux, más propia del oráculo de Delfos que de él. ¿Habría surtido realmente efecto el Proyecto Peregrino? ¿Habría caído en la trampa el señor del terrorismo saudí? ¿Habrían aparecido sus acólitos en Peshawar después de que hubieran transcurrido diez días? ¿Habrían llegado a realizar la vital llamada telefónica que debía ser interceptada por el satélite del sistema de escucha?

Ahora ya era demasiado tarde para formularse semejantes preguntas. Zilic nunca volvería a viajar, salvo para comparecer ante un tribunal estadounidense y de ahí ir a una cárcel de máxima seguridad. Lo hecho, hecho estaba.

McBride se mojó la cara con agua una docena de veces y contempló al hombre que había en el espejo. Un hombre de cincuenta y seis años, aproximándose a los cincuenta y siete, con tres décadas de trabajo a sus espaldas, destinado a cobrar su pensión a finales de diciembre.

En primavera, él y Molly harían lo que McBride había prometido hacía ya mucho tiempo. Su hijo y su hija habían terminado la universidad y ahora ambos estaban iniciando sus propias carreras profesionales. McBride quería que su hija y su esposo le dieran un nieto al cual él pudiera echar a perder a base de mimos.

Mientras esperaban ese momento, comprarían la gran caravana que él le había prometido a Molly y viajarían a las Rocosas. McBride sabía que tenía una cita pendiente con alguna temible trucha allá en Montana.

Un agente mucho más joven que él, un GS12 que acababa de ingresar en la Agencia, salió de un cubículo y empezó a lavarse las manos dos lavabos más allá. Era uno de los miembros del equipo. Los dos hombres se saludaron con una inclinación de la cabeza y sonrieron. McBride cogió unas cuantas toallas de papel y se secó la cara con ellas.

–Kevin –dijo el joven.

–Ajá.

–¿Te importaría que te hiciera una pregunta?

–Dispara.

–Es un poco personal.

–Entonces, quizá no responda.

–El tatuaje que llevas en el brazo izquierdo, esa rata sonriente con los pantalones bajados. ¿Qué significa?

McBride todavía se estaba contemplando en el espejo del lavabo, pero de pronto le pareció ver a dos soldados jóvenes, borrachos de cerveza y de vino, riendo en la cálida noche de Saigón, y una lámpara blanca de butano que siseaba, y a un tatuador chino en plena faena. Aquellos dos muchachos llegados de Estados Unidos no tardarían en despedirse el uno del otro, pero quedarían unidos por un vínculo que nada podría romper jamás. Y también vio un delgado expediente que había llegado hacía unas cuantas semanas, en que le mencionaba el tatuaje de una rata sonriente en el antebrazo izquierdo. Y volvió a oír la orden que se le había dado de encontrar a ese hombre, y de hacer que lo mataran.

Volvió a ponerse el reloj de pulsera y se bajó la manga de la camisa. Consultó la fecha; era el 10 de septiembre de 2001.

–Es toda una historia, hijo –dijo el Tejón–, y ocurrió hace mucho tiempo y muy lejos de aquí.

ÍNDICE

Tercera parte

Título de la edición original: *Avenger*
Traducción del inglés: Albert Solé Company,
cedida por Random House Mondadori, S. A.
Diseño: Joaquín Monclús
Fotografía de la sobrecubierta: © AGE Fotostock
Foto de solapa: © Gill Shaw

Círculo de Lectores, S. A. (Sociedad Unipersonal)
Travessera de Gràcia, 47-49, 08021 Barcelona
www.circulo.es
1 3 5 7 9 4 0 0 4 8 6 4 2

Depósito legal: B. 1139-2004
Fotocomposición: gama, s. l., Barcelona
Impresión y encuadernación: Printer industria gráfica, s. a.
N. II, Cuatro caminos s/n, 08620 Sant Vicenç dels Horts
Barcelona, 2004. Impreso en España
ISBN 84-672-0590-3
N.º 28852